RÉSEAU(X)

L’auteur

Vincent Villeminot a 49 ans. Il écrit des romans depuis 2008, notamment pour les adolescents et les jeunes adultes.

VINCENT VILLEMINOT

RÉSEAU(X)

TOME 1

Nathan

Loi n° 49-956 du 16 juillet 1949
sur les publications destinées à la jeunesse : septembre 2022

ISBN 978-2-266-32451-9

Dépôt légal : septembre 2022

« Puisque ici, il n'y a qu'au combat qu'on est libre
De ton triste sommeil, je t'en prie, libère-toi. »

Damien Saez, « Jeunesse lève-toi ».

PROLOGUE

UN MAUVAIS RÊVE

1

JANVIER, QUATORZE MOIS AVANT L'ACTION

Rêve de Sixie. *09.30 a.m.*

Posté par SixieDREAMY sur le DKB/MDP,
le 30 janvier, 09.30 a.m.
amourette – meurtre – noyade

Je suis dans une grande prairie herbeuse, quelque chose d'un paysage flamand, ciel mouillé mais lumineux, nuages hauts, soleil jaune. Je sens le bruissement du vent autour de moi, je porte une robe comme celle d'*Autant en emporte le vent*. Je tiens une ombrelle. Romantique en diable, la fille...
Soudain, je sais qu'il est là... Je me retourne, je le vois : c'est DanyL, mon fameux DanyL que je n'ai toujours pas contacté, depuis l'autre rêve un peu... hmm, disons, étrange et troublant ?
Pour ceux que ces détails intéressent, dans mon rêve, DanyL ressemble comme deux gouttes d'eau aux photos de son profil – de toute façon, comment l'identifierais-je, sinon ? Il me sourit. Nous nous prenons la main. Nous dévalons la colline vers un boqueteau. Je n'ai plus ma robe, je suis la Sixie que vous connaissez.
Au tableau d'après, nous sommes en lisière de forêt, au bord d'un cours d'eau, peut-être la Senne du côté des moulins d'Arenberg. Il me semble que je connais l'endroit. J'irai vérifier un jour, qui sait. Avec lui, qui sait. :-)
À ce moment du tableau, il est, euh, nu jusqu'à la taille. Et, euh, moi aussi. (Je rougis mais je raconte.) Et tout d'un coup, je me vois, extérieure à moi-même. Je porte maintenant le masque de la licorne.

Je pousse DanyL dans le canal, il coule à pic. J'entends son dernier cri, qui remonte à chaque bulle crevant la surface. Et je me mets à danser, une danse sauvage, avant que le soleil me réveille.

Bilan :

— première fois qu'un garçon revient deux fois dans mes rêves, du moins à mon souvenir. (Donc, c'est le bon ?) (*i.e.* : Je le contacte sur son DKB, ou pas ? malgré la publication de ce rêve ????!!) ;

— première fois que la licorne apparaît dans mes cauchemars ;

— premier meurtre officiel accompli par Sixie-Dreamy.

Ça fait beaucoup de neuf, du bon matériel pour vos commentaires. Mais sinon, rassurez-vous, je vais bien, même si je ne me soigne pas.

S.

2

MAI, DIX MOIS AVANT L'ACTION

Sixtine Van de Vogh. *09.30 a.m.*

Le 27 mai, le policier de faction au rez-de-chaussée du commissariat central de Bruxelles vit entrer une toute jeune fille très blonde qui portait une veste de treillis militaire trop grande sur un jean trop large, usé, presque blanc par endroits. Elle poussa la porte à tambour du commissariat, parut intimidée, un instant, mais escalada ensuite assez vivement la dizaine de marches qui la séparaient du bureau d'accueil et se planta devant le comptoir.

Ses yeux sombres, sérieux, parcoururent le grand tableau fixé sur le mur, répertoriant les différents services ; elle semblait chercher un officier ou une brigade. Pommettes hautes, lèvres larges et bien dessinées, un chaume de cheveux très courts coupés à la garçonne et retenus par une barrette. Quel âge avait-elle ? Difficile à dire. Entre douze et quinze ans, sans doute, mais le planton n'était pas doué pour donner un âge aux adolescentes.

Il s'approcha pour lui demander si elle cherchait ses parents. Elle sortit de sa sacoche un ordinateur portable, et dit :

— Je voudrais voir quelqu'un chargé des meurtres, s'il vous plaît.

Son visage était concentré, son ton poli mais tendu.

— Vous avez été témoin d'un crime, mademoiselle ? D'une agression ?

— Non. Je crois que j'ai tué quelqu'un. Du moins, j'ai rêvé que je le faisais.

En raison de la nervosité de la jeune fille, apparemment réticente à se confier au premier policier venu, il fallut plusieurs minutes à son interlocuteur pour comprendre de quoi il s'agissait. Il orienta finalement la visiteuse vers le capitaine Mouscron, qui assurait la permanence des plaintes, ce matin du 27 mai. Puis il nota sur le tableau des auditions de témoins : « Mouscron / Sixtine Van de Vogh, quinze ans. Délit ou crime sur le DreamKatcher-Book. »

Le film. *10.00 a.m.*

Mouscron écoutait la gamine depuis dix minutes. En dépit du ton égal qu'elle s'efforçait de conserver, elle paraissait en proie à une peur panique concernant un film qu'on avait posté cette nuit sur sa « page » d'un réseau social, et qui ressemblait image pour image, disait-elle, à un cauchemar qu'elle y avait « publié » dans la « partie nocturne ».

Elle parlait d'une voix légèrement voilée, rauque. Elle affirmait faire des cauchemars toutes les nuits. Elle prétendait que des démons la hantaient dans son sommeil, et que ses visions lui murmuraient parfois ce qui allait se produire. Elle était probablement folle, mais s'exprimait d'une façon étrange, précise, adulte, employant des termes scientifiques et un langage cultivé pour décrire ses hallucinations, ses « prémonitions ». Elle évoquait un réseau social dont il connaissait l'existence, bien sûr, mais dont il ignorait le fonctionnement ; Mouscron ne comprenait qu'une phrase sur deux de sa déposition. Il proposa :

— Et si vous me montriez ce film, mademoiselle ?

En voyant les images, il comprit mieux ce qui la terrifiait.

Vidéo postée par AnoNYMOUS,
sur la page DKB de SixieDREAMY,
le 26 mai, 12.30 a.m.

Une jeune fille ressemble à Sixtine Van de Vogh, elle est de dos. On ne voit pas son visage, mais elle a les cheveux blonds coupés très court, elle porte un vieux jean, des Converse, un débardeur noir qui découvre ses bras minces. Son bras gauche est tatoué : de l'épaule, des fleurs blanches de cerisier descendent sur un lit de feuilles d'érable d'un rouge vermillon jusqu'aux attaches fines de son poignet. La fille qui ressemble à Sixtine Van de Vogh s'appuie contre le torse nu d'un grand jeune homme, manifestement plus âgé qu'elle, un métis. Cela ressemble à une de ces scènes romantiques qu'on voit dans les publicités de parfum.

Mais soudain, le garçon et la fille se mettent à dévaler la colline, courant dans l'herbe de la prairie et les graminées sauvages. Sur l'image d'une assez belle qualité, les

coquelicots font quelques taches aussi sanglantes que le tatouage du bras de la jeune fille.
C'est elle qui mène la danse, elle tire le garçon par la main, le visage tourné vers lui – impossible à distinguer. Elle cavale, lui court derrière en riant.

— C'est vous, sur ces images ? demanda Mouscron.

— Attendez. Regardez la suite.

Ils s'enlacent devant une rivière, ou un canal. Est-ce au bas de la colline herbeuse qu'ils dévalaient ? L'eau est grise, malgré le soleil, la rive couverte d'herbes sauvages est bordée de ronciers qui annoncent l'orée d'une forêt, derrière eux. Ils vont s'aimer, pense-t-on.
On change de plan, et tout change.
La jeune fille est maintenant torse nu, elle aussi, des seins très menus, juvéniles ; elle porte un masque de licorne, fantastique et étrange, très blanc, qui mesure une cinquantaine de centimètres de haut et la fait paraître plus grande qu'elle n'est, et difforme, le cou et la tête bien trop gros pour son corps. Seul le tatouage permet de faire le lien avec la jeune fille des images précédentes. Lui, le garçon métis, a choisi un loup de carnaval, un simple loup noir qui dissimule ses traits ; on reconnaît cependant sa silhouette. La fille s'est collée contre lui, il la dépasse d'une demi-tête. Tous les deux nus jusqu'à la taille, c'est comme s'ils s'apprêtaient à danser un slow immobile et muet sur une musique que nul n'entend. Le masque de la licorne est impassible, ses yeux gris sans vie ; la longue corne de la créature empêche la gamine de loger sa tête dans le creux de l'épaule du jeune homme.
Brutalement, d'autres personnages masqués sortent des fourrés. Ils ont des têtes de faunes ou de Dieu sait quoi, ils portent des griffes postiches qui allongent leurs mains, démesurées, animales. La fille à la licorne ne semble pas surprise, alors que son amoureux ouvre

une bouche effrayée. Les nouveaux venus, nus jusqu'à la taille, dansent autour d'eux ; il s'agit d'individus masculins.
Ils sont six.
Puis trois d'entre eux s'emparent du jeune homme au loup noir, le ligotent, le saucissonnent, les bras collés contre les hanches, pendant que la jeune fille à la licorne danse une sorte de gigue campagnarde et sauvage. Le mutisme de la bande-son est peut-être ce qui oppresse le plus le spectateur. Deux créatures masquées soulèvent de façon démonstrative une chaîne au bout de laquelle pend une charge lourde, une gueuse de plomb ? Et soudain, la musique commence.
Nancy Sinatra chante, brisant le silence, « Bang Bang ».
Le garçon est maintenant entièrement entravé. Les six démons se figent, se tournent vers la jeune fille. Elle balance sa tête de licorne en arrière, semblant rire aux éclats, avant de pousser dans le dos le garçon ligoté. Il n'a que le temps d'ouvrir la bouche, grand, très grand, et tombe tête la première dans la rivière.
La surface est troublée un court instant, puis l'eau se ride de larges cercles concentriques. Sous la surface, le corps lesté descend vers le fond, entraîné par son propre poids et celui de la gueuse, tandis que Nancy Sinatra gémit, puis s'arrête.

10.35 a.m.

— C'est… C'était vous, sur ces images, mademoiselle ?

Mouscron reposait la question, mais sa voix avait changé, blanche et tendue, cette fois. Il éprouvait le besoin urgent de comprendre le spectacle auquel il venait d'assister. La gamine assise en face de lui souleva la manche gauche de sa veste militaire, dévoilant un tatouage blanc et vermillon, fleurs de cerisier et feuilles d'érable entrelacées. Elle fouilla dans le sac d'où elle avait sorti son ordinateur, et jeta sur le bureau un masque flasque en latex blanc, corne de licorne, grands yeux gris presque mélancoliques.

— Tout porte à le croire. J'utilise ce masque pour mes tournages. Mais je n'ai aucun souvenir d'avoir réalisé ce film-là. Je n'ai fait que le rêver, il y a trois mois. Et le raconter sur MyDarkPlaces.

— MyDarkPlaces ?

— La partie nocturne du DKB. Le réseau social des cauchemars.

Le capitaine Mouscron avait une connaissance superficielle de tout cela. Il se racla la gorge, et dit, en prenant un stylo :

— Bien… Reprenons les choses dans l'ordre… Je vais vous demander de décliner votre identité, mademoiselle, puis nous essaierons de saisir exactement de quoi il retourne.

Une vingtaine de minutes plus tard, il renonça à démêler les explications et demanda :

— Serait-il possible de contacter vos parents, mademoiselle ?

— Ils sont à Liège. Mais ma grande sœur vit à Bruxelles, elle travaille à l'hôpital Saint-Pierre. Je loge chez elle.

— Vous auriez son numéro ?

11.45 a.m.

Mathilde Van de Vogh, vingt-six ans, médecin aux urgences pédiatriques de Saint-Pierre, était arrivée. Sixtine Van de Vogh était en train de lui montrer le film sur son ordi. Mouscron suivait la scène en spectateur. Il voyait la tension monter sur le visage de la sœur aînée. Elle était brune, les cheveux assez longs et laissés lâches, un tailleur noir, strict. Elle avait cet air impatient, presque impérieux, des personnes habituées à commander, vite, précisément, et à être obéies tout autant.

La plus jeune des deux sœurs gardait son air de chaton mouillé tout en expliquant la situation à Mathilde, dans ce langage fait de sigles, de pages « nocturnes », « diurnes », de « DKB », de « MDP », de liens, auquel le capitaine de police ne comprenait rien. « Elle sera jolie comme sa sœur, mais elle est encore à l'état d'ébauche », songea Mouscron. Il les observait. Il était difficile d'imaginer deux sœurs en apparence moins accordées, qui partageaient pourtant un air de famille ; deux sœurs dont le caractère était aux antipodes, estima Mouscron, mais qui étaient inséparables cependant, et dont la plus jeune était probablement sous la coupe de l'autre.

Quand elles eurent fini, l'aînée dit :

— OK. Tu nous laisses quelques instants, Sixie ?

L'adolescente sortit, ferma la porte. La première question du capitaine fut :

— Pour que les choses soient parfaitement claires entre nous, votre sœur souffre-t-elle de troubles psychiatriques, docteur ?

Mathilde Van de Vogh entreprit de tout lui raconter.

Sa sœur disposait d'une page, sous le pseudo Sixie-Dreamy, sur le réseau social DreamKatcher-Book, dit DKB, comme des millions d'adolescents et de jeunes adultes européens. Mouscron en ignorait l'usage. Mathilde lui expliqua.

Sixtine utilisait la partie diurne de sa page, dont l'accès était ouvert à tous, pour diffuser, outre le contenu de ses journées, des films, des créations, des photos.

— Comme sur Facebook ?

— Exactement comme sur Facebook, sauf qu'on ne peut réserver l'accès de cette page à ses seuls amis. Elle est en consultation libre, sans filtre possible, comme le sont les blogs. Des *dayfellows* s'inscrivent sur cette page seulement pour signaler qu'ils suivent ce que vous publiez et recevoir vos contributions sur leur mur, s'ils le souhaitent. Vous me suivez ?

Mouscron hocha la tête.

— Comme une vitrine partagée, quoi, commenta-t-il.

— Absolument, répondit Mathilde. Rien de très original. La particularité du DKB, c'est plutôt la partie nocturne, qu'on appelle MyDarkPlaces. C'est là que les *dreamers* publient leurs rêves.

Mathilde ouvrit une session « nocturne » sur la page de Sixtine. Sur MyDarkPlaces (ou MDP), les publications étaient strictement réservées aux *nightfellows* autorisés par l'auteur. Pas de *likes*, pas de commentaires. Et sur cette session, pas de fil d'actu ou de nouvelles d'autrui, pas de zone de tchat. Juste la possibilité d'envoyer ou de recevoir un message à caractère privé de l'un de ses nightfellows. Puis, d'un clic, Mathilde bascula sur une autre page à l'aspect singulier : elle ressemblait à un sommaire comportant une dizaine de rubriques fixes dont le contenu (lignes de textes, photos, vidéos) changeait sans cesse… C'était l'autre particularité de MyDarkPlaces : toutes les publications de la partie nocturne s'affichaient au fur et à mesure de leur publication, anonyme, sur le DreamContents, Sommaire des Rêves.

— Chaque fois que vous publiez un rêve, vous l'indexez selon son intrigue, son contenu. Par exemple, le rêve de Sixtine qui a inspiré le film était indexé sous les mots : « noyade », « amourette », « meurtre ». On appelle ces mots des T&P, pour « Topics & Plots ». Sur cette page du Sommaire des Rêves, vous voyez les contenus de dix T&P sélectionnés qui s'actualisent à chaque fois que des dreamers postent des rêves édités avec ces indexations. Il y a plus de cinq cents T&P, et le contenu du Sommaire est ouvert à tous. Tout le monde peut lire les rêves de tout le monde. Mais l'auteur reste anonyme s'il le souhaite, ce qui est le cas de ma sœur.

— Donc, quelqu'un a pu tomber sur le cauchemar de votre sœur par hasard sur ce Sommaire des Rêves ?

— Oui, sauf que, dans ce cas, il aurait dû en ignorer l'auteur. Or, celui qui a tourné le film l'a ensuite posté sur la page diurne de Sixtine. Cela ressemble à du harcèlement… Ce qui m'amène à votre question.

12.05 a.m.

Selon Mathilde Van de Vogh, sa sœur Sixtine était hantée, depuis l'âge de huit ans, toutes les nuits. Les visions qu'elle avait dans ses cauchemars portaient des noms médicaux : cela s'appelait, avant l'endormissement, *hallucinations hypnagogiques*. Cela s'appelait *parasomnies* du sommeil lent et du sommeil paradoxal.

Mouscron notait ces termes. Il posait au fur et à mesure les questions qui lui venaient, que la toubib devait trouver naïves ou insultantes peut-être : ces pathologies pouvaient-elles passer pour une forme de folie ? Pouvaient-elles induire des comportements irrationnels, voire criminels suivis d'amnésie ? Avait-on des traitements sûrs, pour empêcher des crises, des délires ?

On avait tout essayé pour faire cesser les terreurs nocturnes, répondit Mathilde. Les traitements – anxiolytiques, benzodiazépines, hypnotiques – avaient été inefficaces. Les psychiatres avaient soupçonné une schizophrénie. On avait passé son cerveau à l'IRM, pendant une phase d'endormissement, pour comprendre. Il n'y avait rien à comprendre.

— En résumé, ma sœur souffre d'une conjonction de troubles du sommeil aigus. Une pathologie rare, difficile à soigner, qui l'aurait sans doute fait passer pour folle il y a un siècle. Et pour une sorcière à la Renaissance. Elle a été harcelée par ses camarades de lycée en début d'année scolaire, quand elle a créé sa première page sur le DKB, et qu'ils ont découvert que certains de ses rêves pouvaient paraître prémonitoires. Elle a dû quitter son lycée, déménager chez moi, fermer sa première page, et elle s'est inscrite à des cours par correspondance. Elle a appris à sélectionner ses nightfellows, aussi, sur sa nouvelle page. Mais elle reste une jeune fille perturbée par ses « prémonitions nocturnes ». Elle s'en sent responsable. Je ne voudrais pas que les persécutions reprennent, sous une forme encore plus raffinée.

Mathilde Van de Vogh nota les coordonnées de l'ancienne page DKB, SixTEEN, les noms des quelques lycéens impliqués huit mois plus tôt dans le harcèlement de sa sœur – Johann Wier, Jan Boucq, Peter Ficin –, et les pseudos de ses actuels nightfellows.

— Et vous ne pensez pas qu'elle aurait pu prendre part à ce film sans s'en souvenir ? demanda encore Mouscron.

— Non. Sixie n'est pas folle. Ses seuls troubles sont ceux du sommeil, et l'actrice qui l'imite dans ce film me paraît parfaitement éveillée.

12.30 a.m.

Quand les deux sœurs eurent quitté son bureau, le capitaine Mouscron songea aux images parfaitement réalistes du court métrage posté sur la page DKB de Sixie-Dreamy. Cela ressemblait *vraiment* à une noyade filmée en direct. Or Mouscron savait, sans en connaître le détail, que de plus en plus de crimes filmés en direct, ou *snuff movies*, étaient diffusés sur Internet. Devait-il signaler cette vidéo ?

Il hésita, puis songea aux arguments de Mathilde : DanyL, le jeune homme cité dans le cauchemar et qui figurait apparemment dans le film, avait publié plusieurs messages aujourd'hui sur sa page DKB. Il suffisait de s'assurer qu'il était vivant. Elle lui avait aussi montré les photos publiées par les harceleurs de sa sœur quelques mois plus tôt, particulièrement troublantes de réalisme : Sixtine Van de Vogh en aruspice, au milieu des viscères ; Sixtine en sorcière au milieu des flammes. À l'ère des effets spéciaux, on ne pouvait plus croire ce qu'on voyait.

Mouscron décida de se ranger à l'avis de l'aînée des deux sœurs Van de Vogh. Il rédigea une note sur son ordi, qu'il envoya à la brigade numérique. Il qualifia le délit : harcèlement.

3

MAI (UNE CENTAINE D'HEURES PLUS TARD)

Fin d'enquête. *08.00 p.m.*

Mouscron rappela Mathilde Van de Vogh quatre jours plus tard.

La brigade numérique avait enregistré la plainte, confirmé auprès de son homologue anglaise que DanyL était bel et bien vivant, et constaté que le film avait été hébergé anonymement sur YouTube, puis posté sur la page de Sixie-Dreamy depuis un ordi sans adresse IP connue, sur un wifi public, un restaurant McDonald's de la banlieue de Bruxelles. Bref, l'identité du harceleur serait difficile à retrouver, sauf à déployer des moyens sans rapport avec l'objet de la plainte.

Mathilde comprit que les policiers avaient d'autres chats plus criminels à fouetter. Dans deux jours, l'enquête serait classée. En un sens, elle comprenait.

4

SEPTEMBRE, SIX MOIS AVANT L'ACTION

Hypnagogie. *12.30 a.m.*

Sixie ne rêvait pas encore, mais les visions s'approchaient, ces hallucinations qui auguraient le sommeil : elle sentait – impression évidente, poignante – qu'une personne attendait, tapie dans ce coin plongé dans l'ombre de sa chambre-studio qui se trouvait au-dessus de l'appartement de Mathilde.

Quelqu'un viendrait s'asseoir sur sa poitrine au moment où elle s'assoupirait. Quelqu'un lui murmurerait la vérité, ou des mensonges, pendant qu'elle suffoquerait.

Ne pas fermer les yeux.

Elle dut pourtant sombrer, car les démons s'invitèrent. Elle savait d'où ils venaient : du tableau de Füssli. C'étaient les créatures du snuff movie. Les *cauquemars.*

Dans la vision, ils n'étaient pas masqués.

Dans la vision, ils sont réels.

Elle est au bord de la Senne.

Cauquemars, têtes démoniaques, pointues, sur corps glabres, pattes caprines. Ricanements voilés.

La personne cachée dans l'ombre de la chambre a parlé, Sixie ne connaît pas cette voix sourde, métallique, qui s'exprime dans plusieurs idiomes inconnus, des langues slaves, puis saxonnes, puis sémites, ésotériques. Sixie les comprend.

« Tu ne l'as pas rêvé, Sixie-Dreamy. »

Sixie est sous l'eau passante.

Elle voit la bouche grande ouverte, les yeux écarquillés de DanyL dérivant, les algues de ses cheveux. Ses derniers cris forment de grosses bulles d'air qui remontent pour crever la surface, avant le silence et la mort. Elle sent les herbes la frôler, s'accrocher à ses pieds. Elle porte sa main à sa poitrine. S'asphyxie-t-elle ? Elle étouffe.

À travers le miroir brouillé de la surface, elle voit son double masqué de la licorne penché au-dessus du canal, les poings sur les hanches. Les cauquemars ont repris leur danse démoniaque. Puis ils s'évanouissent dans les fourrés.

La personne cachée dans l'ombre de la chambre sort des ténèbres : c'est le fantôme du noyé, DanyL, rongé par les poissons, traversé d'anguilles, le visage verdâtre.

« Tu ne rêves pas, Sixie-Dreamy. C'est arrivé. Cela s'est produit. »

Au-dessus d'elle, le paysage a cessé d'être habité, sauf par la silhouette d'une jeune fille maigrichonne penchée sur l'eau, à moitié nue, à la peau dorée et tatouée, à la tête de licorne.

« Cela s'est produit, cela s'est produit… »

La phrase se répète dans toutes les langues.

Sixie est assise dans l'herbe, à la surface.

« Cela s'est produit parce que tu l'as prédit. »

La litanie se ressasse en cinq langues. La Senne est impavide. Les eaux brillent, reflétant le ciel, lisses et plates comme le marbre d'une pierre tombale. Mais sous la surface, un corps et une âme se débattent, là où les créatures grouillent, s'agitent, griffent. Ce qui s'y passe ressemble aux cauchemars sous le front d'une dormeuse.

« Cela n'existe pas. » *12.32 a.m.*

Mathilde entendit Sixie crier et monta, par l'escalier en colimaçon, jusqu'au studio que sa sœur occupait depuis octobre dernier, au-dessus de chez elle, sous les combles. Elle la trouva, assise dans son lit, la lampe de chevet allumée, les yeux hagards. Sixie gémissait, un cri de gorge continu. Elle voyait *quelque chose.*

Mathilde se pencha sur elle, lui caressa les cheveux et répéta, doucement, plusieurs fois :

— Ça n'existe pas, Sixie.

Elle vit que la cendre de sa cigarette allait tomber sur les draps, s'écarta, alla jusqu'au lavabo, dans le coin du studio, pour écraser son mégot. Quand elle revint au chevet de Sixie, son regard, noir et impénétrable, avait changé ; Mathilde sut que sa sœur était revenue dans le monde des vivants.

— Qu'as-tu vu ?

— Je… je suis retournée à Arenberg. Encore. Et les démons se moquaient de moi. Et DanyL était un fantôme.

Mathilde soupira, ferma les yeux. Cela faisait quatre mois que Sixie refaisait ce rêve – depuis qu'on avait posté ce film tellement réaliste sur sa page. Le cauchemar revenait en boucle.

— DanyL n'est pas mort, le flic a rappelé, tu te souviens ? Personne n'est mort à cause de toi.

Mathilde avait espéré que les choses s'arrangeraient après l'inscription de Sixie dans un nouveau lycée, pour sa terminale – qu'elle oublierait DanyL, ses obsessions, le film. Et même les prémonitions ? Oui, même…

Elle répéta :

— Ça n'existe pas Sixie. Tes cauchemars, tes prémonitions.

— Même pas Lucie ? Même pas papa ?

Mathilde ferma les yeux, se tut – toujours la même question, les mêmes noms, les mêmes morts. Sixie venait juste d'entrer au collège quand Lucie Vercauteren s'était jetée du troisième étage, dans la cour. Sixie avait rêvé cette mort, et ce prénom, vingt-quatre heures avant le drame. Après cela, plus rien n'avait été pareil. Et dans les mois suivants, Sixie avait vu son père mourir d'un accident de chasse. Puis cela avait eu lieu.

La médecine ne savait pas expliquer ce genre d'« intuitions ».

La parapsychologie parlait de « pouvoirs mentaux », de l'existence de « médiums ». Mais Mathilde était médecin, elle s'efforçait de refuser ces hypothèses pseudo-scientifiques.

Elle caressait de nouveau les cheveux de sa petite sœur, encore hagarde. Sa main passa sur la nuque puis dans le dos de Sixie, maternelle. Elle effleura le tatouage qu'elle lui avait offert pour ses quatorze ans et qui lui recouvrait le bras.

Sixie frissonna.

Sa toute petite sœur était comme une enfant dans ces circonstances. Mathilde nia l'évidence d'une voix parfaitement calme :

— Même pas Lucie, non. Et papa non plus.

5

SEPTEMBRE, QUELQUES JOURS PLUS TARD

OTNI. *12.30 a.m.*

Le 20 septembre, alors qu'il goûtait quelques jours de repos familial sur un discret îlot proche de la Sardaigne, le ministre irlandais de l'Intérieur, Sean Dalglish, fut victime d'un attentat pour le moins singulier.

À l'heure où il bronzait sur la plage privée de son hôtel, entouré des siens, un avion passa à basse altitude au-dessus de l'endroit, et largua vingt-deux Objets Tombants Non Identifiés, dont les parachutes se déployèrent aussitôt comme autant de corolles.

Ses gardes du corps avaient déjà mis à l'abri le ministre quand le premier des objets expédiés depuis le ciel toucha le sable.

Les vingt-deux colis « aéropostés » se révélèrent être des cochons, vivants, âgés de deux ans, en proie à une grande agitation, qui portaient un masque noir évoquant Zorro, ainsi qu'une cape de Superman, d'un rouge vermillon, sous les sangles de leurs parachutes automatiques. On avait peinturluré les flancs des animaux, en les numérotant de #1 à #22. Deux des ongulés, les #12 et #18, ratèrent leur cible et s'abîmèrent en mer. Un autre, le #13, ne survécut pas au stress généré par son équipée aéroportée.

Le ministre Sean Dalglish avait déclaré quelques semaines auparavant, lors d'une conférence de presse, que tant qu'il serait en poste, Cèsar Diaz et ses troupes seraient considérés *persona non grata* sur le sol irlandais. Cette interdiction administrative de territoire faisait suite aux dégâts que des centaines de jeunes gens avaient causés, lors d'une reconstitution estivale grandeur nature du jeu vidéo *RiotCity*, dans les rues de Dublin. Quand le journaliste de TV3 Ireland lui avait demandé :

— À quelles conditions considéreriez-vous comme légal le séjour de Diaz en république d'Irlande ?

Le ministre Sean Dalglish avait répondu :

— *When pigs can fly*[1].

1. « Quand les cochons sauront voler », équivalent anglais de « Quand les poules auront des dents ».

PREMIÈRE PARTIE

OÙ COMMENCE LE CAUCHEMAR ?

6

NUIT 0

Rêve de Jérémy. *02.00 a.m.*

Jérémy Villain s'éveilla en sursaut, brutalement conscient. Son rêve flottait encore, comme si le dormeur s'était contenté de passer un seuil. Il transpirait abondamment.

Il eut du mal à comprendre ce qu'il faisait sur le sofa, tout habillé. Nuit noire, sauf l'écran de télé. Il battit plusieurs fois des paupières, se frotta les tempes. La mémoire lui revint. Il avait passé la soirée chez sa copine Maud et ils s'étaient vaguement disputés, ce qui leur arrivait souvent ces dernières semaines ; il l'avait laissée rejoindre seule sa chambre, boudeuse, et s'était vautré sur le canapé avec sa console. Il avait fumé un peu d'herbe, puis avait plongé dans les arcanes d'*Urban Brigades IV : Back in Towns* jusqu'à s'effondrer. Et il y avait eu le rêve. Le cauchemar ? Qu'importait ces distinctions… Il se leva, alla plonger la tête sous le robinet de la petite salle d'eau. Puis il revint dans le salon-salle-à-manger-cuisine-pièce-télé-terrain-de-console, ouvrit l'ordi portable de Maud, se connecta au DreamKatcherBook. La session de MaudDELL'ARTE, partie diurne, était ouverte.

Y figuraient des nouvelles de la grève en cours dans toutes les universités parisiennes depuis septembre, depuis que les présidents d'université avaient annoncé une hausse exorbitante des frais d'inscription. Jérémy fit défiler des photos des manifestations, joyeuses ou graves, qui avaient perturbé la rentrée et duraient maintenant depuis six mois ; il zappa le compte rendu de la dernière assemblée générale de la coordination étudiante qui dirigeait le « blocage » des universités et où Maud, en tant que représentante de Censier, était élue. Il négligea les posts de Maud sur les dernières pièces qu'elle avait vues et aimées, sur le dernier album de Powder Flowers, ses coups de sang, ses coups de cœur…

Jérémy bascula sur MyDarkPlaces, où chacun déposait l'inavouable, l'incontrôlable, l'infréquentable ; l'endroit du DKB qui l'intéressait. Maud décrivait ses cauchemars sur une page perso nocturne. Pas Jérémy. Il n'avait pas de nightfellows. Il écrivait directement sur le Sommaire.

Il hésita quelques secondes sur le référencement. MDP proposait au contributeur cinq cents Topics & Plots que Jérémy connaissait presque par cœur. Il choisit finalement : « cauchemar politique », « arrestation », « explosion ».

Posté sur le DKB/MDP/Sommaire des Rêves, le 09 mars, 02.25 a.m.
cauchemar politique – arrestation – explosion

Je suis garé à l'angle des rues Mouffetard et Ortolan, Paris, Quartier latin. Je vois les plaques en fer bleu de ces deux rues. Je suis dans une voiture blanche, j'attends Maldita. Je transpire. Quelque chose m'oppresse, le temps ne passe pas. Je regarde sans cesse l'horloge du tableau de bord. Je sens la sueur qui coule le long de mon dos. Je sais qu'elle doit revenir. Dès que je la vois, je devrai mettre le contact. Je sais qu'elle ne doit pas être prise, qu'elle est prête à mourir – je ne veux pas qu'elle meure, mais à cet instant, je sais que cela va se produire. Cela ne dépend pas de moi. Ma perception de la rue s'accroît, les couleurs sont plus saturées, les visages se déforment, le volume du murmure urbain augmente. Chaque passant semble me regarder, me dévisager comme si j'étais le coupable. Ils savent.

Soudain, je la vois, Maldita, elle vient d'apparaître à l'angle de la rue Ortolan, très loin devant moi. Elle porte un blouson de cuir, son écharpe violette. Elle a les cheveux dénoués qui lui tombent sur le visage. Elle court vers la voiture, je mets le contact, le moteur gronde. En dépit de la distance, je vois dans ses yeux qu'elle a peur. Puis, sans geste de ma part, le moteur se tait. Silence total.

Et l'explosion se produit, loin, très loin. On en entend le vacarme, puis on voit de la fumée noire monter au-dessus des immeubles et tout semble se figer, tous les passants de la rue se retournent, tout le monde regarde Maldita.

Ils savent que c'est elle qui a posé la bombe.

Quelque chose a merdé, je dois l'avertir.

Je voudrais sortir de la voiture et hurler son nom, la prévenir, mais je ne peux pas faire un geste. Paralysé.

Soudain, je vois une charge de cavalerie faire irruption loin dans son dos. Ils sont casqués comme des hussards napoléoniens, mais en uniforme de CRS. Ils ont mis leurs brassards orange de la police. Ils ont le sabre haut. Elle se retourne, elle les voit. Elle me regarde, éperdue.

Derrière elle, les explosions se propagent, d'immeuble en immeuble dans la rue qu'elle vient de parcourir aux trois quarts, fumée, flammes, les vitres explosent sur chaque façade, puis les immeubles s'affaissent comme des châteaux de cartes, de plus en plus proches d'elle, au ralenti.

Elle ne me quitte pas des yeux, je vois qu'elle me voit. Elle a compris que tout était foutu. Les passants se mettent à s'égailler, les explosions sont presque sur eux maintenant, sur les cavaliers, puis sur elle.

Ses yeux me supplient.

La façade de l'immeuble à sa gauche explose littéralement. L'immeuble entier s'effondre dans un panache de fumée, de poussière. Il tombe sur elle.

Je sens l'odeur de brûlé, de caoutchouc et de poudre. La fumée roule vers moi et frappe l'habitacle de la voiture. L'espace d'un instant, je suis dans une tempête de sable, je ne vois rien, j'entends des milliers de débris minuscules qui grêlent sur la carosserie.

Je suis toujours assis derrière le pare-brise, je ne peux pas bouger.

Puis le vent s'engouffre dans la rue Ortolan et chasse la fumée. Il ne reste qu'un trou béant à la place de l'immeuble qui vient de tomber, mais il n'y a aucun décombre sur la chaussée, pas un gravas, la rue a retrouvé son aspect d'avant l'explosion. Comme s'il ne s'était rien produit – sauf la disparition de cet immeuble. Ni les arbres ni les voitures en stationnement ne semblent avoir été touchés par l'effondrement. Il n'y a aucune trace des chevaux, des cavaliers.

Maldita n'est plus à l'endroit où je l'ai vue pour la dernière fois. Elle n'est plus nulle part. Elle s'est évanouie. Je veux crier son nom.

Je sors du rêve.

Jérémy posta son cauchemar sans le relire. Lorsque les deux premières lignes apparurent sur le Sommaire des Rêves, trois secondes plus tard, il eut, comme chaque fois depuis deux ans, un sentiment fugace de solennité. Mais bon sang, qu'il avait soif. Sa gorge était sèche, conséquence de la marijuana qui parasitait son sommeil. Il alla prendre une bouteille d'eau pétillante dans le réfrigérateur, en se promettant d'arrêter tout ça : les jeux, la beuh. L'herbe ne servait à rien. Les jeux vidéo polluaient son imaginaire. L'eau fraîche coula dans sa gorge comme sur du sable trop sec pour pouvoir l'absorber.

Il revint à l'ordi, flâna sur le Sommaire des Rêves, regarda s'actualiser une dizaine de T&P, cliqua sur des rêves en anglais ou en français, selon ce que lui inspiraient les deux premières lignes des publications. Il ignorait délibérément les photos et les vidéos que postaient certains dreamers, et qui ne rendaient compte qu'imparfaitement des visions nocturnes. Seuls les mots pouvaient en laisser entrevoir la beauté ou la noirceur fulgurante.

— Tu ne viens pas dormir ? fit une voix ensommeillée dans son dos.

Il se retourna : Maud se tenait sur le seuil de la chambre, dans un des tee-shirts qu'elle lui avait piqués pour s'en faire des vêtements de nuit. Le tissu remontait très haut sur ses cuisses nues. Elle était ébouriffée, belle ainsi, dans cette obscurité, les yeux brillants comme une créature de la nuit.

— Tu es encore sur le DKB ? Un jour, je finirai par croire que ma pire rivale est un réseau social.

— Ce n'est pas seulement un réseau, Maldita. C'est le territoire de nos rêves.

Elle inclina la tête sur la droite, ferma les yeux ; lasse ou conciliante, elle n'avait pas envie de reprendre leur engueulade là où ils l'avaient laissée.

Trêve. Jérémy se leva, claqua l'ordinateur portable et la rejoignit.

— J'ai rêvé de toi, tout à l'heure… Tu faisais la révolution. Et tu mourais.

Il l'enlaça.

7

JOUR 6

Intrusions. *07.30 a.m.*

— Vittorio… Tu n'as pas dormi ?

— Un job urgent à finir pour Cèsar. Et je suis resté scotché.

Francesca posa devant lui un bol de café fumant. Elle était en chemise de nuit blanche sur laquelle elle avait passé un gilet de laine assez léger. La nuit avait été fraîche. Vittorio De Lorenzo la trouva aussi incroyablement rayonnante qu'au premier jour, quand il l'avait rencontrée, quatre ans auparavant, l'année de leurs dix-neuf ans, à la faculté de Gênes. Francesca Bianca, étudiante en lettres, en histoire et en informatique ; brillante et trop belle pour lui. Elle avait la peau cuivrée, de longs cheveux noirs, quelque chose d'une Sicilienne dans l'air farouche. Elle était de Calabre.

— Mon mec préfère bosser toute la nuit plutôt que de venir dormir avec moi… Ah, il est beau, mon couple ! plaisanta-t-elle.

Il haussa les épaules, un peu piteux… Elle jeta un œil sur l'écran 30 pouces relié au petit portable noir. Une demi-douzaine de pages étaient ouvertes.

— Tu fais encore le flic pour Cèsar ? demanda-t-elle. Je n'aime pas ça.

— Personne n'en a envie, Francesca. Il faut bien que quelqu'un fasse le sale boulot. On ne peut pas avancer les yeux fermés. Les flics nous infiltrent, alors on s'autosurveille…

Vittorio cligna des paupières, puis lui sourit.

— Mais tu as raison, moi non plus, je n'aime pas ça. Il va falloir que ça s'arrête.

— Et c'est qui, cette gamine ? C'est elle qui t'a scotché ? J'ai des raisons d'être jalouse ?

Francesca montrait les photos d'une toute jeune fille aux cheveux blonds coupés court qui s'affichaient à l'écran. Vittorio secoua la tête, se leva, vint se placer derrière elle, lui caressa la nuque.

— Je te présente Sixtine Van de Vogh, alias Sixie-Dreamy. Seize ans, une gamine, comme tu dis. Pas de raisons d'être jalouse. Mais un joli tas d'emmerdes en perspective…

— C'est la fille qui intéresse Teodor ?

— Oui.

— Et tu as trouvé des trucs sur elle ?

— Des tas.

— Je n'aime pas ça, répéta-t-elle encore.

Lui non plus. Mais, grâce à ce boulot de « flic », il avait des réponses.

Il s'était contenté de forcer l'entrée d'une centaine de pages à l'accès plus ou moins restreint, de retrouver des historiques de tchats, de consulter des images. En une nuit, il avait reconstruit la biographie de Sixtine Van de Vogh, peu détaillée encore, mais qui tenait debout. Elle avait tenu successivement deux pages diurnes et nocturnes sur le DKB. Sa sœur la plus proche, Mathilde, en avait également une, exclusivement diurne, depuis trois ans, et avant elle était sur Facebook. Et les quatre autres grandes sœurs de Sixtine aussi. Bref, elles lui avaient mâché le travail.

Sixtine Van de Vogh avait seize ans. Elle était vidéaste amateur, et tournait d'assez bons films sur ses rêves, avec ce masque de licorne qui était sa signature. Elle faisait des cauchemars hallucinants. Si les récits qu'il avait lus sur MDP relataient *vraiment* ses visions nocturnes, elle vivait chaque nuit l'enfer pur et simple. Il avait lu sur la page SixieDREAMY des dizaines, des centaines de cauchemars, détaillés, précis, incroyablement crus. Une forme de folie. Elle avait essayé d'en illustrer certains dans des planches de BD. Elle les filmait, maintenant. Pendant la nuit, à un moment, Vittorio s'était signé : comme tout Italien, il croyait au *diavolo*.

Mais Sixtine Van de Vogh, seize ans, en terminale au Lycée français de Bruxelles, ne présentait aucune des particularités auxquelles Vittorio s'intéressait. Elle ne connaissait pas de flics. Elle n'avait aucune appartenance politique, elle n'avait aucun lien familial, amical, avec des enfants de flics, des militaires, ou autres contacts dangereux pour le PIFR. *Clean*.

— Elle est jolie, dit Francesca en souriant finalement. Teodor a bon goût.

— Bon. J'écris un mail à Cèsar, et je vais me coucher.

07.45 a.m.

> De : vittorio@blackbackyard.org
> À : cesar@blackbackyard.org
> Objet : White sheet
> Pour l'instant, les amours de Nada#2 ne représentent aucune menace.

8

JOUR 53

Vidéo store. *05.30 p.m.*

Vidéo postée sur le DKB/MDP/Sommaire des Rêves, le 1er mai, 02.25 a.m.
ultraviolence – viols – orgies

Des hommes en cagoules noires et gilets de commando, au premier plan, exhibent complaisamment des battes de base-ball devant la caméra. Ils lancent un cri de guerre, avant de shooter dans des bouteilles d'alcool vides. Ils détruisent tous les écrans plats du magasin. Explosions de givre. Derrière eux, debout sur les comptoirs de vente, trois jeunes filles entièrement nues s'arrêtent de danser, apparemment stupéfaites de cette acmé. Puis celui qui semble être le chef du commando désigne deux d'entre elles, et ses hommes s'en emparent. Cela ne dure que quelques secondes sur la vidéo, la scène est filmée en accéléré…

— OK, Gouvenon. Tu peux arrêter… Je l'ai déjà vue deux fois, j'ai mon compte pour la journée. Alors, qu'est-ce que tu en tires ?

Fred Gouvenon se tourna vers le commissaire, qui avait suivi la scène sur l'ordi, debout dans son dos. Abel Fanelli, cinquante-cinq ans. L'homme le plus intimidant du monde, selon le lieutenant Gouvenon, vingt-trois ans. L'homme dont les questions les plus simples replongeaient Fred deux années en arrière, quand il passait ses examens à l'école de police, dans des abîmes de perplexité.

— Ben je ne crois pas que ce soit simulé, patron. C'est exactement tout ce qui s'est passé, y compris... la suite. Pas de trucages grossiers, apparemment pas de coupure dans les séquences, juste un accéléré constant, quatre fois la vitesse réelle. Soit une heure environ de violences filmées en séquence continue et concentrées sur quinze minutes vingt-trois.

Le jeune flic en tee-shirt de geek se tut et fourragea dans son abondante chevelure. Le commissaire, costume gris, cheveux gris coupés en brosse, cernes gris sous des yeux mi-clos de vieux Chinois, visage très maigre et jaunâtre, hocha la tête. « Crazy Fan. » Il se taisait, adossé contre la cloison du minuscule bureau. Un muscle ou un tendon palpitait sur sa mâchoire. Fred conclut :

— Je ne peux pas vous assurer qu'ils ont vraiment fait ça, patron. Je peux juste vous dire que ça a l'air sacrément vrai. Aucune distorsion quand on regarde la vidéo image par image, même avec le zoom.

— Et tu as réussi à faire des captures d'écran exploitables des trois jeunes filles ?

— J'ai mieux que ça... C'est pas d'une super qualité, mais j'ai déjà obtenu des reconnaissances faciales.

Fred cliqua sur son bureau. Les pages réseaux (trois DKB, deux Facebook) des trois victimes, ou complices, ou témoins présumées, s'affichèrent. Le lieutenant arbora un sourire triomphant, mais son commissaire ne le lui rendit pas : il regardait les trois jeunes filles sur l'écran, et grimaça.

— Mineures, toutes les trois. D'accord, Gouvenon. Beau boulot. Sinon, les données techniques ?

— Ça ressemble à de la vidéosurveillance, mais ça peut avoir été tourné avec n'importe quelle caméra HD équipée d'un fisheye. Je devrais avoir déterminé la marque et le modèle d'ici un jour ou deux.

Crazy Fan se taisait. Comme s'il attendait autre chose. Fred, perplexe, ajouta :

— Et au cas où vous seriez trop vieux pour connaître, la bande-son, c'est Proppellerheads, puis Ministry, puis Rob D. Ça figure dans cet ordre sur la bande-son de *Matrix*...

Le commissaire le regarda quelques secondes mais ne fit aucun commentaire.

— *Matrix*, vous ne connaissez pas ? Une histoire de réalité virtuelle, un truc des années 90, assez culte. Au début, le héros suit un lapin blanc. Ça devrait vous parler, ça, Lewis Caroll...

Fred Gouvenon rougit de sa propre insolence.

La porte de l'enfer. *07.00 p.m.*

Les gars de la brigade commençaient à rassembler leurs affaires. Vendredi soir.

Ce soir, ailleurs, trois familles ordinaires ne commenceraient pas un week-end comme un autre. Le commissaire Fanelli regagna le bureau de commandement de « sa » brigade.

L'affaire était à peu près simple. Un internaute avait signalé un nouveau film suspect à l'administrateur français du DKB. L'administrateur avait refilé le bébé à la brigade numérique. Sur les images qu'ils venaient d'analyser, de jeunes salopards cagoulés se filmaient dans un magasin de vidéo. Ils avaient mis en ligne leur orgie. Sur la vidéo figuraient également trois jeunes filles, toutes trois blondes, qui ne portaient pas de cagoule et semblaient mineures – ce que venaient de confirmer leurs pages réseaux. Les gamines commençaient par boire et fumer des substances interdites à leur âge, puis s'effeuillaient maladroitement, sous les applaudissements des cagoulés, puis… il n'avait aucune envie de repenser à ce qui se produisait ensuite, entre elles et quelques-uns des cagoulés. Étaient-elles des victimes obligées de s'exécuter ? Des gamines embarquées par naïveté et qui, sous l'effet des produits consommés, avait déjà oublié tout le reste ?

Fanelli frissonna. Pauvres petites connes… Il aurait bien prié pour qu'on les retrouve vivantes. Mais le commissaire ne priait plus depuis longtemps. Et l'hypothèse la plus probable était que les trois filles étaient déjà mortes lorsque leurs bourreaux avaient mis la vidéo en ligne. Cela se produisait de plus en plus souvent. Le matériel pornographique qui circulait sur le DKB/MDP était le témoignage de crimes. Des assassins se photographiaient avec leurs victimes, filmaient les meurtres eux-mêmes. Ils publiaient tout ça sur Internet, pour des raisons obscures, en s'imaginant que le fait d'utiliser une adresse IP insoupçonnable (par exemple celle d'un magasin de vidéo saccagé) éviterait qu'on les retrouve…

Il passa un coup de fil à la brigade des mineurs, demanda qu'on recherche Priscilla Dampierre, Romane Manet et Clémence Dugoin. Il indiqua les coordonnées figurant sur les pages DKB de chacune – ces pages publiques où elles ne cachaient rien de leurs petites vies, de leurs émois. Il précisa que les trois jeunes filles pouvaient avoir été victimes de viol :

— Elles figurent dans un film mis en ligne et publié sur MyDarkPlaces, et elles sont les seules à visage découvert.

À l'autre bout du fil, son interlocuteur soupira.

— Je vous envoie un mémo complet, ajouta Fanelli. Vous vérifiez tout de suite si elles sont chez papa et maman ?

Puis le commissaire passa dans le réduit qui jouxtait son bureau officiel. Il se sentait mieux dans cette pièce à peine plus grande qu'un placard, sans ordi, sans téléphone, et tapissée de livres. C'était sa pièce pour penser.

07.30 p.m.

La brigade des mineurs avait sans doute passé ses coups de fil, maintenant. Fanelli se représenta les parents de Clémence, Romane et Priscilla. Papa et maman, de braves gens, sans doute, à mille lieues d'imaginer ce que leurs filles subissaient sur cette vidéo. À moins que papa et maman puissent très bien se l'imaginer, parce que papa et maman consommaient eux-mêmes ce type de spectacle sur MyDarkPlaces ?

Il se gratta la tête.

Il commandait cette brigade spécialisée depuis trois ans. Elle avait été créée au moment de l'explosion des crimes mis en ligne sur le Web qui correspondait, grosso modo, à la naissance de leur foutu DKB. Était-ce à ce moment qu'il avait commencé d'être « trop vieux », comme disait Gouvenon ? Lorsque le réseau DreamKatcherBook avait remplacé les précédents, et que les portes de l'enfer numérique s'étaient ouvertes en grand ?

« Sa » brigade faisait le tri dans les milliers d'images vraies et fausses qui circulaient chaque jour sur la Toile. Elle vérifiait spécifiquement les images d'exhibitionnistes se mettant en scène pendant qu'ils commettaient un crime. Elle recherchait les délinquants qui commercialisaient ce type d'images, et ceux qui les achetaient. Étrangement, en bons internautes bien disciplinés, l'immense majorité des criminels postaient leurs créations sur le versant du DKB réservé aux rêves et aux cauchemars.

On frappa à la porte. Gouvenon entra.

— Bon ben… je vais y aller, patron.

Gouvenon se dandinait d'un pied sur l'autre. Il ressemblait à un post-adolescent, à un petit branleur consommateur de jeux vidéo, mais c'était un bon flic. Et il deviendrait un très bon flic s'il réalisait qu'il y avait des vies *réelles* derrière les écrans.

— OK, Gouvenon. Je reste encore un peu.

Gouvenon avait sa propre page, diurne et sans doute nocturne, sur le DKB. Étrange. Incompréhensible même, aux yeux de Fanelli… Le commissaire ne savait pas ce qui était le plus insupportable sur ce réseau : les crimes eux-mêmes, l'absence totale de remords de ceux qui les avaient perpétrés, la parfaite immoralité de ceux qui consommaient les vidéos ou le fait qu'ils soient parfois commis à des seules fins de célébrité sur la Toile. Ou bien était-ce l'innocence des victimes qui s'offraient naïvement en pâture, parce qu'elles avaient cru à la promesse de devenir les stars d'un jour ?

Il ouvrit le tiroir de son bureau et en sortit un ordinateur portable qui n'appartenait pas au service. Gouvenon l'avait configuré pour lui. Fanelli ouvrit les pages DKB de ses deux filles, Justine et Aude. En se massant les tempes, il lut leurs dernières conversations, insignifiantes ou essentielles, – c'était une question de point de vue –, y compris leurs tchats privés théoriquement inaccessibles. Rien n'indiquait que des prédateurs se soient intéressés à elles. S'il ne tenait qu'à lui, ses filles ne posséderaient pas de pages sur quelque réseau que ce soit, mais leur mère était d'un avis contraire – « aujourd'hui, cela fait partie de la vie sociale ordinaire des adolescents » –, et elles vivaient chez leur mère. Il ne les voyait que quelques heures par mois. Enfin, certains mois.

Il força ensuite l'accès à leur page MyDarkPlaces. Il n'avait pas d'autorisation pour le faire, mais depuis la brigade, grâce aux bidouillages de Gouvenon, il pouvait sans problème passer outre les protocoles afin de s'inviter comme nightfellow sur n'importe quelle page. Il ne ressentait aucune culpabilité à espionner ainsi ses filles. Elles auraient détesté l'apprendre, mais elles ne l'apprendraient pas ; et le monde numérique était infiniment trop cruel pour laisser deux anges de quinze et treize ans y voler seuls de leurs propres ailes.

Il commença de parcourir le récit de leurs derniers rêves. Justine, l'aînée, racontait ses amours rêvées avec un certain « Jules », dit « El-Che » avec une précision qui lui fit éprouver une gêne toute paternelle.

9

JOUR 54

Vidéopéras. *06.30 a.m.*

Theo Chaplin avait fait fausse route pendant la moitié de la nuit.

L'accouchement de *Stillborn World*, sa dernière production (un film musical composé à partir des *trailers* des jeux vidéo *Voodoo Scream*, *Zombieland* et *Resident Evil*), avait été long, chaotique. Il avait cherché des ambiances sonores douces, presque neigeuses, pour son vidéopéra ; une atmosphère qui ralentirait l'action, la figerait en la poétisant. Mauvaise pioche. Puis il avait essayé le *Voodoo Chile* de Jimi Hendrix. Trop littéral. Finalement, à force de tâtonnements, il avait trouvé. *Symphonie du Nouveau Monde*, Anton Dvóřak, 4e mouvement : *Allegro con fuoco*. La première mesure, violons, évoquait étonnamment celle des *Dents de la mer*. Puis la chasse aux zombies devenait un opéra entier, condensé, un triomphe. Il grommela quelque chose qui ressemblait à de la satisfaction, se leva, tourna en rond, les yeux fermés. La musique l'habitait. Celle-ci, comme toutes les autres.

Il hébergea la vidéo sur YouTube, la publia sur sa page intitulée VideoMONK, puis la regarda à nouveau – comme s'il ne pouvait l'appréhender de l'œil du spectateur qu'ainsi, une fois publiée et partagée. La flûte traversière, à 8'50", soulignait parfaitement la boucherie finale de *Zombieland*, lui conférant une forte dose d'ironie. Tout était dans ce décalage.

Avec *Stillborn World*, la page diurne de Theo proposait désormais cent deux vidéopéras – « tes œuvres lyriques », disait Sixie. Si la vidéo recevait cinq cents likes, elle apparaîtrait sur le Sommaire des Jours, la vitrine des publications diurnes, catégorie : *Shred trailers*. Mais de cela, Theo se foutait royalement. Ce qui comptait, c'était l'œuvre.

Le jour se levait. Il se sentait agréablement décalé. Il avait traversé la nuit, seule âme éveillée, n'étaient quelques voitures qui passaient en trombe dans la rue de Verrewinkel ; il finissait sa journée quand tant d'autres s'apprêtaient à commencer la leur, privilège des samedis matin à l'internat, sans lycée. Il envoya un message dans la zone de tchat de Sixie-Dreamy :

VideoMONK : Le moine fou est heureux de vous annoncer la naissance de son nouveau-né. Lyrique, cette fois ?

Ensuite, il laissa un message privé sur le MyDarkPlaces de son amie.

VideoMONK : Tu dois te réveiller avec le soleil. J'espère que la nuit a été supportable.

Il vérifia : elle n'avait pas encore publié le cauchemar de sa nuit. Il relut ses deux phrases, se demanda après coup si le ton était suffisamment tendre ou au contraire trop familier. C'était le genre de questions qu'il se posait tous les jours, chaque fois qu'il s'adressait à Sixie-Dreamy/Sixtine Van de Vogh, en fait.

Et chaque fois, il se disait que modifier le message le rendrait encore plus suspect, avant de s'exécuter tout de même, une fois sur deux.

Réveil de Sixie. *10.00 a.m.*

Le visage aurait pu être celui d'une morte, une Dormeuse du Val adolescente, longs cils noirs adoucissant les yeux clos, bouche large et très ourlée. Cependant, le masque mortuaire vivait, les paupières frémissaient parfois. Le mouvement oculaire pendant le sommeil traduisait le passage des rêves. La jeune rêveuse se mordit les lèvres dans son sommeil ; elles devinrent livides. Ses traits changèrent, se tirèrent ; une ride d'effroi barra son front. Deux gouttes de sueur perlèrent à la naissance de ses cheveux blonds. Elle murmura quelque chose, une protestation peut-être.

Puis la Dormeuse s'apaisa.

Dans les combles aménagés, les rayons du soleil du milieu de matinée entraient largement par la fenêtre ouverte. Ils atteignirent la jeune fille endormie, jouèrent quelques instants sur sa peau dorée, luisante de sueur. Brusquement, ses paupières s'ouvrirent, et la vie revint sur son visage : deux grands yeux noirs, très sombres. Sixie sourit.

Elle se leva d'un bond, se dévêtit, entra dans la douche. Avant de déclencher la cataracte, elle s'ébouriffa comme si elle cherchait à chasser par ce geste les sombres visions qui dansaient dans son crâne. Cauchemars. Il fallait essayer de s'en défaire. Cela lui prendrait quelques minutes ou quelques heures. Elle irait tout à l'heure sur MDP pour les déposer comme un fardeau. Elle tourna le robinet. La douche, d'abord glacée, puis à peine tiède, tomba en averse. Un rictus demeurait, fixe, sur son visage, une sorte de moue qui s'enjoua progressivement, et qui griffait une fossette sur sa joue droite. L'eau devenue très fraîche l'arracha définitivement au Royaume des Ombres. Chaque matin, elle éprouvait le soulagement qui envahit une survivante, après une catastrophe.

Réveil musculaire de Cèsar Diaz. *10.00 a.m.*

Cèsar Diaz termina sa troisième série de pompes sur le tatami installé dans un angle de sa chambre, puis se releva. Il était pieds et torse nus dans un pantalon de battle-dress sombre. Il s'infligeait une discipline physique militaire. Pour autant Cèsar n'aimait pas l'armée, ni l'idée de discipline, de hiérarchie, de bataille rangée, et de toute autre chose relevant du même ordre. Il y avait dans la pièce un sac de sable suspendu au plafond, comme ceux que les boxeurs utilisent pour le travail de fond, ainsi qu'une barre de traction et un praticable fixé au mur, mais aucune de ces machines sophistiquées qu'on trouve dans les salles de musculation et qu'il aurait largement pu se payer. Cèsar n'aimait d'ailleurs pas davantage le sport que l'art militaire. Il n'aimait ni les règles, ni la compétition, ni les arbitres. S'il s'adonnait à un exercice physique quotidien, c'était juste parce qu'il voulait que son corps réponde parfaitement, pendant le jeu.

Il s'assit sur son futon, ferma les yeux, consacra deux ou trois minutes à réguler sa respiration. Le lit était défait. Une fille avait dormi ici cette nuit ; elle s'appelait Adèle et ne l'avait pas reconnu – elle ne connaissait peut-être ni Cèsar Diaz, ni Nada#1, son célèbre double. Adèle avait cru passer la nuit avec Jérôme, un étudiant en histoire. Elle l'avait trouvé beau, séduisant, ou peut-être drôle – qu'importait la raison, au fond. C'était mieux ainsi. C'était rassurant. L'odeur de la jeune femme flottait encore dans la pièce, un mélange d'épices et de bois sec. Ils avaient fait l'amour plusieurs fois, et beaucoup ri. Il ne la reverrait pas. À cette heure, Cèsar Diaz était seul dans l'appartement de quatre pièces qu'il possédait rue Mesnil, à Bruxelles, Belgique, *Kingdom of Anarchy*. Son royaume provisoire.

Après s'être essuyé les bras, le front et le buste avec une serviette éponge, il se leva, traversa la pièce et prit une arme de poing posée sur la commode. Il s'agissait d'un colt 45 automatique, un pistolet classé en arme de première catégorie, pour lequel il ne possédait aucun permis et dont la détention pouvait l'envoyer en taule assez longtemps. Ce genre de « détails » mettait Vittorio dans un état de grande fébrilité. Vittorio s'échinait à édicter des consignes de sécurité pour éviter que la situation ne dérape. Il disait à Cèsar : « Plus je sécurise l'organisation, plus tu joues avec le feu. » C'était vrai. Vittorio disait aussi : « Putain, tu agis exactement comme si tu voulais qu'on t'arrête. » Ça, ce n'était pas vrai.

Dans la pénombre, Cèsar Diaz alla vers le lavabo, et exécuta des mouvements de maniement de son revolver automatique devant le miroir. Le reflet qu'il voyait dans le miroir était-il le sien – ou celui de Nada#1 ? Il ne s'était pas rasé depuis deux jours. Cette négligence lui dessinait déjà une barbe de naufrageur. Il était par ailleurs extraordinairement velu – un poil noir et brillant de Catalan sur une peau olivâtre – si bien qu'on distinguait à peine les tatouages de son bras gauche, son flanc gauche, et son épaule gauche. Il s'agissait, encre sur peau, de phrases en catalan, signifiant « l'anarchie est l'état le moins naturel, donc le plus civilisé du monde », « l'homme est un homme pour l'homme » et « nous ne passerons pas » ; il s'agissait encore de deux revolvers entrecroisés, d'un drapeau de pirate, d'un cornet à dés. Un *memento mori* complet couvrait son dos. Il portait également un poignard tatoué sur le mollet gauche, recours absurdement inutile en cas de danger.

Il s'était fait tatouer dans les semaines qui avaient suivi la vente de son application Tell Me Who Ya Kill, permettant d'insérer le gif animé d'un tueur armé dans n'importe quel fichier photo ou vidéo, pour la somme de 200 millions de dollars. Ses tatouages lui servaient de pense-bête, disait-il, pour « ne pas oublier ».

Il arrêta sa pantomime armée, posa le pistolet, se roula une cigarette dans le paquet de tabac qu'il venait de sortir de son battle-dress. Tout son corps s'était brusquement détendu. Sur son bureau – une simple planche posée sur deux tréteaux –, deux ordinateurs portables clignotaient. Les persiennes closes maintenaient une semi-obscurité dans la pièce. Adèle n'avait pu se douter de rien : cet endroit ne ressemblait pas à l'appartement d'un multimillionnaire d'Internet, fût-ce un multimillionnaire de vingt-trois ans. Cèsar ouvrit le premier MacBook, envoya de la musique sur de puissantes enceintes. *Master of Puppets*. Il revint au lavabo puis, après de rapides ablutions, il enfila un tee-shirt noir des All Blacks. Il passa le sweat noir à capuche qui complétait son uniforme, chaussa pieds nus ses brodequins en cuir sombre.

Il prit la couronne de taille et d'aspect exagérés, presque clownesque, de métal spectaculairement doré, posée sur la commode de sa chambre, remonta sa capuche sur sa tignasse frisée et s'en coiffa la tête. Il était devenu Nada#1. Il ressemblait maintenant au Nada#1 qu'attendaient des milliers de jeunes gens, et il allait déclencher le chaos du jeu encore une fois – se pouvait-il que tout cela ait un sens ? Francesca Bianca-De Lorenzo disait : « Tu ne fais que jouer. Mais ce n'est pas un jeu, Cè'. Tu es en train de te gâcher. » Peut-être. Reste que cela faisait transpirer toutes les polices d'Europe.

Par omission. *10.05 a.m.*

> [...] Je quitte la fille, je descends l'escalier métallique par lequel nous sommes montés, il est devenu interminable, je m'y perds. Labyrinthe. J'entends des pas au-dessus de ma tête, les pas de la fille sur les marches de fer. Elle s'est mise à courir. Je ne veux pas qu'elle m'attrape, je me mets à courir aussi, je tombe, c'est un puits sans fond ni lumière. Je sors du songe.

Jérémy relut brièvement son rêve avant de le publier – le dernier rêve, celui dont il conservait le souvenir. Vision nocturne sans Maud, mais avec une fille dont le corps nu avait été précis et le visage flou.

Le rêve rejoignit le Sommaire des Rêves ; des milliers d'inconnus le virent simultanément, ceux qui avaient ouvert les Topics & Plots « labyrinthe », « adultère » ou « rupture ». Certains allaient le lire et le rêve de Jérémy nourrirait alors d'autres rêves, des pensées conscientes… Mais qu'en aurait-elle pensé, si elle l'avait découvert ? Il n'y avait aucune chance que Maud le découvre.

Après avoir lu les contributions dans plusieurs T&P, Jérémy se prépara un café et fit frire deux œufs dans une poêle. Ensuite, il sortirait jusqu'au soir.

Ils s'étaient de nouveau engueulés la veille, avec Maud. Elle trouvait qu'il sabordait sa première année de fac de médecine. Il lui disait que quelque chose de neuf, de plus important, s'accomplissait sur MDP. Elle répondait qu'il ferait mieux de s'occuper de ce qui se passait « dans la vraie vie », à l'université, plutôt que de passer son temps devant le Sommaire des Rêves.

La grève à l'université avait compté pour eux, sacrément. Ils s'étaient rencontrés devant la fac de médecine, le jour de la rentrée universitaire. Les étudiants parisiens plus âgés ou plus politisés, qui s'étaient concertés pendant l'été, accueillaient les nouveaux, leur expliquaient les raisons du blocage illimité de toutes les facultés : l'augmentation du coût des universités était européenne, la vague de manifestations, de grèves, de protestations, également. Jérémy était tombé sur Maud, étudiante inscrite en deuxième année de licence d'arts du spectacle option théâtre, membre de la coordination étudiante de la faculté voisine de Censier, évidente, belle comme une pasionaria, avec son foulard violet et sa grande gueule : Maldita. Une soirée à discuter, de politique puis une nuit à parler d'eux et, le lendemain, Jéremy restait pour la première fois dormir chez Maud. Oui, la grève *avait* compté. Et maintenant ?

Jérémy n'y croyait plus. Sept mois avaient passé depuis la rentrée. Les étudiants occupaient toujours les facultés, les lycéens les plus politisés multipliaient maintenant aussi les blocages, les gouvernements européens refusaient de céder, les cours ne reprenaient qu'épisodiquement et Jérémy se moquait de plus en plus de cette année gâchée comme de celles à venir. Il ne s'était pas inscrit aux examens de fin de semestre qui, de toute façon, n'auraient pas lieu. Le savoir ne se trouvait plus en cours et la révolution ne passerait pas par ces organisations d'étudiants vindicatifs et bavards que fréquentait Maud. Le savoir et la révolution se découvraient dans le nouveau continent que MyDarkPlaces défrichait, le territoire des rêves, de l'inconscient, continent numérique pour la noosphère. *Dreamland.* L'autre côté…

Avec deux ou trois potes, ils avaient décidé de s'offrir un *voyage* par mois de l'autre côté. Le prochain aurait lieu ce soir même. Jérémy commença de faire son sac. Il passerait chercher le reste de ses affaires à Aubervilliers, dans la chambre qu'il gardait chez ses parents. Il planquait là-bas les doses de came qu'ils avaient volées à la pharmacie de la fac.

Brunch. *11.00 a.m.*

Sixie avait envie d'une orange pressée à la terrasse d'un café… Pourquoi se priver, un samedi matin, avec le fric de Mathilde ? Sa sœur disait qu'elle était une petite fille gâtée. Elle avait raison.

Sixie enfila ses baskets, prit son portefeuille et un trousseau de clés. Un coup d'œil à son smart phone : Theo avait envoyé un message ce matin très tôt.

VideoMONK : Tu dois te réveiller avec le soleil. J'espère que la nuit a été supportable.

Elle sourit de sa gentillesse – de sa délicatesse, même, c'était le mot –, vit qu'il avait posté un nouveau film sur sa page diurne. Elle remit le visionnage à plus tard, quand elle serait devant son ordi, les films de Theo méritaient cela.

Quelqu'un avait aussi laissé un message privé sur sa page diurne. Son admirateur secret.

SixFAN#1 : Pas de fille à la licorne depuis dix jours. L'oisiveté est-elle la mère de tous les vices ?

L'admirateur inconnu lui écrivait depuis six mois, presque toutes les nuits. Elle trouvait ça, selon les jours, apaisant ou flippant, de savoir que quelqu'un, quelque part, suivait sa vie, ses films, son « œuvre ». L'admirateur inconnu, SixFAN#1, n'avait jamais proposé de la rencontrer, ne s'était jamais enquis d'une réponse à ses messages, ne lui avait jamais demandé un accès à sa session nocturne. Il semblait se contenter d'être là et de lui envoyer un message tous les jours. Comme elle, qui épluchait la page de DanyL depuis quinze mois sans jamais oser donner signe de vie ?

Il faisait beau, la nuit était loin, déjà, la vie était belle. Et si elle contactait DanyL précisément aujourd'hui ? Il aimait le cinéma. Il était beau comme un dieu. Il s'intéressait à la sorcellerie, croyait aux prophéties, aux démons de la nuit, au vaudou. Cela faisait beaucoup de bonnes et de très mauvaises raisons pour faire connaissance. Après tout, elle était une sorcière, en un sens… Mais si les choses marchaient entre eux, comment éviter de lui donner accès à son MDP ? Comment éviter de lui avouer : « Hey, je suis la fille qui a rêvé qu'elle te noyait, il y a un an ! Tu te souviens, c'est à cause de moi que les flics sont venus vérifier que tu étais vivant. » DanyL avait raconté l'épisode sur sa page diurne : l'appel des flics qui avaient repéré son sosie sur un film ressemblant à un snuff movie. Il en avait plaisanté, beaucoup, avait même lancé un appel au mystérieux « témoin belge » pour qu'il se manifeste. Elle avait cru mourir de honte.

Y aurait-il un jour un moyen de tout recommencer de zéro, d'un coup de gomme ? Créer une nouvelle page, travestir son MDP. Mentir à un amoureux – même virtuel pour l'instant – ne semblait pas être la meilleure façon de commencer une relation, quelle qu'elle soit. Sixie remit sa décision de contacter DanyL à plus tard, comme chaque jour depuis un an, dégringola l'escalier qui menait à l'appart de Mathilde, puis sortit en claquant la porte.

WorldWide live. *11.30 a.m.*

Nada#1 était passé dans la pièce aveugle qui jouxtait sa chambre. Assez grande, elle affichait un décorum déroutant : c'était une pièce presque entièrement vide, aux sols et aux murs tendus de draps blancs, si bien qu'elle paraissait sans ombres ni limites – les limbes. Cèsar Diaz alluma deux projecteurs puissants, équipés de réflecteurs, qui concentrèrent leur lumière sur une chaise tapissée de velours pourpre posée au milieu de la pièce, sur une estrade de trois marches, blanche elle aussi. D'un geste familier, il alluma la caméra HD fixée sur un pied, ainsi que l'ordinateur portable relié à une tablette numérique.

Il accrocha un micro-cravate sous son maillot, puis alla s'asseoir sur son trône. Il adopta une pose négligente, cala la tablette sur ses genoux, et fixa l'objectif de la caméra – œil de cyclope. Le cadrage était toujours le même à chaque performance *live*. L'image apparut sur l'écran de sa tablette, puis il déclencha à distance la webcam. Une lumière verte brilla. Le monde entier vit Son Altesse Anarchiste Sérénissime Nada#1 sur son trône, flottant dans un espace vide et blanc, qui s'apprêtait délivrer un message à l'univers.

Contagion (1). *11.45 a.m.*

Avant de quitter le deux pièces de Maud, Jérémy gribouilla un mot sur un post-it qu'il colla sur le frigo : « Je m'absente quelques jours. » Puis il se ravisa, et envoya à sa copine un message moins sec qu'elle trouverait un peu plus tard sur sa page MaudDELL'ARTE. Au moment précis où il allait fermer l'ordi, une vingtaine de personnes qu'il suivait sur Twitter postèrent des messages :

#CèsarDIAZparle

#Playitforreal

#JustKILLvirtualreality

Il éteignit l'ordi et secoua la tête avec dédain.

Contagion (2). *11.45 a.m.*

Depuis un écran situé quelque part en Europe, un membre de l'International Board, l'état-major, du Play It for Real (PIFR) avait annoncé la nouvelle sur Twitter. Le Board le lui confirmait par mail.

« Nada#1 parle. #PIFR »

« PIFR ! #Backinblack »

« Alerte Reality versus fiction… #ARGinBelgium »

Aussitôt, des milliers d'écrans s'étaient ouverts sur la page « LiveChaud » du site du PIFR.

Cèsar Diaz, assis sur son trône, vit des messages apparaître dans l'espace tchat du site, à droite de l'image carrée qui diffusait la vidéo *live* de SAAS Nada#1.

« Votre altesse… »

« Yo Nada#1 ! »

« Parle, nous écoutons. »

Il salua l'écran, puis regarda de nouveau la caméra, et dit :

« Envie de jouer ? Que diriez-vous d'une petite partie de guérilla urbaine ? »

Il sortit de sa ceinture le colt 45, à canon long, d'un acier mat, familier aux joueurs en vue subjective. À l'écran, il était impossible de distinguer s'il s'agissait d'un modèle authentique ou d'une assez bonne réplique. Cèsar songea à la mine que devait tirer Vittorio, derrière sa bécane, à Rome.

Contagion (3). *11.45 a.m.*

Sur la terrasse où elle s'était installée, Sixie Van de Vogh jeta un œil à l'écran de son smartphone et vit que beaucoup des comptes Twitter qu'elle suivait annonçaient un nouveau Play It For Real.

Nada#1 était un dingue. Le PIFR était un truc de dingues qu'adoraient certains de ses copains de lycée ou de ses « amis » DKB : reconstituer des jeux vidéo dans les rues et les centres-villes, grandeur nature et sans limite de temps. « S'initier à la guérilla urbaine, une activité saine et ludo-éducative », annonçait la page officielle du PIFR.

Des parties géantes de pistolets à billes de peinture se jouaient depuis deux ans dans des villes où les adeptes de Nada#1 semaient le chaos, violaient la loi et la décence. C'était brutal, désorganisé et spontané – en apparence. C'était un genre de carnaval des fous. La plupart des copains de Sixie se contentaient d'admirer de loin les joueurs du PIFR, mais elle connaissait deux lycéens qui avaient pris part à la dernière partie, qui s'était jouée à Athènes, sur l'Acropole.

Et Theo ? Theo entretenait un étrange rapport avec le PIFR. Elle avait plusieurs fois entendu son ami dire son admiration pour Cèsar Diaz et sa Black Clowns Army, mais il ne retwittait pas les messages liés au PIFR. Et s'il réalisait des trailers de chaque partie, comme des dizaines de milliers de fans, ses films semblaient plutôt se moquer des joueurs.

Sixie ouvrit finalement la page VideoMONK sans attendre d'être de retour devant son ordinateur et regarda le film que Theo avait publié : des zombies et des morts-vivants dansaient sur une symphonie de Dvóřak. À les voir, il devenait brutalement évident que ce nouveau monde était déjà mort, que ce déjà-mort était un nouveau monde. Les concepteurs de ces jeux vidéo ignoraient que leurs créatures avaient une âme dont Theo montrait la grâce. Elle rédigea un message privé à VideoMONK.

SixieDREAMY : Theo, tant de laideurs pour tant de beauté. Tu ne serais pas alchimiste ?

Contagion (4). *11.45 a.m.*

Theo marchait dans la ville, les mains dans les poches, un gros casque stéréo sur les oreilles. Il ne s'en lassait pas : le samedi matin, l'internat du Lycée français de Bruxelles était quasiment vide. Il allait dériver toute la journée en ville et en musique, choisissant sa bande-son au gré des images qui filaient devant ses yeux. Comme s'il composait la BO d'un nouveau film, sans cesse inattendu. Il ne tuait pas le temps, il l'habitait, heureux de la fatigue de sa nuit blanche, un peu titubant, presque soûlé. Les copains rentraient chez eux le week-end. Pas lui. *Chez lui* n'existait pas, pas vraiment.

Contagion (5). *11.45 a.m.*

Alice Kowacks découvrit les alertes Twitter dans le métro parisien qui l'emmenait gare de Lyon.

Avec son sac à dos, son cuir et son keffieh sur son sweat à capuche bleu, son jean et ses baskets, elle ressemblait à un garçon manqué malgré ses traits fins et sa chevelure fauve longue et abondante, ou à une post-ado routarde. Ses voisins de métro ignoraient qu'elle portait une arme d'un gros calibre sous son aisselle gauche, dans un holster réglementaire. Garçonne, flingueuse : Damien Maillol n'aimait pas cela. Il disait qu'Alice ferait mieux de « prendre soin d'elle », d'« essayer de s'arranger, d'être plus sexy, plus féminine ». Elle n'avait pas fait d'effort pour autant, pas davantage que d'habitude, alors qu'elle s'apprêtait à le rejoindre, à Montpellier, pour trois jours.

Elle sortit sa tablette, se connecta au site du PIFR, vit que Nada#1 était en « LiveChaud », ce qui signifiait qu'il allait annoncer une nouvelle partie. Elle comprit immédiatement que son week-end avec Damien tombait à l'eau.

Elle ne prit même pas le temps de se demander ce que cela signifiait pour eux deux. Ou le savait-elle trop bien ? Damien était son petit copain depuis quatre ans. Cela faisait deux mois qu'ils ne s'étaient pas vus. Et ils espaçaient chaque fois un peu plus les retrouvailles… Cela virait à l'aigre, à l'amertume. De mois en mois, par téléphone, sur Skype ou par mails, ils s'accablaient de reproches : Damien lui gardait rancune d'avoir choisi d'entrer à l'école de commissaires de police de Saint-Cyr, en banlieue lyonnaise, puis d'avoir demandé un poste à Paris, très loin de sa faculté à Montpellier. Alice lui en voulait de ne pas comprendre que sa vie était là, précisément, dans ce boulot, qu'elle réalisait le rêve qu'elle avait depuis l'enfance et la lecture de ses premiers polars – faire ce métier d'homme, arrêter les coupables et protéger l'innocence, arme à la main.

— Tu es une petite fille qui se déguise en cow-boy, lui avait-il dit la dernière fois. Faudrait ouvrir les yeux, Alice.

— Pourquoi ? Tu préférerais que je me déguise en Cendrillon ou en boniche ? avait-elle répliqué.

Ils s'étaient quittés en froid. Mais la veille au soir, sur Skype, Damien lui avait de nouveau promis qu'il essaierait de la comprendre, qu'il voulait parler avec elle, la retrouver pendant deux jours, sans engueulade, et retrouver la magie de leurs années passées ensemble à la faculté de droit. Elle écrit un SMS laconique à son intention :

Désolée, je ne pourrai pas venir aujourd'hui, ni demain sans doute. Le boulot me tombe dessus. *Bad bad luck.*

Puis un autre :

Je te rappelle. *Kisses.*

Elle n'eut pas même l'idée de s'en vouloir. Elle était flic, elle n'y était pour rien. Elle changea de métro pour prendre la direction du siège de la DCRI, la Direction centrale du renseignement intérieur. Elle avait branché son casque à sa tablette et essayait de saisir les propos de Nada#1, malgré la connexion médiocre et le vacarme de la rame.

La webdémocratie. *11.50 a.m.*

« JKTFVR, *Just kill this fuckin' virtual reality*[1]. »

Des dizaines de commentaires enthousiastes, déférents, tombaient sur le tchat. Depuis une minute,

1. « Tuons cette putain de réalité virtuelle. »

SAAS Nada#1, les yeux rivés sur son écran, affectait de les lire avec attention. Finalement, il esquissa un geste souverain pour signaler qu'il allait prendre la parole. Bastian, un Anglais de vingt et un ans qui les avait rejoints trois mois plus tôt, lors de la mise en scène de *Zombie Hunter* dans la zone industrielle de Bristol, venait de suggérer : « *What about Urban Brigades ?* » C'était l'idée que SAAS attendait. Il fit mine de réfléchir un moment, leva les yeux au ciel, le menton posé sur deux doigts – mauvais acteur, ou bon acteur jouant le mauvais ? Puis il regarda droit dans la caméra :

— *Good idea, Bastian !* Jouez la saison IV d'*Urban Brigades, Back in Towns.* Vous devriez pouvoir vous amuser. En attendant, entraînez-vous, aguerrissez-vous et préparez-vous au désordre.

Son doigt sur la télécommande coupa la diffusion. Il savait que deux heures plus tard, les premiers teasers réalisés par des dizaines de fans annonceraient la partie, sur le forum et partout ailleurs sur le Web.

Prolifération. Contagion.

Cèsar Diaz sortit de la pièce blanche, balança la couronne sur son futon en désordre, quitta son uniforme de Nada#1 et s'installa, torse nu de nouveau, devant son bureau. Bruxelles avait chaud, ce midi. Barcelone également. Et Londres. Il lui arrivait parfois de ne plus se souvenir dans quelle ville il était. Il avait trois appartements, et autant de pièces blanches, pour permettre à SAAS Nada#1 de s'adresser à son peuple, mais seule la chambre blanche de Bruxelles disposait d'un trône et d'une couronne parce que c'était ici qu'il était le roi – le souverain du Royaume de Belgique et d'Anarchie. Il aurait pu avoir cent appartements, mille. Il était riche à millions depuis trois ans. Il aurait pu se contenter de se distraire pendant le reste de sa vie. Mais ce n'était pas son projet.

Il posa le colt sur son bureau, sortit un petit ordi noir flambant neuf d'une sacoche. Avant de s'en servir, il avait des leurres à envoyer.

A-normale. *07.50 p.m.*

À son retour dans sa chambre d'internat, après une journée au grand air, Theo consulta son smartphone. Il vivait sans connexion, le samedi, quand il divaguait en ville. Il apprit que Nada#1 avait lancé un nouveau jeu, esquissa un sourire… Une fois de plus, il y aurait le chaos dans une ville d'Europe. Pourquoi ? Il ignorait ce qui motivait Nada#1. Il savait une chose en revanche : des milliers de vidéastes étaient en train de créer les bandes-annonces de la prochaine partie, et ces trailers envahiraient bientôt les pages DKB, ainsi que le Sommaire des Rêves, pour ceux qui seraient publiés comme des pseudo-cauchemars. C'était une sorte de concours. Lui jouerait aussi, comme toujours, mais pas selon les règles des Nadas.

Il ouvrit sa page VideoMONK. Une icône annonçait qu'un de ses douze nightfellows avait publié un rêve. Il bascula sur MyDarkPlaces et vit que c'était Sixie. Il éprouva cette seconde d'appréhension qu'il ressentait chaque fois, avant de visiter les nuits de son amie. Puis il lut le songe de Sixie – le cauchemar.

Il rédigea un message privé pour Sixie-Dreamy :

VideoMONK : Œuvre au noir. Si j'étais vraiment un alchimiste, j'aurais changé tes nuits de plomb en or :-)

Il se demanda s'il n'allait pas trop loin, s'il n'était pas trop explicite. « Tes nuits ». Le smiley conférait sans doute un peu de distance à son message. Et le conditionnel passé aussi, plutôt qu'un conditionnel présent trop… trop impliquant. Elle le tira de ses atermoiements, en répondant immédiatement dans la zone de tchat de VideoMONK.

SixieDREAMY : Tu le fais. Un beau film diurne fait refluer les images de la nuit.
VideoMONK : L'image imprime la rétine, et via le nerf optique, vient hanter le cerveau. Un fantôme de plus dans ta boîte crânienne, pas vrai ?
SixieDREAMY : Un fantôme de plus, mais inversé !? Camera obscura.
VideoMONK : L'impression de la lumière se fait sur du papier d'argent, Six', et toi, tu parlais d'or…
SixieDREAMY : Moi tu sais, les métaux… Je suis pas une fille normale, je n'aime pas les bijoux :-)

Il posta un lien vers la vidéo de Marylin Monroe sur YouTube – « Diamonds Area Girl's Best Friend ».

Sixie répondit du tac au tac sous la forme d'un lien vers la bande-annonce du film *Blood Diamond*. Puis elle écrivit :

SixieDREAMY : Bon, ding dong, je vais bouffer avec Mathilde, je te laisse.

Finalement, Theo n'avait pas été trop explicite. Pas assez ? Il songea à ces mots, « pas une fille normale », qui revenaient sans cesse dans les tchats de Sixie, puis regarda sa montre : lui aussi avait un dîner.

10

NUIT 55

Défection. *10.50 p.m.*

> De : cesar@blackbackyard.org
> À : vittorio@blackbackyard.org
> Objet : Brigades fort peu urbaines
> Nada#2 n'en sera pas

Les draps froids. *10.50 p.m.*

Maud rentra chez elle beaucoup plus tard qu'elle ne l'aurait pensé. Les assemblées générales se prolongeaient de plus en plus tard dans la nuit. Les centaines d'étudiants qui bloquaient la faculté de Censier ne savaient plus comment obtenir une baisse des frais de scolarité. Elle n'avait pas eu la tête à consulter son portable de peur de tomber sur un message de Jérémy lui reprochant de passer encore un samedi à la fac, pour rien. En poussant la porte, elle sut immédiatement qu'il n'était pas là. Pour la soirée ? Elle vit qu'il avait pris les quelques affaires qu'il laissait chez elle sans jamais vraiment s'installer. Elle ressentit une angoisse sèche, alluma l'ordi, ouvrit sa page DKB. Jérémy lui avait laissé un message.

JeremVILLAIN : J'ai dû m'absenter, Maudell'arte. Excuse-moi mais la révolution devra se passer de moi pendant deux jours, et excuse-moi aussi pour hier soir. Je t'expliquerai. Je te le promets.

Il n'écrivait jamais des mots tendres, mais il avait fait son possible, cette fois. Il partait en la mettant devant le fait accompli, « deux jours », mais il reviendrait.

Elle soupira, commença de se dévêtir et se coucha, seule dans son lit froid, avec son ordi. Les mots de Jérémy occupaient toute la place dans son esprit. Qu'y avait-il à expliquer ? Jérémy ne croyait plus en leur révolution civique, elle y croyait trop – c'est ce qu'ils se reprochaient. Mais quelque chose d'autre les éloignait. Ça avait démarré cet hiver, après qu'elle avait passé quelques jours aux sports d'hiver avec ses parents. Quand elle était revenue, elle l'avait trouvé changé. Elle avait d'abord mis ça sur le compte de leur différence de milieu social : elle venait d'une famille fortunée de Versailles, qui partait à la neige, lui d'une famille modeste d'Aubervilliers. Mais il y avait autre chose, une menace qu'elle sentait planer. Cela lui faisait peur.

Une autre fille ?

Comme chaque fois qu'il l'abandonnait ainsi, elle chercha sur la page diurne de Jérémy des traces de la « menace », qu'elle ne trouverait pas. Il n'avait pas de page nocturne, mais il passait ses nuits sur MyDarkPlaces. Était-ce là qu'il retrouvait « l'étrangère » ?

Romantisme 2.0. *11.00 p.m.*

La commissaire stagiaire Alice Kowacks alluma son ordi en rentrant dans la chambre de son minuscule deux pièces, puis elle prit le temps d'enlever son sweat à capuche, se recoiffa vaguement devant la glace et accrocha à son cou une fine chaîne en or que Damien lui avait offerte, deux ans plus tôt, au moment de son départ pour Lyon.

En débardeur blanc à fines bretelles, elle s'assit, alluma la webcam, se vit apparaître à l'écran. Elle grimaça un sourire. Elle ne faisait pas ses vingt-cinq ans. Sa chambre avait beau être plongée dans la pénombre, le bordel apparaissait quand même à l'écran. Draps froissés, vêtements en vrac sur le lit défait. L'ordre qu'elle avait donné à ses cheveux était tout relatif, mais elle ne ressemblait plus exactement à un commissaire en civil. Était-elle jolie ? Féminine ? Elle jaugea les taches de son qui éclaboussaient ses épaules nues et son décolleté, la pâleur de son teint, rendu blafard par la webcam. Bon, Damien apprécierait peut-être : comme ça, elle avait l'air « plus sexy ».

Elle ouvrit Skype et contacta son copain. Elle avait oublié de le rappeler dans l'après-midi, trop occupée à fliquer la préparation du prochain PIFR. Ou trop lâche pour supporter ses reproches ? Mais cela ne servait à rien de reculer encore les « retrouvailles ». Alice allait passer un sale quart d'heure, et ensuite, elle verrait. Elle verrait où ils en étaient.

Elle allait annoncer à Damien qu'elle n'aurait plus un moment de libre avant le mois de juillet, et qu'il faudrait qu'il vienne à Paris s'il voulait la voir.

Et s'il lui disait que, ce coup-ci, c'était fini ? Elle se sentirait peut-être soulagée. Au moins, les choses seraient claires, non ?

Damien ne se connecta pas sur Skype. Au bout d'un quart d'heure, Alice essaya de le joindre sur son portable, qui sonna dans le vide. Elle s'abstint de laisser un message, rappela. Devant le mur de silence, elle murmura à destination de la messagerie :

— Damien, je suis désolée, je ne pouvais pas faire autrement. Rappelle-moi, s'il te plaît.

Elle trouva que sa voix tremblait un peu trop sur les derniers mots. Elle décida d'essayer le tchat, ouvrit sa page DKB, AliceINWONDERLAND, et contacta de nouveau Damien. Il faisait le mort. Elle commença de composer un message privé, destiné au MDP de Damien. Ensuite, elle irait manger un kebab, et s'il n'avait pas répondu après ça, elle retournerait à la section continuer la surveillance du PIFR en cours. Elle essaya de rendre ses quelques phrases à la fois tendres et piteuses. Quand elle voulut poster son message sur la page MDP de son copain, elle reçut une notification lui indiquant qu'elle ne pouvait pas exécuter cette tâche, n'étant pas une nightfellow de DamienLAWYER – ou plus exactement, ce que le DKB ne précisait pas, ne l'étant plus.

Elle sentit une chaleur lui monter aux joues. Damien l'avait rayée de la liste de ses intimes. Elle remarqua alors seulement que, sur sa page DKB diurne, il avait également modifié son statut, s'affichant désormais célibataire. Cela lui fit un choc plus grand qu'elle ne l'aurait pensé – un coup de poing dans l'estomac. Elle s'était attendue à une crise, des cris, des reproches. Mais il l'avait rayée de la carte sans dire un mot.

Elle bascula sur le mur d'AliceINWONDERLAND pour voir s'il ne lui avait pas envoyé un dernier message. Ce qui apparut fut comme une gifle, cette fois.

Des photos d'elle, en gros plan, en plan américain, en plan large. D'elle nue, montrant ses seins, ses fesses *et cætera*, dans des poses très explicites. Ils avaient fait ces photos deux ans plus tôt, juste avant qu'elle parte à Saint-Cyr-au-Mont-d'Or faire l'école de commissaires. Damien lui avait dit qu'il voulait garder des souvenirs d'elle, pour pouvoir penser à elle toutes les nuits. Alice avait détesté se dévêtir devant l'appareil photo, et prendre ces poses lascives dans une lingerie achetée exprès pour l'occasion, puis totalement nue. Cela la faisait ressembler à une putain du Net ou à une actrice de film porno. Mais Damien avait trouvé le résultat « romantique », à l'époque.

Six de ces clichés figuraient sur le mur d'Alice INWONDERLAND. DamienLAWYER les avait brièvement légendés : « Mon ex-copine est dispo, je viens de la larguer. Ça intéresse quelqu'un ? »

— Salaud, salaud, salaud, dit-elle à voix haute, les dents serrées.

Les larmes lui brûlaient les yeux sans vouloir couler. Elle supprima aussitôt les photos de son mur.

Damien répondit enfin dans la zone de tchat.

DamienLAWYER : J'ai indexé tes photos intimes sur une cinquantaine de T&P, histoire que tu deviennes une vraie vedette du Sommaire des Rêves. Tu « mèmes » ? Bon week-end alors, et sans rancune.

Elle ne répondit pas, bascula sur le Sommaire des Rêves, retrouva assez vite certaines des images dont elle était la vedette, sur trois T&P parmi les plus populaires : « adultère », « rupture », « sexe ». Cinquante T&P, cela voulait dire que la demi-douzaine d'images apparaissait – comme autant de rêves prétendus – sur 10 % des indexations du sommaire…

— Salaud…

Elle cliqua sur le T&P « police ». Elle trouva là encore une photo d'elle, entièrement nue, en pied, avec ce bref message : « J'ai rêvé de mademoiselle en commissaire de police. En commissaire stagiaire, même. »

Tous ses collègues connectés dans les prochaines heures, pour des raisons personnelles ou professionnelles, allaient tomber dessus…

Alice se sentit le cerveau vide, paralysé. La seule chose qu'elle eut le réflexe de faire fut de rayer Damien de la liste de ses nightfellows. Elle arracha ensuite d'un coup sec la chaîne en or qu'elle avait nouée à son cou moins d'une heure auparavant. Puis elle fondit enfin en larmes, seule devant sa webcam, la main devant sa bouche, d'où s'échappaient d'étranges petits gémissements, comme ceux d'une souris prise au piège.

Intoxication. *11.50 p.m.*

De : cesar@blackbackyard.org
À : board@blackbackyard.org
Objet : Colonie de vacances
Que diriez-vous de vacances d'été au soleil ?
Milan ? Rome ? Moscou ? Paris ? Glasgow ?

De : vittorio@blackbackyard.org
À : cesar@blackbackyard.org
CC : board@blackbackyard.org
Objet : Re : Colonie de vacances
On pourrait en parler avant que tu invites tout un tas de copains, la prochaine fois ?

De : cesar@blackbackyard.org
À : vittorio@blackbackyard.org
CC : board@blackbackyard.org
Objet : Re : Re : Colonie de vacances
Moins marrant, non ?

De : vittorio@blackbackyard.org
À : board@blackbackyard.org
Objet : Re : Re : Re : Colonie de vacances

> La météo à Paris est plus sûre qu'à Milan ou à Rome depuis l'année dernière... Glasgow serait tristoune, mais Moscou pourrait être assez fun. Qu'en dites-vous ?

Vittorio De Lorenzo envoya le message depuis son avant-dernier ordi, puis ferma la machine. L'opération d'intoxication des polices européennes était lancée. Tous les flics qui suivaient leurs conversations allaient vite comprendre que le Board du PIFR ne déterminait pas son prochain lieu de villégiature mais celui du prochain PIFR, bien sûr. Mais ils ne pourraient pas utiliser ces échanges de mails comme des preuves légales.

Et de toute façon, les conversations stratégiques ne se déroulaient pas réellement dans l'« arrière-cour » numérique des Nadas, trop surveillée, elles avaient lieu en face à face, ou sur le territoire des rêves.

Vittorio configura un nouvel ordi, créa un compte DKB sous le nom de BackINBLACK, ouvrit MyDarkPlaces et attendit, devant le Sommaire des Rêves, qu'un texte apparaisse dans le T&P « adultère », le premier de leur liste.

Un quart d'heure plus tard, un pseudo-cauchemar s'afficha.

Cette nuit, j'ai rêvé que j'entretenais une relation illégitime (quoique platonique) avec Nessie, le monstre (la monstresse ?) du Loch Ness. Pendant que ma compagne me croyait à Paris ou Moscou, moi, je folâtrais, en cette galante compagnie, dans les eaux écossaises. Tératophilie ?

Vittorio secoua la tête en reconnaissant le style inimitable de Cèsar Diaz. Il publia à son tour un cauchemar dans le T&P « costume-travestissement », le deuxième de sa liste. C'était la photo d'un highlander qu'il venait de télécharger. Il l'avait décorée sur Photoshop d'un nez de clown, noir.

La légende était brève :

Achetez des kilts, *boys*. En fil noir d'Écosse.

Double confirmation, sur deux T&P : le prochain PIFR aurait lieu à Glasgow.

Les monstres (1). *11.50 p.m.*

Dans le réduit où il avait pris l'habitude de passer ses nuits depuis six mois, à la lueur d'une lampe de bureau verte, le commissaire Abel Fanelli feuilletait lentement une édition rare et bilingue du *Corbeau* d'Edgar Allan Poe qu'il s'était offerte, bien que hors de prix, dans une boutique de la rue Bonaparte. Les gravures étaient de Gustave Doré, les peintures d'Édouard Manet, la traduction de Stéphane Mallarmé. Une perfection. Il adorait tous ces écrivains du XIXe siècle qui remettaient de l'ordre dans la folie du monde en refusant les explications rationnelles. Poe, Caroll, Shelley, Stoker à la rigueur. Stevenson, bien sûr. Un jour, il faudrait qu'il apprenne l'anglais pour pouvoir lire ces gens. Un jour… Quand il serait vieux, et seul comme un chien, pendant que sa femme et ses deux filles vivraient une existence heureuse toutes les trois... Non, il n'apprendrait pas l'anglais. Dans six mois, il serait mort.

Le papier était d'un crème onctueux, les gravures d'un noir profond. Remarquable, vraiment. Comment avait-on fait pour ne pas entendre tous ces écrivains qui nous prévenaient que le siècle industriel fabriquait des monstres ? Des fous ? Des déments cruels, des mensonges, des chimères, des tueurs ? Les monstres sévissaient désormais sur Internet, et les plus jeunes d'entre eux sur le DKB, le dernier avatar de la technologie.

Il décrocha son téléphone, appela la brigade des mineurs pour la cinquième fois, au sujet de Priscilla Dampierre. Avait-on identifié la jeune fille retrouvée noyée le matin même, celle qui lui ressemblait tant ? L'officier de permanence soupira et dit :

— Nous n'aurons pas les résultats de l'autopsie avant demain, commissaire.

Une présence. *12.15 a.m.*

Justine Fanelli hésita, avant d'écrire les dernières lignes, puis, finalement, elle se lança :

Posté par JustIN(E)MYDREAMS sur le DKB/MDP, le 3 mai, 00.15 a.m.
littérature – fantômes

Ce que je préfère, c'est lorsque je vais me coucher et que je sens que le cauchemar viendra, qu'il est là, comme une présence, un Horla, autour de moi, attendant son heure pour me renverser.

Ses nightfellows ne répondraient pas à ce message-là, elle le savait. Ni Jules, ni personne ne réagirait à la référence à Maupassant. Mais elle ne s'adressait pas à eux. Elle écrivait pour elle-même, peut-être. Ou pour son père, s'il la lisait ; parce qu'il la lisait probablement sans autorisation pour le faire. Commissaire à la brigade numérique…

Elle connaissait bien son père. C'était un flic prêt à transgresser la loi au nom de sa morale, ce qu'il avait payé au prix fort dans sa carrière. C'était un mauvais mari, qui avait négligé leur mère pour la boisson, un mauvais père, qui lui racontait, enfant, des histoires d'ogres et de loups réels…

Mais c'était son père, malgré tout, un homme effrayant qu'elle ne redoutait pas, un homme violent qui la protégeait, un homme fou, abandonné, qui n'avait plus que ses livres pour ne pas sombrer ; et chaque ligne du DKB nocturne de Justine était un caillou pour qu'il trouve son chemin vers elle, dans la forêt noire où il s'était perdu.

11

JOUR 55

La 4e section. *11.45 a.m.*

La commissaire stagiaire Alice Kowacks s'enferma dans son bureau, avala deux comprimés de paracétamol pour chasser son mal de crâne, les fit passer avec une gorgée d'eau. Puis elle ouvrit le site du PIFR, demanda et obtint parallèlement le forçage du domaine blackbackyard.org, accéda aux conversations électroniques des membres du Board.

Les membres de l'état-major de Diaz avaient échangé plusieurs dizaines de mails depuis douze heures. La plupart contenaient des plaisanteries, mais pas tous. Elle avait pris du retard sur les Nadas, n'ayant finalement pas trouvé le courage de repasser à la section la veille au soir, mais elle n'avait pas pour autant réussi à dormir, scotchée devant le spectacle de ses clichés intimes qui se répandaient sur le DKB. Quelques copains (quelques copines, surtout) lui avaient envoyé des messages de réconfort, l'exhortant surtout à se venger de « ce crétin de Damien », ce qui l'avait conforté dans l'idée que le monde entier la voyait désormais en photo là, à poil, dans des poses grotesques.

Même ici, à la section ?

Elle se leva, fit d'un œil le tour des bureaux cloisonnés de verre. La 4e section était presque déserte en ce dimanche matin. En tant que commissaire stagiaire, elle aurait pu charger un ou deux de « ses » hommes de venir faire le travail de veille à sa place. Elle aurait même pu s'abstenir d'annuler son week-end à Montpellier avec Damien. Il n'aurait alors pas envoyé les photos. Pas tout de suite, du moins.

Mais il aurait fatalement fini par le faire, un jour ou l'autre.

À la section, Alice se sentait à sa place. Elle avait l'âge de certaines des jeunes filles qui participaient aux parties organisées par Nada#1, mais elle ne jouait pas. La commissaire stagiaire Alice Kowacks, vingt-cinq ans, avait la responsabilité de « couvrir » l'officiel Play It For Real et la clandestine Black Clowns Army de Cèsar Diaz. Ces deux organisations aux contours flous étaient surveillées par les polices européennes en tant qu'« entités préterroristes » ou « menaces subversives continues de basse à moyenne intensité ».

Concrètement, cela se traduisait ainsi : si Nada#1 lançait une nouvelle partie, c'était une bonne raison pour qu'Alice vienne travailler un dimanche matin.

Alice lut d'abord tous les messages de la nuit publiés sur blackbackyard.org. Paris faisait partie des deux villes évoquées pour la « colonie de vacances » programmée par Diaz en juillet, avec

Moscou. Elle frissonna, sentit monter l'adrénaline. Le précédent PIFR avait eu lieu en février à Athènes, et avait franchement tourné au désastre pour les autorités locales qui, confrontées au spectacle multidiffusé de batailles rangées entre joueurs équipés de lanceurs de billes de peinture au milieu des monuments millénaires, avaient été prises au dépourvu. Elles avaient tenté d'endiguer l'afflux des joueurs sur l'Acropole, mais les Nadas avaient réussi à éviter l'affrontement et fait durer le jeu plus de vingt heures, ridiculisant la police antiémeutes grecque et mettant les rieurs, sinon l'opinion, de leur côté. Il y avait eu des dizaines d'arrestations parmi les joueurs, mobilisés massivement la veille via une page DKB intitulée « Greek Guns, Old stones », et venus de toute l'Europe pour jouer en *live*. Mais aucun des responsables n'avait été interpellé. Cèsar Diaz et ses complices avaient échappé à la justice. Sans « officier » capturé, sans preuve légale de la responsabilité du Board dans l'organisation du jeu, Cèsar Diaz courait toujours.

La seule chose qu'on aurait pu lui imputer après coup, c'était d'avoir lancé sur son site le nom d'un jeu auquel les fans auraient pu jouer, s'ils en avaient eu envie, un jour… Émettre des idées n'était pas un délit, encore moins un crime. Le jeu d'Athènes était l'exemple parfait du fiasco qu'il faudrait éviter, si d'aventure une partie se jouait un jour à Paris.

Si d'aventure…

Alice fit durer le suspense encore quelques secondes, puis elle vérifia l'heure du mail annonçant sur blackbackyard.org la « colonie de vacances » et se reporta ensuite à une liste manuscrite qui comportait des dates, des heures, et des T&P de MyDarkPlaces. Elle avait un informateur bien placé au sein de l'état-major de Diaz. Cette « source » lui avait fourni une précieuse liste manuscrite et lui avait appris que le Board communiquait en réalité sur le Sommaire des Rêves.

Alice se lança sur la piste des Nadas. Elle avait tout à fait oublié Damien et ses clichés intimes.

Métalangage. *11.50 a.m.*

> De : cesar@blackbackyard.org
> À : board@blackbackyard.org
> Objet : Spleen et idéal
> Le clown blanc verse une larme, l'auguste maquille sa tristesse. Quand le clown s'ennuie, il déprime.

Cèsar Diaz envoya le message à sa Black Clowns Army et changea d'écran. Ils travaillaient déjà sur les prochaines « interventions ludo-punitives ». Il venait d'avertir l'état-major de le rejoindre sur DKB. Ordre, contrordre, désordre surtout…

Le soleil filtrait à travers les persiennes de sa chambre. Lana dormait encore, enroulée dans les draps défaits, sur le tatami, à l'autre bout de la pièce plongée dans la pénombre. Diaz entendit la jeune Catalane murmurer dans son sommeil et esquissa un sourire.

— Moi aussi, je fais un joli rêve, *sista'*, chuchota-t-il pour ne pas la réveiller.

Il se reporta à la liste manuscrite de Vittorio, choisit le T&P approprié et rédigea :

Le soleil se lève, je vois un vol de flamants roses planer au-dessus de la Tour de Londres, hésiter, puis prendre la direction de l'Afrique. Oiseaux migrateurs insaisissables, la tache noire sur leur bec évoque un nez de clown.

Il attacha deux liens YouTube, l'un qui menait à la vidéo du leader conservateur britannique David Silver déclarant à la Chambre des communes qu'il n'estimerait pas « le monde sûr tant que Cèsar Diaz ne dormirait pas entre quatre murs ». Et l'autre, au clip du groupe de rock progressif anglais Pink Floyd, « Outside the Wall ».

Les communications organisées par Vittorio sur le DKB étaient indétectables, sauf si un membre du Board trahissait l'organisation. Ce qui devait déjà se produire, ou se produirait fatalement, comme dans toute organisation clandestine. Aucun cloisonnement n'était parfait, même ceux qu'imaginait Vittorio. Ce qui comptait, de toute façon, c'était de ne laisser aucune trace qui puisse servir de preuve légale aux flics…

Au fond, depuis deux ans, les Nadas jouaient un jeu de chat et de souris très particulier : tout le monde savait qu'ils étaient responsables des PIFR et des agissements de « l'Armée des Clowns noirs », mais personne ne pouvait les coffrer. La souris ne se cachait pas, elle était juste plus maligne que le chat. Elle dansait sous ses moustaches et lui tirait la langue. *Same player shoots again, and again, and again...*

Au long cours. *12.15 a.m.*

L'adrénaline refluait déjà dans le sang et le cerveau d'Alice. Le message qu'elle venait d'envoyer sur MDP infirmait les informations des mails « colonie de vacances » : le prochain PIFR n'aurait lieu ni à Moscou ni à Paris. La partie se déroulerait en Écosse, vraisemblablement à Glasgow.

Combien de policiers le savaient déjà, en Europe ? Combien possédaient comme elle cette liste manuscrite qui lui permettait de suivre les conversations de l'état-major sur MDP ? Elle était probablement l'une des seules. Cela pimentait indiscutablement la chasse.

Elle éprouvait une petite déception à l'idée que, cette fois encore, les Nadas joueraient loin de son terrain. Mais elle pouvait toujours espérer trouver des éléments à charge contre Diaz et ses Clowns noirs.

C'était la partie la plus délicate de son job. La « couverture » des deux organisations de Diaz exigeait une double démarche. À court terme, elle devait essayer de deviner si certaines des actions des Nadas auraient lieu en France. À long terme, sa tâche consistait à réunir des preuves exploitables par la justice.

Officiellement, le PIFR n'était qu'un site et un forum de discussions sur les jeux vidéo et les jeux de plateau, administré par « Son Altesse Anarchiste Sérénissime » Nada#1. Ce « club de jeux » se donnait pour but d'« en finir avec la jeunesse qui s'abrutit devant les écrans » et de « retrouver les vertus des jeux en plein air et du combat rapproché ». Officieusement, tout le monde savait que le site permettait à Diaz de mobiliser plusieurs centaines, voire plusieurs milliers d'adeptes pour disputer tous les quatre ou cinq mois une partie de jeu vidéo grandeur nature dans un lieu défini à l'avance et annoncé anonymement sur le DKB. Mais le PIFR n'en était pas officiellement l'organisateur. Les joueurs prenaient « spontanément » possession de l'espace public, combattaient avec des armes factices et transformaient pendant vingt-quatre ou quarante-huit heures le centre-ville d'une capitale européenne en champ de bataille.

Les Nadas, eux, restaient dans l'ombre. Alice Kowacks et ses homologues européens estimaient le nombre des membres de l'état-major – les fidèles des fidèles de Cèsar Diaz – à une petite cinquantaine, peut-être moins. Ils constituaient probablement aussi la mystérieuse Black Clowns Army qui s'amusait à ridiculiser les policiers, les juges, les hommes politiques qui osaient s'attaquer publiquement à Diaz.

Ces cinquante jeunes gens étaient capables de se rendre sur les lieux des parties sans laisser de traces, puis de s'évanouir dans la nature. De pénétrer dans des lieux protégés. De forcer des environnements numériques verrouillés. Cela supposait des moyens, une bonne maîtrise de la clandestinité, des communications protégées, des faux papiers, peut-être des armes. Mais ce n'était pas tout. Si la 4e section avait dédié une équipe complète à la surveillance des Nadas, c'était parce que, derrière la façade légale du site du Play It For Real, il y avait d'autres choses plus inquiétantes : Cèsar Diaz y diffusait régulièrement des messages ouvertement anarchistes, ce qui n'était pas *en soi* un délit. Il plaisantait avec l'idée de sabotage et de parties disputées « contre les flics », « à armes réelles », ce qui ne se voulait être bien sûr que des boutades. La Black Clowns Army, surtout, était capable de monter des opérations spectaculaires dans des lieux protégés ou sensibles, de retrouver un ministre irlandais sur une plage grecque pour le bombarder de cochons, de noyer le parlement grec sous trente tonnes de houmous ou d'enfermer un général de la police espagnole pendant trois jours dans la cage au lion du zoo de Madrid. Pour l'instant, les Clowns noirs en étaient restés à ce genre de « plaisanteries ». Mais leur capacité de nuisance semblait sans limites. Et sans jamais revendiquer leurs actions, Diaz s'en amusait ouvertement. Il se payait même le luxe d'accueillir une rubrique « Black Clowns Army » sur le site du PIFR, parce qu'il savait qu'on n'avait aucune preuve contre lui, ni contre eux.

Alice rédigea un mémo à destination de son supérieur, le commissaire divisionnaire Boukra, qui dirigeait la 4e section. « Le lieu du prochain PIFR est déjà fixé par l'état-major de Diaz. La partie se déroulera à Glasgow. Impossible de le révéler à nos homologues britanniques sans griller la source dont je dispose au sein du Board. Je préférerais différer la transmission de nos infos. »

Une parodie. *05.00 p.m.*

VideoMONK : Nada#1 a lancé une nouvelle partie. Tu veux voir mon trailer en avant-première ?
SixieDREAMY : Bien sûr.
VideoMONK : Alors passe prendre ton courrier…

Sixie ouvrit sa boîte mail. Quelques secondes plus tard, un message de Theo arrivait, avec un dossier zippé. Il y avait deux fichiers vidéo dans le zip. Sixie détesta sur le champ l'esthétique noire du trailer d'*Urban Brigades IV : Back in Towns*. Les extraits du jeu exaltaient la violence militaire au nom d'une prétendue guérilla urbaine. La deuxième vidéo s'intitulait *Herbes de l'été*. C'était la création de Theo, une copie de travail. C'était la première fois qu'il envoyait à Sixie un film avant de le mettre en ligne.

Elle le regarda jusqu'à la fin, puis éclata de rire. Theo avait remonté les images de guérilla urbaine sur un mode comique, en accélérant les ralentis glorieux et complaisants, en découpant les gestes des soldats comme une chorégraphie de boys band. La musique choisie, guillerette en apparence, était de Fool's Garden. *Lemon Tree*. Sur les refrains frais, innocents, *Urban Brigades IV* devenait un jeu ridicule, une sorte de parodie de guerre qui finissait très mal. C'était à la fois léger, décalé et moqueur.

SixieDREAMY : Ben, je ne suis pas sûre que ça plaira beaucoup aux soldats de Nada#1, mais c'est juste génial.

12

NUIT 56

Rêve de machettes.

Sixie sait qu'elle ne devrait pas, mais elle ne peut s'empêcher cependant, comme si une force décidait pour elle, de soulever la couverture de laine bleue, sous la lumière blanche, électrique. Le garçon qu'elle aime a le visage de DanyL. Le garçon qu'elle aime a une plaie en forme d'étoile sur la poitrine, il gît dans une cuve, au fond d'un souterrain occupé par des tuyaux énormes, des machines incompréhensibles munies de volants pneumatiques, de sondes, comme dans une station d'épuration.

Il s'est vidé de son sang. Il est si pâle déjà, presque bleu. Il semble avoir crié, un long cri muet, qui a crispé sa bouche ouverte.

Sixie porte ses mains à sa propre bouche, et pousse le même cri muet.

Elle les entend, derrière elle. Elle doit fuir, elle le sait. Elle se met à courir.

Mais ils sont déjà là, ils la poursuivent. Ils sont nombreux. Ils surgissent de partout. Elle gravit un escalier métallique. Ses pas résonnent, elle voudrait faire moins de bruit. D'escalier en échelle, à la rendre folle. Elle sort enfin, à l'air libre. Elle voit les grues gigantesques, les engins de levage, les cheminées des bateaux à quai. Elle est sur les docks d'un port immense. Elle doit courir encore. La pleine lune se reflète dans la mer, au bout d'un quai plat comme la main, et la fait briller comme une masse métallique. Si Sixie atteint la mer, elle leur échappera.

Elle se retourne. Ils ont surgi derrière elle. Ils apparaissent derrière les containers qui occupent une partie des quais. Combien sont-ils ? Dix ? Douze ?

Leurs machettes luisent à la clarté lunaire. Leurs yeux, aussi.

Puis, soudain, c'est le plein jour, ou plutôt la pleine lumière, comme si on venait d'allumer les projecteurs d'un stade. Il faudrait qu'elle tourne le dos à la mer pour leur échapper. Mais elle ne le peut pas. Alors, sans pouvoir rien y faire, elle se rue sur eux. Ils forment une sorte de haie d'honneur devant elle, une haie hérissée de leurs armes, entre lesquelles elle doit passer pour atteindre la mer, comme entre les mâchoires vivantes d'une bête. Entre les lames.

05.00 a.m.

Sixie s'éveilla, en nage. Elle effleura sa poitrine que les lames venaient de déchirer. Son cœur battait à tout rompre. Elle alluma la lampe de chevet. À demi redressée sur son matelas, encore pantelante, elle prit le livre qu'elle avait posé à côté de son matelas, feuilleta quelques pages, chercha le passage où elle s'était arrêtée avant de s'endormir. Puis, se concentrant sur chaque lettre, chaque signe, elle commença à voix haute la lecture qui l'éloignerait des autres images.

Son rythme cardiaque ralentissait. Elle frissonna, mais de froid, signe que la sueur séchait sur sa peau, dans ses cheveux trempés. Elle bougea lentement ses jambes douloureuses. Les crampes avaient-elles provoqué le cours final de son cauchemar, ou était-ce l'inverse ?

Finalement, prudemment, elle se leva sur ses jambes vacillantes et alla chercher ses cachets dans la salle de bains, avec un verre d'eau. Ils l'abrutiraient deux heures, et ensuite les démons reviendraient.

En traversant la pièce, elle s'arrêta, frôla son clavier, et ouvrit sa page sur le DKB. Elle contempla quelques secondes, rêveusement, le visage de DanyL. Il avait publié une photo de vaudou trois heures plus tôt. Une nuit de plus, et DanyL n'était pas mort. Elle ferma les yeux, avala les cachets. Ils avaient un goût mat, presque métallique, et lui raclèrent la gorge.

06.35 a.m.

Sixie dormait de nouveau, depuis plus de deux heures. Elle se mit à gémir et à s'agiter. Ses paupières battaient fébrilement. Dans les ténèbres, elle hurla, comme une toute petite fille.

— Maman !

13

JOUR 56

Petit déjeuner de crise. *07.00 a.m.*

Maud avala un café, laissa un message sur la page de JeremVILLAIN :

MaudDELL'ARTE : J'ai rêvé que tu me trompais, Jérémy. Je me levais et tu n'étais pas là, dans mon lit, comme les deux dernières nuits. Je te cherchais dans le salon, tu ne t'y trouvais pas. Je revenais dans la chambre, et je te trouvais dans le lit, avec une autre. Si d'aventure tu lis encore de temps en temps ta page ou la mienne, est-ce que ça t'inquiète ? Parle-moi. Parle-moi parle-moi parle-moi. M.

Puis elle enfila son blouson, elle était en retard. Elle devait prendre le relais du piquet de grève à l'aube. Ce jour-là, la coordination étudiante de Censier organisait une assemblée générale importante, pour décider des suites à donner au blocage de l'université. Mais de tout cela, Jérémy se fichait. Il ne pensait plus qu'aux rêves, et à une autre fille sans doute. Ce matin, Maud aurait voulu petit-déjeuner avec lui, en amoureux. Elle aurait voulu rire, simplement, comme au début, quand ils croyaient que l'avenir leur appartenait.

Apnée. *07.20 a.m.*

Jérémy alla boire dans la cuisine de leur sous-sol. Coup d'œil en passant aux copains qui planaient, enveloppés dans les méandres et les relents de Sister Morphine : trois visages absents, les yeux grands ouverts vers autre chose, plus loin, plus beau – quelque chose d'inatteignable. Lui-même en sortait à peine.

Dans la cuisine, il alluma l'un des portables connectés au haut débit. Maud lui avait laissé un message sur sa page diurne qu'il décida de lire plus tard. Seul comptait MyDarkPlaces. Maud… Maldita… Pourquoi Maud n'était-elle jamais dans ses visions stupéfiantes ? Parce que Maud était moins belle que ces visions ? Ou simplement réelle, donc justement inaccessible, indéchiffrable ?

Il vida une bouteille d'eau entière. Les images dansaient encore dans son crâne, brouillées par la came. Ce n'était jamais aussi net que les cauchemars, jamais aussi parfait, comme si les visions sous drogue relevaient d'un cinéma intérieur imposé par une instance étrangère. Comme si la morphine inventait d'autres visions que celles suscitées par son propre inconscient.

Il ouvrit le Sommaire des Rêves.

Une odeur aigrelette planait dans la cuisine, l'odeur de leur sueur à tous les quatre – deux jours sans s'alimenter, sans se laver, sans autre distraction que les voyages.

Il tapa brièvement le récit encore frais d'une de ses visions, celle-ci allait s'évanouir avant les autres, il le sentait ; les visions de la morphine ne demeuraient jamais dans sa mémoire aussi longtemps que les rêves. Et elles n'étaient jamais aussi belles que celles, initiales, de l'opium.

… Ensuite, je vois s'ouvrir le palais d'Angkor. Je sais que les siècles ont passé sur nous. Je sais que j'ai mille ans, et que tous, là, sont mes enfants, mes descendants, mes filles et mes fils…

Il avait un sourire vague aux lèvres. Il avait *vu*, *vécu* cela.

Il prit une cigarette, lui qui ne fumait pas d'ordinaire. Il avait envie de boire, de nouveau. Puis il irait s'asseoir et consignerait ses autres *trips*. Il chercha un briquet, n'en trouva aucun sur la table en désordre de la cuisine, où des bouteilles d'eau en plastique vides, des emballages de seringues et des cendriers pleins s'entassaient. Il passa dans la pièce d'à côté, leur « fumerie ». Les trois autres étaient encore dans leur voyage, ils ne bronchèrent pas pendant qu'il fouillait leurs vestes, les matelas, à la recherche d'un briquet. De retour devant l'ordi, il regarda l'heure, puis la date. Merde, cela faisait presque soixante heures qu'ils tripaient. Pour combien d'interventions sur MDP ?

Il ne se souvenait plus. Ce qu'il savait, soudain, c'est qu'il devait rentrer chez Maud – « chez eux » ?

La pourpre. *08.00 a.m.*

En arrivant au lycée, Sixie vit Theo, Marc et Baki groupés autour d'une tablette connectée à Video-MONK. Tous trois étaient internes, tous les trois fous de vidéo. D'ordinaire, quand ils discutaient ainsi, elle ne s'invitait pas parmi eux. Mais cette fois, sans qu'elle sache trop pourquoi, elle les rejoignit, et dit :

— C'est une opérette, Theo. Une splendeur comique. Si Cèsar Diaz ne te choisit pas pour réaliser un jour un long métrage, c'est que c'est un con prétentieux.

Elle vit la confusion s'emparer de Theo. Il pâlit et s'empourpra à la fois, des plaques presque violettes vinrent marbrer son front et ses joues.

— Merci, Six'... Mais ne dis pas ça. C'est moi qui ne le mérite pas.

Elle ne sut que répondre. Il la regardait. Elle attendit, il attendit. Finalement, ce fut Theo qui prit la fuite, littéralement, en la plantant avec Marc et Baki.

Bon sang, c'était tellement plus simple de parler à travers un écran.

Fin des utopies. *08.45 a.m.*

— Les flics !

Maud était dans le hall de la fac avec quelques autres membres de la coordination quand les gardes mobiles du XXe régiment de gendarmerie débarquèrent dans la rue Santeuil. Elle entendit les cris, dehors, de ceux qui étaient chargés de tenir le piquet de blocage et de filtrer les entrées.

Aussitôt, avec les copains, elle se rua vers le sas qu'ils avaient barricadé : il fallait constituer un rempart humain, empêcher la police d'investir les lieux. Ils avaient souvent répété cette opération, mais ce qui les attendait n'avait rien à voir avec ce qu'ils avaient anticipé.

C'était une sorte de bataille médiévale.

Les flics avaient déjà renversé la première barricade, constituée de barrières de chantier, et ils pénétraient dans la fac. Une fumée épaisse envahissait l'entrée, elle brûlait les yeux. Il y avait des détonations, des hurlements de peur ou de colère. La consigne en ces circonstances était de se serrer les coudes, littéralement, et de former ainsi une chaîne humaine. Maud sentit que son voisin l'attrapait par le bras, elle essaya de faire de même avec un autre étudiant qui arrivait depuis la barricade, mais celui-ci se déroba et reflua vers l'intérieur de la fac. Le fuyard avait les cheveux en sang.

L'instant d'après, des silhouettes sombres, harnachées, masques à gaz dissimulant leurs traits, surgirent de la fumée comme des créatures fantastiques, le bâton haut, et commencèrent à frapper sans sommation, à hauteur de visage. Maud reçut un coup sur la tempe, voulut se protéger, recula. Une douleur fulgura sur sa pommette. Elle sentit le monde tourner autour d'elle, elle avait des étoiles devant les yeux. Un croc-en-jambe, ou une bousculade, la fit rouler par terre. Elle se cogna les genoux contre le sol, s'écorcha les mains, se recroquevilla en position fœtale contre un mur. De nouveaux coups tombèrent sur ses membres repliés qui protégeaient son ventre, son visage. Elle entendait des cris et des sifflets stridents. Quelqu'un semblait s'acharner sur elle, des chaussures militaires, lourdes, sur ses côtes, dans son dos. Pendant combien de temps ?

Elle crut qu'elle allait mourir.

Puis les coups cessèrent. Il y eut un bruit de cavalcade.

Les cris semblaient un peu plus lointains. Elle releva les yeux, vit que les silhouettes casquées l'avaient abandonnée derrière elles et avançaient dans le nuage de lacrymogènes vers l'intérieur de la fac. D'autres hommes, en blousons de cuir, en jeans, portant un brassard orange fluo « police », les accompagnaient. Elle en vit trois qui entouraient Xavier et lui passaient les menottes. Des cris, toujours :

— Attrapez les meneurs !

Ils l'avaient oubliée derrière eux. Maud commença d'avancer à tâtons, à quatre pattes dans le brouillard de gaz lacrymogène, vers la sortie, collée au mur. Son foulard violet sur la bouche, elle s'efforçait de ne pas tousser. Lorsqu'une deuxième vague de silhouettes noires équipées comme des robocops entra en courant dans la fac, elle se colla, inerte, contre le mur, invisible sous la fumée, les laissa passer, puis reprit sa progression vers la sortie.

Le poids des mots. *06.00 p.m.*

SixieDREAMY : Désolée pour tout à l'heure, j'ai gaffé, je crois. Je voulais juste te dire que ton film était beau.
SixieDREAMY : Et que tu avais tort de tout attendre de ton Nada#1.
SixieDREAMY : Mais bon, si c'est tellement important… Tu m'expliques ?
SixieDREAMY : Tu boudes, l'Alchimiste ?
VideoMONK : Non.
VideoMONK : Je ne peux pas t'expliquer. Je n'aime pas le PIFR. Mais les Clowns noirs me fascinent, et ce que pourrait penser Cèsar Diaz de mon vidéopéra est important pour moi.
VideoMONK : Mais ton avis m'a fait plaisir, Six'. Enfin, il me touche.
SixieDREAMY : N'empêche que tu préfères ton Nada#1. Envie de célébrité ? Ou de guérilla ?
VideoMONK : Comment dit-on « je ne peux pas t'expliquer » déjà, dans ta langue ?
SixieDREAMY : « Mêle-toi de tes fesses » ?
SixieDREAMY : Et sinon, tu penses que tu pourras m'expliquer un jour ?
VideoMONK : « Mêle toi de tes f***** »

Theo quitta le tchat.

Il n'avait pas pu s'empêcher de masquer le mot « fesses », si anodin. Mais qui n'avait rien d'anodin quand il s'adressait à Sixie. Il devait lui paraître ridicule, avec sa pudeur.

Pour solde de tout compte. *07.00 p.m.*

Le commissaire Abel Fanelli se présenta en fin de journée au commissariat du Ve arrondissement, où les gendarmes mobiles avaient laissés la centaine d'étudiants interpellés à la faculté de Censier. Il montra sa carte barrée de tricolore, demanda le capitaine Merlot – c'était le nom qu'on lui avait laissé au téléphone.

Un type sortit d'un bureau, en bras de chemise. « Merlot » faillit lancer une plaisanterie mais dut finalement estimer qu'il était plus prudent de s'abstenir. Vu les yeux mi-clos du commissaire Fanelli. Vu sa gueule en lame de couteau. Vu sa réputation d'ex-superflic qui avait largement dépassé les murs du Quai des Orfèvres pour atteindre même ce commissariat de quartier où on ne traitait que des affaires très courantes.

— Ils sont en bas, dit Merlot. Je vais la faire chercher.

Le capitaine fit entrer le commissaire dans son bureau, puis décrocha son téléphone et lança quelques ordres brefs. Fanelli sortit un paquet de gitanes maïs, s'en alluma une en dépit de la loi. Trois minutes plus tard, le bureau était dans le brouillard. Un planton se présenta avec une jeune fille aux cheveux mi-longs blond cendré, en blouson de peau de mouton retournée, des baskets bleues aux pieds, un jean assez moulant sur des jambes assez jolies, un foulard bordeaux. Son visage était maigre, presque chafouin à force d'être pointu. Elle avait deux bleus assez larges sur son front haut couvert de pansements. On lui avait retiré ses menottes.

Le commissaire Fanelli était toujours en train de fumer. Il n'eut pas un regard pour la jeune fille, ni pour le flic qui s'était pointé derrière elle. Il fixait, droit devant lui, le mur derrière le capitaine Merlot.

Après avoir écrasé sa gitane, il se leva. Son expression demeurait impassible. Il dit :

— Viens, Justine, on s'en va.

Merlot ouvrit la bouche, s'attendant à des excuses, des remerciements, quelque chose qui ne viendrait pas. Le lieutenant se raidit. La jeune fille broncha et répondit :

— Pas question. Mes camarades sont en bas, Fanelli. Dans les cages de tes flics. Je reste ici.

Le commissaire se tourna enfin vers sa fille, la considéra avec une sorte d'intérêt un peu fatigué, comme s'il s'attendait à ce genre de réponse. Puis il répéta :

— Justine, je te dis qu'on s'en va. Alors tu m'obéis. Maintenant.

— Et sinon quoi, papa ? Tu vas me donner une gifle devant tes copains ? Me priver de dessert ? Me mettre en prison ?

Le capitaine et le lieutenant enregistrèrent l'insubordination et se tournèrent vers le commissaire, curieux de voir comment il allait y répondre. Fanelli se racla la gorge, pour se ménager le temps de la réflexion, puis sa voix lasse reprit :

— Je n'ai pas l'habitude de te mettre des gifles, Justine. Mais si tu m'obliges à rester encore deux minutes dans cet endroit, avec les hommes qui t'ont molestée, je risque de leur en mettre une, à eux. Je commencerai par les deux officiers présents dans cette pièce, qui ont manifestement outrepassé le règlement sur la façon d'interroger des manifestants. Je serai de ce fait définitivement radié des effectifs de police, je sombrerai à nouveau dans l'alcool, et tu devras entretenir ton épave de père jusqu'à la fin de ses tristes jours. C'est ça que tu veux ?

07.40 p.m.

Ils marchaient depuis deux minutes environ, en silence, dans les rues du Quartier latin. Abel Fanelli sentait la douleur, désormais familière, dans les os de ses jambes. Dans la moelle. Des bars d'étudiants sortait une musique agressive ou festive, en tout cas hors de propos vu les circonstances. Les trottoirs étaient encore humides, trempés par une brève ondée ou par les services de nettoyage de la ville. Le commissaire n'avait pas dit un mot depuis sa tirade dans le bureau du capitaine Merlot. Justine non plus. Sans que rien ne le prévienne, la jeune fille se mit à rire, d'abord timidement, puis plus franchement ; et carrément aux éclats. Son père rit lui aussi, sans un bruit. Elle s'arrêta, se tourna vers lui, lui prit la main.

— Tu leur aurais vraiment cassé la gueule, Fanelli ?

— À ton avis ?

Elle lâcha la main de son père et reprit sa marche. Il demanda :

— Je te paie un café avant de te ramener chez ta mère ?

08.10 p.m.

— Tu aurais vu leur tête, on aurait dit qu'ils avaient mis en cage la fille du comte Dracula en personne !

Ils s'étaient installés dans un café un peu plus calme que ceux de la montagne Sainte-Geneviève. Fanelli avait séché sa tasse de café, pendant que Justine racontait l'équipée du matin, l'intervention, les coups ; et la mine des policiers quand ils avaient compris, après dix minutes d'interrogatoire, qu'ils avaient arrêté la fille du commissaire Fanelli, l'ancien numéro deux de la brigade criminelle, l'homme qui était redescendu tout en bas de l'échelle à cause de la mort suspecte d'un suspect.

— Je suppose que je dois prendre ça comme un hommage à ma réputation. Au fait, tu faisais quoi avec ces étudiants, Justine ? Je croyais que tu étais en seconde ?

La jeune fille changea de tête, se ferma brutalement.

— Et alors, Fanelli ? Ça m'empêche de penser à mon avenir ?

— Ton avenir, il dépendra de tes notes, pas du temps que tu passes dehors avec des syndicalistes manipulés.

C'était tombé plus froidement qu'il ne l'aurait voulu, comme un couperet.

— Bien sûr. T'as vraiment tout du flic, papa.

Justine ne s'était apparemment pas forcée non plus pour mettre tout le mépris du monde dans sa voix.

— Oui, ma chérie. J'ai tout du flic.

Il s'abstint de lui rappeler que c'était précisément pour cela qu'elle n'était plus en garde à vue. Il avait dans sa sacoche quelques images qu'il aurait pu aussi lui montrer. Les photos de deux jeunes filles, Romane Manet et Clémence Dugoin, dont les cadavres avaient été finalement identifiés par la brigade des mineurs – deux corps féminins retrouvés dans une benne à ordures, rue de Rosny, à Montreuil, la veille. Dossier fermé pour lui, transmis à la criminelle. Justine aurait-elle pu entendre qu'elle vivait dans un monde de loups, et qu'elle avait besoin de flics pour la protéger, elle comme les autres ?

— Bon. On va rentrer, dit-il. Ta mère va finir par s'inquiéter que tu ne reviennes pas du lycée.

— Tu ne l'as pas prévenue ? demanda Justine.

— Non. J'aime l'idée qu'elle se fasse un sang d'encre, répondit-il dans un sourire reptilien.

14

NUIT 57

Un couple. *09.30 p.m.*

Jérémy attendait Maud depuis deux heures dans le hall des urgences de l'hôpital Lariboisière, brillamment éclairé de néons. Quand il était rentré chez elle, il l'avait trouvée prostrée sur le canapé, pleurant, tremblant. Il lui avait longuement caressé les cheveux, l'avait calmée, débarbouillée du sang qui maculait son visage, puis il avait appelé un taxi pour l'emmener aux urgences.

Maud sortit enfin, un peu chancelante, du service de radiologie où elle avait disparu un peu plus tôt, avec un jeune interne de cinq ans à peine leur aîné, et un peu trop beau gosse au goût de Jérémy. Il se leva d'un bond.

— Alors ?

Elle grimaça.

— Deux côtes fêlées, un doigt cassé, pas mal de contusions, huit points de suture sur la pommette. Et vingt jours d'interruption de travail. C'est chic pour une gréviste…

Elle eut un sourire épuisé.

— Les médecins disent que je dois porter plainte.

— Et… tu vas faire quoi ?

— Je ne sais pas… On va voir… Je me donne vingt-quatre heures pour y réfléchir, avec les copains.

Jérémy s'emporta sans raison :

— Y réfléchir avec tes copains ! Ils sont où, là, tes copains ?

— Ils étaient avec moi, ce matin. Ils ont pris les coups avec moi.

Maud avait répondu très doucement. Elle continuait d'avancer dans le hall.

— OK… OK, excuse-moi, dit-il. Mais là, maintenant, ils ne sont pas avec toi… Et on est ensemble, tous les deux. On est un *couple*.

Elle le regarda, surprise. Il reprit, les yeux dans les yeux :

— J'ai lu tes messages sur le DKB, Maud, en t'attendant. Je n'ai pas d'autre copine, tu es la seule. Je ne veux pas te perdre.

— Tu nous paies un taxi pour rentrer ?

Il voulut la prendre sous le bras pour l'aider à marcher, ce dont elle n'avait pas vraiment besoin, et posa la main pile au mauvais endroit, au-dessus de sa hanche gauche. Elle tressaillit et dit :

— Je t'aime, Jérémy. Vraiment. Mais ne me touche pas les côtes, s'il te plaît.

Dehors, la nuit était tombée depuis peu.

11.00 p.m.

Les images passaient en boucle sur Internet. Jérémy les avait vues, décortiquées, sur la trentaine de sites dits « indépendants » ou « alternatifs » ou « militants » ou « participatifs » qui figuraient dans la barre des préférences de l'ordi de Maud. Les gendarmes mobiles renversaient la barricade et entraient dans la faculté de Censier en chargeant ; à l'intérieur, dans les couloirs, le hall, les hommes en bleu nuit avançaient, inexorablement, le bâton brandi, dans un brouillard de gaz lacrymogènes. Des cris, des coups... La plupart des images avaient été tournées par des amateurs avec leurs portables ou de petites caméras.

Sur une bonne dizaine de vidéos, Jérémy reconnut Maud, en blouson de cuir, son foulard violet la protégeant des gaz. Maldita. Sur deux films, on la voyait tomber par terre. Trois flics la tiraient en arrière, lui balançaient des coups de pied. L'un des deux films s'attardait sur la scène, au ralenti. Elle se recroquevillait sous les tonfas.

En revanche, aucun film ne racontait comment elle avait réussi à s'enfuir, alors qu'elle aurait dû être embarquée avec les « soixante-dix individus, pour la plupart connus comme militants politiques d'extrême gauche, responsables du blocage des universités », qui avaient été « arrêtés et interrogés par la police » et « restaient pour la plupart en garde à vue », *dixit* les médias officiels. Les images de Maud tabassée n'apparaissaient pas sur ces mêmes médias. Les journaux télévisés précisaient que l'intervention policière avait pour but de « faire cesser le blocage » et de permettre « la bonne tenue des examens » pour « les milliers d'étudiants pris en otage par le mouvement politisé ».

Antonio Giuli, un camarade italien de Maud qui faisait aussi partie de la coordination étudiante, un enragé, avait posté ces films, et d'autres, sur le mur DKB de MaudDELL'ARTE.

Il ferma le dernier film envoyé par Giuli, mais le lien était apparemment *rickrolled* : sa manœuvre ouvrit le récit d'un cauchemar publié sur le Sommaire des Rêves. Jérémy reconnut immédiatement le message qu'il avait écrit quelques semaines plus tôt. Il se demanda comment cela avait pu se produire, qui avait encodé cela pour en faire un rickroll, un de ces liens cachés qui emmène l'internaute vers des sites qu'il n'aurait pas prévu de visiter, et qui parfois y bloquait sa navigation pendant de longues minutes. Ce n'était pas le cas, cette fois, c'était juste un retour à une date antérieure dans l'historique sans doute. Le hasard avait voulu qu'il retombe, précisément aujourd'hui, sur le cauchemar où il avait rêvé de Maldita et de révolution.

15

JOUR 60

Bombing Day. 06.00 p.m.

Le 8 mai, en fin de journée, un attentat à la bombe fut commis devant la caserne de la Garde républicaine, à Paris, place Monge, à quelques centaines de mètres de la faculté de Censier. Une camionnette Volkswagen volée, garée dans la contre-allée avait explosé moins de trente secondes après que quatre camions de CRS, ramenant à la caserne leurs troupes bleu marine mobilisées devant les facultés, s'étaient arrêtés sur la voie qui leur était réservée. L'enquête avait vite révélé que le coffre de la camionnette contenait au moins trois cents kilos de C-4, et que l'explosion avait été déclenchée par un dispositif de mise à feu actionnée à distance, ce qui signifiait que le terroriste avait agi à vue, attendant l'arrivée des véhicules pour tuer.

Deux des camions transportant les CRS, aux vitres grillagées et aux flancs pourtant armés de lourdes plaques de métal furent déchiquetés dans la déflagration qui détruisit également les baies vitrées des quatre pâtés de maisons adjacents. Le plastic creusa un cratère de plusieurs dizaines de centimètres dans la chaussée. Les panaches de fumée noire montaient déjà depuis trente minutes dans le ciel parisien quand on finit de dénombrer douze morts dans les deux véhicules, et une cinquantaine de blessés plus ou moins graves, dont trois avaient un « pronostic vital engagé ». Trois passants avaient également été tués, une vingtaine gravement touchés. Jusqu'à la nuit, une noria d'ambulances, de premiers secours, et de voitures de police transforma le quartier en véritable zone de guerre.

Scaphandre. *08.00 p.m.*

Le général Papandinos, qui commandait la MAT, la police anti-émeutes grecque depuis huit mois et avait, à ce titre, coordonné l'arrestation d'une centaine de jeunes gens sur l'Acropole au cours du PIFR de février, sortit de son bureau et descendit au parking, accompagné de son escorte habituelle.

Il trouva son chauffeur et son garde du corps personnel ligotés sur le sol de ciment, inconscients, des fléchettes hypodermiques plantées dans le dos.

Son escorte avertit aussitôt le service de sécurité.

À travers le pare-brise de la limousine noire aux vitres teintées de Papandinos, les policiers constatèrent que l'habitacle du véhicule était rempli d'une eau bleutée où nageaient ce qui ressemblait à des poissons rouges et des poissons-clowns, au milieu de quelques algues de type chlorophytes ou rhodophytes.

Le service de déminage procéda à l'ouverture des portes de la voiture, ce qui provoqua le décès de la plupart des poissons, ceux qui n'avaient pas réussi à se réfugier au fond de l'aquarium improvisé, dans les flaques demeurant au pied des sièges en cuir fauve.

Les minuscules animaux avaient été délicatement marqués d'un numéro, au stylo waterproof noir, ce qui permit d'en faire un inventaire complet : la numérotation allait jusqu'au #119. Le système vidéo interne de l'immeuble révéla la présence et l'intervention de huit jeunes gens portant la capuche et le nez noirs de la Black Clowns Army dans les heures précédant l'hécatombe piscicole. Descendus avec un camion citerne dans le parking, ils avaient tranquillement procédé au remplissage de la voiture, alors que le lieu figurait parmi les sites les plus sensibles d'Athènes.

C'était la première fois que les Clowns noirs s'en prenaient physiquement à des personnes, même s'ils n'avaient fait que les endormir au moyen d'armes soporifiques.

Le ministère de la Défense grec annonça tard dans la nuit, alors que régnait une vive émotion en Europe suite à l'attentat de Paris, qu'il étudiait la possibilité de porter plainte contre l'Armée des Clowns noirs, et contre le site du PIFR qui en faisait la promotion sinon l'apologie.

16

JOUR 61

L'ombre d'un doute. *09.30 a.m.*

— Tu es sûre de toi, Kowacks ? demanda le commissaire Boukra.

Boukra attendait l'expertise définitive d'Alice, avant de se rendre au briefing matinal.

L'attentat de la place Monge, la veille, représentait la plus grave attaque terroriste perpétrée sur le territoire français depuis plus de trente ans. Elle avait plongé les services de l'antiterrorisme dans un état d'alerte maximum. Le commissaire divisionnaire Guinard, contrôleur général de la police et patron de l'Unité de coordination de la lutte antiterroriste, prenait l'enquête en main. La 4e section de la DCRI passait sous son commandement, ainsi que les 2e et 3e sections, le bureau de lutte antiterroriste, une équipe de la criminelle, une autre de la police scientifique.

Alice hésita, pesa sa réponse, puis trancha :

— Je suis sûre autant qu'on peut l'être pour tout ce qui concerne Diaz et le PIFR. Ce n'est pas dans leur style, pas dans leurs méthodes, et ça n'a jamais été leur projet.

— Il y a une séquence d'explosions en plein Paris dans *Urban Brigades IV*, non ?

— Si. Mais les membres du PIFR ont prévu de reconstituer le jeu à Glasgow, cet été. Et je les vois plutôt jouer les séquences de guérilla urbaine au fusil d'assaut. Enfin, version paintball. Ce qui les intéresse, c'est le chaos, pas la guerre.

— Donc, c'est ce que je peux confirmer à Guinard ? Selon notre 4e section, le PIFR n'est pas mouillé dans l'attentat ?

— C'est ce que je dirais, oui.

Boukra opina de la tête calmement. C'était un flic honnête, pas macho, pas un fier-à-bras. Il s'était battu pour avoir Alice Kowacks dans son équipe, à sa sortie de l'école de commissaires, et il l'appréciait.

— Si c'est ce que tu penses, c'est ce que je défendrai aussi, Kowacks, dit-il.

Étrangement, Alice ressentit une appréhension à ces mots – de celles qui vous préviennent que vous commettez une lourde erreur.

DEUXIÈME PARTIE

TRÈS VIEUX DÉMONS

17

JOUR 63

Conférence de presse. *09.30 a.m.*

Point presse sur LivePirats et sur le site du PIFR, le 11 mai, 09.30 a.m.
Rubrique « LiveChaud »

Cèsar Diaz, vêtu en Nada#1, remercie les journalistes de leur présence au point presse organisé suite à la plainte déposée la veille par le ministère de la Défense grec contre le site du PIFR, accusé de faire la promotion de la Black Clowns Army.
Il plaisante d'abord en suggérant que la SPA grecque pourrait à son tour déposer une plainte, puisque les démineurs grecs ont causé la mort de quatre-vingt-quinze poissons d'aquarium. Puis il se cale dans son fauteuil et dit :
— La plainte du ministère de la Défense ne repose que sur un coup de colère de Papandinos, qui va être obligé de changer le cuir de sa limousine. Cette action en justice dérisoire sera balayée par mes avocats. Mais allez-y, demandez-moi formellement ma réaction, si vous voulez une petite phrase pour vos zappings du soir.
Cèsar les regarde, goguenard. Quelques rires gênés éclatent dans l'assistance. Une journaliste de lesoir.be se dévoue pour lui demander sa réaction suite à la plainte du ministre grec. Cèsar répond :
— C'est une très bonne question. (Rires de l'assistance.) Sans vouloir noyer le poisson… (Rires plus nourris…) Non, sérieusement, messieurs dames de la presse… (Il se lève et salue l'assistance de sa couronne, puis se rassoit.)

Sérieusement, la chose qui me passionne vraiment dans cette histoire, c'est la façon dont des poissons rouges de type Carassius auratus auratus, *qui vivent en eau douce, et des poissons-clowns* Amphiprion pacificus, *vivant en milieu marin, ont pu coexister plusieurs heures dans ce véhicule. L'eau devait être saumâtre.*
Puis Nada#1 se lève et conclut, en anglais :
— But with this bloody bomb in Paris, European Polices must have other fish to fry, I guess[1].
Il quitte la tribune de presse.

1. « Mais avec cette bombe à Paris, les polices européennes doivent avoir d'autres chats à fouetter, j'imagine. » (Littéralement : « d'autres poissons à frire ».)

18

JOUR 67

Nid de coucous. *08.00 p.m.*

— Tu réagirais comment si j'apportais toutes mes affaires chez toi ? demanda Jérémy. Si j'occupais un tiers de ton armoire, un dixième de ton placard à chaussures, mais la moitié de ton verre à dents et de ton lit, Maldita ?

Maud, assise dans son lit, sourit, radieuse. On venait de lui retirer ses points de suture ; elle avait encore un ou deux hématomes mais avait globalement retrouvé figure humaine.

— Je me dirais que c'est inattendu… Et que les matraques des flics ont peut-être du bon, finalement. Tu emménages quand ?

— Attends, il y a des trucs dont il faut qu'on discute avant. Je veux payer la moitié du loyer, je veux qu'on soit chez nous, pas squatter chez toi… Et je dois aussi te parler du projet sur lequel je passe mon temps. Un projet en rapport avec MyDark-Places.

— OK, mais seulement si on parle aussi de ta réinscription à la fac…

— Dans tes rêves !

Elle rit franchement, mais grimaça aussitôt, la main sur les côtes.

— Et pour le loyer, il n'est pas question que tu bosses pour gagner des thunes alors que moi je vis avec le fric de mes parents. Mais on mettra nos deux noms sur l'interphone, et tu paieras la moitié de l'eau, du gaz et de l'électricité si tu veux…

Il réfléchit un instant, puis répondit :

— OK. Et à part ça, je te prépare un plateau-repas ?

— Non, je me lève, dit-elle. Et je fais le dîner. Mais tu vas acheter une bouteille de vin pour fêter ça.

Elle sortit du lit et ne fit qu'un pas avant qu'un nouveau rictus douloureux ne torde son sourire. Elle avait les mêmes yeux sérieux, rêveurs qu'à la sortie de l'hôpital huit jours plus tôt.

— Je t'aime, Jérémy.

— Pas moi, mais je compte faire semblant le temps que tu te rétablisses.

— Alors, je vais faire durer cette convalescence très, très longtemps, docteur Villain.

— Je dois te dire un truc, Maud. Le truc à propos de MyDarkPlaces. Je dois te le dire maintenant.

Elle le dévisagea, surprise. Il avait une voix plus grave qu'il ne l'aurait souhaité, l'air plus solennel. Exactement ce qu'il voulait éviter. Il respira un grand coup, puis lâcha :

— On se came, Maud. Depuis Noël. Quand je m'en vais, on se came avec mes potes. On prend des trucs pour avoir des visions. Et pour pouvoir les écrire sur MDP.

Elle ne dit rien, ses yeux s'étaient agrandis, simplement : était-elle surprise, effrayée, dégoûtée ? Non, pas dégoûtée.

— Tu n'imagines pas ce qu'on voit de l'autre côté… Avec l'opium, surtout. Mitch en avait rapporté de Thaïlande à Noël. Et on a essayé beaucoup d'autres produits, depuis.

Elle n'avait toujours pas ouvert la bouche, mais elle opina du menton, un peu trop vite.

— Je ne peux pas… Je ne veux pas y renoncer, Maud. Mais si tu m'acceptes comme ça, je m'installe chez toi. Chez nous. Et je disparaîtrai de temps en temps, sauf si tu veux…

Il suspendit sa phrase, elle attendait, interdite. Il compléta :

— Tu peux venir avec nous, si tu veux. De l'autre côté.

Quelque chose de triste voila le regard de Maud.

19

JOUR 69

Idiotisme. *06.30 p.m.*

Le soir de l'ouverture de l'exposition « La céramique au XVIIIe siècle », Jean-Marie Dutour-Corbier, le député-maire de Limoges, s'apprêtait à faire son discours d'inauguration lorsqu'il vit trois éléphanteaux de belle taille faire leur entrée dans la grande salle du musée Adrien-Dubouché. On avait peint sur leurs flancs, en rouge vif : « #1 », « #2 » et « #3 ».

Il fallut plus d'une heure aux pompiers pour maîtriser les jeunes animaux affolés, qui causèrent des dégâts considérables à la collection de délicate porcelaine.

L'avant-veille, Jean-Marie Dutour-Corbier, vice-président de la commission de la Défense à l'Assemblée nationale, avait, dans un discours vibrant adressé au Parlement, plaidé pour l'interdiction pure et simple du PIFR sur le territoire de l'Union européenne. « Combien de temps tolérerons-nous ce type de groupes, qui se permettent de narguer les forces de l'ordre, la loi et le bon sens ? Devrons-nous attendre qu'un drame se produise, au prétexte que Cèsar Diaz peut se payer les meilleurs avocats pour éviter au PIFR de répondre de ses actes ? Alors que nous avons été frappés voici une semaine, sur notre sol, par un attentat odieux, continuerons-nous d'accepter par ailleurs qu'un individu tourne en ridicule les forces de l'ordre aux yeux de la jeunesse de ce pays ? »

Le propriétaire du cirque auquel appartenaient les animaux ne put rien expliquer à Alice Kowacks, sinon que ses pensionnaires lui avaient été volés cinq heures plus tôt dans la journée. Les enregistrements des caméras de vidéosurveillance de la ville montrèrent que, quelques minutes avant le désastre, deux camions de transport de bétail s'étaient garés sur le parking de la place Winston-Churchill, juste en face du musée. Cinq jeunes gens portant des capuches noires et des masques de Lumpy, *l'éfélant* ami de Winnie l'Ourson, avaient fait descendre les pachydermes retenus par des licous, puis les avaient fait entrer dans le musée avant de s'évanouir dans la nuit.

L'Armée des Clowns noirs.

Le site du PIFR publia une note, deux heures après l'incident, dans sa rubrique « TrivialePoursuite », indiquant :

« En France, l'importun lourdaud se comporte "comme un éléphant dans un magasin de porcelaine". Remarquable, n'est-il pas ? »

20

NUIT 71

Un prophète. *10.05 p.m.*

— Tu as vu ce que sous-entend Gageard ?

Maud venait de couper la webradio. Jérémy releva la tête de son ordinateur…

— Non, je n'écoutais pas.

— Le ministre de l'Intérieur se permet de dire que l'attentat de la place Monge pourrait avoir un lien avec nous, enfin avec le mouvement étudiant.

Elle avait singé un ton journalistique, mais semblait sincèrement horrifiée.

— C'est de bonne guerre, plaisanta Jérémy. Ils vous cognent dessus, et ensuite ils vous accusent de terrorisme. Tu vas voir que, dans dix jours, le danger viendra de la fac de Censier, d'une certaine Maldita.

— Et ça te fait marrer ?

Il se sentait heureux, invulnérable. Mitch avait un plan pour trouver de l'opium, un plan solide. Et Maud était amoureuse de lui. Il dit :

— Oui, ça me fait marrer.

01.15 a.m.

Jérémy s'éveilla en sursaut, se redressa sur le matelas posé au pied de leur lit. Il y dormait encore, histoire de ne pas rouler sur les côtes blessées de Maud pendant la nuit. Sa montre brilla dans le noir. Ses yeux s'accoutumèrent. Dans l'obscurité, il écouta la respiration régulière de sa copine, se leva, alla à la fenêtre, dont ils ne fermaient pas les volets. Les façades des immeubles de la rue étaient toutes éteintes – des trous noirs. La ville des dormeurs. Tant de visions se produisaient derrière tant d'yeux clos dans tant de lits, toutes choses perdues au matin, sauf pour ceux qui s'exerçaient à en conserver la trace…

Il aimait entendre la respiration de Maud dans son dos. Elle avait retrouvé un sommeil paisible grâce aux antalgiques ; qui sait, peut-être ne rêvait-elle plus de l'assaut à la faculté ? Il retourna près de leur lit, se pencha sur elle, écarta une anglaise de ses cheveux frisés qui avaient glissé sur ses yeux et son nez et que chaque expiration faisait trembler. Il déposa un baiser sur son front, derrière lequel se produisaient des feux d'artifice d'images. Puis il passa dans le salon, alluma l'ordi. La dernière session ouverte sur MDP était la sienne : pas de page perso, accès direct sur le Sommaire des Rêves.

Chambre noire. *01.00 a.m.*

VideoMONK : Tu dors ?
SixieDREAMY : *Nope*. Un mauvais rêve. Je lis des haïkus, ça éloigne la nuit. Et toi ?
VideoMONK : Tu vois. Insomnie / bras ballants. Besoin de m'occuper. Les haïkus, ça se met en film ?
SixieDREAMY : Plutôt en photo.
SixieDREAMY : Pour figer l'instant et mesurer la saison qui passe. Tu vois le genre ?
VideoMONK : OK. Donc, fausse piste. La photo, c'est pas vraiment un sport nocturne…

Sixie ne semblait jamais vouloir lui tendre la perche, le laisser partager un peu de ses nuits.

Ne comprenait-elle vraiment pas qu'il voulait lui en alléger le fardeau ? Ou faisait-elle mine de ne pas comprendre ?

Pourquoi ? Parce qu'elle ne voulait pas de lui ?

Sixie était presque certaine que Theo était amoureux d'elle. Disons qu'elle le pensait à cinq contre un. Il essayait de le lui dire. Mais elle ne l'aidait pas. Elle n'avait pas envie qu'il soit amoureux, pas envie que Mathilde ait raison comme chaque fois, quand elle disait que les garçons qui sont tes meilleurs amis finissent toujours par tomber amoureux de toi. « Ou alors, ils sont homos, et c'est toi qui tombes amoureuse », ajoutait Mathilde, en référence à un souvenir personnel douloureux. À quinze, seize, dix-sept ans, l'amitié était-elle vraiment impossible ? Elle n'avait pas envie de perdre Theo, pas davantage de jouer la comédie. Elle aimait la douceur de Theo, ses films, la confiance qu'il mettait en elle. Mais elle n'en était pas amoureuse du tout.

Elle reprit le tchat.

SixieDREAMY : Au fait, intituler ton trailer *Herbes de l'été*, c'était un hommage à Basho ?
VideoMONK : Oui, un clin d'œil. Pour comprendre Sixie-Dreamy, je lis de la poésie japonaise. Tu dois être la seule à avoir pigé l'allusion.
SixieDREAMY : Une seule suffit, pas vrai ?
SixieDREAMY : Allez, je vais essayer de dormir. Bonne nuit. Douce nuit.

Elle se demanda s'il était possible de garder Theo dans cet état, suspendu, brûlant, pendant des mois, des années. Jouer à différer sans cesse son aveu. Cela lui conviendrait parfaitement. Même si elle n'était pas amoureuse de Theo, elle aurait détesté qu'il le soit d'une autre ; parce que alors elle le perdrait.

Elle n'essaya pas de dormir. Elle ouvrit la page de DanyL, regarda une fois de plus ses photos. Il y en avait 427. DanyL en personne figurait sur quatre-vingt-dix pour cent d'entre elles. Elle ne le connaissait pas, et il ne la connaîtrait sans doute jamais, mais Sixie pouvait se contenter de cela : de le regarder et de le lire, de loin. DanyL. Évidemment beau. Évidemment obscur, lointain, inatteignable, ténébreux, comme devraient le rester les amours idéales, selon elle.

« **Nos nuits.** » *01.00 a.m.*

JustIN(E)MYDREAMS : Bonne nuit. Fais de beaux rêves.
JulesEL-CHE : Des rêves de toi, j'ai le droit ?
JustIN(E)MYDREAMS : Je n'ai aucun droit sur tes rêves. Si ?
JustIN(E)MYDREAMS : En revanche, je revendique un droit sur tout le reste.
JustIN(E)MYDREAMS : Nos jours sont plus beaux que leurs nuits.
JulesEL-CHE : LOL

21

NUIT 74

Fin d'un monde. *05.00 a.m.*

Maud et Jérémy dormaient dans le lit double où ils s'étaient aimés quand le monde explosa. Une détonation extraordinairement sonore, comme si tout l'immeuble s'était brutalement effondré sur lui-même. Maud se redressa en sursaut, pensa à un tremblement de terre. Non, c'était plus proche. Une déflagration. Dans l'appartement. Dans leur chambre ? Elle ne voyait rien. Nuit. Ou fumée. Elle aperçut Jérémy qui bondissait sur ses pieds. Dans le noir, des lumières, éblouissantes, striaient les ténèbres. Elle voulut se lever elle aussi.

Ensuite, le cauchemar de Censier recommença. Cinq silhouettes noires, harnachées, casquées, cagoulées, sortirent du brouillard épais en hurlant. Elle crut une seconde qu'elle rêvait…

Mais non.

Trois hommes en armes avaient déjà attrapé Jérémy, ils le mirent à genoux. Les deux autres se postèrent des deux côtés du lit, des fusils dans les mains. Par réflexe, elle s'était mise en position fœtale, se protégeant le visage de ses deux bras.

Elle les entendait crier son nom, Maud Mérieux, dans leurs hurlements.

Puis ils lui ordonnèrent de mettre les mains sur la tête, de se lever, de les suivre. Ils ne frappaient pas. Lentement, très lentement, elle se déplia. Elle aperçut les chiffres digitaux de son radioréveil qui brillaient dans le brouillard. Ils emmenaient Jérémy. *Ils nous enlèvent en pleine nuit.*

Lorsqu'elle fut debout, ils la poussèrent devant eux, à son tour, l'un d'eux lui prit les poignets et les attacha dans son dos. Ils la poussèrent vers l'escalier, pieds nus, et nue sous son tee-shirt de nuit. Elle vit le mot « Police » écrit en lettres blanches sur le blouson d'un des hommes qui la précédaient. Elle parvint enfin à mettre des mots sur ce qui leur arrivait. *On n'est pas enlevés. On est arrêtés.* Elle reprenait ses esprits.

— Ne dis rien, cria-t-elle à Jérémy dans l'escalier… Ne leur réponds rien pendant la garde à vue !

22

JOUR 74

Bureau de lutte antiterroriste. *07.00 a.m.*

Maud attendait dans un couloir, devant le bureau d'un officier de police, un flic maigre qui lui avait jeté un coup d'œil à son arrivée, sans un mot, avant de s'enfermer avec l'officier qui commandait le groupe lors de leur arrestation. Ils lui avaient donné une couverture qu'elle avait enroulée sur ses épaules. Elle grelottait malgré tout, sûrement plus de fatigue et de peur que de froid–à moins que ce soit ses pieds nus sur le carrelage qui l'aient fait frissonner. Les flics qui l'avaient arrêtée appelaient cet endroit le « Bureau », entre eux : un espace clos, hypersécurisé, moderne, couloirs insonorisés percés de dizaines de portes. Elle n'était pas dans un commissariat ordinaire comme ceux qu'elle avait connus une dizaine de fois pendant l'année écoulée, à l'occasion de « contrôles d'identité » prolongés, après les manifs devant la fac.

Où était-elle ? Pourquoi l'avait-on arrêtée en pleine nuit pour l'amener ici ?

Quelqu'un savait-il qu'ils se trouvaient ici ?

L'officier fit entrer Jérémy dans son bureau et lui dit :

— J'ai informé le procureur de la République de votre interpellation, et du début de la garde à vue vous concernant. Je suis le capitaine Paulin, du bureau de lutte antiterroriste. L'enquête qui nous occupe est particulièrement délicate, vous n'avez donc, pour l'heure, pas l'autorisation de contacter un proche, monsieur Villain. Il s'agit d'un dispositif dérogatoire légal, dans le cas d'une instruction liée à une enquête antiterroriste.

Jérémy entendit les deux derniers mots, mais ne les comprit pas. Il aurait voulu les répéter à voix haute : enquête antiterroriste. Qu'est-ce que cela pouvait… ?

— Vous pourrez voir votre avocat dans quatre-vingt-seize heures. Si vous ne pouvez pas vous payer un avocat, la justice en désignera un d'office.

— Vous êtes Maud Mérieux ?

— Oui.

— Je suis le capitaine Mazon, du bureau de lutte antiterroriste. Vous êtes placée en garde à vue depuis une heure, dans le cadre d'une enquête pour meurtres, contribution idéologique et participation active à une organisation terroriste. Ces crimes ont été commis le 8 mai, place Monge, à Paris. Vous avez le droit de garder le silence durant cette garde à vue, que j'ai la possibilité d'étendre jusqu'à six jours, voire davantage. Comprenez-vous ce que je vous dis ?

Elle hocha la tête, abasourdie par les mots du flic maigre. Attentat. Six jours. La place Monge. Les mots la frappaient en rafale. Une erreur judiciaire.

— Avez-vous besoin de voir un médecin ? Vous aurez la possibilité de réclamer sa visite à n'importe quel moment pendant la garde à vue, est-ce clair ?

Elle opina encore de la tête, toujours sans émettre le moindre son. C'était une erreur judiciaire. En un sens, cela la rassérénait – il serait plus facile de prouver qu'elle n'avait rien à voir avec tout ça…

— Avez-vous des questions, mademoiselle, sur le cadre légal de cette garde à vue ?

— Je… je voudrais des vêtements… Je suis presque nue, en chemise de nuit.

Le capitaine Mazon se leva. Elle esquissa un geste de défense, comme s'il allait la gifler. Les images du tabassage dans le hall de Censier la hantaient de nouveau.

DCRI. *02.00 p.m.*

Alice sortit de son troisième briefing de la journée. La mobilisation générale commençait à porter ses fruits. Pendant la nuit, des dizaines d'arrestations avaient eu lieu dans les milieux de la coordination étudiante.

Son supérieur, le commissaire Boukra, passait son temps en « réunion de coordination » au sein de l'Unité de coordination de la lutte antiterroriste (UCLAT), pendant qu'elle devait avancer sur l'attentat tout en maintenant les activités ordinaires de son équipe. Autant dire qu'avec un PIFR sur le feu, plus l'affaire des éléphanteaux de Limoges, elle ne dormait plus. Presque plus. Et qu'elle n'avait pas vraiment l'occasion de penser aux photos mises en ligne par DamienLAWYER, sauf lorsqu'une connaissance tombait dessus, et y faisait allusion – sel sur la plaie ouverte. Pour l'heure, aucun de ses collègues ne semblait être au courant. Ou alors, cela se disait dans son dos. Qui sait, ces photos tomberaient peut-être dans les oubliettes d'Internet ?

Boukra venait de leur distribuer les tâches quotidiennes. Pour Alice et son équipe, cela consistait à vérifier les éventuelles connexions de la liste d'étudiants arrêtés avec le milieu hacktiviste. Ils avaient une cinquantaine de noms et d'identités numériques. Son équipe en avait pour la journée, ne serait-ce que pour mener un premier examen superficiel. Elle convoqua les gars de son équipe dans son bureau, répartit la liste entre eux par ordre alphabétique, ne gardant pour elle que les deux « cerveaux » connus du complot : Maud Mérieux et Antonio Giuli.

Une fois seule, elle se mit au boulot.

Les gars du bureau de lutte antiterroriste avaient identifié depuis huit jours l'artificier de l'attentat : les caméras de vidéosurveillance urbaine avaient permis de constater qu'un guetteur au visage dissimulé par la visière d'une casquette s'était posté dans la rue Ortolan, sans doute pour déclencher la charge meurtrière à distance. On l'avait suivi, grâce au réseau de caméras, puis aux images satellites reconstituées après l'explosion : il quittait les lieux, montait à bord d'un véhicule volé garé à l'angle de la rue Mouffetard et de la rue Ortolan. La voiture était conduite par un chauffeur inconnu. Ce dernier déposait le guetteur deux rues plus loin, devant un immeuble, et le guetteur s'engouffrait dans cet immeuble en enlevant sa casquette. On avait récupéré les images de la caméra de sécurité de l'ascenseur. Les logiciels de reconnaissance faciale avaient identifié le jeune homme sans aucun doute : Antonio Giuli, vingt-sept ans, de nationalité italienne. Étudiant en sciences-politiques, militant communiste et anarchiste. C'est lui qui se tenait rue Ortolan, au moment de l'attentat. Et tout portait à croire qu'il avait actionné le détonateur.

Giuli était membre depuis huit mois de la coordination étudiante de la Sorbonne, qui dirigeait le mouvement de greve de cette faculté parisienne.

Giuli avait déserté son studio le jour de l'attentat, en y abandonnant toutes ses affaires.

Son ordinateur avait été fouillé à distance par les services du bureau de lutte antiterroriste. Le jour de l'évacuation de la faculté de Censier, trois jours avant l'attentat, Giuli avait transmis, à cinquante « contacts » haut placés dans la coordination, des films de l'intervention policière qui comportaient tous un lien vers un cauchemar rédigé sur MyDarkPlaces plusieurs semaines auparavant. Celui-ci décrivait par avance, et de façon troublante, la cible de l'attentat et son déroulement : le texte mentionnait ainsi la rue Ortolan où se tiendrait l'artificier, la rue Mouffetard où attendrait le chauffeur…

Le bureau de lutte antiterroriste avait également identifié l'auteur du message publié sous forme de cauchemar, sur MDP, le 9 mars : Maud Mérieux. Elle était étudiante en deuxième année de licence d'arts du spectacle option théâtre à Censier, et membre de la coordination étudiante de cette faculté. Elle avait dix-neuf ans, un visage d'ange, et était enregistrée depuis neuf mois sur le fichier Cristina. Contrairement à Antonio Giuli, elle n'était pas politisée avant le début des grèves. Elle avait été arrêtée avec son petit copain en même temps qu'une cinquantaine d'autres membres de la coordination. Les interrogatoires devaient permettre d'identifier les organisateurs de l'attentat, et de trouver des preuves matérielles.

Pour l'instant, les preuves se cantonnaient au cauchemar sur MDP, aux messages de Giuli, à la vidéo prouvant sa présence sur les lieux.

Giuli avait échappé aux arrestations. Depuis l'attentat, il n'avait pas utilisé son téléphone portable, ni sa carte bancaire, il ne s'était pas connecté à Internet. C'était sans doute lui le plus gros poisson. Mais il avait disparu de la circulation.

Alice décida de se concentrer sur lui. Elle avait déjà parcouru tout ce que les services de renseignement français lui avaient fourni : ses propres « clients » habituels, cyberanarchistes et autres hacktivistes. C'était presque singulier pour un étudiant politisé depuis des années et apparemment fiché comme anarchiste à l'époque où il vivait en Italie. Antonio Giuli devait être très prudent, à tel point qu'il avait réussi à ne laisser aucune trace pendant les trois années précédant sa réapparition huit mois plus tôt. Ni visite chez le médecin, ni adresse fiscale, ni interpellation bien sûr. Rien.

La seule solution pour relier Giuli à des individus surveillés, c'était de trouver, à l'inverse, des traces d'anarchistes ou d'hacktivistes qui auraient essayé de le joindre, et qui auraient été moins méticuleux ou paranoïaques que lui. Mais cela revenait à chercher une aiguille dans une botte de foin…

Par où commencer ?

Alice décida de se pencher sur le passé d'Antonio Giuli. Cela ne relevait pas de sa compétence, mais peut-être trouverait-elle une piste quelque part, un nom. Elle ouvrit le mémo que les renseignements antiterroristes italiens avaient transmis à leurs homologues français. Le garçon avait été étudiant pendant quatre ans à Gênes, à la faculté Genova III, et membre de plusieurs coordinations lycéennes, puis universitaires. C'était un anarchiste déclaré, impliqué dans plusieurs mouvements non violents menés à la faculté de Rome, puis à Gênes. Il avait totalement disparu de la circulation après les « événements de Gênes », les premières émeutes étudiantes, qui avaient eu lieu trois ans plus tôt suite à une hausse brutale des droits d'inscription à l'université ; ces manifestations avaient été une sorte de répétition générale, moins massives mais plus radicales, du mouvement de grève actuel.

Alice reconnut le nom de quelques jeunes leaders politiques italiens dans la liste des fréquentations d'Antonio Giuli. Pour savoir comment ce garçon politisé, subversif mais non violent, avait basculé dans le terrorisme, il aurait fallu combler le blanc de trois ans que comportait sa biographie. Sur sa page DKB, on retrouvait des photos de l'époque génoise, puis des photos de lui à la Sorbonne, mais rien entre les deux.

Alice regarda les clichés. Antonio Giuli avait changé, en trois ans : il avait maigri, il semblait plus vieux. On aurait dit les photos d'un frère plus âgé, pas d'un jumeau. Qu'avait-il fait. Par où était-il passé ? Où retrouver sa trace ?

Antonio Giuli, à l'époque de Gênes, jouait au football. Il était avant-centre dans l'équipe d'un club associatif qu'il avait fondé et appelé « Malatesta Football Club », certainement en référence à Errico Malatesta, célèbre révolutionnaire anarchiste italien. Décidément, l'anarchie s'infiltrait même dans ses loisirs. Mais ce n'était pas ce qui intéressait la commissaire stagiaire Kowacks. Ce qui la faisait réagir, c'était qu'elle connaissait le nom de ce club. Elle fouilla dans les strates de sa mémoire. La lumière se fit assez vite.

— Bingo, dit-elle à voix haute.

Elle ouvrit un dossier de son ordi, et cliqua sur la fiche de police détaillée de Cèsar Diaz. Elle remonta dans sa biographie jusqu'à l'année précédant la « disparition » d'Antonio Giuli. Cèsar Diaz entrait alors à la faculté d'informatique de Milan, à une centaine de kilomètres de Gênes. On le voyait, sur une photo de vacances, disputer un match avec son ami Vittorio De Lorenzo et deux autres types. Et De Lorenzo portait un tee-shirt noir siglé « Malatesta Football Club ».

Elle ouvrit la fiche de De Lorenzo, le responsable de la sécurité au sein du Board du PIFR, qu'elle connaissait presque par cœur. Il était bien inscrit quatre ans plus tôt en histoire, à la faculté Genova III. C'était un détail. C'était plus que fragile. Mais cela signifiait que le bras droit de Cèsar Diaz avait sans doute croisé Antonio Giuli.

Alice ouvrit les derniers relevés de communication de Cèsar Diaz, et chercha d'éventuelles connexions avec Antonio Giuli. Elle n'en trouva aucune. Une question commençait à la travailler : qui était l'énigmatique Nada#2 dont De Lorenzo et Diaz parlaient parfois dans leurs e-mails, et dont elle n'avait toujours pas réussi à percer l'identité ? Un ancien camarade de Gênes ? Un type disparu pendant trois ans, un fantôme ? Un terroriste capable de déclencher une bombe sur la place Monge ?

Trois minutes plus tard, elle convoquait son groupe et élargissait leurs consignes de recherche : outre les connexions avec des cyberanarchistes ou des hacktivistes, elle leur demanda de chercher aussi d'éventuels liens entre les étudiants arrêtés et les membres de l'état-major du PIFR.

23

NUIT 75

Garde à vue (1). *04.30 a.m.*

Le flic efflanqué, le capitaine Mazon, continuait de harceler Maud, sur un ton égal, répétitif :

— Quand tu as écrit ce cauchemar, à qui t'adressais-tu ? À quel contact ? C'était un signal convenu ?

— Vous attendiez quel autre signal pour lancer l'opération ? demanda le deuxième flic. Le rickroll de Giuli ? C'est lui, le chef ?

Celui-là était plus grand, plus costaud, plus menaçant physiquement que Mazon. Il bougeait sans cesse, allant et venant dans son dos, frôlant la chaise sur laquelle elle était assise. Mais il paraissait doué d'une patience infinie et d'une parfaite maîtrise de ses nerfs.

Les deux flics continuaient de l'interroger, de lui poser les mêmes questions depuis vingt et une heures, dans le même ordre : MyDarkPlaces, un rêve qu'elle aurait posté, l'attentat, ses liens avec Antonio Giuli. Mazon ne bougeait pas, bien campé sur une chaise en face d'elle, prenant mystérieusement des notes sur son carnet alors qu'elle ne répondait pas.

— Vous avez décidé du lieu de l'attentat à plusieurs ? Tu as écrit ton rêve sur ordre, ou tu décides seule ?

— Vous êtes combien à avoir planifié tout ça ? Donne-nous les noms de tes camarades.

Elle assemblait mentalement les pièces de leurs accusations. Apparemment, le rêve publié sur MDP dont ils lui parlaient avait servi à déclencher l'attentat, ou en tout cas, il comportait des références au scénario de l'attentat. Le rêve avait été publié depuis son ordi. Par qui ? Jérémy ? Jérémy passait ses nuits sur MDP. C'était lui, l'auteur ? Le leur avait-il avoué ? Qu'avait-il provoqué ?

— Qui est Maldita ? Tu la connais ? C'est le chauffeur ? Le surnom de Giuli ?

Elle sursauta à cette question, se troubla un instant. Jérémy était le seul à l'appeler ainsi.

— Tu la connais ?

— Je m'appelle Maud Mérieux, j'habite rue de Charonne. Je voudrais manger. Je voudrais pouvoir me changer, mettre des vêtements décents, et dormir.

Garde à vue (2). *11.30 a.m.*

Jérémy ne dirait rien. Rien. On leur avait donné des consignes, en septembre, avant leur première manif, et Maud le lui avait hurlé au moment de l'arrestation : ne pas dire un mot devant les policiers, sauf son identité, ne rien signer non plus, attendre d'être présenté au juge pour ouvrir la bouche.

« En garde à vue, tout ce que vous dites peut se retourner contre vous », expliquaient les habitués. « Ils vous font dire ce qu'ils veulent. »

Les policiers qui l'interrogeaient lui parlaient de la coordination, de plans secrets. De choses auxquelles il n'entendait rien. L'instant d'après, ils lui parlaient du DKB, du cauchemar qu'il avait publié, de Maldita.

Ils mentaient sans arrêt.

Depuis dix-huit heures, ils lui lançaient des noms d'étudiants. Certains lui rappelaient des conversations qu'il avait eues avec Maud. Ils insistaient sur un nom en particulier : Antonio Giuli. Jérémy se souvenait que c'était en consultant les films envoyés par Antonio Giuli que son ancien message, le message apparemment incriminé, était réapparu. Ça ne pouvait pas être un hasard. Un piège ? De qui ? De Giuli ?

La hache de guerre. *05.00 a.m.*

La radio d'information continue française diffusait les mêmes révélations depuis des heures, sur l'enquête, sur les rafles dans la coordination étudiante. Et le nom d'Antonio, au milieu de tout ce bordel.

Francesca et Vittorio restaient comme suspendus à ce flux d'informations, qui leur semblait toujours aussi incroyable alors qu'ils l'avaient déjà entendu dix fois. Antonio Giuli. « Antonio Giuli » était sans cesse ressassé. Suspect numéro 1, repéré par des caméras de vidéosurveillance à l'angle de la rue Ortolan et de la place Monge, confondu par ses envois de messages sur le DKB. La télé montrait les photos d'un inconnu. Puis elle montrait des vieilles photos d'Antonio à Gênes, à la faculté, au Malatesta Football Club.

Ils n'avaient pas pu se coucher. Francesca avait pleuré durant des heures.

Vittorio se leva, coupa la connexion à la radio sur l'ordinateur. Presque au même moment, quelqu'un frappa à la porte, dix coups brefs, puis trois coups, comme avant l'entrée en scène des artistes. Francesca eut un sourire douloureux en se tordant les mains.

— C'est lui, dit-elle, en se levant à moitié sur sa chaise.

Finalement, elle se laissa retomber, sans forces. Vittorio alla ouvrir à Cèsar, mais c'est Nada#1 qui entra, sweat noir, pantalon noir, tee-shirt des All Blacks. Un roi sans couronne. Il déboula dans le salon comme un bison, regarda Francesca, longuement et très tendrement, puis il jeta un œil à l'ordinateur de Vittorio, relié à un écran LED, qui affichait la page DKB diurne d'Antonio Giuli. Cette dernière comportait des dizaines de photos : des souvenirs des manifestations à Gênes, à Rome, à Milan, et des clichés de Paris, plus récents.

Cèsar dit d'une voix tremblante :

— Vous avez vu ce qu'ils ont fait ?

Puis il donna un coup violent, du plat de la paume, dans le mur qui le séparait de la cuisine.

Cèsar n'avait presque plus de maîtrise de lui-même. Nada#1 dit, avec l'autre voix, plus grave, celle que connaissaient les fans du PIFR :

— Ils veulent la guerre, ils l'auront. Maintenant. KO#1.

Quand il était dans cet état, il était inutile d'espérer le raisonner. Vittorio se tourna vers Francesca, et lui demanda simplement, très doucement :

— Tu nous laisses, Frances' ?

La jeune femme se leva, s'apprêta à quitter le salon.

— Non, reste, dit Cèsar. S'il te plaît. Oublie Nada#1. Tu es concernée autant que nous, sinon plus.

24

JOUR 75

Faire-part. *08.30 a.m.*

Site du PIFR, rubrique « Contribution théorique » (*Nada's Thoughts*)

Objet : Théorie de l'anarchie (I)
Selon les travaux de John Zerzan sur l'anarcho-primitivisme, la destruction de la technologie est le préalable à la libération politique. N#1

Objet : Théorie de l'anarchie (II)
Ce qui induira probablement de devoir faire la vaisselle à la main.
À méditer. N#1

Alice Kowacks ne prit pas la peine de lire la suite des habituelles inepties de Nada#1 sur le site du PIFR, et se concentra sur le message vide envoyé par Cèsar Diaz le matin même à l'état-major des Nadas.

> De : cesar@blackbackyard.org
> À : board@blackbackyard.org
> Objet : « Casa meva és casa teva »

Elle lança sur son ordinateur la traduction de cette phrase en catalan vers le français, mais elle devinait déjà ce qu'elle signifiait. Le logiciel le lui confirma : « Ma maison est ta maison. » Cèsar Diaz convoquait son état-major à une réunion, quelque part dans un de ses « repaires » – une réunion de tous les Nadas en chair et en os, qui ne laisserait aucune trace numérique ou téléphonique. Il serait impossible de savoir ce qui s'y dirait, sauf en truffant le lieu de micros et de caméras, ou en y infiltrant un espion.

Alice ne disposait pas véritablement d'un espion, simplement d'une source fiable, qui se contentait de lui dire ce qu'elle jugeait bon. Le mail de Diaz avait été posté depuis l'ordinateur de De Lorenzo, qui était sous surveillance permanente. Cela signifait que le Board ne cherchait même pas à cacher cette réunion. Elle n'avait, à vrai dire, rien d'étonnant vu que Cèsar Diaz préparait une nouvelle partie. Cela n'avait peut-être aucun rapport avec Antonio Giuli.

Jusqu'à présent, Alice Kowacks n'avait pas parlé à ses supérieurs d'un lien possible entre Diaz et Giuli. Elle ne disposait d'aucun élément plus fiable que la photo de De Lorenzo. En deux jours, son équipe n'avait trouvé aucun autre lien entre les responsables des coordinations étudiantes et le PIFR. Mais ce n'était pas la seule raison de son silence : elle ne voulait pas qu'on lui retire son gibier à peine débusqué. Elle n'était qu'une commissaire stagiaire. Si la piste était jugée sérieuse, quelqu'un d'autre serait chargé de la creuser. Alors, elle préférait avancer en solo dans un premier temps, en attendant d'avoir trouvé suffisamment d'éléments incontournables pour être sûre qu'on l'associe à la suite de l'enquête. Mais ces éléments existaient-ils ? Le lien entre De Lorenzo et Giuli n'était-il qu'une coïncidence ? Avaient-ils été amis ? L'étaient-ils toujours ? Elle ne savait pas encore exactement ce qu'elle espérait trouver. Ni même s'il fallait qu'elle espère trouver quelque chose. Deux semaines auparavant, n'avait-elle pas dit à Boukra que le PIFR n'avait rien à voir avec l'attentat de la place Monge ?

Un père. *10.30 a.m.*

Les yeux du flic en costard gris balayèrent l'esplanade nue du lycée, comme l'aurait fait un scanner. Il repéra deux îlotiers en képi un peu en retrait, les banderoles contre les grilles, les barrières de chantier entassées devant l'entrée, qui n'empêcheraient pas les forces de sécurité de passer si elles le décidaient. Abel Fanelli devrait préciser des choses à Justine concernant les nouveaux canons à eau, comme il lui avait déjà enseigné la façon de se protéger des gaz lacrymogènes et des grenades assourdissantes.

Le lycée était en grève sauvage depuis la veille pour protester contre l'arrestation brutale d'une cinquantaine de leaders de la coordination étudiante. Des banderoles flottaient, tristement, dans le vent maigre : « Nous ne sommes pas des assassins » ;

« Libérez nos camarades » ; « État = terroriste ». Les gamins ne se montraient franchement pas inventifs.

Justine, comme beaucoup d'autres lycéens, avait dormi sur place.

Son ex-femme avait prévenu Fanelli dans un mail glacial, comme leurs relations depuis cinq ans. Son ex trouvait « très digne et très honorable » que leur fille soit engagée dans ce « mouvement spontané ». Elle était même « fière de Justine », et « pensait » qu'il « devrait l'être aussi ». Le commissaire n'avait pas répondu au mail. Il fallait qu'il évite d'écrire ce qu'il en pensait s'il voulait garder un droit de visite minimal. « Déchu des droits parentaux », disait son casier judiciaire. Abel Fanelli avait eu autrefois un « problème » avec l'alcool, parce qu'il avait de gros « problèmes » avec le monde des pervers et des assassins, toute cette fange dans laquelle il pataugeait ; et ses « problèmes » avec la bouteille avaient engendré de gros « problèmes » avec sa famille, la chose qu'il voulait le plus au monde protéger de la boue.

Son coup d'œil panoramique s'arrêta finalement sur Justine. Cheveux mi-longs cendrés, jean, veste de velours côtelé et son éternel foulard lie-de-vin. Elle n'était pas en première ligne, mais tout de même exposée. Trois jeunes types l'entouraient. Aucun ne la méritait. Il fit quelques pas dans leur direction, d'un mouvement trop vif pour son cœur, qui se mit à fonctionner de façon aléatoire. Elle ne regardait pas vers lui, elle riait avec les trois garçons. À trois mètres d'elle, il s'arrêta, essoufflé.

— Justine…

Elle se retourna en entendant sa voix. Abel Fanelli vit le visage de sa fille changer, les commissures de ses lèvres tombèrent. Il se planta au milieu d'eux, toisa les trois jeunes gens plus grands que lui. Un des garçons, le grand frisé avec un tee-shirt de Che Guevara, regarda Fanelli, puis se tourna vers Justine et dit :

— Un problème, Tinette ?

Le commissaire sortit sa carte tricolore de son veston.

— Ouais, Tinette a un gros problème : son père est flic. Et elle va devoir faire avec, aujourd'hui.

— Fanelli, répondit Justine, je suis avec mes amis, là, et je…

Il ne laissa pas à sa fille le temps de finir. Il regarda le grand frisé, droit dans les yeux.

— Et toi, Che Guevara, ça te pose un problème, si je dois avoir un aparté avec Tinette ? Parce que dans ce cas, je peux me faire un plaisir de…

— Papa ! cria Justine.

— Fanelli. Je suis le commissaire Fanelli. Alors, tu me suis, Tinette. Sinon je t'embarque.

10.45 a.m.

— Assieds-toi.

Justine restait debout devant la table, les bras croisés. Il l'avait entraînée par le bras dans un café, à deux pâtés de maisons du lycée. Il s'était assis face à la porte – toujours repérer les issues de secours, ne pas tourner le dos à une vitre. La colère qu'il avait éprouvée devant le lycée refluait en lui, aussi inexplicable maintenant que lorsqu'elle l'avait submergée.

— S'il te plaît, Justine, fais pas chier. Tu n'es plus une enfant, et nous en avons pour quelques minutes seulement.

Elle tira la chaise et s'assit de mauvaise grâce. Il se tourna vers le serveur.

— Deux cafés noirs sans sucre, deux verres d'eau.

« Pas de calva », se murmura-t-il intérieurement, comme à chaque commande depuis cinq ans, depuis qu'il était abstinent.

— Putain, Fanelli, tu joues à quoi ? Devant mes amis en plus…

— Tes amis ? Tu as combien d'amis, Justine, exactement ? 500 ? 2 043 ? Ou alors on compte juste les nightfellows ?

— Tu ne vas pas me parler de…

— De ta page diurne où tu parles des garçons que tu kiffes, de tes relations avec tes vieux cons de parents et ton beau-père, et de tes espoirs politiques ? Ou de son volet nocturne où tu racontes tes pseudo-rêves romantiques limite érotiques ? Laquelle ?

Justine ne devint pas livide. Elle ne se mit pas à hurler ou à trépigner. Elle dit froidement :

— Je parle aussi de Maupassant, là-dessus, Fanelli. Je sais que tu les lis. Je les écris pour ça. Pour que tu puisses prendre malgré toi de mes nouvelles.

Il se retrouva brutalement con, et vieux, et percé à jour. Il prit l'un des cafés que le serveur venait de poser devant eux, le sécha en deux gorgées brûlantes. Il ne sentit plus son palais – une cloque anesthésiée par la brûlure. Il avait besoin de cette douleur pour avancer. Il avait besoin de ne pas penser au regard de sa fille aînée, qui l'aurait fusillé si elle avait pu l'armer.

— Écoute-moi, Justine. Je sais que tu t'impliques dans ce... mouvement, et je ne vais pas essayer de t'en détourner. *Même* si ta mère approuve ton engagement.

Par réflexe, il sortit son paquet de tabac, en sortit un clope, avant de réaliser que, dans ce cas, la législation sur le tabagisme passif ne pourrait pas être envoyée complètement aux orties.

— Ce sont tes droits civiques, légaux. Et on me paie pour les protéger, Justine.

Il posa entre eux son portefeuille, dans lequel dormait la carte tricolore. Dans le mouvement, elle avait sans doute aperçu son pistolet automatique réglementaire dans le holster d'épaule. Il avait « tout d'un flic », il était l'adversaire. C'était ce qui l'empêcherait aujourd'hui d'avoir une conversation normale, de père à fille, et pas le divorce, ni ce connard de beau-père avec qui Justine vivait les neuf dixièmes de son temps, ni son passé, l'alcool, les disputes avec sa mère, les cris, les gifles...

— Je ne te demande même pas de comprendre mon point de vue, reprit-il. Si ça se trouve, c'est vous qui avez raison de vous mettre en grève. Et si ton mouvement échoue, je paierai ta fac de lettres avec mon sale boulot de flic…

— Je ne veux pas de ton fric, Fanelli.

— Tu l'auras si tu en as besoin. On n'est pas là pour parler de ça.

— On est là pour quoi, alors ? C'est quoi, ton problème ?

Elle le défiait du regard. Elle ne l'avait jamais craint, même à l'époque où il rentrait soûl et qu'il lui parlait des assassins, des chasseurs de gamines… Cette époque où la mère de Justine essayait de l'en empêcher, où elle hurlait, le traitait de malade, où il était arrivé qu'il la gifle. Rarement. Mais plusieurs fois, c'était arrivé.

— Je sais que tu n'as pas peur, Justine. Mais je veux que tu saches ce qui va se produire dans les semaines qui viennent, avec le mouvement, vos occupations des lycées, tout votre bordel…

— Je ne te dirai rien.

— Je ne te demande rien. C'est toi qui m'écoutes. Les flics ont décidé que, pour l'attentat, c'était vous.

— On n'a même pas…

— Tais-toi. Je sais. Vous ne l'avez sans doute pas fait. Mais la machine d'État a décidé que vous l'aviez fait. La machine va donc trouver des preuves, des témoins, des aveux… Elle les fabriquera s'il le faut. Elle va infiltrer des éléments déviants parmi vous, faire déraper vos manifs dans la violence, vous pousser à bout. Tu comprends ce que je te dis, n'est-ce pas ?

Elle hocha la tête.

— Il va y avoir des gens parmi vous qui estimeront que vous devez vous défendre. Si l'un de vous porte une arme, il tombera pour terrorisme, et tous ses amis avec lui. Si l'un de vous est arrêté avec du shit, il tombera pour trafic, et tous ses amis avec lui. Tu saisis ? Vous allez être calomniés, vous allez prendre des coups, et vous ne devrez surtout, surtout pas essayer de vous défendre, parce que c'est ce qu'ils attendent. Tu comprends ?

Elle acquiesçait, mais ne disait pas un mot et le fixait avec cette intensité qu'elle avait, fillette, quand il lui racontait le monde extérieur. Les loups.

— Ça ne me plaît pas du tout de savoir que tu vas prendre des mauvais coups, parce qu'il y en aura, et des sales, des vicieux, de ceux qui bousillent une vie avant même qu'elle ait commencé. Mais je ne veux pas non plus que tu te débines maintenant. Je crois que je ne serais pas fier de ça. Alors, simplement, je t'avertis, pour que tu comprennes bien la situation. OK ?

Les yeux de Justine brillèrent. Elle répondit, enfin :

— Je… enfin, on sait tout ça.

— C'est bien, alors. Tu ne bois pas ton café ?

Elle secoua la tête, lentement. Il prit la tasse et la vida. Il aurait tué pour un calva.

— Tu as peur ? demanda-t-il.

De nouveau, elle secoua la tête.

Ils sortirent du café. Fanelli aurait voulu qu'elle s'accroche à son bras, comme lorsqu'ils avaient quitté le commissariat du Ve arrondissement.

Elle ne le fit pas. Ils arrivèrent en vue du lycée. Le grand type, Che Guevara, regardait dans leur direction, peut-être depuis qu'ils avaient disparu.

— Je ne repasserai pas te voir avant un moment, dit-il. Sauf si tu as besoin d'un flic.

Elle plissa les yeux – cette façon de rire sans bruit qu'ils partageaient. Fanelli enchaîna :

— C'est ce grand con frisé, le jules dont tu rêves ? Tu veux que je lui casse la gueule ?

Elle sourit de nouveau, un peu plus crispée cette fois, et ne répondit pas. Il s'arrêta, lui laissa prendre deux mètres d'avance puis rebroussa chemin.

25

NUIT 76

Tenir. *04.45 a.m.*

— Putain !

Le lieutenant Marboeuf donna un coup de pied dans la chaise de Maud, son premier signe d'impaticncc cn dcux jours. Ellc esquissa de nouveau un geste pour se protéger d'une gifle, et répéta, en clignant des yeux très vite pour qu'ils ne voient pas combien elle avait peur :

— Je voudrais des vêtements décents. Je suis en tenue de nuit. Et j'ai faim.

— OK… OK… tout le monde va se calmer, dit Mazon. Marbœuf, tu sors. Mérieux, on va te donner un sandwich et un café, et on va tous souffler une heure. OK ?

— Je voudrais des vêtements, mes vêtements…

— N'y compte pas trop, dit Marbœuf. Tu en as encore pour quatre jours au moins à nous montrer tes miches.

05.30 a.m.

Maud mâchait le pain élastique du sandwich de cafétéria en buvant le café à petites gorgées pour essayer de le faire passer. Cela faisait dans sa bouche une sorte de bouillie épaisse, écœurante, de plus en plus gluante au fur et à mesure qu'elle ajoutait des lampées de café. Manger, malgré tout, se remplir. Reprendre des forces, des sucres lents qui lui donneraient de l'endurance pour les quatre jours à venir. Quatre jours... Plus de quatre-vingt-dix heures à tenir dans le bureau face à ces types, puis à d'autres qui se relaieraient pour la faire parler.

Elle ne devait pas craquer, même si elle n'avait rien à dire.

Chaud-froid. *08.00 p.m.*

Le site du PIFR publiait une nouvelle note dans la rubrique « TrivialePoursuite » :

> En France, la vengeance est un plat qui se mange froid. Comme un pique-nique, un *Déjeuner sur l'herbe*.

Une reproduction du célèbre tableau d'Édouard Manet accompagnait la note, sur laquelle les quatre personnages, des bourgeois en costume et deux femmes, l'une à moitié nue, l'autre totalement, portaient le nez des Clowns noirs. Alice ne put s'empêcher de penser que Cèsar Diaz s'intéressait beaucoup à la France depuis plusieurs semaines. Un peu trop.

Des frères, des sœurs. *08.00 p.m.*

Cèsar regardait la vingtaine de garçons et de filles qui avaient pris place dans l'arrière-salle du Café Noir, dont Moke était le gérant. Ils attendaient qu'il prenne la parole, des bières ou des cafés devant eux. Vingt visages connus, amis, vingt paires d'yeux impatientes, vingt attitudes ironiques ou concentrées. Ses amis, ses *bros and sistas*, comme il les appelait. Ses frangins. Ceux-là le suivraient n'importe où, et lui les emmènerait au bout du monde. Pourquoi ?

Ils avaient tous leurs raisons, plus ou moins affichées.

Chuck-the-Duck était anarchiste, et voulait « vraiment faire chier les flics », au lieu d'en discuter pendant des années sur des forums libertaires. Moses était un fou de jeux vidéo qui avait compris que le réel avait une saveur inimitable, et qui voulait devenir un « vrai héros dans la vraie vie ». Schmok avait croisé le PIFR au moment où elle cherchait un moyen d'en finir avec ce sentiment que les jeunes gens en rupture d'études, comme elle, étaient tout sauf bienvenus dans l'Europe vieillissante. Elle avait arrêté le shit, et maintenant elle voulait « tout faire péter et danser sur les ruines », peu importait pourquoi ou comment. Lana était catalane, voisine d'enfance et amoureuse depuis toujours de Cèsar, peut-être aussi de Nada#1, maintenant. Giulia et Simona étaient amies, peut-être plus, inséparables, et quand la première s'était jetée dans la bataille à Athènes, l'autre avait suivi. Moke, le maître des lieux, était un officier du PIFR depuis la première partie. Il faisait preuve d'une audace folle mais, taiseux, se contentait de dire qu'il était « curieux de savoir comment tout cela finirait ».

Vittorio était là, lui aussi, en retrait, derrière tous les autres, dans l'ombre. Il avait naturellement sa place dans le groupe, aussi naturellement que Cèsar, parce qu'ils avaient créé ensemble le PIFR. Et à cause d'Antonio ? En mémoire d'Antonio ? Pour venger Antonio ?

Cèsar leva son verre, puis commença :

— Vous savez que nous comptions jouer la prochaine partie à Glasgow. Je voulais vous convoquer prochainement pour régler les détails. Mais la situation a changé. Notre partie d'*Urban Brigades* se déroulera finalement à Paris, puis on jouera autre chose, dans la foulée, à Lisbonne. Tout ça aura lieu dans quelques jours seulement, et selon de nouvelles règles.

Il les regarda tous un par un. Certains avaient bronché devant ces changements de calendrier et d'échiquier, mais la plupart attendaient seulement la suite.

— Cette fois, notre PIFR sera une déclaration de guerre aux polices européennes.

Il fit une pause, pendant laquelle l'autre voix, celle de Nada#1, commenta :

— « La guerre est le jeu d'échecs continué par d'autres moyens », auraient dit Clausewitz et Kasparov.

Puis Cèsar Diaz reprit :

— Que les choses soient claires. Nous opérerons si possible à armes blanches, mais ce que nous ferons sera de toute façon passible de plusieurs années de prison. Et il faudra improviser. Quoi qu'on décide, après l'opération, plus aucun de vous ne pourra mener une vie normale, nous serons obligés de vivre dans la clandestinité. Je suis clair ?

— Nada#1 est la clarté d'un noir éblouissant, le soleil noir de nos mélancolies, dit Chuck-the-Duck sur le ton de la plaisanterie.

Lana sourit amoureusement. Schmok aussi, sans amour, mais avec pas mal de gaieté. Ici, tout le monde se moquait du bouffon guerrier qu'incarnait Nada#1, personne n'y croyait tout à fait. Vittorio, lui, resta impassible. Vitto pensait qu'ils ne seraient jamais prêts à temps. Mais ce n'était pas la question - pour en être capables, il fallait d'abord qu'ils l'accomplissent. Ils ne mesureraient qu'après coup ce qui leur avait manqué.

— Cela devait arriver un jour ou l'autre, déclara Moke avec une colère feinte. Te connaissant, c'était couru d'avance. Et cela finira forcément dans le chaos, la criminalité et la mort du petit commerce.

Cèsar fit une révérence, mais ne se départit pas de son sérieux. Il reprit :

— Certains d'entre vous préfèrent-ils jeter l'éponge maintenant ? Après, il sera trop tard.

De nouveau, il les regarda les uns après les autres, sans rien de théâtral. Simplement pour obliger chacun à *vraiment* se poser la question. Personne ne se leva.

— Bien, alors je vais vous expliquer comment va se dérouler le KO#1. Ah si, encore une chose : si l'un d'entre vous nous trahit, qu'il sache désormais qu'il ne bénéficiera d'aucune indulgence. On joue un jeu différent : nous devenons à cette minute une organisation criminelle. Vous savez comment ce type de structure traite les balances ?

Il vit plusieurs d'entre eux échanger des regards vaguement inquiets. Nada#1 avait l'habitude de plaisanter avec les armes réelles, Cèsar avec l'anarchie. Mais jamais le roi des Nadas n'avait menacé l'un d'entre eux, même sur un mode hypothétique. Cèsar regarda Vitto, et Vitto lui rendit la pareille. Ils se défièrent ainsi, les yeux dans les yeux, à distance.

— Les traîtres sont priés de quitter mon bistro, dit encore Moke.

Les éclats de rire qu'il suscita relâchèrent un peu la tension, palpable dans l'air enfumé de l'arrière-salle.

— Ah, et puis je voudrais clarifier un dernier truc, reprit Cèsar. Nada#2 fera partie du KO#1. Il ne le sait pas encore, mais il va se joindre à nous. Je veux que vous le considériez comme l'un des nôtres jusqu'à nouvel ordre. En gros, soyez gentils avec mon petit frère, sinon je me fâche.

Cela détendit définitivement l'atmosphère.

Cèsar enchaîna :

— Les plus anciens parmi vous connaissent mon ami Antonio Giuli…

26

JOUR 77

Une trahison. *07.00 a.m.*

Jérémy craqua à l'aube du quatrième jour d'interrogatoire. Il n'en pouvait plus.

Dire la vérité ne pouvait leur nuire davantage. Maud n'avait rien fait, il n'avait rien fait. Ils n'avaient rien à voir avec cet attentat, quoi qu'il se soit passé. Les flics faisaient fausse route. Maud était encore alitée le jour où la bombe avait explosé place Monge.

Il avoua qu'il était, lui, l'auteur du cauchemar. Ce cauchemar, il l'avait effectivement reçu trois mois après l'avoir écrit, avec un message destiné à Maud, dans un lien rickrolled sans doute créé par Antonio Giuli le jour de l'assaut de Censier. Mais c'était tout, le rêve n'avait jamais été destiné à servir de scénario.

Il avoua aussi que Maldita était le surnom qu'il donnait à Maud. Il n'en savait pas plus, parce qu'il n'y avait rien de plus à savoir.

Les questions suivantes furent :

— Et Maldita, tu savais qu'elle serait sur place quand tu as écrit le message ?

— C'est elle qui conduisait ? Elle faisait le chauffeur de Giuli pour se venger ?

— C'est elle qui t'a dicté ton rêve, ou elle a utilisé ton rêve après coup ?

Il comprit qu'il avait commis une erreur. Il se souvint de ce que disaient les copains de la coordination : en garde à vue, tout ce qu'on disait pouvait se retourner contre soi *ou contre un copain.* Il répéta :

— Maud n'a rien fait, j'étais avec elle le jour de l'explosion. Elle n'a rien fait… Je vous le jure.

Ils le regardaient et ne le croyaient pas. L'un des deux inspecteurs notait, l'autre attendait la suite d'un air narquois.

Director's cut. *10.00 a.m.*

Sixie se leva avec le soleil – que vivent les week-ends de printemps. Elle prit sa douche, puis s'installa devant son ordi, ouvrit sa messagerie et sa page SixieDREAMY. Sur DKB, une notification lui indiqua un tchat en cours.

« CèsarDIAZ » lui avait laissé un message, une demi-heure auparavant.

CèsarDIAZ !!

Le vrai ou un *fake* ?

Elle cliqua sur la zone de tchat en tremblant un peu et lu ce que disait le message.

CèsarDIAZ : Hey Sixie-Dreamy ! SAAS Nada#1, souverain en son Royaume d'Anarchie, a lancé un nouveau PIFR et aurait besoin d'un *director*. J'aime bien tes films. Tu en es, sista' ?

Elle sentit que sa tête tournait. Cela arrivait donc vraiment. Et cela lui arrivait à elle. Des rumeurs disaient que Cèsar Diaz contactait de temps en temps quelqu'un via le DKB, que c'était là qu'il recrutait ses équipes. Les « Nada's Facts » disaient qu'il était comme le diable qui vous fait signer un pacte et vient quand on l'attend le moins pour exiger sa rétribution. Les plus enthousiastes prétendaient qu'il se constituait des *crews* bourrées de talents, les plus raisonnables qu'il accaparait le travail d'autrui, comme il avait autrefois floué les deux informaticiens cocréateurs de l'application qui l'avait rendu riche et célèbre, Tell Me Who Ya Kill. Et les plus paranos disaient qu'il se constituait une armée clandestine.

Elle songea à ses camarades de lycée, tous fans de Nada#1 et pleins de l'espoir fou qu'un jour, « il » remarquerait leurs films. Marc, Baki. Et Theo, peut-être.

À moins qu'il s'agisse d'une blague ? Oui, ce devait être un imposteur. Elle rédigea une réponse neutre pour décourager le blagueur.

SixieDREAMY : Vous devez faire erreur, Votre Altesse Anarchiste Sérénissime. Ne suis pas membre du PIFR. Et suis trop jeune pour être *director*, surtout votre *director*.

Une réplique tomba presque aussitôt, puis une deuxième, une troisième…

CèsarDIAZ : Ah bon, on se voussoie ?
SaasNADA#1 : Tu dis vrai, petite. « Nul ne peut prétendre diriger Nada#1, car Nada#1 est la direction » (*Nada's Thoughts*, Chap. 4, v. 8).
CèsarDIAZ : Tu es capable de le faire, sista', parce que Nada#1 croit que tu en es capable. SAAS est omnipotente, omnisciente et omnivore.

« SaasNADA#1 » était un nom de page déposé et célébrissime. Cela la fit sourire – le plaisir et la stupéfaction d'être une élue. Elle secoua la tête, faillit se pincer. Il fallait être à la hauteur, même pour lui dire non.

SixieDREAMY : « ...*et omnia vanitas* » (L'Ecclésiaste, Chap. 1 v. 2) ?
CèsarDIAZ : Yeah, sista', *et omnia vanitas*. Tu dis oui ? Nada#1 veut un jeu en zone de guerre. Dans deux mois.
SaasNADA#1 : « Ce que Nada#1 veut advient, car Nada#1 est l'avènement », (*Nada's Thoughts*).

Elle devait lui montrer qu'elle était au courant. Mais ne pas dire oui. Ou dire oui tout de suite ? Bon sang, cela lui tombait dessus sans prévenir...

SixieDREAMY : Je ne connais pas *Urban Brigades IV*, et le reportage de guerre, c'est pas trop mon truc.
CèsarDIAZ : Tu vas apprendre, alors. Je sais ce que sont tes trucs, et je voudrais que tu filmes notre guerre comme un de tes cauchemars. Comme ton cauchemar *Deeper Blacker*, par exemple.

Cèsar Diaz connaissait un de ses films publiés sur sa page SixieDREAMY. Il ne plaisantait pas.

SixieDREAMY : J'y pense, Votre Altesse Anarchissime. J'y réfléchis.
SaasNADA#1 : « La pensée, c'est l'autre nom qu'ils donnent à l'inaction » (*Nada's Thoughts*, Chap. 19, v. 53).
CèsarDIAZ : Ne tarde pas, alors.

Une alerte annonça que CèsarDIAZ et SaasNADA#1 avaient quitté le tchat. Sixie vit qu'elle avait reçu deux demandes : CèsarDIAZ comme dayfellow et comme nightfellow. Elle accepta la première demande, hésita pour la deuxième. Pourquoi ouvrir le territoire de ses rêves à un inconnu, fût-il l'inconnu le plus célèbre du Web ? Elle aurait aimé en parler avec Theo. Il disait que Nada#1 était un visionnaire, un génie, mais qu'il était dangereux.

Elle envoya un mail à sa sœur Mathilde.

De : Sixie
À : Math
Objet : Help
J'ai besoin de te parler. Urgence médicale.

Elle joignit une capture d'écran de son tchat avec CèsarDIAZ.

Puis elle laissa un message sur VideoMONK :

SixieDREAMY : Tu sais ce qui m'arrive ? Je te jure, je n'ai pas couché...

Elle attacha, là aussi, la capture d'écran.

« Tu joues à quoi ? » *08.15 a.m.*

Le week-end, Theo vivait sans horaires. Les repas n'étaient servis aux internes qu'en semaine. C'était à ces moments-là, en voyant l'horloge de son ordi lui indiquer l'heure de son réveil, qu'il éprouvait le plus sa condition d'immigré. Libre, désœuvré, souvent seul. Il ouvrit sa page DKB et vit que Sixie lui avait laissé un message.

Il le lut.

CèsarDIAZ. Putain. Que se passait-il ?

Il prit son téléphone, composa un numéro à la hâte. Son correspondant raccrocha au bout de deux sonneries. Et merde, ces consignes de sécurité !

Il enfila des baskets, dégringola l'escalier, parcourut en courant un bon kilomètre avant de trouver une cabine téléphonique, la dernière du quartier. Il introduisit une carte. Il recomposa, de la cabine, le numéro de portable de Cèsar Diaz.

Cette fois, une voix amusée répondit :

— *Pronto, si ?*

— Je viens d'avoir des nouvelles de Sixie, dit Theo sans se présenter. Putain, tu joues à quoi ?

— La réponse est dans la question, bro'. Je joue à jouer.

Congés payés. *06.00 p.m.*

Cèsar Diaz descendit chercher une cabine téléphonique en ville. Il appela maître Stéphane Basel à Paris, lui laissa un message, attendit dans la cabine que l'avocat le rappelle depuis une ligne publique.

Basel était un avocat international, la trentaine, responsable des procès et actions intentées contre le Board du PIFR. Lors des deux premières parties géantes, à Rome et à Dublin, il avait évité aux Nadas des peines de prison ferme. Destruction de biens publics, destruction de biens classés, mise en danger de la vie d'autrui, association de malfaiteurs en vue d'une entreprise de sabotage, organisation de bandes armées, recel d'armes de guerre, promotion d'activités criminelles, ivresse sur la voie publique, tapage nocturne… Pour chaque accusation, Basel s'était contenté de démolir les présomptions et de réclamer des preuves. Il n'avait pas défendu l'idée du jeu ou le droit au chaos, non. Il n'avait pas non plus défendu les joueurs. Il avait simplement démonté le raisonnement des juges, des policiers, et leur avait opposé le bénéfice du doute – Diaz était-il *vraiment* sur place ? Disposait-on d'éléments prouvant son implication ?

Chaque fois, l'argumentation de la défense l'avait emporté – victoire en rase campagne. Depuis, les justices européennes savaient à quoi s'en tenir : pour accuser les administrateurs du site du PIFR des dégâts commis dans les parties ou par la Black Clowns Army, il faudrait monter des dossiers inattaquables.

À côté de ses activités lucratives pour le Board, Basel s'était spécialisé dans le droit d'Internet et avait intégré un groupement d'avocats qui défendait, le plus souvent gratuitement, des pirates, la télé LivePirats, les sites de téléchargement et autres Anonymous. C'était un motif fréquent de polémiques entre Basel et Cèsar.

— Si je te finance à temps plein, ce n'est pas pour te permettre de défendre gratos ces crétins *no life* qui croient que le monde se joue dans le virtuel… et qui en plus refusent de me verser le moindre droit d'auteur alors qu'ils pillent mon appli ?

— *Anarchy in the Kingdom of Anarchy*, répondait invariablement maître Basel, d'un ton flegmatique.

Quand la cabine sonna, Cèsar décrocha et dit sans se présenter :

— Maître Basel ? J'ai besoin d'un service…

— Ça concerne la plainte grecque ?

— Non. Enfin, cela peut servir d'alibi. Il faudrait que tu quittes Paris, très vite. Dès demain à l'aube. Passe trois jours à Athènes, par exemple. À mes frais bien sûr…

Rendez-vous d'orientation. *03.00 p.m.*

Mathilde répondit dans la zone de tchat.

MathildeDOCTOR : Ouah, le scoop !!! Je suis de garde encore un moment. On en parle ce soir ? 21 h 00 ?

En revanche, VideoMONK gardait le silence. Cela surprit Sixie, cela la peina. Jaloux, Theo ? Incapable de se réjouir pour elle ?

27

NUIT 78

L'aveu. *10.00 p.m.*

Jérémy leur avait tout dit : Maldita, le DKB, son rêve… Maud s'endormait. Elle n'écoutait même plus leurs questions, elle somnolait, sa tête dodelinant de droite à gauche. Mazon parlait, elle n'écoutait pas. Ses yeux se fermaient. Elle allait… dormir… quelques instants. Elle entendit une voix l'appeler, depuis le bout d'un tunnel.

— Tu dors ? Tu dors ?

C'était la voix de Marbœuf. Mais il était ailleurs, très loin. Dans son rêve, elle faillit répondre, mais elle ne pouvait plus bouger les lèvres, elles étaient trop sèches, elle les avait trop serrées.

— TU DORS ?

Sa chaise bascula brusquement, elle tomba par terre. Elle se roula en boule aussitôt, par réflexe, mais les coups ne tombèrent pas. Pas davantage cette fois que les précédentes.

10.15 p.m.

Gros Flic l'avait remise sur sa chaise en la soulevant comme un fétu. Elle sanglotait, la tête dans ses mains entravées.

— C'est ça, pleure. Pleure sur ton sort. Si tu crois que ça va émouvoir les mômes des flics que vous avez tués, dit Gros Flic.

Maud secoua la tête, les yeux rouges. Elle répéta comme un automate, le visage protégé par ses mains :

— Je suis Maud Mérieux, j'habite rue de Charonne, et je…

— On sait. Mais ce qu'on ne sait pas, c'est où se cache Antonio Giuli… Et ça, *toi* tu vas nous le dire.

— Ton copain a dit que tu étais Maldita. Il a dit que tu conduisais Giuli, le jour de l'attentat. Tu as quoi à ajouter à ça ?

Elle reniflait en balançant la tête. Elle ne voulait plus les voir. Elle ne devait rien dire. Rien.

— Il nous a dit qu'il se camait à la morphine. Et toi, tu marches à quoi ? Au meurtre ? Au meurtre de flics ?

— Laisse-nous, Marbœuf, dit Mazon.

Ne. Rien. Dire.

Gros Flic sortit. Le bruit de la porte de la cellule qui se ferme résonna dans les oreilles de Maud. Elle sentit que le flic venait de défaire la menotte de son poignet droit, qui tomba le long de son bras gauche.

— Tu me racontes tout ce que tu sais sur Antonio Giuli et sur l'attentat, et je me débrouille pour faire tomber les charges te concernant… Et concernant le trafic de morphine, pour Jérémy.

Mazon parlait à son oreille. Sa voix était cajoleuse, compréhensive. Il mentait. Elle voulait parler à quelqu'un, croire quelqu'un, mais il mentait. Elle retira ses mains, se tourna vers lui. Il recula de quelques centimètres. Elle sentait son haleine.

— Il n'y a pas d'état-major, dit-elle dans un souffle.

— Et Antonio Giuli, tu le connais ? Il était avec vous, dans la coordination ?

Il montra la petite caméra qui avait cessé de pivoter et de suivre le moindre mouvement dans la pièce.

— On est entre nous. J'ai coupé la vidéo. Parle-moi d'Antonio, et personne n'en saura rien.

Elle inspira, renifla.

— Il… il était plus âgé que nous. Il avait fait Gênes. Il détestait les… la police. Il avait parfois une arme. Il disait qu'il ne fallait plus se laisser faire…

Ses larmes coulaient tandis qu'elle parlait. Elle trahissait.

— Il nous faisait peur. Certains ont même prétendu que c'était un agent provocateur, un flic infiltré.

La voix de Mazon changea, brutale soudain :

— Qui ? Qui disait ça ?

Nouvelle joueuse. *11.00 p.m.*

Mathilde avait son éternelle clope au bec. Et un verre de whisky tonic à la main, une façon habituelle chez elle de commencer l'apéro. Math' en version off, pantalon de jogging avachi, vieux tee-shirt NYPD, comme toujours pendant ces quelques poignées d'heures hebdomadaires passées hors de l'hôpital. Elle avait installé des tapas sur la table basse, allumé deux ou trois bougies dans le salon. Sixie prendrait juste du Coca, ou un panaché. Elles dîneraient, parleraient la moitié de la nuit, bien plus longtemps que l'espérance de vie des bougies parfumées. C'était une habitude entre elles lorsqu'elles se fixaient un « rendez-vous ». Math' faisait des gardes à l'hôpital Saint-Pierre, à Bruxelles trois fois par semaine, aux urgences pédiatriques. Elle avait rarement le temps de laisser le soleil la réveiller, mais elle partageait le « goût » de sa sœur pour la vie nocturne.

— Alors, Six', on dirait que tu as une urgence ?

— T'as vu ? Je me pose des questions un peu existentielles, en fait.

— Parce que tu envisages de dire non ?

11.45 p.m.

— OK, je résume : tu veux faire des études de cinéma et avant même d'avoir démarré les choses sérieuses, tu es contactée par le pape du jeu-vidéo-pour-de-vrai ou je ne sais quoi… Bref, une star. Qui te dit qu'il adore tes films, et qu'il veut bosser avec toi. Ce qui est, grosso modo, si j'ai bien compris, une opportunité comme il risque de ne jamais s'en présenter… La chance de ta vie, le ticket gagnant de l'Euro Millions, quoi. C'est ça, ou j'exagère ?

— Tu exagères. Mais à peine. Nada#1 est tout-puissant.

— Bien. Et, toi, très logiquement, tu t'apprêtes à lui dire non. Avant sans doute de saborder ton année et de te chercher une nouvelle orientation que tu planteras à son tour dans un an. J'ai bon ?

Sixie hocha la tête. C'était bien ça, quoique brutalement synthétisé.

— Et tu vas continuer à te planquer longtemps comme ça ?

Sixie s'était attendue à une transition de ce genre. Il n'y avait que Mathilde qui pouvait se le permettre… Mathilde l'accompagnait depuis qu'elle était toute petite. C'était sa grande sœur adorée. Dès les premières insomnies, Mathilde avait surveillé, puis supervisé ses traitements. Elle avait écouté Sixie des jours entiers, l'avait veillée des nuits durant. Elle l'avait soutenue auprès de ses parents dans ses choix passés et récents : le tatouage, les cours de manga, l'option cinéma en terminale à Bruxelles. Et là, Math' mettait le doigt où ça faisait mal.

— Depuis le début, tu te racontes des histoires, reprit-elle. Ce qui compte, ce n'est pas le dessin, ni le cinéma… Ce qui compte, ce sont tes visions, n'est-ce pas ?

Sixie acquiesça.

— Et on est d'accord aussi sur le fait que tu cherches un moyen d'en faire quelque chose ?

Même jeu.

— Bon alors maintenant, tu vas bien m'écouter, Sixie. De deux choses l'une : ou bien tu changes encore d'orientation, mais tu arrêtes de tourner autour du pot, tu passes un bac S et tu entames des études de psychiatrie, ou de neurobiologie, enfin quelque chose qui t'amène à te poser concrètement la question des moyens que tu aurais pour guérir de tes visions… guérir, ou au moins comprendre, disons…

— Ou bien… ?

— Ou bien tu arrêtes de prendre la tangente, tu profites de la chance qu'on te propose, de ton talent, tu tournes ce pseudo-jeu vidéo comme un cauchemar pour ce dingue et tu te prouves à toi-même que tu peux devenir une vraie cinéaste qui fait, accessoirement, des cauchemars la nuit. OK ?

Sixie esquissa un sourire.

— C'est un ordre ?

— Oui, sœurette, c'est un ordre.

12.30 p.m.

Elles discutaient sur la terrasse, en dépit de la température encore fraîche de la nuit bruxelloise.

— Bon, alors, on fait quoi ?

— Je ne sais pas, répondit Mathilde. Tu ne veux vraiment pas tourner ce PIFR ? Tu ne t'en sens pas capable, ou ça ne t'intéresse pas ?

— Je… je ne me suis même pas vraiment posé la question… J'aime filmer, parce que cela me permet de créer des visions, mais je n'ai jamais envisagé de filmer autre chose que mes cauchemars.

— Et tu as envie d'essayer ?

— Theo, le pote dont je t'ai parlé, dit que Cèsar est un génie.

— Ça n'est pas ma question. Toi, tu as envie ?

— Je ne sais pas si je saurais le faire !

— Mais putain, est-ce que TU EN AS ENVIE ? Parce que, si c'est juste la trouille, je te signale que, dans la famille, on fait tout mieux que les autres, alors…

03.30 a.m.

— Et tant qu'on est dans les sujets qui fâchent, tu en es où, avec le fameux DanyL ? demanda Mathilde.

Elle regardait sa petite sœur, un sourire cette fois franchement ironique, peut-être légèrement éméché, aux lèvres.

— Tu l'as contacté ?

— Pas encore. Je compte sur la chance, j'attends qu'il tombe sur un de mes rêves et m'enlève de ce studio pourri sur son alezan blanc.

— T'as raison, ma grande. Compte sur la chance, elle ne t'a pas suffisamment gâtée, déjà.

Sixie haussa les épaules. Math' contemplait la fumée de sa cigarette. Elle avait vraiment une hygiène de vie déplorable, surtout pour un médecin.

— Sixie, si ce DanyL te plaît tant, pourquoi tu ne ferais pas le premier pas, pour une fois ?

— C'est un peu l'hôpital qui se fout de la charité, non ? répondit Sixie. Tu me le présentes quand, toi, ton mec ?

Instance de censure. *05.30 a.m.*

Elle est dans cette pièce sombre, enterrée, qui sent la poussière. Elle entend par le soupirail des hommes qui courent dehors, qui la recherchent. Elle est hors d'haleine. Elle a l'impression de faire un vacarme formidable à chaque expiration. Ils vont la voir, la trouver. S'ils l'attrapent, elle mourra, elle le sait. Ils s'éloignent. Elle se retourne.

Une présence. Il y a une présence humaine cachée dans le noir de la cave.

La lumière du soupirail, rare, ne permet pas de distinguer encore ses traits, mais elle connaît cette silhouette, sa capuche… L'homme fait deux pas en avant, sort des ténèbres : Cèsar Diaz. Elle recule, effrayée. Elle se colle contre la paroi du souterrain, écarte les bras. Et dans sa main droite, maintenant, il y a un couteau. C'est une arme de chasse ou de guerre, une lame noire et mate, crantée, large. Le manche a une poignée profilée dont la dragonne est passée autour de son poignet.

Cèsar rit, il dit :

— Play It For Real ? Play It For Real ?

Elle sent une rage folle s'emparer d'elle. Pourquoi se moque-t-il ?

Elle se jette sur lui, il se laisse faire, il garde les bras ouverts, il continue à rire pendant qu'elle frappe, encore, encore, encore... Il ne veut pas se taire. Elle frappe toujours quand elle entend un bruit derrière elle, se retourne.

Une autre silhouette sort de l'ombre, portant elle aussi la capuche noire des Nadas. Sixie ne voit pas ses traits, car la silhouette n'a pas de visage. Elle sait qu'il s'agit d'un fantôme. Elle sait qu'il remplace Cèsar, et qu'après, il y en aura encore d'autres...

Sur le sol, Cèsar rit dans une flaque de sang.

Le fantôme dit :

— Play It For Real ?

Sixie ouvrit les yeux, fit le point.

Elle se leva, se rendit dans la salle de bains, s'aspergea la nuque. Ça ne voulait rien dire. Il ne fallait y voir aucun présage. Souvent, elle rêvait des gens qu'elle rencontrait pour la première fois. Ce n'était pas parce qu'elle voyait leurs visages qu'ils allaient mourir. Elle alla à son ordi, ouvrit une page DKB. DanyL avait posté quelque chose, cette nuit. Nada#1 aussi. Elle ne portait pas malheur.

De profundis. *05.30 a.m.*

— Elle est morte il y a deux heures. Sur le coup.

Le toubib de l'unité montra la marque bleu sombre, au niveau de la nuque, qui virait au violet.

— La pendaison a provoqué un coup du lapin.

Mazon se tourna vers le contrôleur général Guinard et le juge Henkel.

— On avait coupé le système de vidéosurveillance pour la mettre en confiance. Un truc courant chez nous, monsieur le juge…

— Et vous n'avez pas pensé à remettre la vidéo en route, capitaine ?

Le ton avec lequel Guinard prononça cette question suffit : Mazon comprit qu'il était désigné responsable, coupable. Le juge Henkel, réveillé en pleine nuit, n'eut même pas à demander qu'une tête roule. Il se contenta d'une question :

— Le câble électrique, savez-vous comment elle se l'est procuré ? Vous ne l'aviez pas fouillée non plus, capitaine ?

— Elle a démonté le faux plafond et arraché les câbles du système d'éclairage, apparemment, répondit précipitamment Mazon. Je ne comprends pas comment elle a réussi à faire ça sans outils, monsieur le juge.

— Ce bureau part en quenouille, dit le juge Henkel. En tout cas, on n'apprendra plus rien d'elle, et sa mort va vous foutre dans une sacrée mélasse…

Mazon et Guinard notèrent, chacun en son for intérieur, le « vous ». Sur le sol, Maud Mérieux, déjà froide, la nuque brisée, du câble électrique gainé jaune et vert autour du cou, ressemblait à un mannequin de vitrine renversé. Elle s'était battue pendant des jours pour obtenir le droit de porter les vêtements que le médecin légiste était en train de découper.

— La garde à vue prolongée de Maud Mérieux expirait théoriquement dans cinquante heures, conclut le juge, en jetant un coup d'œil à sa montre. Enfin, nous avons Villain. Vous me le déférez, et vous le gardez en vie d'ici là.

— C'est un ordre, capitaine, ponctua Guinard en se tournant vers Mazon.

— Au revoir, messieurs, et surveillez votre système électrique, fit le juge en tournant les talons.

Le contrôleur général de la police lui emboîta le pas. Le médecin légiste se tourna vers le capitaine Mazon.

— Désolé, vieux. Tu as prévenu ton syndicat ?

28

JOUR 78

Coming out. *07.30 a.m.*

Le soleil n'eut pas le temps de réveiller Sixie, mais il faisait beau. Elle s'était levée en même temps que Math', et les deux sœurs expédiaient maintenant leur petit déjeuner sur la terrasse, sans reprendre les sujets de la veille.

Puis Sixie monta au studio et décida de battre le fer tant qu'il était chaud.

Elle se connecta au DKB et posta un nouveau statut sur sa page diurne.

Nada#1 m'a demandé de filmer son prochain PIFR comme un cauchemar. Et j'ai décidé de le faire, s'il m'en juge capable.

Pas de triomphalisme, mais pas d'échappatoire. Aux yeux du monde, elle rentrait dans le jeu.

Elle envoya ensuite un message dans la zone de tchat de CèsarDIAZ.

SixieDREAMY : J'en suis, Ton Altesse.

Puis elle bascula sur MyDarkPlaces et commença de raconter son cauchemar.

Posté par SixieDREAMY sur le DKB/MDP, le 26 mai, 07.35 a. m
meurtre – souterrain
Cette nuit, j'ai tué Cèsar Diaz. J'étais dans une cave, je fuyais des hommes qui me traquaient, et soudain, Cèsar était devant moi, dans l'obscurité… J'avais un couteau et…

Pyrotechnie. *11.00 a.m.*

Le mail, anodin, disait :

> De : cesar@blackbackyard.org
> À : board@blackbackyard.org
> Objet : Technique de marketing appliquée à la publicité du divertissement
> La guérilla contemporaine a oublié cette règle élémentaire de la communication de masse : susciter le désir, créer le besoin, avant le spectacle. À quoi bon le chaos, si c'est en toute surprise ?

Alice Kowacks relut une cinquième fois le cauchemar qui s'était affiché dans le T&P « cinéma » un quart d'heure après. Quelqu'un avait écrit :

J'ai rêvé d'une bande-annonce, une licorne à Paris. Elle tourne un court métrage, collage d'un ancien film et d'un nouveau scénario. C'est inattendu, et la fin est explosive, un vrai feu d'artifice. Boum ? Boum.

— Merde, répéta-t-elle, une cinquième fois.

Il n'y avait aucun doute à avoir. La 4e section avait eu le temps, depuis la veille, de faire connaissance avec SixieDreamy, l'adolescente belge à qui

Cèsar Diaz faisait des propositions de tournage : la licorne, c'était elle. Elle portait ce masque dans tous ses films. Quelqu'un annonçait maintenant sur le DKB que cette gamine serait à Paris pour tourner une bande-annonce explosive. Quand ? Pourquoi ? Et surtout, en quoi consistait le « feu d'artifice » annoncé ?

Elle hésita à laisser un message à son « traître » sur le T&P « contes de fées » qu'ils consultaient l'un comme l'autre chaque jour. Mais elle ne le fit pas. Ce qu'il y avait à faire, maintenant, relevait de sa seule responsabilité de flic.

Elle informa Boukra, son supérieur, que le PIFR projetait de mener une opération, sans doute mineure, en France, puis elle convoqua ses gars et répartit le travail.

Il fallait fliquer la gamine sur les réseaux, pister son téléphone, pour établir un contact physique avec elle le plus tôt possible, dès son entrée en France. Ensuite, on organiserait la filature. Elle ordonna aussi, par pure conscience professionnelle, qu'on cherche l'origine et l'auteur du message posté sur le DKB, même si elle savait qu'ils ne trouveraient rien, comme d'habitude.

Nada likes that. *6.00 p.m.*

Son admirateur inconnu avait réagi au nouveau statut de Sixie-Dreamy. Il lui avait laissé un message dès ce matin.

SixFAN#1 : Le PIFR n'est pas un jeu pour toi. Tu es trop douée pour ça. Méfie-toi.

Cela surprit Sixie. C'était la première fois que SixFAN#1 se mêlait d'émettre un avis négatif sur ses projets. Elle était d'humeur badine et décida d'ignorer l'avertissement. Cèsar avait répondu, quant à lui :

SaasNADA#1 : Nada#1 approuve.
CèsarDIAZ : Parlons-en dès que tu es libre.
SaasNADA#1 : La liberté est la condition de celui qui brise ses chaînes.

Elle répondit :

SixieDREAMY : C'est quand tu voudras, Altesse. Ce soir ?

07.30 p.m.

SixieDREAMY : T'étais absent aujourd'hui. Malade ? Et sinon, jamais tu ne réponds ? Tu m'en veux ?
SixieDREAMY : OK, tu m'en veux.

Elle ferma sa page, se leva. Elle en voulait à Theo de lui en vouloir. C'était trop bête. Jamais elle n'aurait imaginé qu'il se montrerait jaloux de l'occasion qui se présentait à elle. Il la décevait. Quant à Cèsar Diaz, il ne lui avait pas répondu depuis qu'elle lui avait écrit qu'elle était libre le soir même. C'était donc remis à plus tard… Autant aller se faire un film.

Les menteurs. *07.00 p.m.*

Jérémy demanda :

— Vous avez laissé partir Maud ? Je vous ai dit et répété que c'était *mon* cauchemar…

— Ça, mon garçon, c'est nos oignons. Occupe-toi plutôt de toi, parce que tu es dans la merde jusqu'au cou. Trafic de morphine, association de malfaiteurs à caractère terroriste… Parle-moi d'Antonio Giuli. Parle-m'en avant que le juge Henkel t'interroge, parce qu'il risque de manquer de patience, lui.

— Je ne dirai rien tant que vous n'aurez pas laissé Maud sortir.

— Alors, on va attendre, Ducon. On va attendre. Tu seras peut-être plus bavard devant le juge Henkel.

Pourquoi Jérémy avait-il le sentiment que ceux qui l'interrogeaient lui cachaient quelque chose à propos de Maud ?

Un test. *07.35 p.m.*

— Salut, Sixie-Dreamy.

Elle se retourna sur celui qui venait de l'apostropher dans la rue. Cèsar Diaz ne portait pas le costume de Nada#1, juste un jean et un tee-shirt du FC Barcelone, une casquette kaki sur le crâne. *Anonymous.* Sixie était passée à côté de lui sans le reconnaître. Elle regarda autour d'elle. Quelqu'un dans la rue se doutait-il que Son Altesse Anarchiste Sérénissime poireautait en bas de chez elle ?

— Un plan *junk food* avec un futur nightfellow, ça te dit ? demanda-t-il.

L'espace d'un instant, elle se demanda comment il avait eu son adresse. Et comment il savait qu'elle allait sortir ce soir. Puis elle oublia ses questions…

La voiture de Cèsar attendait deux cents mètres plus loin, garée au milieu de la rue, les warnings clignotant – une voiture absolument ordinaire, d'une marque lambda et d'un prix très moyen, mais sur les flancs et le capot de laquelle Cèsar avait graffité à la bombe : « À l'attention des masses : ma bagnole devient une Aston Martin bourrée de gadgets dès que j'appuie sur un bouton du tableau de bord (alors planque tes FESSES, Joker). »

— Tu ne te gares jamais comme tout le monde ?

— Jamais. Je ne fais rien comme tout le monde, mais tout le monde ne fait rien comme moi non plus…

07.45 p.m.

Cèsar roulait vite dans Bruxelles déserte comme une ville de province. La pluie grise créait des milliers de réverbérations, les lumières de la ville au crépuscule luisaient dans chaque goutte sur le pare-brise et les fenêtres.

— Les essuie-glaces ne marchent plus, va falloir que je change de batmobile.

Il plaisantait. Peut-être.

— Je t'offre de la vraie gastronomie urbaine, sista' ?

08.00 p.m.

Ils bavardaient devant leurs kébab-frites. L'amour de Cèsar Diaz pour ce genre de « cuisine » était célèbre comme l'était la batmobile, cela faisait partie des « Nada's Facts », et des informations qu'elle avait trouvées sur Wikipédia un peu plus tôt. C'était étrange, de se retrouver devant un mythe, songea-t-elle. Il semblait se moquer de sa légende, n'évoquait que très peu Nada#1, dont il arrivait qu'il parle, cependant, comme d'une lointaine relation. Il s'adressait à elle sur le ton qu'on adopte avec ses amis de longue date. Était-ce une simple discussion, ou un entretien d'embauche ?

— Cèsar, on parle de ton film ? le coupa-t-elle. Si tu as un meilleur *director*, tu peux le dire franchement.

— Non. Je veux qu'une licorne filme notre prochaine partie comme tu filmes tes cauchemars. Mais toi, en as-tu vraiment envie ?

Il la regardait gravement. Elle se demanda ce qu'il voulait savoir exactement, et répondit :

— Je t'ai dit que j'étais OK.

— Effectivement. Mais tu ne m'as pas donné tes raisons. Que sais-tu exactement du PIFR, Sixie-Dreamy ?

Elle résuma : il s'agissait d'une organisation qui reconstituait des parties de jeux vidéo, type guérilla urbaine, dans des grandes villes européennes. Les parties étaient annoncées sur Internet. Elles faisaient pas mal de dégâts. Pour l'instant, personne n'avait pu prouver que lui, Cèsar Diaz, était l'instigateur de ce chaos, même si tout le monde le savait.

— OK, ça, c'est ce qu'on dit de nous. Et personnellement, tu connais des membres du PIFR ?

— Pas vraiment. Enfin, si, toi, maintenant. Plus deux ou trois élèves de terminale, au lycée, qui étaient à Athènes en février.

— Il s'est passé quelque chose à Athènes en février ? Je ne suis pas au courant… Et toi, tu es au courant ?

Il la transperçait du regard. Elle hésita un instant : à quoi jouait-il ? Que devait-elle répondre ? Il reprit :

— Si vraiment nous faisions ce que certains prétendent que nous faisons, cela signifierait que nous violons des lois, Sixie. Toutes les lois qui nous dérangent. Si d'aventure c'était vrai, tu serais prête à le faire, toi aussi ?

Elle s'entendit répondre :

— Moi, je veux juste tourner des films… Mes films.

— Très bien. C'est ce que je voulais savoir. Sixie-Dreamy va devenir une star du Web et veut continuer à se moquer de tout le reste. Dans ce cas, nous ne te dirons que le strict nécessaire et rien de compromettant. Comme ça, si un jour les flics t'interrogent, il te suffira de dire que tu ne sais rien du tout. Cela te convient ?

Elle hocha la tête. Il n'avait pas l'air déçu de sa réserve. Il se pencha vers elle, poursuivit plus bas :

— Maintenant, je veux savoir si *toi*, tu nous conviens. C'est pourquoi je t'ai préparé un petit test. Tu as entendu parler de l'attentat de la place Monge, en France ? L'attentat commis il y a dix-huit jours ?

— Bien sûr…

— Demain, tu vas tourner un film à Paris. Un film où tu seras masquée en licorne et qui ressemblera à une reconstitution de cet attentat, qui est lui même une reproduction d'un cauchemar publié sur MDP, qui était lui-même inspiré d'une scène d'*Urban Brigades IV*. Tu me suis ?

Elle n'osa pas l'interrompre pour poser les questions qui se bousculaient dans sa tête : demain ? Avec quels moyens ? À Paris ? Et le lycée ? Elle se contenta d'opiner du chef.

— Tu vas filmer ça comme tu filmes tes cauchemars. Ensuite, *nous*, on ajoutera des effets spéciaux pour la partie « explosions », on montera tes images avec des images réelles de l'attentat, puis on utilisera tout ça comme teaser pour le prochain PIFR. Publicité garantie. Et c'est l'occasion de voir ce que tu as dans le ventre.

— C'est… c'est légal ? osa-t-elle enfin demander.

— C'est de très mauvais goût, sans doute, mais parfaitement légal, en ce qui te concerne. Le seul truc qu'on pourrait nous reprocher, c'est de faire une apologie d'un acte terroriste, ce qui est un délit.

Mais toi, tu n'y serais pour rien. C'est le producteur qui pourrait être attaqué, c'est-à-dire moi, au final…

Il sourit comme si c'était une excellente nouvelle.

— Cette nuit, mon avocat, Stéphane Basel, te récupérera à la gare du Nord. Tu logeras chez lui. Il t'accompagnera toute la journée, demain, pour régler les problèmes au cas où la police se mêlerait du tournage. Tu ne t'en occupes pas. Toi, ton seul objectif, c'est que les images soient bonnes…

— Cette nuit ?

La tête de Sixie tournait : un avocat, un film, Paris… Cèsar lui montra un sac à dos noir, d'une quarantaine de litres, qu'il avait emporté sur son épaule jusqu'au restaurant.

— Le scénario est là-dedans, il y a ton masque aussi. Tu seras déguisée en licorne pendant le tournage. C'est ta signature implicite, tout le monde sur le Web saura ainsi qui a tourné le film.

C'était une avalanche d'informations étourdissante. C'était rapide, trop rapide.

— Mais tu ne seras pas créditée au générique, enchaîna Cèsar. De cette façon, si la police française fait le lien avec toi et souhaite t'interroger, il te suffira de répondre que ce n'était pas toi qui filmais. Cela suppose que tu ne te connectes pas à Internet et que tu n'allumes pas ton téléphone pendant vingt-quatre heures, histoire de ne laisser aucune trace de toi à Paris. Mais c'est tout. Ça te va ?

Elle répondit :

— Pour le montage, j'ai un copain qui est un génie du trailer. Theo. Theo Chaplin. Tu crois que… ?

Elle n'acheva pas sa question. Cèsar sourit, et dit :

— Tu es à peine embauchée et tu veux déjà pistonner des copains ? Fais d'abord tes preuves, Sixie-Dreamy.

Il jeta un coup d'œil à sa montre, se leva.

— Je t'emmène à la gare. Ton train part dans quarante minutes.

Il avait fini son sandwich ; elle avait depuis longtemps oublié le sien.

08.55 p.m.

Ils ne dirent quasiment pas un mot, pendant le trajet. À quelques centaines de mètres de la gare, Cèsar arrêta brutalement la batmobile au milieu de la chaussée. Il y eut un concert de klaxons derrière eux. Il ouvrit sa fenêtre, tendit son majeur.

— Une dernière chose, Sixie. Tu as parlé de ma proposition sur ton DKB. C'était parfaitement ton droit, et je ne t'avais pas demandé de ne pas le faire…

De nouveau, des klaxons. Cette fois, Cèsar ouvrit la boîte à gants et en sortit un énorme revolver qu'il brandit à travers la fenêtre ouverte. Il tira deux coups de feu vers le ciel – des balles réelles ? Les klaxons se turent instantanément. Il se retourna vers elle.

— Mais désormais, il faut que tu considères que rien de ce qui se passe au PIFR ne doit être rendu public. Auprès de quiconque. Cela te permettra en plus d'éviter des ennuis et des questions de la police. Nous sommes d'accord ?

Il attrapa le sac à dos noir sur la banquette arrière, le lui passa. Elle sortit. Tandis qu'elle s'éloignait, il lança depuis la batmobile :

— Ne me déçois pas, sista'. Et n'oublie pas d'éteindre ton portable.

29

NUIT 79

Le dernier signe de vie. *09.15 a.m.*

Seule dans le hall de la gare de Bruxelles, Sixie appela Mathilde, lui annonça qu'elle découchait et serait de retour le lendemain soir tard.

— Je viens de voir Cèsar Diaz. Je tourne demain. C'est un test pour qu'il vérifie si je suis capable de filmer la prochaine partie. Je dors chez son avocat.

— OK. Mais je n'aime pas trop les trucs improvisés à la dernière minute, répondit Math'. Tu fais gaffe, Six'.

— Oui, maman, plaisanta-t-elle.

Ensuite, elle éteignit son téléphone, et monta dans le Thalys. Quand elle eut trouvé sa place, elle ouvrit le sac que Cèsar lui avait remis. Il contenait un tee-shirt noir, le fameux sweat noir à capuche, des sous-vêtements noirs en coton à sa taille, un masque de licorne encore emballé. C'était exactement le même modèle que celui qu'elle utilisait pour ses tournages. Cèsar Diaz la connaissait vraiment très, très bien.

Au fond du sac, il y avait aussi un ordinateur noir, une caméra d'un modèle haut de gamme dont elle n'aurait pas osé rêver, et un scénario d'une dizaine de pages. Elle le feuilleta.

Une déclaration d'amour. *02.15 a.m.*

Justine relut les dernières contributions tombées sur la page de la coordination lycéenne. Le mur accumulait revendications et communiqués divers depuis quatre jours. Les lycéens défendaient l'innocence des étudiants accusés de terrorisme. La liste de leurs arguments commençait d'être rodée : l'enquête de l'antiterrorisme était à charge, l'instruction du juge Henkel ne reposait sur rien et Antonio Giuli était un agent des flics.

Selon la coordination, toute cette histoire était un montage de la police ayant pour but de nuire au « mouvement ». Une dizaine de nouveaux posts avaient parus aujourd'hui pour protester contre la mort « évidemment suspecte » de Maud. La plupart de ces articles comportaient les mots « État assassin », « dictature policière » et « dérive totalitaire ». JustIN(E)MYDREAMS avait rédigé l'un de ces textes bien sentis.

Même les sites d'information générale, carrément hostiles au mouvement étudiant depuis l'arrestation des membres de la coordination, faisaient preuve désormais de plus de nuance. Ils relevaient que l'enquête policière avait des failles, et que le suicide d'une étudiante pendant sa garde à vue soulevait des questions « auxquelles il faudrait répondre ». Mais ils n'en étaient pas encore à remettre en cause la thèse de la police sur l'implication de la coordination.

Cela viendrait, espérait Justine. Il fallait insister, clamer encore et encore leur innocence…

Elle passa sur sa page DKB, écrivit :

> Guinard est un fils de p***, prêt à fabriquer des preuves contre ceux qu'il veut faire tomber. Mon père me l'a toujours dit. Et même si mon père est un enfoir* de flic, il sait de quoi il parle.

Elle joignit un lien vers l'article Wikipédia sur « l'affaire Fanelli » qu'elle avait en partie rédigé et qui résumait le rôle qu'y avaient joué les deux flics. Cinq ans plus tôt, le numéro trois de la criminelle, Abel Fanelli, avait été arrêté et jugé pour avoir tué froidement un suspect. Son supérieur, le commissaire divisionnaire Guinard, l'avait lâché et n'avait pas hésité à mentir sous serment pour l'enfoncer – ou pour mieux s'en sortir lui-même les mains parfaitement propres. Fanelli avait finalement bénéficié d'un jugement indulgent, l'estimant en état de « légitime défense », et il avait été recasé dans un placard. Pendant ce temps, Guinard avait poursuivi son ascension.

Mais pour les copains, y avait-il une différence entre un arriviste politicien comme Guinard et le commissaire Fanelli, obsédé par la justice au point de déraper ?

Justine se relut. Devait-elle poster ce message ? Pour la première fois, elle allait évoquer son père, le commissaire Fanelli, au vu et au su de tous ses dayfellows. Pouvait-elle être militante étudiante et fille de flic ? Se grillerait-elle auprès des copains ?

Son père comprendrait-il que c'était une preuve d'amour, même si elle disait qu'il était « un enfoir* de flic » ?

Le visiteur du soir. *05.18 a.m.*

En dépit de la musique qui emplissait sa chambre, Theo entendit quelqu'un monter le long de la gouttière de l'internat. Vaguement agacé, il ouvrit sa fenêtre et s'assit sur son lit.

Cèsar sauta dans la pièce moins d'une minute plus tard. Il portait le sweat noir à capuche et le treillis noir des Nadas.

— Tu ne pourrais pas entrer comme tout le monde, par la porte ? demanda Theo.

— Je n'avais pas très envie de me faire remarquer à cette heure. Et ça me garde en forme. Tu ne m'embrasses pas, Teodor Diaz ?

Theo n'avait pas bougé de son lit. Il dit, aussi froidement qu'il en était capable avec Cèsar :

— Pas sûr d'en avoir envie, moi. Je voudrais comprendre d'abord à quoi tu joues avec Sixie.

— Je l'ai vue ce soir. Je te raconterai en route.

Cèsar avait l'air d'un môme qui vient de faire une grosse, grosse bêtise, mais qui a décidé de l'assumer crânement. Theo n'aimait pas ça. Ce n'était pas de bon augure. Cèsar débrancha l'ordinateur posé sur le bureau avant de le fourrer dans la sacoche qu'il portait en bandoulière.

— *En route ?* De quoi tu parles ? demanda Theo, qui essayait de garder son calme.

— Je vais t'expliquer. Mais dans la voiture. On déménage cette nuit. Fin de Theo Chaplin.

« Teodor Diaz » se leva, interloqué. Cèsar mit un doigt sur sa bouche, pour l'inviter au silence. Theo obéit instinctivement, et chuchota :

— Où est Sixie, Cè' ?

— Surprise… Fais tes bagages, je t'emmène en voyage. À Rome.

— Elle est là-bas ?

Cèsar fourra les enceintes et les disques durs externes de Theo dans un sac de sport. Il se retourna, répondit enfin :

— Elle y sera forcément un jour, tous les chemins mènent à Rome, bro'. Tu emportes quelque chose d'autre ? On peut faire du café ? Tu as une thermos ?

La batmobile les attendait derrière le lycée, garée au milieu de la route avec les warnings allumés.

Avant de monter dans la voiture, Theo regarda sa montre, puis la fenêtre de sa chambre plongée dans l'obscurité, au deuxième étage de l'internat.

— Tu te magnes, bro' ? demanda Cèsar.

30

JOUR 79

Explications. *06.00 a.m.*

Ils franchirent la frontière française après environ deux heures de route dans la nuit éclairée par les lampadaires de l'immense autoroute européenne. Ils filaient plein sud. Le soleil se levait. Theo ne disait rien. Il ne dormait pas. Il gardait les yeux perdus, loin au-delà du pare-brise. Il songeait aux bagages dans le coffre de la batmobile – toutes ses affaires, l'ensemble de sa vie bruxelloise, résumée en deux sacs de voyage noirs. Son départ signifiait qu'il ne verrait pas Sixie au lycée, le lendemain, ni les jours suivants. Alors quand ? Cèsar lui avait promis qu'il y aurait une prochaine fois, sans en dire plus. Cela dépendait de Cèsar. Theo devrait sans doute également faire disparaître VideoMonk. Il devait tirer un trait sur sa vie antérieure de Bruxelles. À cause des *nouveaux plans* de Cèsar.

Son frère aîné se taisait, lui aussi, et conduisait vite. Il ne lançait aucune de ses habituelles plaisanteries.

Quels étaient ces nouveaux plans ? Pourquoi partir ? Theo n'avait rien fait qui le justifiât – il n'était même pas membre du PIFR. Il n'était que le frère cadet d'un garçon qui décidait à sa place. Cè' sembla deviner ses pensées. Il dit :

— Nous n'avions pas le choix, bro'. Demain, tout à l'heure, la police risque de s'intéresser de trop près à toi. Je devais te mettre à l'abri.

— La police ? Qu'est-ce que tu as…

— Moi, rien encore. Laisse-moi te raconter l'histoire dans l'ordre. Mais avant, je dois te poser une question.

— Vas-y, dit Theo, surpris par ces inhabituelles précautions oratoires.

Il sentait naître en lui un pressentiment. Quelque chose de grave leur arrivait, qui pouvait les séparer. C'était la première fois qu'il éprouvait cette impression.

Cè' dit :

— Cela fait deux ans que je te veux à mes côtés, pour le PIFR. Pourquoi refusais-tu d'être avec nous, bro' ?

Avant de répondre, Theo enregistra l'usage de l'imparfait. Apparemment, cette fois, il n'avait plus le choix. Il répondit :

— Je n'aime pas Nada#1, Cè'. Ni aucun autre Nada d'ailleurs. J'adore les idées de la Black Clowns Army, mais je ne te reconnais pas, en revanche, quand tu joues ce bouffon. Et je n'aime pas non plus l'idée que des dizaines de joueurs aillent au casse-pipe et se fassent arrêter à chaque partie, alors que vous, vous vous en tirez toujours indemnes.

— Tous les joueurs connaissent les risques qu'ils prennent. Personne ne les oblige à jouer, et nous, on prend autant de risques qu'eux. Simplement, on est plus malins.

Theo s'attendait à cette réponse. Il précisa son grief :

— Peut-être. Mais ça manque de panache, non ?

Cèsar sembla accuser le coup. Il resta silencieux un moment, avant de répondre :

— Qu'est-ce que tu en sais, bro' ? Si tu étais venu jouer ne serait-ce qu'une fois, tu aurais vu qu'on en a, du panache.

— Peut-être mais, honnêtement, je n'ai pas non plus envie d'être « le petit frère de Nada#1 », le type qui est là par passe-droit – ce que je suis aux yeux de tous tes potes.

— Sauf de Vittorio, quand même…

— Ouais, sauf de Vitto et Francesca. Mais justement, pour eux, tu n'es pas Nada#1.

En territoire inconnu. *06.00 a.m.*

Sixie s'éveilla bien avant l'aube, dans une chambre inconnue d'un appartement parisien. Stéphane Basel était venu la chercher à la gare, et l'avait installée, dans une pièce confortable, au fond de son cabinet d'avocat. Lui-même ne logeait pas ici. Elle était seule.

Elle avança, pieds nus, dans un couloir, ouvrit toutes les pièces qu'il distribuait, assez vastes et d'un standing certain, toutes sauf le bureau de Basel, fermé à clé. Puis elle se rendit au cabinet de toilette qu'il lui avait montré pour prendre une douche glacée.

Les ombres refluèrent.

Elle enfila la tenue noire que lui avait donnée Cèsar Diaz, sous-vêtements compris. Elle se sentait vaguement costumée, comme si elle avait dû endosser un uniforme pour aller dans un lycée privé. C'était étrange d'être là, seule et sans lien avec le monde, dans une ville qu'elle ne connaissait pas, chez une personne qu'elle ne connaissait pas, au service d'une organisation qu'elle ne connaissait pas davantage. Elle se sentait brutalement plus âgée, livrée à elle-même, sans chaperon ; elle se sentait libre du fait de la confiance qu'on lui avait accordée.

Elle se fit couler un café à la machine expresso du coin cuisine, relut le scénario qu'elle connaissait déjà par cœur. Basel passerait la chercher vers 9 heures, avec une voiture de location qu'il garerait dans la rue de Fleurus. Il connaissait lui aussi le scénario qu'elle devait filmer : la « jeune fille à la licorne » marcherait sur le trottoir, se mettrait à courir, tournerait à l'angle d'une rue, un revolver à la main, sourirait aux caméras de vidéosurveillance, puis leur adresserait un doigt d'honneur. Elle arriverait devant une camionnette blanche, dont elle ouvrirait les portes arrière, puis elle sortirait de sa sacoche une clé qui permettrait de débloquer un détonateur. Elle actionnerait le détonateur, provoquant la pseudo-explosion du véhicule, dans lequel elle brûlerait – kamikaze. Le scénario se terminait par ces mots : « La jeune fille s'est sacrifiée, il ne reste que le masque de licorne, fondu sur le trottoir. »

« De très mauvais goût, mais légal », avait dit Cèsar. Elle ne savait qu'en penser. Peut-être fallait-il seulement qu'elle tourne ce film, sans trop y réfléchir ?

Le passé qui ne passe pas. *06.30 a.m.*

Cèsar s'était tu, de nouveau, semblant se concentrer sur sa conduite. Il alluma une cigarette, inspira profondément, enfuma l'habitacle. Quelques secondes plus tard, il agita nerveusement la main, pour chasser la fumée ou une mauvaise pensée. Finalement, il termina sa cigarette sans un mot, en alluma une autre.

Teodor Diaz n'avait rien à ajouter. Theo Chaplin avait envie d'être ailleurs. Plusieurs minutes passèrent. Cèsar reprit la parole :

— Il faut que je te raconte quelque chose à propos de Vittorio, Francesca et moi. Une histoire qui remonte à une époque où je n'étais pas encore Nada#1, où ils n'étaient pas encore un couple, mais où nous étions déjà amis.

Il avait la même voix que lorsqu'il évoquait, rarement, leurs parents. Ils étaient morts tous les deux dans un accident d'avion, quand Teodor avait onze ans et Cèsar dix-huit. Cè' s'était battu pour rester avec Teodor, puis pour obtenir la responsabilité parentale jusqu'à la majorité de son frère. Il l'avait emmené partout avec lui, s'était comporté comme un père et une mère. Depuis deux ans, il lui laissait davantage la bride sur le cou. Parce que Teodor était plus âgé, sans doute. À cause du PIFR, peut-être.

— Tu te souviens de Milan ? demanda Cèsar. Ma deuxième année de fac ?

Teodor hocha la tête. Il avait quatorze ans à l'époque, il était collégien.

— Et tu te souviens qu'on s'est barrés pour Rome du jour au lendemain ?

Il répondit encore par l'affirmative. Oui, il revoyait cette année scolaire interrompue quelques semaines avant les vacances d'été, les premières qu'ils avaient passées avec Vitto et Francesca. Elles s'étaient d'ailleurs déroulées dans un climat étrange, comme si les trois aînés cherchaient à lui cacher quelque chose derrière leur fausse gaieté. Francesca pleurait beaucoup. Teodor l'avait surprise, une ou deux fois, et elle lui avait adressé un pauvre sourire comme pour s'excuser.

— Peut-être que tu ne te rappelles pas, en revanche, que dans les mois précédents, la fac de Gênes était en grève. Et que ça bardait pas mal. Il y a eu des affrontements, des blessés, du côté des flics et, surtout, du côté des nôtres…

Cela lui évoquait vaguement quelque chose, probablement des images vues à la télé, des informations saisies au vol, mal comprises.

— Vitto et Frances' étudiaient à Gênes, cette année-là. C'est là-bas qu'ils ont fait connaissance. Ils se sont rencontrés grâce à… grâce à un ami. Antonio.

Teodor crut entendre un sanglot dans la voix de son frère quand il prononça ce prénom. Il lui jeta un coup d'œil, avant de se reconcentrer sur le pare-brise.

— J'avais rencontré Vitto en première année de fac à Milan. Un peu après qu'il avait rejoint Gênes, il m'a présenté Antonio. Ça commençait déjà d'être tendu, là-bas. Antonio n'était pas un responsable du mouvement, mais il était déjà son âme. C'était un type plus âgé que nous, il avait vingt-quatre ans, il était drôle, brillant. Il t'aurait plu. Il était anarchiste, refusait de faire partie de quelque organisation politique que ce soit, mais il créait tous les jours des interventions pour faire tourner les flics en bourrique, et pour mettre les habitants, les étudiants hésitants et le grand public de notre côté. Et comme il était malin, joueur, intelligent… ça marchait.

Cèsar passa la main dans ses cheveux, il semblait chercher ses mots.

— Pour protester contre la hausse des frais de scolarité, la diminution du nombre de places, l'appauvrissement des étudiants, on a fait plein de trucs ensemble. Il a organisé une coupe du monde de foot des étudiants dans les locaux du ministère de l'Éducation, à Rome. On a installé avec lui un élevage de chèvres dans les jardins de la fac, et on a planté des légumes dans tous les parcs publics. On a passé deux jours à hanter la ville, déguisés en fantômes, parce que l'Université allait mourir. Je ne te raconte pas quand on s'est invité aux obsèques de la femme du préfet de police sous nos draps ! Tu vois le genre ? Puis on a commencé à imiter les flics, à les braquer avec des pistolets en plastique, pour dénoncer la répression. Presque comme un PIFR.

Cèsar semblait revivre les événements, amusé, nostalgique aussi.

— Antonio lançait une nouvelle idée chaque semaine. On mettait un bordel incroyable partout, la ville était notre terrain de jeu. Et puis, à la fin du mois d'avril, au bout de six mois de grève et de manifs, les choses ont commencé à s'envenimer salement. Les flics ont évacué la fac et les locaux de la coordination étudiante, il y a eu pas mal de blessés. Nous, on pensait que les gens allaient réagir, nous soutenir, mais la population était comme anesthésiée. Les mêmes que nos clowneries faisaient rigoler deux jours plus tôt détournaient maintenant les yeux…

— Tu faisais partie du mouvement, toi aussi ? Depuis Milan ?

— Disons que je suivais Antonio, avec Vitto. J'allais tous les jours à Gênes, et parfois, j'y restais la nuit, quand j'avais trouvé quelqu'un à qui te confier. Tu te souviens de Mme Agnella, la voisine ? Elle a passé pas mal de nuits chez nous, ce printemps-là.

Teodor hocha la tête. Oui, ces détails lui revenaient. Il était étrange d'imaginer que son frère avait participé à tout ça alors que lui allait tous les jours au collège Da Vinci sans se douter de rien.

— Pourquoi ? Je veux dire, pourquoi tu suivais Antonio ? demanda-t-il.

— Il nous fascinait, et on voulait relever ses défis, je pense. Je ne te dis pas qu'on ne croyait pas à la grève, ou même à une société anarchiste et à tous ces trucs… Mais, au fond, je crois qu'on était surtout fascinés. Et euphoriques. On jouait avec le pouvoir, avec les limites, et on aimait ça. Ensuite, quand on a compris que ça tournait au vinaigre, on a refusé de perdre.

— Et ça s'est mal terminé, conclut Teodor.

C'était l'épilogue logique de l'histoire - vu le ton de Cèsar, vu leur départ précipité de Milan, vu que Teodor Diaz n'avait jamais fait la connaissance d'Antonio.

— Oui. Ils l'ont tué.

Cette fois, pas de doute, c'était un sanglot. Teodor jeta de nouveau un regard à son frère. Cèsar pleurait tout en conduisant. Depuis combien de temps ? Les larmes coulaient sur ses joues sans s'arrêter.

— Suite à l'évacuation de la fac, Antonio a eu l'idée de créer l'Université provisoire portative. Chaque jour, on construisait des cabanes n'importe où, sur une place, dans l'hôtel de ville. On montait des bibliothèques précaires. On organisait des cours sauvages. Dès que les flics arrivaient, on abandonnait tout sur place et on allait se cacher dans les bois. C'était tendu, parce que les flics procédaient à des arrestations plutôt massives. Et on n'avait aucune envie de finir en taule. Un soir…

Il avala sa salive.

— Un soir, on s'est retrouvés à moins d'une dizaine dans le bois du val Polcevera. Les flics nous avaient poursuivis toute la journée, on sentait que le filet se refermait. Ils cherchaient Antonio, quelqu'un du mouvement avait dû balancer son nom et notre planque. Tout d'un coup, les flics ont surgi. On s'est éparpillés, dans les buissons, les fourrés. C'était la consigne : partir dans tous les sens et courir le plus vite possible, tu vois…

Il marqua une pause. L'autoradio diffusait « Summer of Riots » – une chanson de cette année-là ? Teodor se souvint qu'il l'avait entendue pour la première fois l'été de ces premières vacances avec Vitto et Francesca.

— J'ai… j'ai retrouvé Vitto une demi-heure plus tard. On s'est envoyé des SMS pour se rejoindre à un point de rendez-vous, dans le sous-bois. On n'en menait pas large, tu imagines. Ça grouillait de flics, et moi, je me disais que si j'étais arrêté, tu allais te retrouver sans grand frère.

Teodor n'avait jamais douté que son frère se souciait de lui. Mais cela lui fit bizarre de l'entendre formulé aussi explicitement.

— Et puis, on les a entendus crier. Les flics. Et Antonio. Ils l'avaient chopé. Ils venaient pour lui. J'en suis sûr. Sinon Antonio aurait réussi à se barrer comme chaque fois. Vitto et moi, on s'est approchés des cris, à quatre pattes. On est arrivés au bord d'une clairière. Ils étaient six autour de lui, et ils lui balançaient des coups de botte en gueulant des injures. Et lui, il continuait de se foutre de leur gueule, comme s'il n'avait pas peur. Et ça les rendait fous. À un moment, l'un d'eux a craqué : il a sorti un flingue et il a tiré sur Antonio. Trois fois. Sans prévenir... Et ensuite, ils l'ont enterré sur place pour qu'on ne le retrouve pas.

— Ils l'ont abattu comme ça ?

— Oui. Mais je crois que ce n'était pas prévu. On a bien vu qu'ils étaient paniqués après...

— Et qu'est-ce que vous avez fait ?

— On a attendu qu'ils s'en aillent, puis on a quitté le bois en douce. Et le lendemain, on est partis à Rome avec Francesca. On ne voulait plus rien avoir à faire avec tout ça.

Un interminable silence suivit la fin de l'histoire. Teodor demanda :

— Vous n'avez rien dit ? Pourquoi vous ne les avez pas dénoncés ? Vous étiez témoins, vous saviez où se trouvait son corps, vous...

— Mais les dénoncer à qui, bordel ? On... on a pensé que les flics ne nous croiraient pas, qu'ils protégeraient les autres flics. C'est ce qui se passait, je te jure, et les médias roulaient pour eux, ils nous présentaient comme des anarchistes, des terroristes. Et on n'était pas censés être dans ce bois. Il y avait des mandats d'arrêt, un couvre-feu provisoire... On a eu peur. Et puis moi, je ne voulais pas risquer de te perdre, de faire des semaines de prison ou d'interrogatoire loin de toi. Tu étais trop jeune pour te retrouver tout seul. Alors, on s'est barrés. Et on s'est dit qu'un jour on dirait la vérité. L'année suivante, j'ai inventé le Tell Me Who Ya Kill avec deux copains, je suis devenu riche, et encore un an plus tard, on a inventé le PIFR avec Vitto. Pour Antonio.

Pour la première fois depuis le début de son récit, Cè' se tourna vers lui. Il le regarda, quelques secondes, en dépit de la vitesse à laquelle il conduisait. Puis il regarda la route, et dit :

— D'après Antonio, la seule manière de ne pas avoir peur, c'était de faire de tout cela un jeu. De s'amuser avec le pouvoir, de montrer à quel point il était ridicule, d'en faire un carnaval permanent, de mettre les rieurs de son côté. Selon lui, notre façon de jouer, c'était la chose la plus politique du monde.

Teodor éprouvait cette stupeur qu'on ressent quand une explication ouvre tout d'un coup des dizaines d'autres portes, éclaire différemment tout ce qu'on croyait savoir de la vie d'un proche.

— Et pourquoi tu n'as pas raconté ça une fois que tu es devenu une vedette ? Là, on t'aurait écouté.

— Peut-être… Je ne sais pas. Parce que ce n'était pas le moment. Parce que je ne voulais pas prendre de risques tant que tu étais trop jeune. Parce que Antonio disait qu'il fallait jouer, surtout.

— Et maintenant, on ne joue plus ?

— Maintenant, on change les règles du jeu. Les flics viennent de ressusciter Antonio. Je ne t'ai pas dit encore son nom. Notre ami s'appelait Antonio Giuli, c'est le type qu'ils accusent d'avoir déclenché l'attentat de la place Monge, à Paris.

Teodor se tut. Les révélations allaient trop vite pour lui. Il avait déjà entendu ce nom, Antonio Giuli, il avait entendu parler de l'attentat en France…

— Comment pourrait-il avoir…

— Avoir déclenché une bombe, alors qu'il est mort depuis trois ans ? C'est impossible, mais on n'est pas beaucoup à le savoir. Vitto, Francesca, moi, toi maintenant… et six flics, à Gênes.

— Je ne comprends rien.

— Nous non plus, on n'a pas compris en entendant son nom à la radio. On pense maintenant qu'Antonio sert de prête-nom. Quelqu'un a utilisé son identité pour s'infiltrer dans le mouvement étudiant parisien. Ensuite, il est devenu l'artificier de la place Monge, ce qui a permis d'accuser les étudiants de terrorisme. C'est un vieux truc tordu, le coup de l'opération sous drapeau ennemi.

— Ceux qui auraient fait ça, c'est… c'est qui ? Les flics ?

— Qui d'autre, à part nous, connaissait la vérité ?

Un tuyau. *08.00 a.m.*

Alice Kowacks vérifia comme chaque matin le T&P « contes de fées » qu'ils utilisaient avec son

« traître » pour communiquer. Elle balaya les publications des douze dernières heures. Elle remarqua un cauchemar bref :

> La licorne galope rue Jean-Bart ce matin. Je devine le feu d'artifice.

Bon sang ! Elle prévint Boukra par téléphone :

— Notre cible est à Paris. C'est pour ce matin, rue Jean-Bart.

Puis elle enfila son arme dans son holster et réunit son équipe.

La licorne. *09.45 a.m.*

Finalement, Stéphane Basel n'était pas resté avec elle. Il avait garé la Mercedes bleue au bout de la rue de Fleurus et était parti faire une course, après lui avoir laissé son numéro de portable, au cas où elle aurait « le moindre souci ».

Sixie se masqua, puis tourna plusieurs plans de son visage de licorne dans le rétroviseur de la Mercedes. Puis elle installa la caméra sur la plage avant, régla la profondeur de champ et sortit. Elle croisa deux ou trois passants qui ne se retournèrent pas malgré sa tête blanche de chimère. Sixie l'avait déjà constaté vingt fois en tournant ses petits films : les passants des grandes villes avançaient comme enfermés dans leur propre cauchemar et ne s'étonnaient jamais de cette créature surnaturelle et poétique qu'ils rencontraient sur leur route. Ils baissaient plutôt les yeux de peur qu'elle les aborde.

Sixie avait sa sacoche à l'épaule et le revolver en plastique à la main. Elle ne se sentait pas comme dans ses tournages ordinaires. Ce n'était pas son cauchemar. C'était une commande. Elle était loin de tout, libre, seule…

Elle se mit à courir vers le Luxembourg, tourna vivement dans la rue Jean-Bart, sortant du cadre.

Elle revint à la voiture, visionna la prise, décida que c'était la bonne.

Elle prit la caméra et partit tourner la suite. Dans sa poche, elle avait glissé la clé de la camionnette de marque Volkswagen, qui se trouvait d'après Basel dans la rue Jean-Bart.

Testament. *09.45 a.m.*

Ils parlèrent peu pendant les trois heures suivantes. Cèsar semblait épuisé par son récit, bouleversé. Il fumait en continu, fenêtres ouvertes. À un moment, il mit une compile dans l'autoradio, un vieux morceau, *California dreamin'*. Puis il recommença de lancer quelques plaisanteries, à propos de la route qui leur restait, de la Suisse neutre qu'il traversait et dont l'argent n'avait pas d'odeur. Cè' retrouvait son mordant. Teodor revint à l'essentiel.

— Qu'est-ce que tu vas faire ? Dire la vérité ?

— Non. Je préfère laisser le monde entier la découvrir. Et pour m'aider, maintenant, j'ai des joueurs derrière moi, des milliers de types qui pensent qu'on va disputer une partie géante contre les flics. Des gens qui pensent que la rue est à nous. Et quelques Clowns noirs qui savent que, cette fois, nous jouons notre partie selon de nouvelles règles. Dangereuses. Avec panache.

Il se tourna vers lui.

— Ce coup-ci, on ne se cachera pas derrière les joueurs, Teodor. On sera à visage découvert. Et on ira jusqu'au bout, jusqu'à ma clairière. Qu'est-ce que tu dis de ça ?

Theo ne répondit rien. Il se demanda juste ce que signifiait : « jusqu'à ma clairière ». Il avait peur de s'en douter.

— Et puis, tu seras là, reprit Cèsar.

— Comment ça ?

— Quand on joue contre les flics, on perd toujours le dernier set. Si je finis comme Antonio, je veux que tu sois là, que tu aies goûté au jeu du chat et de la souris avant. Comme ça, tu pourras prendre ma suite, si tu veux. Tu es Nada#2, pas vrai ?

En territoire ennemi. *10.05 a.m.*

Sixie avait glissé sa main droite dans la sangle de la caméra. Le bras tendu, elle braqua l'objectif sur elle-même comme on prend une photo de soi avec son portable ; puis elle tourna l'œil numérique vers l'avant. Elle entendait son souffle sous le masque, elle savait que le micro-cravate l'enregistrait. Il lui suffirait de l'amplifier. Elle filma ses pieds qui avançaient sur le trottoir, comme dans un reportage journalistique. Elle retoucherait les images, y ajoutant les brumes du rêve, puis Cèsar y ajouterait la fausse explosion en 3D. Elle redressa sa caméra pour cadrer la camionnette, zooma sur sa main gauche qui introduisait la clé dans la serrure des portes arrière, les ouvrait.

La lumière du plafonnier de la Volkswagen éclaira des cartons entassés, qui portaient les mentions : « danger », « explosif », et un dessin de tête de mort.

Cèsar avait parfaitement soigné le spectacle, on aurait dit une bombe de dessin animé. Devant les cartons, relié à eux par un réseau complexe de fils rouges, verts, noirs, il y avait un détonateur en forme de poignée, qu'il suffisait de débloquer, puis d'enfoncer dans son boîtier pour la mise à feu. Sixie prit le temps de filmer le dispositif, puis retourna de nouveau la caméra face à elle.

Elle entendit un cri dans son dos.

Sur l'écran de contrôle de la caméra, elle vit trois silhouettes en blouson de cuir qui se ruaient sur elle. Elle se retourna, eut le temps de saisir le mot « police ». Les silhouettes étaient armées. Quelqu'un la poussa. Elle était à terre, on avait placé un genou dans son dos. On lui coupait le souffle. On lui tordait le bras droit dont la main était toujours glissée dans la sangle de la caméra. Elle se demanda si elle filmait toujours ou si l'objectif était brisé.

Décidément Cèsar Diaz réservait de grosses surprises à ses *directors.*

L'ombre d'un doute l'effleura : et si c'étaient de vrais flics ?

La trahison de Cèsar Diaz. *10.05 a.m.*

— Et si je ne veux pas jouer cette partie ? demanda Teodor. Et si je ne veux pas que tu la joues ? Et si je n'ai aucune envie de te perdre ?

Cèsar regarda ostensiblement sa montre, tout en tenant le volant de sa main droite.

— À cette heure-ci, ta Sixie-Dreamy a dû se faire arrêter par la police française.

— Sixie ? Pourquoi ?!

Theo avait crié. Cèsar ne répondit pas, monta la musique.

— Nada#1 est vraiment désolé d'avoir fait cela, dit-il de sa voix grave.

Cèsar tapotait nerveusement le volant. Il ne voulait manifestement pas regarder Theo. Il reprit de sa voix habituelle, en essayant d'ajouter une pointe d'humour qui sonna faux :

— Mais toi, tu as des amies qui rêvent de m'éventrer, Teodor. Ce n'est pas très joli-joli non plus.

— Qu'est-ce que tu as fait ? Où est Sixie ?

L'autoradio diffusait « #1 Crush » exagérément fort.

Seule. *10.30 a.m.*

Sixie était menottée dans le dos. On l'avait relevée, emmenée au bout de la rue, là exactement où elle avait filmé la scène du doigt d'honneur à la caméra de surveillance. On l'avait forcée à s'agenouiller sur le trottoir. On lui avait alors retiré son masque dans lequel elle étouffait. Une jeune femme en blouson de cuir, les cheveux auburn, un brassard de la police autour du biceps, lui parlait, mais Sixie avait l'impression qu'elle s'exprimait dans une langue étrangère – elle ne parvenait pas à se concentrer sur le sens des mots.

Quatre voitures de police bloquaient les deux côtés de la rue Jean-Bart, gyrophares et sirènes allumés. Ses tempes bourdonnaient.

Sixie vit une camionnette blindée arriver : « Déminage » peint en gros sur les côtés. Ça ne pouvait pas être une mise en scène. Pas avec une telle mobilisation de moyens.

Elle dit à la femme aux cheveux auburn :

— Dans la voiture, là-bas… J'ai un sac avec mes affaires… Le scénario du film…

Les mains entravées, elle montra du menton l'endroit, dans la rue de Fleurus, où Stéphane Basel avait garé la Mercedes bleue. Mais la voiture n'y était plus. Alors seulement, Sixie comprit que Cèsar Diaz l'avait piégée.

TROISIÈME PARTIE

PREMIER SANG

31

JOUR 79

Les liens. *08.30 p.m.*

— Fanelli ?

Une jeune femme entra dans le réduit du commissaire sans attendre sa réponse. Elle avait une chevelure désordonnée dans laquelle luisaient des reflets auburn, presque rouges, et dont les mèches retombaient sur le visage. Des jambes très longues finement dessinées dans son jean. Elle portait un blouson de cuir et un keffieh palestinien. Elle devait mesurer sa taille. L'espace d'une seconde, Abel Fanelli songea qu'il aurait pu tomber amoureux de cette fille. S'il avait eu vingt ans de moins. Et si cela avait eu le moindre sens de retomber amoureux. Cela faisait deux « si » de trop.

Elle avait déjà tiré une chaise et s'était assise, face à lui. Elle le regarda à travers la fumée de gitanes, gris-bleu, qui flottait dans la pièce – son « brouillard intérieur ». Elle avait posé une sacoche en cuir sur son bureau. Elle dit, dans une grimace qui était peut-être un sourire :

— On m'a dit que tu travaillais tard et que j'avais une chance de tomber sur toi à cette heure. Tu n'aères jamais ?

Il la regarda assez longtemps, puis répondit seulement :

— On se tutoie ?

Elle secoua la tête, tendit la main.

— Commissaire stagiaire Kowacks. 4e section de la DCRI. Je suis ici en service. Alors à toi de me le dire : on se tutoie ?

— Qu'est-ce qui *vous* amène, *commissaire* ?

Il avait mis beaucoup d'ironie dans sa voix.

— OK, Fanelli. On m'avait *aussi* prévenu que tu ne serais pas spécialement chaleureux.

Elle eut un mouvement de la tête pour relever ses cheveux, ou peut-être pour chasser la fumée.

— On continue de se pisser sur les bottes, ou je te parle de ce qui m'amène ? demanda-t-elle en sortant un ordinateur de sa sacoche.

La commissaire stagiaire Kowacks lui résuma l'affaire : on avait arrêté à Paris une jeune fille de seize ans en train de se filmer. Au moment où on l'interpellait, cette jeune fille portait un masque de licorne et ouvrait une camionnette à l'intérieur de laquelle la police a trouvé plusieurs kilos d'explosifs militaires Semtex.

Fanelli savait déjà tout ça. Il écoutait les informations nationales.

Le plastic et le détonateur étaient tous deux en état de marche, mais on ne les avait pas reliés – ce détail, les informations nationales ne l'avaient pas divulgué, mais cela ne concernait nullement la brigade numérique. Ce qui la concernait, c'était que, sur le DKB de l'apprentie terroriste, on avait retrouvé plusieurs dizaines de documents numériques, vidéos, dont une au moins ressemblait à un snuff movie.

— Nous avons besoin que tu l'examines, Fanelli.

Elle appuya sur le clavier de son ordi, lança la vidéo en question. Fanelli vit une adolescente blonde aux cheveux courts courir dans l'herbe avec un grand jeune homme torse nu qu'elle jetait ensuite à l'eau, ligoté et lesté, avec l'aide de quelques comparses.

— La jeune fille, c'est votre suspecte ?

— En tout cas, elle a le même tatouage et le même masque. Elle le portait au moment de son interpellation.

Fanelli s'alluma une gitane maïs.

— OK. Je mets mes meilleurs hommes là-dessus dès demain. Et puis ?

Il attendait. Si un commissaire de la DCRI, fût-il stagiaire, avait seulement besoin d'un travail de ce genre, il ne se déplaçait pas le soir d'un simulacre d'attentat, à 8 h passées.

— Et puis j'ai besoin que tu m'expliques comment Sixtine Van de Vogha pu se retrouver dans ce merdier.

— Vous ne croyez pas à sa culpabilité, commissaire stagiaire ?

Elle sortit de son blouson un paquet de chewing-gum et goba deux dragées blanches.

— Non. Je crois qu'elle a été envoyée à Paris par Cèsar Diaz sans savoir ce qui l'attendait. Il l'a manipulée. Et je ne comprends pas à quoi il joue en provoquant cette histoire quelques semaines après l'explosion de la place Monge…

— Peut-être joue-t-il simplement à commettre un deuxième attentat ? Vous n'avez pas envisagé qu'il pourrait être l'auteur du premier ?

— Tu connais le PIFR ?

— Je lis la presse, j'écoute la radio. Je lis les comptes rendus des collègues. Rien de plus.

— Je suis chargée de « contrôler » les Nadas, au sein de la 4e section, reprit Kowacks. Et j'ai du mal à croire que l'attentat de la place Monge soit de leur fait. Ce n'est pas leur style.

— Vous devriez vous méfier de vos intuitions, commissaire. Le style, ça va, ça vient.

— Oui, peut-être. D'autant que quelque chose pue. Quelque chose qui remonte à trois ans, en Italie.

Elle n'en dit pas plus. Fanelli ne mordit pas à l'hameçon qu'elle lui tendait. Au contraire, il coupa court :

— Bon, si je comprends bien, vous aimeriez que je prouve que Diaz a manipulé la gamine. C'est cela ?

Elle opina du chef sans dire un mot.

— Et vous aimeriez aussi que je prouve que cet événement n'a rien à voir avec l'attentat de la place Monge. Vous ne voulez pas non plus que j'invente *carrément* des liens entre Sixtine Van de Vogh et la coordination étudiante, pour que l'UCLAT et Guinard puissent continuer leur enquête à charge ? Quitte à pendre cette gamine dans vos cellules, autant l'incriminer, non ?

Il avait fini sa tirade et se renfonça dans son fauteuil. Kowacks le fixait, le regard tendu – ses iris tiraient vers une sorte de couleur miel, piquetée d'or. Étonnant : quelque chose de félin se dégageait de son visage et de son attitude, quelque chose d'une lionne en liberté.

Kowacks attendait toujours alors qu'il venait clairement de la congédier. Il patienta, lui aussi.

Elle céda la première, plongea le nez dans son ordi et sembla fouiller dans ses fichiers. Il la regarda faire. Elle avait des mains assez fines sous ses grosses bagues d'argent, une peau très blanche et délicate, des traits racés, mais son attitude était brutale, presque virile.

— Je suis venue te demander autre chose, Fanelli, dit-elle finalement.

Elle poussa l'écran vers lui, ouvert sur la page DKB de Justine.

— Ta fille poste sur le DKB des propos diffamatoires, suggérant qu'Antonio Giuli pourrait être un flic infiltré et Guinard un gros fils de pute…

Elle claqua l'ordinateur portable, comme si elle avait fini, cette fois. Abel Fanelli ne commenta pas. Son mégot de gitane s'était éteint à ses lèvres.

— Pour Guinard, je confirme, poursuivit-elle dans un sourire, c'est un gros fils de pute.

— Pourquoi tu me dis ça, Kowacks ? Tu joues à quoi ?

— Je ne joue pas, commissaire Fanelli. Disons que je suis entrée dans la police à cause de types comme vous et que ça me fait chier de vous voir croupir dans ce bureau. Et je n'aime pas beaucoup le rôle qu'a joué mon supérieur hiérarchique dans votre rétrogradation.

Elle était passée au vouvoiement précisément au moment où il l'avait tutoyée. Cette fille était joueuse, et habile, et peut-être sincère. Elle ne le quittait pas des yeux, et il aimait ce qu'il lisait dans ce regard, une admiration mêlée d'ironie. Mais sa franchise le troublait. « Croupir », avait-elle dit. Cela faisait trois années qu'il essayait d'oublier qu'il « croupissait » dans un placard.

— Vous vouliez me demander quelque chose, Kowacks ?

— Ouais. J'ai besoin de vous. Et de votre fille… Est-ce qu'elle saurait si Giuli est en lien avec le PIFR ? Ou est-ce qu'elle aurait des amis qui sauraient quelque chose ?

— Pourquoi vous ne posez pas la question aux gamins que vous avez arrêtés ?

— Parce que ça, c'est le boulot du bureau de lutte antiterroriste. Mais j'ai des questions, moi aussi, et je me suis dit que si on trouvait quelque chose ensemble, hors du circuit officiel, ça risquait de faire chier Guinard.

Elle afficha un sourire narquois, le fixa et attendit.

— Enquête parallèle, hein ? Vous n'avez pas les coudées franches ?

— Disons que mes supérieurs ont l'air de vouloir se concentrer sur les étudiants de la coordination, et sur rien d'autre.

— Je vous écoute…

Elle résuma ce qu'elle savait : quatre ans plus tôt, Vittorio De Lorenzo, le bras droit de Diaz, jouait peut-être dans un club de foot avec Antonio Giuli. C'était maigre. Elle en avait avisé son supérieur le matin même, après le simulacre d'attentat. Il avait transmis l'information à ses chefs, à son tour, et en ressortant du briefing, il lui avait dit de se concentrer sur la gamine et ses éventuels complices, et de laisser tomber Giuli. Pour l'instant, elle ne s'occupait que de la rue Jean-Bart. L'enquête était dissociée de celle de la place Monge.

— Je vois, dit Fanelli. Vous voulez bosser en sous-marin, et vous avez besoin d'un autre flic.

— Oui. D'un bon flic. Du meilleur.

Il mâchonna son mégot, puis se leva. Elle l'imita.

— Au fait, comment vous appelez-vous, commissaire Kowacks ?

— Alice.

— Je m'en doutais.

Il lui serra la main. Elle avait une poigne ferme. Quand elle fut sortie, il appela Fred Gouvenon.

Contre-enquête. *07.30 p.m.*

Fred entra en oubliant de frapper, comme toujours. Fanelli lisait. Il leva les yeux, toussa deux fois, et dit, en lui tendant une clé USB :

— Gouvenon, tu te mets sur cette vidéo tout de suite. Je dois savoir ce soir, demain au plus tard, ce que tu en penses… Et tu mets deux gars sur le DKB de Sixtine Van de Vogh. Je veux connaître tous ceux qui se sont connectés à sa page.

Fred se rengorgea intérieurement. Le commissaire le traitait presque comme son adjoint…

— Et tu me trouves aussi tout ce que tu peux sur la commissaire Alice Kowacks, ajouta Crazy Fan. Tout.

— On viole la loi sur la protection de la vie privée, patron ? demanda Gouvenon, dans un sourire entendu.

— Bien sûr. Enquête antiterroriste, mandat élargi…

— Dans les deux cas ? Même pour votre commissaire Kowacks ?

— Dans les deux cas, Gouvenon, dit le patron en clignant des paupières. Et puis…

Il marqua une pause.

— Commissaire ?

— Il y a autre chose dont je veux que tu t'occupes personnellement… Je veux savoir si Justine a, ne serait-ce qu'une fois dans sa vie, navigué sur le site du PIFR, ou sur un forum concernant Cèsar Diaz, ou participé à un tchat qui ait un quelconque rapport avec les Clowns noirs.

Fred rougit cette fois de plaisir. Cette histoire de surveillance de Justine, depuis six mois, ce n'était même plus la confiance qu'on accorde à un adjoint, c'était presque une forme d'amitié. Fred faillit dire qu'il s'en occuperait au plus vite et du mieux qu'il le pourrait. Il soupira et lâcha simplement :

— Ça promet une bonne nuit de boulot.

Ce qui, dans son esprit, revenait strictement au même.

Zone de tchat. *08.45 p.m.*

Page DKB de CèsarDIAZ/tchat privé.

MathildeDOCTOR : Je dois vous rencontrer. Je suis Mathilde, la sœur de Sixie.
CèsarDIAZ : J'imagine que cette page est sous surveillance, mademoiselle. Il est assez imprudent de l'utiliser pour vos communications.
MathildeDOCTOR : Rien à cacher… Ils mettent Sixie en examen pour terrorisme, à Paris. À cause du film qu'elle a tourné à votre demande. C'est vous qui l'avez mise dans ce pétrin.
CèsarDIAZ : Je ne comprends pas vos propos. Il faudrait que nous nous rencontrions, mais cela risque d'être difficile, je suis momentanément absent. Adressez plutôt votre requête à SAAS Nada#1, il vous recevra en audience privée quand il le pourra.
MathildeDOCTOR : Dites simplement la vérité. Ma sœur est innocente, quoi que vous lui ayez fait faire.
CèsarDIAZ : Personne n'est innocent. Et la vérité n'est pas innocente elle non plus, mademoiselle.

Mailbox. *09.30 p.m.*

De : abelfanelli@brignum.org
À : justIN(E)MD@dkb.com
Objet : Fliquerie
Je dois te parler. Je viendrai avec quelqu'un, une flic, hors du cadre officiel. Possible ? Quand ?

32

NUIT 80

Roma Termini (1). *05.00 a.m.*

Teodor Diaz quitta l'appartement de Vittorio et Francesca pendant la nuit.

La veille, Vitto et Francesca avaient accueilli Teodor chez eux, rue Secondari, avec un air inquiet, navré – qui indiquait qu'ils étaient au courant pour Sixie. Ils étaient complices de Cèsar, même s'ils le regrettaient. Cèsar, lui, n'était pas resté. Cèsar avait autre chose à faire, ou ne voulait pas affronter la mauvaise humeur et les reproches de son cadet.

Avant son propre départ, Theo faucha deux cents euros dans le sac de Francesca, pour le train. Puis il se perdit dans la ville plongée dans l'obscurité. L'aube était d'une tiédeur déjà estivale. Des noctambules flânaient sur la petite piazza di Trevi écrasée par son extravagante fontaine baroque. Ils lançaient des pièces dans l'eau en formulant le vœu de revenir à Rome un jour. Pas lui.

Il avait son iPod dans les oreilles, « Where Is My Mind ? » des Pixies.

Selon les plans de Cèsar, du moins ce qu'il lui en avait dévoilé, Teodor Diaz était censé attendre ici une hypothétique libération de Sixie. Mais la vie de Theo Chaplin était ailleurs, à Bruxelles, ou à Paris avec Sixie, en prison s'il le fallait. Selon Cèsar, Theo Chaplin était mort, il n'avait même jamais existé. Cèsar avait brûlé ses papiers, résilié son bail, envoyé une lettre de démission à son lycée, balancé son ordi dans une benne à ordures. Quand les flics français commenceraient à s'intéresser à Theo Chaplin, l'ami, le nightfellow de Sixie, ils tomberaient sur un fantôme.

« Where is my mind ? »

Selon Cèsar, Theo Chaplin était devenu Teofilo Sacco, passeport neuf à l'appui.

« Where is my mind ? Where is my mind ? »

Mais Theo Chaplin ne voulait pas devenir Teofilo Sacco. Il n'était pas concerné par le « jeu ». Il ne voulait pas oublier que Sixie était en prison à cause de lui – et surtout, surtout, de Cèsar. À cause du passé de Cèsar, de la vengeance de Cèsar… Pour la première fois, son frère avait abusé de sa confiance. Alors, pour la première fois, Teodor allait le trahir.

Il consulta une nouvelle fois sa montre, puis, les mains dans les poches, se dirigea vers Roma Termini, la gare principale de Rome.

Lumière noire. *05.00 a.m.*

Il n'y avait jamais le silence complet dans la cellule de Sixie, pas une minute, même si les pas, les cris, les conversations lui parvenaient très étouffés. Et elle n'avait pas davantage la possibilité de suivre le cours naturel du jour sous l'éclairage artificiel qui demeurait allumé en permanence. Sixie se demanda s'il serait pire d'être là en se sachant coupable ou si son innocence accentuait encore sa sidération.

La commissaire Kowacks avait repris avec elle, minute par minute, son emploi du temps depuis qu'elle avait reçu sur sa page un message signé Cèsar Diaz. Pourquoi avait-elle accepté ? Pourquoi était-elle à Paris ? Que savait-elle de la camionnette ? Était-elle prête à mourir, comme le disait le scénario de son film ?

La jeune flic lui avait appris plusieurs choses : l'homme qui avait accueilli Sixie à Paris n'était pas Stéphane Basel. Il n'y avait aucune trace du mystérieux conducteur de la Mercedes bleue. La camionnette avait été louée au nom de Sixtine Van de Vogh… Elle avait été piégée par Cèsar. Elle ne savait pas si cela faisait partie d'un jeu, mais c'était assurément un traquenard. Cèsar souhaitait-il qu'elle soit arrêtée ? Dans quel but ?

La légende noire de Nada#1 disait qu'il jouait, mais que les autres joueurs étaient ses pions. Elle aurait dû se méfier.

Mathilde savait-elle où elle se trouvait ? Mathilde allait la sortir de là.

Étrangement, Sixie n'avait pas peur. Ce qui lui arrivait ne lui semblait pas réel, moins réel en tout cas que lorsqu'elle rêvait de sa mort ou de la mort d'autrui, ou lorsque les démons la visitaient. Rien ne l'effrayait plus que ses rêves, depuis la mort de Lucie et celle de son père…

33

JOUR 80

Briefing. *08.00 a.m.*

— On t'écoute, Kowacks.

Boukra venait de lui passer la parole. Elle se leva, regarda autour d'elle. La réunion de coordination de l'UCLAT avec le juge antiterroriste Henkel, à laquelle elle assistait pour la première fois, se terminait. Guinard, le grand patron de l'antiterrorisme, avait pris un air parfaitement désintéressé. Les commissaires du bureau de lutte antiterroriste faisaient également mine de s'ennuyer. Son propre supérieur la laissait aller au charbon.

Elle dit d'abord :

— La gamine se contente pour l'instant de confirmer les échanges sur le DKB auxquels nous avons eu accès, plus une rencontre avec Diaz, la veille de son arrivée à Paris. Et comme le commissaire Boukra vient de vous le confirmer, rien n'indique qu'il y ait un lien entre la mise en scène de la rue Jean-Bart et l'attentat de la place Monge. Selon les premières expertises, les explosifs n'ont pas la même provenance, le détonateur est différent. Les seuls points communs seraient l'utilisation d'une fourgonnette bourrée de Semtex et le choix d'un commissariat de police comme cible potentielle…

— Nous savons tout cela, mademoiselle Kowacks. Vous avez du neuf à nous apprendre ?

Guinard venait de l'interrompre, et lui donnait du « mademoiselle ». C'était de notoriété publique : Guinard n'aimait pas qu'on confie des postes de commandement à des femmes. Il tutoyait « ses gars », mais pas celles qu'il considérait avec mépris comme des « fonctionnaires de police ». Boukra la regarda avec dans les yeux un encouragement appuyé.

— Un certain nombre d'éléments attestent d'une mise en scène. Outre le détonateur déconnecté de la charge explosive, je constate que Diaz a envoyé au charbon une gamine mineure, débutante, psychiatriquement fragile, bref, l'inverse du profil type d'un Nada. Et sa venue était annoncée comme un « tournage de teaser » sur leur canal sécurisé…

— Comment connaissez-vous ce canal ? l'interrompit Boukra.

Il cherchait à la mettre en valeur.

— J'ai une source au sein du Board. Vittorio De Lorenzo. Il est responsable de la sécurité du PIFR. Je suis en contact avec lui depuis six mois. C'est lui qui m'a avertie de la date de l'opération rue Jean-Bart.

— Pourquoi vous informe-t-il ? la coupa Guinard.

— Doutes sur la stratégie de Diaz, et divergences de fond. De Lorenzo trouve que le comportement de Diaz présente des signes inquiétants de schizophrénie.

Le juge Henkel n'avait rien dit depuis le début de son intervention.

Il prit enfin la parole :

— Selon vous, commissaire Kowacks, la schizophrénie de Diaz est-elle un motif suffisant pour penser qu'il a pu basculer dans le terrorisme ?

— Je ne le pense pas, répondit Alice.

— Et avez-vous recueilli des éléments prouvant l'existence de liens entre la coordination étudiante et le PIFR ? Je veux dire, au-delà d'une photo suggérant l'existence d'un lien entre Giuli et Diaz datant d'il y a quatre ans ?

— Aucun, monsieur le juge.

— Bien, alors nous nous en tenons à ce que nous avons dit. Deux enquêtes disjointes, une seule mise en examen dans l'affaire de la rue Jean-Bart. J'attends que vous me produisiez des éléments juridiquement plus convaincants pour mettre Diaz en cause. À l'heure actuelle, vous n'avez que le témoignage d'une gamine perturbée.

— J'aurai aujourd'hui la déposition de sa sœur, monsieur le juge.

— C'est tout aussi insuffisant, commissaire Kowacks. Essayez plutôt de convaincre votre De Lorenzo de témoigner. Je peux lui assurer l'impunité, dans ce cas.

Alice grimaça. Ça, ce n'était pas gagné. Henkel reprit la parole :

— Au fait, commissaire Kowacks, où en sommes-nous pour les éléphants de Limoges ? Le député m'appelle tous les trois jours…

Débriefing. *08.30 a.m.*

— Tu as fait tes devoirs, Gouvenon ?

En un éclair, Fred ferma l'ordi portable sur lequel il effectuait une mise à jour de *World of Warcraft*. Puis il se retourna : Crazy Fan était dans son bureau, juste derrière lui. Depuis combien de temps ? L'avait-il surpris en train de jouer ?

— Maintenant que tu as fini ta partie, tu me résumes le résultat de tes recherches ? demanda Fanelli.

— On… on va dans votre bureau, patron ? Je n'aime pas vous avoir comme ça dans mon dos. Et puis après, ça pue le tabac dans mon placard.

Une fois de plus, Fred Gouvenon rougit de son insolence.

08.47 a.m.

Ils étaient assis tous les deux dans le minuscule bureau aveugle et enfumé de Fanelli, encombré de vieux bouquins qui dégageaient une odeur de papier et de cuir moisis, de poussière. Une ampoule nue au plafond, pas un seul écran allumé, Fred s'y sentait un peu claustrophobe… Crazy Fan le regardait sans tendresse, l'air sévère. De temps en temps, devant le commissaire, Fred songeait à son père, cet homme qu'il n'avait connu qu'un week-end sur deux durant son enfance.

Le lieutenant alluma son iPad, et résuma :

— Le snuff movie a été posté, il y a un an, depuis un ordinateur inconnu acheté au noir, en utilisant le wifi d'un McDo de Bruxelles. Il a été posté directement sur la page de Van de Vogh, via le Sommaire des Rêves.

— Tu penses qu'il s'agit vraiment d'un snuff movie ?

— Difficile à affirmer. Je n'ai pas trouvé de traces d'ajouts numériques ou de trucages. Il y a trois plans : le plan-séquence de la fille avec sa victime sur la colline, un autre très bref où ils sont au bord de l'eau, puis, au même endroit, le plan-séquence du meurtre. Le premier et le troisième plans semblent filmés dans la continuité. Cela dit, on ne peut pas affirmer que ce sont les mêmes acteurs dans le premier et le troisième.

Fanelli approuva.

— La noyade a pu être réalisée avec un trucage assez simple, non ? demanda-t-il.

— Bien sûr. Mais ça ne colle pas avec l'idée qu'on se fait d'un film posté sur le DKB d'une gamine de quinze ans juste pour lui faire une blague, si vous voulez mon avis.

De nouveau, Crazy Fan indiqua qu'il était d'accord.

— Tu as vérifié les autres publications sur la page DKB de la gamine ?

— Oui. Le reste relève de la fiction, des clips et des courts métrages plutôt bien foutus, manifestement tournés avec des moyens limités, et sur lesquels elle porte toujours la tête de licorne, sa marque de fabrique. Les trucages sont lisibles, et ne se cachent parfois même pas. Une sorte d'onirisme expressionniste à la Méliès.

Crazy Fan le regarda cette fois d'un œil surpris. Il ne s'attendait pas, apparemment, à ce que son subordonné soit un vrai cinéphile - Gouvenon avait souvent le sentiment que son supérieur le considérait comme un super geek parfaitement inculte.

— Donc le snuff movie n'a pas été tourné par les mêmes personnes, avec le même matériel ?

— J'en suis certain, patron.

— C'est tout ?

— Non. Comme je suis curieux de nature, j'ai pris le temps d'explorer un peu MyDarkPlaces… Et j'ai fait des recherches sur cette jeune fille en utilisant son masque et son surnom comme traceur…

Il pianota sur sa tablette.

— Son nom ne m'a mené nulle part. En revanche, il y a pas mal de pervers qui utilisent un masque de licorne identique pour des tournages salaces, et une tripotée de jeunes gens s'en servent dans des films mignons ou bidons de fantasy. Et il y a deux films, postés sur MDP, postérieurs à cette noyade, dans lesquels une jeune fille qui porte le masque de licorne et le tatouage de Sixtine Van de Vogh sur le bras droit se fait tuer chaque fois selon un scénario qu'on peut retrouver dans les cauchemars de Sixie-Dreamy.

Il montra les deux films à Fanelli. Le premier était une scène de meurtre au couteau, dans un escalier de service. Dans le second, une jeune fille subissait une pendaison. Dans les deux cas, la gamine à tête de licorne n'était plus l'auteure du meurtre mais la victime. Dans les deux cas, les assassins, masqués, étaient deux, et il y avait au moins une personne derrière la caméra.

Gouvenon avait vu et revu ces vidéos. Il savait l'effet qu'elles produisaient.

— Les deux films ont également été postés depuis des McDo de la banlieue de Bruxelles, directement sur le Sommaire des Rêves, mais pas au hasard. Ils ont été attachés au cauchemar de Sixtine Van de Vogh correspondant. Des types semblent s'inspirer des cauchemars de cette fille pour tourner des films qui ressemblent de très, très près à des snuff movies… Sauf que, sur les deux dernières vidéos, les réalisateurs n'ont pas créé de lien vers la page de Sixie-Dreamy, comme s'ils préféraient se faire plus discrets, désormais.

Sur l'écran de la tablette, la scène de pendaison prenait fin.

— Bien, dit Fanelli.

Fred fut surpris par la transformation physique de son supérieur. Le commissaire avait dû être profondément bouleversé par les films. Sa physionomie d'ordinaire impassible exprimait soudain une colère froide.

— Nos gars ont fait la liste de ceux qui ont consulté récemment les pages de Sixtine Van de Vogh ?

— On aura ce soir un listing complet pour les six derniers mois, répondit Gouvernon. Sa page diurne a pas mal de visiteurs. Elle a très peu de nightfellows, en revanche, mais des assidus, surtout sa sœur et un ami. À ce sujet, il y a deux trucs franchement tordus. L'ami en question, Theo Chaplin, a créé une page rien que pour lui dire tout le bien qu'il pense d'elle. Sur cette page, il se fait appeler SixFan#1. Un adepte obsessionnel…

— Ça pue…

— Oui, d'autant qu'on a très, très peu d'informations sur ce Theo Chaplin, tellement peu que ça sent l'identité factice. Il n'a pas de Sécu, pas d'état civil informatisé, rien… Le deuxième truc tordu, c'est que la page MDP de la gamine a été consultée régulièrement, au cours des deux dernières années, depuis des portables volés, par une ou plusieurs personnes qui n'étaient pas ses nightfellows. Des visiteurs clandestins.

— OK. Tu continues à enquêter sur ce Chaplin alias SixFan. Et je veux qu'on examine au peigne fin la liste des nightfellows de la fille, qu'on recoupe tout ça.

Fred attendait toujours un compliment.

— Bon boulot, dit enfin Crazy Fan.

Une fille. *01.30 p.m.*

> De : justIN(E)MD@dkb.com
> À : abelfanelli@brignum.org
> Objet : Parler mais ne rien dire
> Ça me fait bien chier, mais si tu ne me demandes pas de balancer qui que ce soit, ça devrait pouvoir se faire.

> Viens à 17 h, même café que la dernière fois. Ta flic, elle est jolie ?
> Ju.

Fanelli remercia un fantôme ou un ange de Justine qui passait. Puis il transféra la réponse de Justine à Alice Kowacks en supprimant la question finale.

Le visiteur. *04.30 p.m.*

Mathilde gara sa voiture dans la rue Sipido. Elle avait été de garde toute la nuit, à l'hôpital Saint-Pierre, puis avait fait un aller-retour à Paris pour répondre aux questions de la jeune flic chargée de l'enquête. Maintenant, elle allait peut-être pouvoir dormir, reposer son esprit émoussé, ses nerfs à vif. Elle avait deux jours de récupération devant elle, et avait pris de quoi s'assommer dans la pharmacie de l'hôpital.

Mathilde aperçut un jeune garçon qui attendait devant son immeuble, assis par terre sous le porche. Il portait une veste noire à capuche. En s'approchant, elle le reconnut. Sixie le lui avait montré en photo sur son smartphone. C'était le garçon qui était amoureux d'elle, qui n'osait pas le lui dire, et que Sixie préférait imaginer en ami. Theo. Theo Chaplin. Il se leva et vint vers elle. Mathilde fut surprise de son air, grave plus que triste. Il dit :

— Vous êtes bien Mathilde, la sœur de Six' ? Je vous attendais. Je suis Theo alias Teodor Diaz, le frère de Cèsar Diaz.

Justine Fanelli. *04.50 p.m.*

Quand Alice arriva devant le café, elle aperçut Fanelli avec une très jeune fille, attablés à l'intérieur. Elle entra, regarda Justine Fanelli. Elle était préparée à la ressemblance frappante qui existait entre le père et la fille, à cause des photos que Justine avait publiées sur le DKB. Même visage trop allongé, même menton trop pointu, même front haut, intelligent, même manière de plisser les yeux... Mais la façon dont ils la regardèrent tous les deux renforça l'impression stupéfiante d'avoir affaire au même être, à deux âges, deux étapes différentes de sa vie.

Elle s'assit sur la chaise libre, tendit la main à Justine.

— Commissaire stagiaire Alice Kowacks. Je bosse à la DCRI.

Cela fit sursauter la gamine. Elle compléta, pour la rassurer :

— Je ne couvre pas le mouvement étudiant. Je surveille le PIFR.

Justine n'avait pas vraiment l'air de se détendre. Fanelli posa sa main sur celle de sa fille, et dit :

— C'est OK, Justine. Il n'y aura pas d'embrouille. Et tu ne dis que ce que tu veux.

L'adolescente jeta à son père un regard dans lequel Alice lut une sorte de confiance sans réserve, quelque chose d'enfantin mais qu'elle essayait de voiler. Elle saisit alors la nature des relations qui unissaient le père et la fille : compliquée, fusionnelle… Ils semblaient se vouer une admiration mutuelle, mais contrariée, et sans doute contrariante. Fanelli fixa ensuite Alice, glacial, avec l'air de dire : « N'est-ce pas, commissaire stagiaire, qu'il n'y aura pas d'embrouille ? » Elle ne put s'empêcher d'approuver d'un mouvement du menton.

— Bien, je vais aller droit au but, dit-elle. Justine, connais-tu quelqu'un dans ton entourage, au sein de la coordination étudiante ou lycéenne, qui a un lien avec le PIFR ?

Justine hésita quelques secondes, visiblement surprise. Elle demanda :

— Vous pensez que les Nadas ont quelque chose à voir avec…

Elle laissa la phrase en suspens, parut réfléchir un instant. Puis elle se contenta de répondre laconiquement :

— J'ai un copain qui suit leur actualité. Mais il n'a rien commis de délictueux.

— Je me fous des délits, Justine, précisa Alice. Ce qui m'intéresse en ce moment, ce sont les associations de malfaiteurs à des fins terroristes.

Justine parut se détendre légèrement. Alice profita de la brèche.

— Et plus généralement, as-tu entendu des étudiants parler de Cèsar Diaz ? Ou d'un lien entre Diaz et Antonio Giuli ?

De nouveau, Justine sursauta, en entendant le nom de l'artificier de la place Monge.

— Non, rien. Nada#1 et ses clowns se foutent de la politique, et nous, on…

— Ne frayez pas avec eux, Justine, l'interrompit Fanelli. Aucun d'entre vous. Ne frayez avec eux sous aucun prétexte.

Il se leva, semblant pressé de mettre fin à l'entretien. Justine restait assise. Alice la regardait et attendait aussi. L'adolescente reprit :

— C'est marrant, votre question, parce que Laïla, une copine de la Sorbonne, m'a raconté récemment qu'elle avait croisé Cèsar Diaz à Rome, il y a quelques années. Quand il n'était pas encore une star et un gros connard. Et Diaz lui avait parlé d'Antonio Giuli.

— Laïla comment ?

— C'est une copine de la coordination. Elle est en maîtrise d'italien.

— Son nom ?

Justine ne répondit pas. Fanelli intervint :

— Il ne lui arrivera rien, Justine. Je te le jure.

— Et elle n'apprendra pas comment vous l'avez retrouvée ?

Les deux commissaires, l'ancien et la stagiaire, secouèrent la tête en même temps.

— Laïla Matta, dit Justine dans un souffle. Putain, je suis trop conne d'avoir accepté ton rendez-vous, Fanelli.

— Je t'assure que non, répondit Alice.

Sacrifice. *06.45 p.m.*

Mathilde savait tout, maintenant, enfin presque tout. Theo conclut :

— Je suis sûr que Cèsar compte l'innocenter à un moment ou à un autre. Son seul but en la faisant coffrer, c'est de m'obliger à me joindre au PIFR pour la prochaine partie, une partie très importante pour lui. Ensuite, il la fera libérer. Mais je refuse son chantage.

— Donc tu es prêt à le dénoncer ? demanda Mathilde.

— Non. C'est mon frère. Mais je suis prêt à me dénoncer à sa place. Je peux aller à Paris et dire que c'est moi qui ai tout manigancé, qui ai manipulé Sixie pour qu'elle tourne ce film. Vu l'existence de SixFan#1 et ma propre identité, je pense que c'est crédible l'histoire du petit frère qui veut imiter Nada#1 et qui se brûle les doigts… Mais il faut que tu préviennes Sixie dès demain, via son avocat, pour qu'elle revienne sur sa première déposition et qu'elle m'accuse moi, désormais.

Mathilde marqua un temps de réflexion. Manifestement, elle ne croyait pas à cette proposition mais paraissait ébranlée.

— Et selon toi, comment elle pourra justifier ce revirement ?

— Elle n'aura qu'à dire qu'elle voulait me protéger. Cela lui vaudra une grosse engueulade, mais pas la prison. De toute façon, je connais Nada#1, les flics n'auront aucune preuve contre lui. Donc, si moi, j'avoue, je les arrangerai…

— Et comment tu expliqueras que tu aies pu te procurer des explosifs, un détonateur ?

— Je ne sais pas. Je trouverai. Je connais quelques filières de mon frère.

La sœur de Sixie le regardait étrangement. Sa clope roulée s'était éteinte, mais elle ne semblait pas s'en être rendu compte. Elle tapota un peu la table basse, avec un crayon qu'elle tenait entre ses doigts.

— Tu es bien conscient que tu vas faire de la taule à la place de ton frère ?

— Non. Je vais en faire pour Sixie.

Un sourire incrédule se figea sur le visage de Mathilde.

— Elle a une sacrée chance de te connaître, Theo. Une sacrée chance.

— Oui et non. Si je n'avais pas été Teodor Diaz, il ne lui serait rien arrivé, mais…

Il marqua une pause. Il cherchait ses mots. Il les trouva.

— Je ne veux pas qu'elle puisse penser après coup que j'avais quelque chose à voir dans tout ça. C'est aussi pour cette raison que je suis venu te trouver. Il faut qu'elle m'accuse demain, mais, ensuite, quand je serai en taule, il faudra que tu lui expliques que je n'y étais pour rien. OK ?

Mathilde se leva. Elle dit :

— J'ai besoin de dormir. Et de réfléchir. On reparlera de ça demain matin, et puis, selon ce qu'on décidera, je t'emmènerai ou non à Paris.

Le crabe. *06.45 p.m.*

Le Thalys allait partir. Abel Fanelli se laissa tomber dans son fauteuil de deuxième classe, sentit la douleur qui pulsait dans ses jambes, à croire qu'on lui bouffait l'os. En général, c'était ordinairement lancinant – une sensation en toile de fond –, mais parfois, après un effort aussi simple que de courir sur un quai pour attraper son train, cela devenait aigu, envahissant. Il avait alors l'impression, désespérément conforme à la réalité, d'être colonisé par un corps étranger. L'oncologue avait été formel : cancer du foie, cancer du pancréas, cancer des os. Et ça métastasait vite, une prolifération… Comme les infos sur leurs putains de réseaux sociaux. Il avait refusé la chimiothérapie. Il lui restait encore trois mois à pouvoir marcher, six mois avant de crever, pas davantage. C'était trop court pour espérer renouer avec ses filles, être un père, enfin.

Il avait laissé Justine sur le trottoir, après avoir pris congé d'Alice Kowacks. Justine lui avait fait confiance. Justine lui avait donné le nom d'une de ses amies, même si elle l'avait regretté l'instant d'après.

Devait-il lui dire pour le cancer ? Non, il ne parlerait pas du cancer à Justine, il n'en parlerait d'ailleurs à personne. Il n'avait aucune intention d'assister au spectacle de *leur* pitié, de leur culpabilité, de leur envie de rattraper le temps perdu. Rien ne se rattrapait.

Il avait son arme de service pour en finir quand la douleur deviendrait insupportable. Il récoltait ce qu'il méritait. La biologie se vengeait par où il avait péché. Homme de peu de foi, mais Fanelli avait cessé de croire depuis longtemps à une justice divine – si Dieu avait vraiment créé les hommes qui commettaient certains crimes, s'ils étaient eux aussi à son image, il ne voulait rien savoir de Dieu.

En attendant, Alice Kowacks lui offrait la possibilité de redevenir flic, une dernière fois. Et peut-être de baiser Guinard.

Dans la nuit, le Thalys passa la frontière belge.

Deux de chute. *07.45 p.m.*

Quand Alice se présenta au domicile de Laïla Matta, après ses heures de service, la concierge lui apprit que la jeune fille s'était défenestrée quelques jours plus tôt. Cela s'était passé en pleine nuit. Alice nota l'adresse du commissariat qui avait envoyé des hommes faire les constatations, et demanda la date exacte du drame. L'accident s'était produit le 26 mai, vers 6 heures du matin. Cela fit tinter une sonnette d'alarme dans la mémoire d'Alice.

34

JOUR 81

Pink Floyd, *The Wall.* *06.00 a.m.*

Le 29 mai, alors qu'il dormait paisiblement entre les quatre murs de verre de son appartement neuf, dans une petite copropriété neuve elle aussi – et à haute qualité environnementale –, du quartier cossu de la City, le leader du parti conservateur David Silver fut réveillé par un bruit étrange, une sorte de pétarade, en provenance de son salon.

Une dizaine de micro-explosions venaient de fendiller la baie vitrée teintée de trois mètres sur dix qui mettait David Silver et ses hôtes à l'abri du vent, de la pluie et des regards de la rue, au troisième et dernier étage de l'immeuble.

Quelques secondes plus tard, elle s'effondra – David Silver apparut ainsi par le trou béant de la façade, en caleçon long de flanelle, sous les yeux ébahis des passants matinaux.

L'enquête du MI5 révéla que les laveurs de carreaux intervenus la veille portaient sur leur blouson, le sigle d'une entreprise de nettoyage inconnue à Londres : BCA, probablement pour Black Clowns Army.

Enquête de voisinage. *07.00 a.m.*

Abel Fanelli avait loué une voiture la veille, à la gare de Bruxelles. Il avait passé la nuit dedans, en dépit de ses douleurs osseuses. Son abdomen le laissait en paix depuis trois jours.

À l'aube, il conduisit jusqu'au Lycée français international de Bruxelles, trouva à stationner. Il avait largement eu le temps, pendant la nuit, de lire les mémos et de se familiariser avec le visage de Theo Chaplin grâce aux quelques photos de lui, publiées sur le DKB par ses « amis ». Il n'y avait en revanche aucune photo de Theo Chaplin sur sa propre page DKB, contrairement à l'usage narcissique en cours chez la plupart des utilisateurs du réseau – jeunes comme adultes. Le garçon était en terminale, option cinéma. À en juger par ses publications, il était extrêmement doué pour cet art. Au point de pouvoir réaliser des trucages invisibles même aux yeux d'un spécialiste ? Un faux snuff movie ?

Parmi les jeunes gens qui arrivaient au lycée, d'un pas traînant ou par grappes bruyantes, Fanelli ne reconnut pas son gibier. Peut-être les internes disposaient-ils d'une autre entrée ? Ou bien l'avait-il manqué ? Il se présenta à l'accueil de l'internat sous un faux nom, comme un ami de la famille Chaplin. On lui apprit que Theo avait quitté brutalement le lycée deux jours plus tôt, le 27 mai, soit le jour où Sixtine avait été arrêtée.

Fanelli n'en fut pas étonné outre mesure.

Il appela l'hôpital Saint-Pierre, où travaillait Mathilde Van de Vogh, la sœur de Sixtine, autre visiteuse quotidienne de Sixie-Dreamy. Elle était en repos, lui dit-on. Il composa le numéro personnel de Mathilde qui figurait dans les dossiers compilés par Gouvenon, laissa sonner longtemps. Quand elle répondit enfin, d'une voix ensommeillée, il ne dissimula pas son identité de flic. Ils convinrent d'un rendez-vous une heure plus tard, à son appartement.

09.00 a.m.

Mathilde Van de Vogh, vingt-sept ans, habitait un logement vaste, assez ancien, rénové avec du goût et de l'argent. À cette minute, la jeune femme avait l'air d'une personne perdue et semblait tout attendre de lui. Les proches des victimes se comportaient presque toujours ainsi.

Fanelli lui exposa la raison de sa venue : le snuff movie posté un an plus tôt sur la page de Sixtine.

— C'est dans le cadre de l'enquête antiterroriste ? demanda-t-elle, en portant sa main à sa gorge – une sorte de tic, apparemment, qui trahissait son angoisse. J'ai déjà répondu aux questions du… enfin, de la commissaire Kowacks, hier, à Paris.

Fanelli expliqua qu'il travaillait avec la commissaire Kowacks, mais que son investigation était périphérique. Il précisa qu'il n'avait aucun mandat et que leur entrevue était tout à fait officieuse. Elle tiqua. Tout de go, il lui montra les images de la pendaison et de l'éventration de deux jeunes filles déguisées en Sixie-Dreamy. Mathilde Van de Vogh fut aussi horrifiée et bouleversée qu'il s'y était attendu. Elle répondit à ses questions, lui apprit que sa sœur avait signalé le film de la noyade à la police lorsqu'il avait été posté sur sa page DKB. Fanelli nota le nom du flic du commissariat central de Bruxelles, Mouscron, qui avait écouté, puis rassuré les deux sœurs. Probablement à tort.

Sixtine soupçonnait-elle quelqu'un d'être l'auteur du court métrage ? Non, d'après sa sœur.

Mathilde avait-elle entendu parler de Theo Chaplin ? Une ou deux fois. C'était un ami vidéaste de Sixtine, vraisemblablement amoureux d'elle, sans que la réciproque soit vraie. Savait-elle si Theo Chaplin s'intéressait au PIFR ? Non.

Et SixFan#1, Mathilde en avait-elle entendu parler ? Oui. C'était un visiteur anonyme, et quotidien, de la page diurne de Sixtine.

Mathilde savait-elle autre chose qui pourrait faire avancer l'enquête ? Non. Elle savait juste que Sixie avait été piégée par un film de Cèsar Diaz, que sa sœur était la proie d'hallucinations hypnagogiques et de cauchemars effrayants depuis ses huit ans. Elle précisa une chose singulière : plusieurs fois, sa sœur avait rêvé que quelqu'un mourrait, et l'événement s'était produit peu de temps après.

Ses camarades de classe, dans son lycée précédent, l'avaient traitée de sorcière quand ils l'avaient découvert.

— Ses camarades ? Vous vous souvenez des noms ?

Avant de prendre congé, Fanelli demanda à Mathilde où se trouvaient les moulins d'Arenberg, que l'adolescente évoquait dans le cauchemar qui avait inspiré le snuff movie.

— À une vingtaine de kilomètres, nous sommes allés pique-niquer quelquefois là-bas, quand elle était petite. Nos parents vivaient à Liège, ils sont décédés tous les deux.

— Le film de la noyade a été tourné là-bas ?

— C'est possible. Je n'en suis pas certaine.

En sortant, Abel Fanelli appela le flic Mouscron au commissariat central de Bruxelles, prétendant le faire depuis Paris. L'homme se souvenait de l'adolescente hantée par des cauchemars. Il avait transmis une main courante pour harcèlement à la brigade numérique de son pays, sans suite. Chez ses homologues de Bruxelles, on répondit à Fanelli qu'on n'avait pas véritablement vérifié la chose, tant il apparaissait évident qu'il s'agissait d'un canular. Le DanyL mentionné dans le rêve était vivant, sa page DKB en témoignait, et on l'avait contacté.

Énorme changement de dernière minute.
10.10 a.m.

Après le départ du commissaire Fanelli, Theo descendit au ralenti l'escalier en colimaçon qui menait à la chambre de Sixie. Il était livide. Mathilde lui demanda :

— Tu as entendu ce qu'il a dit ?

— Oui. Ces films, ce sont des… snuff movies ?

Elle hocha la tête. Puis elle ajouta d'un ton neutre :

— Ce flic te cherche…

Le jeune garçon ne releva pas. Il semblait en proie à une réflexion intense. Une demi-minute de silence passa. Finalement, il dit :

— Ça change tout. Si Sixie est victime d'autres mecs que Cèsar, elle va avoir besoin de moi dehors. Et peut-être des Clowns de Cèsar.

En dépit de l'énormité de ce qu'il venait de dire, Mathilde approuva de la tête. Sans savoir pourquoi, elle faisait confiance à ce môme, à son amour trop grand pour Sixie, à son air sérieux, concentré. Il poursuivit :

— Nous allons la faire sortir. Ensuite, je te la ramènerai et je m'occuperai des types qui tournent ces films. Personnellement.

C'était de plus en plus énorme, c'était même d'une prétention sans bornes, mais Theo Chaplin, à cet instant, paraissait simplement lui exposer l'avenir. Il consulta son portable, puis ajouta :

— Je te tiendrai au courant le plus régulièrement possible. Je t'enverrai des lettres à l'hôpital, ce sera moins surveillé. Mais nous ne pourrons pas communiquer sur Internet ou par téléphone, tu comprends ? Maintenant, je dois partir…

Il s'interrompit, se gratta la tête, gêné, et rougit.

— Au fait, tu n'aurais pas un peu de fric ? Je n'avais prévu de me payer qu'un aller simple.

Mathilde ne lui demanda pas où il allait.

Les suicidées (1). *12.00 p.m.*

Alice Kowacks abandonna la lecture des derniers mails blackbackyard.org, chercha de nouveau d'éventuelles correspondances sur MyDarkPlaces, et se passa la main sur le visage. Quelque chose était en train de se produire. Depuis le trailer de la rue Jean-Bart, les mails de blackbackyard n'avaient plus d'équivalents sur MDP, comme si les Nadas savaient que leur moyen de communiquer discrètement était éventé.

Avaient-ils établi une autre liste manuscrite renvoyant à d'autres T&P ? Et dans ce cas, pourquoi sa source ne l'avait-elle pas prévenue ? De Lorenzo avait pris un vrai risque en l'informant de la date et du lieu du tournage. S'était-il grillé ? Si Diaz doutait de la fidélité de De Lorenzo, elle ne devait pas prendre contact avec lui, elle ne voulait pas le carboniser. Le juge Henkel attendrait pour les aveux de De Lorenzo…

Elle se leva, fit quelques mouvements d'assouplissement. Sa nuque craqua. Elle avait passé la nuit devant son ordinateur, et au fond, elle se moquait un peu de ne plus rien savoir sur la prochaine partie de Cèsar Diaz. Il se tramait quelque chose de bien plus effrayant…

Elle traversa la 4e section, dont les aquariums de verre étaient pleins, à cette heure, de policiers qui comme elle étaient théoriquement, au service de la justice et de la vérité. Elle descendit dans le couloir des cellules, s'assura pour la troisième fois de la matinée que Sixtine Van de Vogh était toujours vivante.

Un infirmier pénitentiaire s'affairait auprès de la jeune fille. Alice avait donné des ordres pour qu'elle ne reste pas seule ne serait-ce qu'une minute.

Le voile qu'elle avait soulevé la veille au soir était infiniment plus terrifiant que la perspective d'une connexion entre Diaz et Giuli. Laïla Matta était morte défenestrée, quelques poignées d'heures après Maud Mérieux. Alice avait consulté la liste des suicides enregistrés par la morgue le 26 mai. Au cours de ces vingt-quatre heures, deux autres jeunes filles avaient choisi de mourir. Isa Lescuyer et Jeanne Chailloux, qui fréquentaient elles aussi Antonio Giuli au sein de la coordination étudiante. On avait retrouvé la première au pied de son immeuble, studio fermé à clé de l'intérieur, comme Laïla. La seconde s'était pendue, comme Maud. Cela faisait trop de remords, pour trop de jeunes filles, en quelques heures. Et l'une d'entre elles avait été tuée dans une cellule du bureau de lutte antiterroriste.

Alice laissa un nouveau message sur le portable de Fanelli, lui demandant de la rappeler.

La vie aquatique. *12.00 p.m.*

Abel Fanelli gara sa bagnole de location pas loin des moulins d'Arenberg et commença d'errer dans les environs. Après vingt minutes à aller et revenir sur ses pas, il trouva quelqu'un à qui demander s'il existait, à proximité, un cours d'eau dans lequel on pourrait facilement noyer quelqu'un, avec cet humour grinçant que personne ne comprenait. Une fois aiguillé, Fanelli trouva après un quart d'heure de marche, assez pénible à cause des douleurs qui lui cisaillaient les jambes, l'endroit où le deuxième et le troisième plan du snuff movie avaient été tournés.

C'était ici.

Un an après, les buissons, les arbres en arrière-plan, le cours d'eau d'une indolence presque stagnante étaient les mêmes. Une passerelle, un peu plus loin, invisible sur le film, le renseigna sur la façon dont les caméramans avaient franchi le canal de Senne pour installer leur matériel. Par un acquit de conscience un peu vain, il fouilla les buissons et l'herbe des deux rives, au cas où il resterait des indices. À part quelques mégots de cigarettes de marques très communes, il ne trouva rien.

Il s'alluma lui-même une gitane maïs, la fuma en dégustant chacune des bouffées qui le tuaient un peu plus, avant de s'acquitter de la vérification suivante. Il se pencha au-dessus du canal. On ne distinguait pas le fond tant l'eau était glauque. Mais la lenteur du cours, la température fraîche de l'eau rendaient possible un miracle.

— Et merde ! lança-t-il à voix haute.

Il commença à se déshabiller, posant son costume, puis sa chemise et ses sous-vêtements sur l'herbe.

— Et merde ! répéta-t-il, une fois nu, en voyant son reflet dans le canal.

Son corps était noueux, assez maigre, c'était celui d'un homme qui avait été un homme d'action, mais que la maladie rongeait.

Sans plus tergiverser, il plongea.

Les yeux grands ouverts dans l'eau verte, Fanelli repéra rapidement le noyé blanchâtre qui flottait entre deux eaux – mannequin de cire vaguement spongieux, droit comme un piquet, raide, accroché à la chaîne de la gueuse de plomb. Les cours de médecine légale, qu'il avait suivis, à l'époque de la criminelle disaient qu'à une certaine température de l'eau, en présence d'une flore et d'une population bactérienne particulières, les cas d'adipocire n'étaient pas exceptionnels sur les cadavres de noyés : la décomposition se figeait, le corps se saponifiait, devenait comme un pain de savon.

Le commissaire remonta sur l'herbe en suffoquant. Nu sur la rive, il frissonna. Une forêt de nuages bas avait dissimulé le soleil. Il laissa le vent frisquet le sécher, en fumant des gitanes. Combien de temps la victime aurait-elle pu l'attendre dans le canal, insoupçonnée ? Probablement des années.

Les suicidées (2). *12.00 p.m.*

Maud était morte. Maud s'était tuée trois jours plus tôt. Pendue.

Le juge antiterroriste Henkel le lui avait appris un peu plus tôt, lors de sa première audition. Jérémy, hébété, ne parvenait pas à saisir l'étendue de cette information, ni à en appréhender aucune autre, comme un survivant hagard devant son immeuble en ruine après un séisme. L'image de Maud pendue à un câble électrique, dans sa cellule individuelle, dansait devant ses yeux depuis dix heures. Et des questions l'obsédaient. Était-elle vraiment impliquée dans l'attentat ? Est-ce que c'était pour ça qu'elle s'était tuée ? Qu'avait-elle fait ? Que lui avait-on dit ?

Il avait parlé aux inspecteurs de « Maldita ». Il avait avoué que c'était le surnom de Maud. Les flics avaient-ils accusé Maud à cause de ça ? Se pouvait-il qu'il soit responsable de… sa mort ?

À quai. *07.30 p.m.*

Abel Fanelli rendit sa voiture à l'heure prévue. Il avait deux heures à poireauter avant le départ de son train, mais jugea inutile de changer son billet. Dans le hall de la gare de Bruxelles, il passa d'abord un coup de fil à Justine, qui ne répondit pas, puis un autre à la brigade.

— Gouvenon ? Je veux le maximum d'informations possibles sur Daniel Pardy, DanyL, le garçon qui figure sur certaines images du snuff movie…

— C'est un snuff movie, commissaire ?

— Oui. On a un cadavre. Pile au bon endroit, dans la flotte.

— Vous voulez que j'appelle la brigade de Bruxelles ?

— Non, on peut attendre encore un jour ou deux. Le macchabée nage depuis un an.

— OK, répondit Fred Gouvenon. Vous rentrez ce soir ?

— C'est ça. Et je repars demain pour Londres, avec le dossier que tu m'auras constitué sur Daniel Pardy. Ah, et sinon… Si tu as le temps, commence de répertorier les sites consacrés à la sorcellerie, aux prophéties démoniaques, aux rêves prémonitoires, ce genre de choses. Notamment les sites belges et anglais.

— Une piste, commissaire ? Ou juste une intuition ?

— Appelle ça comme tu veux.

Chimie. *07.30 p.m.*

Sixie sortit du bureau où on l'avait interrogée pour la troisième fois de la journée. La commissaire Kowacks lui avait encore une fois posé des questions sur un certain Antonio Giuli, puis sur Cèsar Diaz et l'attentat de la place Monge. Mais elle ne savait rien, rien d'autre que ce que lui avait dit Cèsar : « On va utiliser ton film comme un teaser, pour se faire une publicité monstre. »

Une fois revenue à sa cellule, elle refusa la visite du psy qu'on lui avait attribué et demanda des somnifères puissants. Depuis trois jours, elle n'avait pas dormi une seconde. Mathilde avait apparemment envoyé à l'administration de nombreux rapports médicaux indiquant que, sans ses benzodiazépines, Sixie ne survivrait pas à ces jours et ces nuits passés les yeux grands ouverts, elle perdrait la raison. Mais les somnifères ne lui faisaient pas un effet satisfaisant. Ils l'abrutissaient seulement entre deux phases de réveil halluciné.

Pour la première fois depuis son départ, elle songea à Theo, qu'elle avait laissé à Bruxelles. Son visage vint s'ajouter à celui de Mathilde, à la liste de tous ses amis dont elle était privée.

35

NUIT 82

Conscription. *12.15 a.m.*

Roma Termini. Theo descendit de son wagon, son sac à dos sur l'épaule. Il avait passé près de cinquante heures dans le train et la voiture en moins de trois jours. Et maintenant, retour à la case départ ? Il héla un taxi et dépensa les derniers euros donnés par Mathilde Van de Vogh pour se rendre dans une ruelle distante de deux kilomètres de l'appartement de Francesca et Vittorio. Il n'avait pas oublié les règles de sécurité : raccourcir les distances sans jamais dévoiler son point de chute.

Il se retourna plusieurs fois, en terminant sa route à pied.

Arrivé devant l'appartement de la via Secondari, il frappa à la porte, deux fois, puis trois. Vittorio lui ouvrit au bout de quelques secondes, et mit un doigt sur ses lèvres.

— Francesca dort, *ragazzo*. Entre. On t'attendait.

Cèsar était dans la cuisine. Il se leva, le jaugea d'un regard narquois.

— Alors, tu es prêt pour la guerre, Teofilo Sacco ?

— Oui. Mais je suis Theo Chaplin. Et je ne reviens pas pour toi, ni pour votre Antonio. Je reviens juste pour Sixie.

12.35 a.m.

— Tu étais où ? demanda Vittorio.

— À Bruxelles. Chez Mathilde Van de Vogh, la sœur de Sixie. Je lui ai dévoilé mon identité et je lui ai assuré qu'elle recevrait des nouvelles tous les jours, à l'hôpital Saint-Pierre où elle bosse.

— Mazette ! glapit Cèsar en tapant dans ses mains.

— Impossible, dit Vittorio.

— C'est à prendre ou à laisser, rétorqua Theo. Elle a un casier dans le vestiaire des urgences pédiatriques. J'ai un double.

Il sortit une clé de casier de sa poche et la tendit à Vittorio, qui hésita quelques instants avant de la prendre. Cèsar regardait son frère avec un air vaguement ironique, en tout cas entendu. Theo avait longuement répété ces retrouvailles, dans le train. Il dit la phrase qu'il avait préparée, même si elle lui sembla un peu grandiloquente, là, dans cette cuisine :

— Je ne suis pas Nada#2, Cèsar. Je ne veux pas être un de tes clowns. Je ne m'enrôle que provisoirement, et à mes conditions.

— Oh oh, des conditions, dit Cèsar…

— Nada#1 *likes that*, dit la deuxième voix de Cèsar.

— Tu as parlé de quoi à cette Mathilde ? demanda Vittorio.

— Je lui ai juré que je lui ramènerai sa sœur saine et sauve. Et innocentée. Rapidement. Ce sont mes conditions. Et ensuite je déserte votre PIFR.

— Rien que ça…

Cèsar Diaz applaudit de nouveau. Cette fois, il ne semblait plus ironique mais sincèrement heureux, d'un bonheur enfantin. Puis Cèsar changea de regard. Teodor y vit un éclat métallique.

— OK. Alors, moi aussi, j'ai mes conditions, petit frère.

Il fit une pause, et ses yeux plongèrent leur lame d'acier dans ceux de Teodor Diaz.

— Je te demande quinze jours, reprit Cèsar. Dans quinze jours, ta Sixie-Dreamy sera chez sa sœur, saine, sauve, et innocentée. Mais avant je te veux vraiment avec nous, sur le KO#1. Et je n'admettrai plus que tu te barres comme tu l'as fait. Tu te considères en guerre civile et tu obéis à tes chefs. C'est clair ?

Theo hocha la tête et dit :

— Je veux quand même connaître les plans, la suite.

— Cèsar ! protesta Vittorio. On ne peut pas…

— C'est clair ? répéta Cèsar en coupant la parole à Vittorio.

— Très clair, répondit Theo.

— Tu promets ?

— Je promets…

— OK, alors Nada#1 ne peut rien te refuser, sourit Cèsar. Pendant ces quinze jours, tu seras Teofilo Sacco pour l'état civil et Nada#2 pour nous.

Il lui tendit le passeport de Teofilo Sacco, puis enfila son sweat à capuche noir.

— Vitto, tu lui expliques le plan.

— Tu t'en vas ? demanda Theo.

Cèsar posa les mains sur les épaules de son frère, le secoua comme un prunier.

— Le temps est venu de préparer la libération de la princesse Zelda, bro'.

— Le temps vient, car Nada#1 est le temps, ajouta Nada#1.

Theo échangea un regard gêné avec Vittorio. Son frère était-il *réellement* en train de devenir schizo ?

01.50 a.m.

En dépit de la fatigue du voyage, Theo mit des heures à s'endormir. Il songeait à Sixie, aux rêves qui la visitaient, à ses prémonitions et à ceux qui s'y intéressaient de trop près.

« Je ne suis pas une fille normale », lui écrivait-elle si souvent. Non, elle n'était pas une fille normale. Et elle était doublement dans la mouise. Pourrait-il faire quelque chose pour elle, en participant au prochain PIFR davantage qu'en se livrant à la police ?

36

JOUR 82

Rêve lucide.

Les démons. Les incubes. Sixie n'est pas étonnée. Elle les attend. Elle sait d'où ils viennent : ils sont sortis du tableau de Johann Heinrich Füssli, ils se sont invités dans le film où mourait DanyL. Et maintenant ils ont pris leurs aises dans son crâne, dans la zone du cerveau où, pendant le sommeil, l'imaginaire sécrète les rêves et les folies.

Elle voit son crâne. Elle voit les images à résonance magnétique de son cerveau, découpé en cent lamelles de laboratoire. Elle récite à voix haute pour les mettre à distance : « Füssli n'a guère marqué l'histoire de la peinture. Il a en revanche exécuté une série d'œuvres qui raconte le sommeil hanté, la folie nocturne. L'effroi. Il a peint ces expériences mieux que quiconque. Sur certains de ses tableaux figurent des incubes. »

Les démons aux visages de faune s'assemblent autour d'elle, s'asseyent, pour l'écouter. Elle sait qu'elle dort, les incubes n'existent pas, pas ici, ils sont une projection de son cortex. Un résidu de sa mémoire. Elle leur dit qu'ils ne sont qu'un cauchemar. « Je sais que je rêve et je prends le contrôle de mon rêve, je l'accuse de n'être pas la réalité. Je prends le pouvoir sur l'inconscient qui me submerge. » Le rêve lucide *est un moyen de contrôler les terreurs nocturnes que son premier pédopsychiatre, le Dr Leckerman, a essayé de lui enseigner.*

« Pour Sixtine, cela ne fonctionne pas, car Sixtine est possédée. »

La figure à la fois rassurante et oppressante du Dr Leckerman récite la leçon : « Vous devez diriger l'hallucination, Sixtine. Vous devez la nommer au cœur même de la vision ».

Les incubes ne l'écoutent plus, ils ont repris leur ronde, en riant. Ils crient : « Paranoïa. Schizophrénia. Murder. Murder. » *Ils dansent autour d'elle, comme dans le film. Ils crient autour d'elle.* « Murder. »

Ils portent tous le masque de licorne. Leurs griffes sont sanglantes. Sixie regarde ses propres mains, elles sont blanches mais pleines de sang. Ils rient, ils crient : « Murder. Murder. Murder. » *Ils lui parlent dans la langue de DanyL, celle de la victime.*

Un bruit les disperse soudain.

06.58 p.m.

— Van de Vogh ? Tu as une visite. Ton avocat. Tu as cinq minutes pour te préparer.

La gardienne posa sur la tablette un plateau avec un café-lavasse. Sixie cligna des yeux, se leva d'un bond, alla au lavabo, passa sa nuque sous l'eau froide. Elle s'ébroua comme un jeune chien. Il fallait revenir à la réalité, ce qu'elle vivait maintenant était vrai, son songe était un ment-songe.

07.10 a.m.

Le jeune homme au costume très cher qui se présenta devant elle devait avoir l'âge de Mathilde. C'était sa sœur qui l'avait choisi. Il avait l'air excité, ses yeux brillaient.

— J'ai parlé à Mathilde, Sixtine. Elle m'a montré votre dossier médical, et m'a évoqué également vos… antécédents. Vos prémonitions. Je ne sais pas comment cela peut tenir sur le plan juridique, ni même quel effet cela produirait sur le jury, au tribunal, mais c'est… extraordinaire. Et plaidable.

— Qu'est-ce qui est plaidable ? Que j'aie tourné un film parce que je suis folle ? Ou bien que je fasse des rêves prémonitoires qui annoncent la mort d'autrui ?

Maître Joubert la regarda, stupéfait. Il ouvrit la bouche, la referma deux fois, avant que, finalement, il en sorte une réponse :

— Je crois qu'il faut présenter ces éléments au juge, Sixtine.

— Vous comptez plaider la folie, c'est ça ? Et vous faire une grosse publicité autour de mon cas ?

— C'est… c'est une forme de trouble psychiatrique, Sixtine. Un phénomène inexpliqué. Et il est avéré que vous en êtes la *victime* depuis des années.

La victime. C'était cela. Il voulait en faire une victime, plutôt qu'une coupable. Peut-être était-ce vrai. Peut-être n'y pouvait-elle vraiment rien si les démons l'avaient choisie pour élire domicile. Mais elle aurait tellement voulu qu'il parle d'innocence.

— Transmettez mon dossier médical si vous le voulez, maître. Je me fous que les gens pensent que je suis dingue. Mais je ne veux pas être déclarée irresponsable. Je sais que je n'ai pas tué DanyL.

« Du moins pas directement. Pas moi. » « Mes démons. »

— De… de quoi parlez-vous, Sixtine ? Je vous parle du film que vous avez tourné rue Jean-Bart et du PIFR…

Francesca. *09.15 a.m.*

Theo se leva. Il se sentait rompu. Son sommeil avait été peuplé de cauchemars.

On avait préparé, en vue de son retour, sur une chaise de la chambre d'amis, la tenue des Clowns de Nada#1 : pantalon baggy noir, sweat à capuche noir, tee-shirt noir, brodequins bruns. Il y avait aussi, sur une autre chaise, un sac à dos, un ordinateur portable noir et neuf, un pistolet automatique de calibre .38 et un pistolet lance-fléchettes. Il haussa les épaules, enfila l'uniforme, puis, pieds nus dans les chaussures de chantier, traversa le couloir pour se rendre à la cuisine.

Francesca l'y attendait. Elle l'embrassa et lui servit un café brûlant.

— Vitto n'est pas là ce matin. Il est à un briefing pour leur KO#1.

Theo ne posa pas de questions, commença de boire l'expresso à petites gorgées. « Leur KO#1... ». Peut-être en savait-il déjà plus qu'elle ? Francesca ne faisait pas partie du PIFR, avait toujours refusé d'en être. Theo aimait cette fille presque comme une grande sœur. Elle affichait, toujours égale, une gaieté grave, crépusculaire.

Assis devant sa tasse, il lui tournait le dos. Sans prévenir, elle lui demanda :

— Comment tu tiens le coup ? Tu as peur pour elle ?

Theo ne répondit pas, de peur de se dévoiler, mais Francesca vint se placer face à lui, lissa sa robe et s'assit. Elle souriait tranquillement.

— Teodor ?

— Oui. J'ai peur. Et j'enrage contre Cèsar.

Elle dit, d'une voix différente, un peu lointaine :

— Tu sais, quand j'avais à peine plus de ton âge, j'ai perdu l'amour de ma vie... J'avais vingt ans, j'étais folle amoureuse, et il est parti. Et puis, la vie a continué, je me suis accrochée, et j'ai... j'ai fait confiance à Vittorio et à Cèsar... J'ai bien fait.

Il l'écoutait, stupéfait de ce nouveau flash-back. Elle s'excusa :

— Enfin, ça n'a rien à voir... Sixie est vivante. Mais que tu la perdes ou pas, tu dois savoir que... que c'est possible de continuer, même quand il semble que plus rien n'a aucun sens, qu'il n'y a plus rien devant soi.

Theo se taisait toujours. Il ne savait pas s'il devait parler de lui, ou d'elle. Finalement, il demanda :

— Vittorio, il le sait, qu'il en a remplacé un autre ?

— Il ne l'a pas remplacé… Mais bien sûr qu'il le sait. Mon copain avait cinq ans de plus que Vittorio, Cèsar et moi. Et Vitto et Cèsar étaient ses amis aussi, ils étaient comme trois frères. Vitto et Cèsar se sont occupés de moi après sa mort. Ils m'ont emmenée à Rome, ils ont pris soin de moi, pendant des semaines, comme d'une toute petite fille. J'étais… j'étais anéantie.

Elle secoua la tête.

— Mais je ne devrais peut-être pas te parler de ça, en ce moment, ajouta-t-elle.

— Ton copain, c'était Antonio Giuli, c'est ça ?

Elle hocha la tête, les lèvres serrées, les yeux brillants.

Album. *10.00 a.m.*

L'un des ordis d'Alice Kowacks restait connecté en permanence au site du PIFR. Quand elle revint à son bureau après un briefing et vit la photo qui s'affichait en page d'accueil, elle sut qu'elle avait eu raison avant tout le monde, et que les *vraies* questions allaient se poser maintenant.

Sur le cliché, Cèsar Diaz avait trois ou quatre ans de moins qu'aujourd'hui, il avait les cheveux frisés, une barbe mal taillée, et regardait l'objectif en se marrant. Il était torse nu, comme sur la plupart des photos de l'époque qu'elle avait vues dans les synthèses biographiques des Renseignements généraux. Un autre homme, à peine plus âgé apparemment, se tenait bras dessus bras dessous avec lui, et semblait lui aussi prêt à bouffer la vie à belles dents. Il portait un tee-shirt floqué du logo « Malatesta Football club ».

Le type ressemblait comme deux gouttes d'eau à celui qui apparaissait sur les photos les plus anciennes de la page DKB diurne d'Antonio Giuli.

Elle transmit la nouvelle à Boukra, dans un mail laconique.

Puis elle tenta encore d'appeler Fanelli, tomba sur un jeune flic qui lui dit que le commissaire était à Londres et qu'il consultait rarement sa messagerie quand il s'absentait. Le jeune flic – Gouvenon – ajouta qu'il était d'ailleurs possible que Fanelli ne sache pas s'en servir.

Moins d'une heure plus tard, Alice était convoquée avec Boukra chez Guinard. Le patron de l'antiterrorisme avait le juge Henkel au téléphone.

Exercices préparatoires. *11.50 a.m.*

Vittorio était rentré vers 10 h, et Theo avait commencé à parler du plan avec lui. Le KO#1 reposait sur une parfaite coordination des soldats, sur la mobilisation massive des « joueurs », mais surtout sur la création d'une « occasion ».

— Il va falloir aussi que tu te dérouilles un peu physiquement, dit Vittorio. Et que tu t'entraînes à te servir de ça.

Vitto lui montra les armes posées sur le sac à dos.

— Ça, c'est OK, répondit Theo. C'est comme le vélo, ça ne s'oublie pas.

Cèsar avait profité de leurs longues vacances estivales, depuis quatre ans, pour l'initier à la navigation, mais aussi au tir ainsi qu'à différents sports de combat. « Pour le jour où tu nous rejoindras », lui répétait-il inlassablement. « Pour le fun », rétorquait Teodor.

— Ouais, répondit Vittorio d'un air dubitatif. Dès ce soir, tu iras quand même faire deux ou trois cartons, pour vérifier que tu n'as pas oublié comment on pédale. Parce que, dans notre situation, on ne peut pas augmenter encore les risques.

Le ton de Vitto surprit Theo. C'était la première fois qu'il entrevoyait une divergence entre lui et son frère.

— Quelle situation ?

— Cèsar ne se rend pas compte. Il veut transformer le PIFR en organisation de lutte armée, d'un claquement de doigts. Je pense qu'il sous-estime les risques encourus, et surtout la réponse des flics. Il va y avoir de la casse.

— Tu… tu lui as dit ?

— Bien sûr. Mais Nada#1 ne veut rien entendre. Et Cèsar pas davantage, à cause d'Antonio, et parce qu'il pense encore que c'est un jeu.

True Lies. *01.30 p.m.*

Abel Fanelli ne parlait pas un mot d'anglais, mais DanyL – Daniel Pardy – s'exprimait dans un français très convenable. C'était un jeune homme d'origine haïtienne, inscrit en deuxième année de littérature comparée, très actif sur le DKB, selon le dossier concocté par Gouvenon.

Fanelli lui expliqua qu'il enquêtait sur un film délictueux, dans lequel il avait été identifié. Daniel Pardy confirma qu'il avait reçu environ un an auparavant un coup de fil de la police qui voulait s'assurer qu'il n'avait pas disparu et qu'il était toujours vivant. Cela l'avait amusé et vaguement intrigué. Il n'en savait pas plus.

Connaissait-il une jeune fille du nom de Sixtine Van de Vogh, alias Sixie-Dreamy ? Non.

Avait-il été en contact avec les réalisateurs d'un court métrage ayant pour sujet un cauchemar qui s'achevait par une noyade ? Non.

À sa demande, Fanelli lui montra le court métrage. À la fin, Daniel Pardy parut troublé et demanda si le corps de l'homme qu'on jetait dans l'eau avait été retrouvé. Fanelli répondit seulement :

— À votre avis ?

Silence.

— Bien. Vous me confirmez que vous ne figurez pas dans ce film, même sur les premières images, en dépit de la ressemblance frappante entre l'acteur et vous ?

— Jamais je n'aurais accepté de tourner là-dedans. En plus, je ne sais pas nager.

Fanelli remercia sèchement le jeune homme, dit que son enquête s'arrêtait là puisqu'il était vivant, et prit congé, en lui laissant sa carte au cas où un détail, une anecdote lui reviendrait en mémoire. Daniel Pardy avait menti au cours de l'entretien. Plusieurs fois. Selon les fiches dressées par Gouvenon, DanyL avait consulté la page SixieDREAMY au mois de mai de l'année précédente.

03.30 p.m.

Dans le train du retour, Fanelli s'occupa du deuxième problème du jour, celui qui concernait Alice Kowacks. Gouvenon avait également bien travaillé sur ce sujet.

La spirale. *08.30 p.m.*

Theo avait révisé le plan, deux fois, avant de reprendre ses séries de pompes.

Il ne sentait plus ses muscles après trois heures de parcours du combattant. Mais les exercices de tir avaient rassuré Vitto. Il était capable de toucher vingt cibles en moins de deux minutes. Theo avait rencontré au cours de son entraînement deux de leurs compagnons du KO#1, des « officiers Nada », qui l'avaient salué d'un sourire grave, le poing sur le cœur. Le PIFR était en train de devenir une armée clandestine. Du moins, c'était l'objectif que s'était fixé son altesse sérénissime.

Le plan de Cèsar était génial *et* fou. Theo songea à ce que lui avait dit Cèsar à propos d'Antonio : « Il n'avait pas peur d'eux et ça les rendait fous. »

Génial et fou. Dangereux. Même s'il doutait des chances de succès, pour l'instant, il fallait faire comme si cela allait fonctionner, pour Sixie, pour lui redonner sa liberté. Theo leur donnait une chance sur cent.

Et pour les snuff movies ? On verrait après. S'ils réussissaient la première étape.

Vitto frappa à la porte et entra dans sa chambre :

— Je dois te laisser. J'ai un rendez-vous à 9 h. Ne lâche rien.

Un peu plus tard, Theo dîna avec Francesca. Ils parlèrent peu. Elle semblait inquiète. Il lui posa quelques questions sur le passé, sur Antonio et sur les « événements de Gênes ». Elle lui répondit, expliqua qu'après l'évacuation de la fac, quand les choses s'étaient tendues, elle n'avait plus pris part à leurs provocations parce que Antonio voulait la protéger.

— Il devait se douter que ça finirait mal. Il faisait semblant de croire que tout cela pourrait rester un jeu, mais je pense qu'il avait déjà compris où ça le mènerait. Et ton frère doit s'en douter à son tour, aujourd'hui.

— Et Vittorio ? demanda Theo.

— Vittorio considère qu'il n'a pas le choix, qu'il doit continuer… Pour Antonio, et pour Cèsar.

37

JOUR 83

L'oiseau de proie. *07.25 a.m.*

Fanelli avait dormi dans son bureau – du moins il ne l'avait pas quitté de la nuit. Gouvenon était resté à la brigade, lui aussi. En entrant dans le réduit, Fred dut cligner des yeux pour apercevoir le patron derrière son nuage de fumée, plongé dans la lecture d'un assez gros ouvrage de criminologie de la fin du XIXe. Le commissaire portait les petites lunettes d'acier qu'il ne mettait d'ordinaire jamais devant ses hommes. Des veines battaient sur ses tempes grises comme l'électrocardiogramme d'un malade à l'hôpital. Il avait l'air d'un maître d'arts martiaux dangereux, devenu sage ou simplement vieux.

Il leva les yeux.

— Tu dors ici, désormais, Gouvenon ?

On frappa à la porte, et Alice Kowacks entra comme la fois précédente, sans attendre de réponse.

— Je vous dérange ?

— Tiens, la commissaire stagiaire Kowacks. On se vouvoie, cette fois ?

— Vous êtes deux dans ce bureau, Fanelli.

Toutes les vérités sont-elles bonnes à dire ?
07.30 a.m.

Fred Gouvenon sortit en bredouillant quelque chose. Fanelli dévisageait Alice.

— Pourquoi tu ne m'as pas rappelée avant-hier ? demanda-t-elle tout de go.

— Avant-hier ? Je travaillais pour vous... Si vous aviez besoin de quelque chose, vous auriez dû laisser un message, Kowacks.

— C'est ce que j'ai fait.

— À qui ? demanda-t-il, soudain irrité.

— À ton portable, répliqua-t-elle sur le même ton.

— Ah, ça...

Il alluma dédaigneusement une cigarette, fouilla dans son tiroir, en sortit l'appareil, ainsi qu'une liasse de papiers. Puis il dit :

— Certains smartphones prennent d'excellents clichés, paraît-il. Je suppose que c'est avec un appareil de ce genre que vous avez immortalisé vos amours, *commissaire*.

Il jeta sur le bureau les photos imprimées au format A4. Alice les reconnut, ferma les yeux. Ses « clichés intimes ». Fanelli la regardait avec une sévérité incroyable. Il ajouta, d'une voix cassante :

— J'ai demandé à Gouvenon de nettoyer le DKB, entre autres, de ces photos obscènes. C'est une tâche impossible, ou presque, mais il perdra le temps qu'il faut, chaque matin, à vérifier qu'il n'en reste plus. Et si d'aventure des sites les diffusent, nous intimiderons discrètement leurs administrateurs.

Elle était suffoquée. Elle répondit laconiquement :

— Je ne t'ai rien demandé.

— Effectivement, Alice. Mais j'ai pris sur moi d'agir. J'ai également appelé votre ancien petit ami, ce Damien Maillol. Je crois qu'il a compris. Ce genre d'incident ne se reproduira plus, sauf si vous posez à l'avenir pour un autre, évidemment.

Elle n'en crut pas ses oreilles. Elle se leva, retomba assise dans le fauteuil, puis balbutia.

— Putain, Fanelli, je ne… je ne t'ai…

— Je sais. Mais je n'aimerais pas que ce genre de choses arrive à ma fille.

— Je ne suis pas ta fille, merde !

Alice avait crié. Il la considérait, immobile comme une statue aux yeux ouverts. Il ne paraissait pas surpris de sa colère. Il lâcha finalement :

— Non, effectivement. Je ne pense pas que Justine poserait pour ce genre de productions photographiques.

Elle se sentit rougir jusqu'aux oreilles.

07.40 a.m.

Alice ne savait pas pourquoi elle était restée dans ce bureau. Les mots de Fanelli dansaient dans son crâne – une admonestation paternelle en bonne et due forme. Bon sang, pour qui se prenait-il ? Pour qui la prenait-elle ? Il avait enchaîné sans transition sur l'enquête. Le film trouvé sur MDP était bien un snuff movie. D'après lui, DanyL, le jeune Anglais qui jouait dans ce film, était complice. Mais DanyL n'avait aucun lien connu avec Diaz. Le commissaire ajouta :

— Un des admirateurs de Sixtine, Theo Chaplin, entretient en revanche des liens étroits avec le PIFR. Il a disparu de Bruxelles le jour de l'arrestation de Sixtine. Et il a composé une fois le numéro de téléphone personnel de Diaz à Bruxelles, l'avant-veille…

Alice nota bien sagement le nom de Theo Chaplin qu'elle n'avait jamais vu mentionné dans les organigrammes du Board. Fanelli lui précisa que c'était sans doute une fausse identité.

— Mais je ne pense pas qu'il soit impliqué dans le snuff movie… Ce sont deux histoires différentes. Sauf peut-être pour Diaz.

Elle essayait de se concentrer, de se reprendre. Elle aurait dû partir, mais elle… elle avait besoin de Fanelli.

— Et vous, qu'avez-vous appris, Alice ?

Elle inspira profondément et dit :

— Que tu es un con, Fanelli. Et un goujat.

— Mais encore ? Concernant notre enquête ?

Il la fixait de ses yeux de serpent ou de Chinois. Elle avait vraiment envie de foutre le camp. Mais cela n'aurait servi à rien.

07.50 a.m.

— On tourne en rond, conclut-elle. Ou plutôt, on tourne autour d'Antonio Giuli et de Cèsar Diaz. Diaz, De Lorenzo et Giuli étaient amis, et ils ont tous les trois été impliqués dans les événements de Gênes. La question est donc maintenant de comprendre pourquoi Diaz fait savoir sur son site qu'il connaît Giuli…

— Qui est De Lorenzo ? l'interrompit Fanelli. Le type sur la photo dont vous m'avez parlé ?

— Oui. Il est également le responsable de la sécurité du PIFR, le bras droit de Diaz et ma source au sein de leur état-major.

Fanelli siffla.

— Rien que ça…

— Oui. J'ai beau faire des clichés *obscènes*, je suis flic, moi aussi. Mais il y a autre chose, Fanelli. Quelque chose que je venais te dire avant que tu me fasses la morale.

Il ne commenta pas. Il était apparemment imperméable à tout sentiment de gêne ou de remords sur le sujet. Alice le fit poireauter un peu avant de lâcher sa bombe :

— Laïla Matta, la connaissance d'Antonio Giuli dont Justine nous a parlé, s'est suicidée dans la nuit du 25 au 26 mai. En même temps que Maud Mérieux.

Elle vit une lueur s'allumer dans les yeux du commissaire. Il ne dit rien, prit un stylo, nota quelques mots. Elle attendit qu'il ait fini pour poursuivre.

— Son compte DKB a été désactivé le jour de son suicide. Deux autres connaissances amies de Giuli ont connu la même mésaventure. Le contenu de leurs pages a été jugé inadéquat par les administrateurs du DKB. Même jour, même heure, toutes les trois.

Elle le laissait mariner, le stylo suspendu au-dessus de sa feuille. C'était une petite vengeance. Il dit :

— Accouchez, Kowacks.

— Elles s'appelaient Isabelle Lescuyer et Jeanne Chailloux. Elles aussi ont mis fin à leurs jours dans la nuit du 26 mai. J'ai pu consulter les pages. Toutes les trois avaient croisé Giuli, et toutes les trois accusaient Giuli d'être un flic infiltré dans le mouvement. Elles ne se connaissaient apparemment pas entre elles.

Elle sortit de sa sacoche une clé USB, qu'elle lui tendit :

— Le contenu de leurs pages est là-dedans.

Fanelli prit la clé, la posa sur le sous-main du bureau, sortit son paquet de gitanes, en alluma une.

— Quatre suicides, dit-il d'une voix lointaine. La même nuit. Bien. Et concernant Maud Mérieux, je ne vois pas comment on pourrait en rendre Cèsar Diaz responsable.

— Tu penses à la même chose que moi ? demanda-t-elle.

— Maud Mérieux était enfermée chez les flics, oui, répondit-il. Tu sais qui a demandé la désactivation des pages de ces jeunes filles ?

— C’est exactement la question que je voulais poser à ta brigade. Officieusement.

Shakespearien. *07.30 a.m.*

Une fois Alice sortie de son bureau, Fanelli glissa la main dans sa poche et reprit les lunettes qu’il y avait glissées. Il nota sur sa feuille blanche, d’une écriture serrée, littéraire, les questions que ces quatre suicides suscitaient en lui. Quatre jeunes filles étaient mortes. Innocentes comme Justine. Innocentes comme Alice. Il repensa à la réaction de la commissaire stagiaire devant les photos. Il prit son briquet, alluma la liasse de clichés sulfureux qu’il tenait à bout de doigts, puis la jeta dans la poubelle quand elle fut presque entièrement consumée. Il vida une bouteille d’eau minérale dans la corbeille. Ça puait.

Puis Fanelli appela le lieutenant Maraval, l’officier le plus ancien de sa brigade qui ne comptait pas de capitaine. Il lui confia le commandement pour deux jours, lui remit la clé USB d’Alice Kowacks et lui demanda de dresser la liste de tous les contacts que les trois filles avaient en commun, outre Antonio Giuli.

— Je m’absente, mais pour l’instant, vous ne rendez des comptes qu’à moi seul, précisa-t-il.

Ensuite, il passa voir Fred Gouvenon, qui n’avait rien trouvé concernant la sorcellerie qu’on pût mettre en lien avec Sixie ou ses éventuels

« admirateurs ». Il lui confia une mission « hors cadre » :

— Je veux savoir qui a demandé la désactivation des comptes DKB de ces quatre jeunes filles. Je veux le savoir, si possible, sans que tu poses officiellement la question aux administrateurs du DKB. Et je veux que tu me retrouves le nom de tous les flics qui se sont connectés à leurs pages.

— On travaille contre la maison, commissaire ?

— Ouais. Il y a quelque chose de pourri au royaume de Danemark.

Anonymous (1). *01.15 p.m.*

Un message AnoNYMOUS venait d'apparaître sur le tchat de Justine.

AnoNYMOUS : On a des preuves qu'Antonio Giuli et ce fils de p*** de Guinard sont de mèche. Tu peux contacter ton père ?

Elle hésita une seconde seulement avant de répondre :

JustIN(E)MYDREAMS : Vous êtes qui ?
AnoNYMOUS : Des gens que tu as croisés à la Sorbonne. Amis. No names.

Elle sentit son cœur battre plus fort. Un nouveau message s'afficha.

AnoNYMOUS : Demain. Même heure.

Son interlocuteur se déconnecta.

La théorie des dominos. *01.15 p.m.*

Vidéo postée sur le site du PIFR, rubrique « LiveChaud », le 31 mai à 1.15 a.m.

Le journaliste demande :
— Pourquoi avez-vous choisi de révéler votre amitié avec Antonio Giuli, monsieur Diaz ?
— Parce que j'en suis fier. Jamais je ne rougirai d'avoir connu Antonio. Je suis certain que mon ami Antonio Giuli n'a pas commis ce dont on l'accuse. Il ne peut pas l'avoir fait.
— Vous vous portez caution de lui, en quelque sorte. Vous avez des preuves qui l'innocentent ?
— Bien sûr. Je les produirai très bientôt. Mais j'aimerais bien que tout le monde joue aussi franc-jeu que moi. Par exemple, il semblerait qu'on essaie de me mettre sur le dos le pseudo-attentat de la rue Jean-Bart, à Paris. Comme si j'étais coupable d'avoir envoyé cette gamine au casse-pipe…
— Elle vous accuse, apparemment. Et des éléments de l'enquête policière indiquent que vous étiez en lien avec Sixtine Van de Vogh. Vous le niez ?
— Et si je vous réponds que des éléments de ma propre enquête prouvent que Jérémy Villain, actuellement incarcéré pour l'attentat de la place Monge, et Sixtine Van de Vogh, seule accusée dans la mise en scène de la rue Jean-Bart, se connaissaient depuis une dizaine de mois ? Cela remet certaines choses en perspective, non ?
— Vous avez des preuves de ce que vous avancez, monsieur Diaz ?

— Oui. Ici même. Des preuves que les flics d'Henkel n'ont pas été foutus de trouver.

Cèsar fourrage dans la poche de sa veste, pose une grenade sur la table basse, reprend la fouille.

— Ah, voilà... Excusez-moi, c'était dans l'autre poche.

Il tend vers le journaliste d'El Punt une clé USB noire, hésite, puis la garde finalement en disant :

— Vous comprendrez que je réserve son contenu au juge.

38

JOUR 84

Mécanique. *09.00 a.m.*

Cèsar avait été appelé la veille par Stéphane Basel, son avocat, et Cèsar avait aussitôt contacté Vittorio : le juge Henkel le convoquait le surlendemain en tant que témoin assisté, pour une confrontation avec Sixtine Van de Vogh et Jérémy Villain sur les événements qui s'étaient produits rue Jean-Bart et place Monge.

Le KO#1 aurait donc lieu le surlendemain. Il y aurait la cible, il y aurait le chasseur, il y aurait le témoin.

Teodor ressentait un vertige à l'idée de la mécanique précise que son frère avait élaborée. Tout semblait s'emboîter. Teodor avait le vertige *et* la nausée. *Génial et fou.* Cèsar était génial. Cèsar était possédé. Cèsar lui avait volé la meilleure partie de sa vie.

Il but une grande gorgée d'eau. Il était trempé de sueur, à cause de l'effort.

Un génie.

La différence était ténue. Cèsar était si monstrueusement *génial* qu'il jouait avec les êtres, les membres du PIFR étaient ses pions, Sixie était un pion. Même le frère de Nada#1 était devenu son jouet. Cèsar avait utilisé Sixie pour lui forcer la main, parce qu'il connaissait SixFan#1. Cèsar avait voulu que Teodor s'enrôle dans le PIFR, alors Theo s'enrôlait. Et, dans le même temps, Cèsar semblait regretter sincèrement d'en être arrivé là, il avait promis de libérer la « princesse Zelda ». Était-il vraiment schizophrène ? Vitto semblait le penser. Il s'était excusé auprès de lui, le matin même, en disant : « Je ne savais pas que Nada#1 impliquerait Sixie-Dreamy dans sa guerre. »

Theo sélectionna une nouvelle chanson, puis il s'allongea à plat ventre sur le sol du studio où Vitto l'avait installé et se lança dans une nouvelle série d'exercices. Il fallait qu'il soit prêt. Dans trois jours, il serait libre. Ou bien, il serait mort. Et dans tous les cas, Sixie serait innocentée.

À quoi pouvait penser Sixie à cette heure ? Qu'espérait-elle ? Pensait-elle parfois à lui ?

Teofilo Sacco ne devait pasy songer, Teofilo devait devenir un soldat selon Cĕsar, et se taire. Dans les oreilles de Theo, une chanson avait remplacé l'autre. Amy chantait : « You know I'm no good. »

Rodomontades.

Vidéo postée sur LivePirats et sur le site du PIFR, rubrique « LiveChaud »,
le 1er juin, 12.31 p.m.

— Puisqu'on se permet de remettre en cause dans la basse presse les vertus ludo-éducatives de notre organisation clandestine, le représentant moral de la désorganisation mondiale se présentera un de ces jours à la bien mal nommée « justice » de ce pays.
Cèsar Diaz lève la tête après avoir lu son communiqué.
— Qu'allez-vous dire au juge, Cèsar Diaz ? demande un journaliste.
— Rien pour ma part. Mais je n'aimerais pas être à sa place quand il recevra Nada#1.
— Moi non plus, grommelle la voix de Nada#1.

Anonymous (2). *1.15 p.m.*

AnoNYMOUS : Cette nuit. Minuit pile. Devant Censier. On te remettra des documents.

AnoNYMOUS s'était déjà déconnecté du tchat. Justine n'eut même pas le temps de lui répondre. Elle contacta JulesEL-CHE qui était connecté.

JustIN(E)MYDREAMS : Tu fais le mur avec moi, cette nuit ?

Agenda. *09.30 p.m.*

La commissaire stagiaire Kowacks constata en fin d'après-midi un grand nombre de connexions des ordinateurs surveillés appartenant à des joueurs du PIFR vers la même page DKB. Elle se rendit sur cette page du Sommaire des Jours, qui s'intitulait :

« Déménagement du TGI / Pétition pour une accélération du mouvement. »

La page donnait rendez-vous sur l'île de la Cité, à Paris, le surlendemain, dès 9 h 15, pour aider les bureaux de la justice française à faire leurs cartons en vue de leur transfert à la Cité judiciaire, dans le XVIIe arrondissement.

Les auteurs anonymes de la page précisaient : « tenue appropriée exigée ».

Cela ressemblait comme deux gouttes d'eau à la convocation pour un PIFR. La mention « tenue appropriée exigée » était la signature des Nadas.

Alice fit le rapprochement avec l'audition de Cèsar Diaz par le juge Henkel, précisément prévue le surlendemain, à 9 h 15. Elle prévint aussitôt son supérieur, le commissaire divisionnaire Boukra.

39

NUIT 85

Naissance d'un fantôme. *10.50 p.m.*

Vittorio et Francesca sortaient dîner tous les deux, en ville. Ils embrassèrent Teodor. La jeune femme prit le visage du jeune homme entre ses mains, et le regarda longtemps, en souriant sérieusement.

Ensuite, Theo chargea son sac sur son épaule, et se dirigea vers la gare de Roma Tiburtina. Sur la route, il s'arrêta dans un bar, sortit l'ordi qu'on lui avait donné, un ordi acheté au black, à n'utiliser que dans les endroits publics, sur des wifi anonymes. Il se connecta au DKB. Il y avait des groupes de touristes autour de lui, quelques amoureux aussi, des familles qui discutaient. Il était parfaitement seul. Il enfila ses écouteurs, sélectionna une musique. Gustav Mahler. Puis Teofilo Sacco créa sa page – TeoSACCO – et ouvrit une session MDP. Encore aucun rêve édité, aucun nightfellow.

Posté par TeoSACCO sur le DKB/MDP,
le 1er juin, 11.30 p.m.
amour – un absent

Je suis avec S., la fille que j'aime… Nous sommes dans sa chambre, assis sur son lit, nous écoutons tous les deux

le quatrième mouvement de la cinquième symphonie de Mahler, adagietto. Nous avons nos casques sur les oreilles. Elle me parle, je vois ses lèvres bouger.
Je lui réponds que je ne lui mentirai plus jamais. Elle me sourit, comme si elle pouvait m'entendre… Nous ne nous entendons pas. Je ne m'emplis de rien d'autre que de la musique, *La Mort à Venise* ; et de son regard. Nous nous comprenons.
Je sais qu'elle voit les mêmes images que moi. Elle me prend la main.

Le cauchemar. *12.00 a.m.*

Jules coupa le contact de son scooter, Justine descendit aussitôt de l'engin. Il n'y avait personne devant la fac. Leurs mystérieux interlocuteurs les attendaient-ils devant l'autre entrée ?

Jules chuchota :

— Tu sais où ils sont ?

Justine secoua la tête. À ce moment, à une cinquantaine de mètres d'eux, le plafonnier d'une voiture s'alluma de l'intérieur, puis s'éteignit, se ralluma.

— Là ! chuchota Justine.

Elle se dirigea vers le véhicule en courant à petites foulées. Elle distingua deux silhouettes dans la voiture. Elle éprouvait un peu de peur, mais ressentait surtout une réelle exaltation. La clandestinité. Elle allait faire tomber Guinard avec l'aide de son père…

Elle entendit un cri étouffé dans son dos.

Elle se retourna, s'aperçut que Jules était tombé par terre. Une silhouette était penchée sur lui. Elle vit ensuite trois personnes sortir d'un porche et se mettre à courir dans sa direction. Elle comprit que sa vie basculait dans les ténèbres. Sans prévenir, deux coups violents assenés dans son dos et sur ses côtes lui coupèrent le souffle. Elle tomba à genoux, le regard brouillé.

Une matraque ? Une batte de baseball ?

Un nouveau coup s'abattit. Elle sentit le dernier impact sur sa nuque, avant le noir complet.

Villon. *05.00 a.m.*

Après avoir attendu une journée et une nuit devant le domicile du capitaine Mazon, Fanelli décida de forcer la porte d'entrée. D'après les renseignements que lui avait fournis Alice, Mazon était le dernier flic à avoir interrogé Maud Mérieux et il avait été mis à pied pour trois semaines. Fanelli le trouva pendu au lustre de son salon, les jambes à trente centimètres du sol. Une chaise était renversée. Mazon était froid, sa mort remontait sans doute à plusieurs jours, vu l'expression de ses chairs, de ses yeux. Sa langue était bleue. Mazon présentait des stigmates de coups, sur la joue et les mains.

Fanelli prit quelques photos et fouilla dans la pièce sans savoir ce qu'il cherchait – une lettre de remords, des aveux complets ?

Il quitta les lieux trois heures plus tard, hanté par ce visage et par ceux de Maud, d'Isa, de Jeanne et de Laïla, la kyrielle d'innocentes qui se balançaient autour de lui – ballade des pendus et des défenestrées. Le commissaire se mit à chantonner, entre ses dents :

— *Frères humains qui après nous vivez, n'ayez les cœurs contre nous endurcis…*

Quiconque l'aurait vu à ce moment l'aurait cru ivre.

Il avait besoin d'un visage ami. Il avait envie d'alcool, et d'oublier les traits violacés, grimaçants, de Mazon.

40

JOUR 85

Back in black. *03.23 p.m.*

Theo jeta un énième coup d'œil à sa montre. À cette heure, Vittorio avait décollé de Rome. Giulia partirait de Milan, Vincenzo de Naples, Moses de Lamezia Terme.

Theo avait préféré prendre le train. La douane n'avait pas contrôlé les passagers – merveille de l'espace Schengen –, mais les faux papiers de Teofilo Sacco auraient de toute façon fait illusion. Une voix suave annonça dans quatre langues qu'il arrivait en gare de Lyon, à Paris.

Il descendit du train, fit jouer ses articulations endolories par trois jours d'exercice intense. Les deux derniers soirs, il avait l'impression que tout son corps avait une tendinite. Il se sentait plus fort mais il tombait d'accord avec Vitto : il n'était pas encore prêt. Sa participation au KO#1 était une folie. Il sortit de sa poche l'enveloppe dans laquelle se trouvaient une adresse et une clé. Chaque membre de l'état-major provisoire disposait d'un meublé loué pour l'occasion. Une trentaine d'agences immobilières, réparties dans une vingtaine de pays de l'Union européenne, les avaient réservés pour eux sous des noms d'emprunt.

La plupart des « officiers Nada », comme Cèsar appelait maintenant ses Clowns noirs, avaient des rendez-vous avec des groupes de « joueurs Nada », pour les briefer, au petit matin, une demi-heure avant le jeu. Mais aucun d'eux ne devait croiser un autre soldat avant le début de la partie.

Il y avait une exception à cela, une seule. Une exception justifiée par les liens du sang, et aussi par le fait que Nada#1 n'obéissait pas aux lois fixées par Nada#1.

Cèsar attendait Theo en haut de l'escalier de l'immeuble dont l'adresse était précisée dans l'enveloppe, au deuxième étage. Ils ne s'étaient rien dit depuis quatre jours, depuis la naissance de Teofilo Sacco. Quatre jours de cloisonnement, de bouderie aussi, d'inquiétude et de doute.

Theo en voulait toujours autant à son frère de les avoir manipulés, lui et Sixie, comme de simples pions sur un jeu d'échecs. Ils s'embrassèrent cependant, sur le palier, et entrèrent ensemble dans le meublé.

Cèsar avait les yeux brillants. Il dit :

— Alors, ce jeu du chat et de la souris, il te plaît ? Tu t'amuses, bro' ?

05.15 p.m.

Ils parlèrent pendant deux heures. Des questions de Theo. De sa peur. Des conséquences de ce qu'ils allaient accomplir. Puis Cèsar se leva, glissa le pistolet Desert Eagle dans son dos, sous sa veste.

— Tu vas essayer de te reposer maintenant, bro'. Il faut que tu sois en forme… Demain, nous libérons la princesse Zelda, et tu seras un héros.

— J'espère, répondit Theo sur un ton lugubre.

— Je te le jure, gamin. Nous le ferons, ou nous mourrons tous.

Cèsar avait dit cela gaiement. « La seule manière de ne pas avoir peur est de faire de tout ça un jeu », disait Antonio Giuli.

— Ah oui, au fait reprit Cèsar. Dans le cas d'une issue fatalement fatale, j'ai rédigé une confession. Je l'aurai sur moi demain. S'ils me tuent, les flics sauront que la princesse Zelda n'a rien fait. Et que pour les éléphanteaux de Limoges, c'était moi.

Cèsar lui tendit une clé USB qu'il venait de sortir d'une poche de son baggy. Il dit :

— Je te laisse le choix, bro'. Si tu veux, tu peux la poster dès ce soir à la commissaire Kowacks, la flic française qui nous surveille.

Theo garda les mains dans ses poches. *Comediante ! Tragediante !* Cè' jouait avec lui, Cè' savait parfaitement que son frère ne l'enverrait pas en prison. Il y eut un long silence, puis Cèsar demanda brutalement :

— Pourquoi tu es revenu, bro' ? Elle a d'autres ennuis que nous, la princesse Zelda ?

Theo hésita, ouvrit la bouche, puis finalement, secoua la tête. Il ne voulait plus de l'aide de son frère. Même si son frère avait compris *cela.*

— OK. J'y vais, alors… *A domani*, Nada#2.

Ils s'embrassèrent de nouveau, avant de se séparer.

Contre-ordre. *04.30 p.m.*

En fin de journée, Alice Kowacks reçut un message sur le T&P « contes de fées ». C'était le premier depuis celui qui lui avait annoncé le tournage rue Jean-Bart. Le texte était codé, mais explicite.

Le déménagement envisagé sous le chêne de justice est un leurre. Les noirs préféreront envahir un palais situé vers le levant, le lendemain.

Elle traduisit du langage des rêves à celui des fonctionnaires de police : les Nadas n'attaqueraient pas le palais de justice le lendemain. Mais ils auraient une autre cible le surlendemain. Quelque part en France ? Dans l'Est ?

Pouvait-elle croire sa source ?

De Lorenzo avait été fiable concernant la rue Jean-Bart. Elle rappela Boukra, et ils se rendirent tous les deux dans le bureau de Guinard. Alice Kowacks s'entendit dire :

— Une attaque frontale, ce n'est pas le genre de Cèsar Diaz. Surtout s'il est à Paris. Jusqu'ici, il s'est toujours bien gardé d'être sur le champ de bataille…

Un peu plus tard, Alice envoya un message sur le T&P « contes de fées » :

Je rêve aussi de palais au levant, mais ignore leur signification selon Bettelheim. Une piste ?

Trois heures après, une réponse laconique tombait :

CEDH, Strasbourg.

La Cour européenne des droits de l'homme. Cela corroborait une info qui lui était parvenue la veille au soir : Bastian Brodway, le jeune Britannique nouvellement recruté au sein du Board, avait utilisé sa carte bleue dans un train Paris-Strasbourg. Actuellement, des policiers en civil le suivaient dans les ruelles de la capitale alsacienne.

Signal d'alerte. *08.30 p.m.*

La brigade était déserte lorsque Fanelli découvrit le SMS que son ex-femme lui avait envoyé, six heures plus tôt.

Justine n'est pas rentrée la nuit dernière, et son copain Jules n'a donné aucune nouvelle non plus. Je ne sais pas où ils sont depuis presque deux jours. Tes flics ne les auraient pas arrêtés, des fois ?

Fanelli appela immédiatement le bureau de lutte antiterroriste. Le capitaine Poisard, qui tenait la boutique, lui dit qu'il n'était pas au courant. Aucune nouvelle rafle n'avait eu lieu, et la fille du commissaire Fanelli n'était pas concernée par l'enquête sur l'attentat de la place Monge pour l'instant.

L'instinct de chasseur du commissaire s'alluma et rencontra son inquiétude de père. Quelque chose était arrivé à Justine. Quelque chose qui avait à voir avec la disparition de Maud, Isa, Laïla, Jeanne ? Il appela le portable d'Alice, tomba sur la messagerie. Il dit simplement :

— Ma fille Justine a peut-être été effacée, hier ou ce matin. Essayez de savoir si le bureau l'a mise au secret. Ou pire.

Puis il sortit l'ordinateur qu'il gardait dans le tiroir de son refuge, se connecta à la page DKB de Justine. Il lut ses derniers tchats. Vingt-quatre heures plus tôt, elle avait échangé des messages avec JulesEL-CHE et reçu un message d'un anonyme. Il jura entre ses dents tout en composant un nouveau numéro sur son téléphone :

— Gouvenon ? J'ai besoin de toi, tout de suite. Tu reviens.

09.15 p.m.

Quand Fred entra dans le bureau du patron, il le trouva vide. L'ordinateur privé de Fanelli était resté allumé sur la page de sa fille Justine. Un post-it était collé sur l'écran : « Géolocalise Justine et ce Jules. Ensuite tu m'appelles, et tu identifies la provenance du message anonyme. »

Compte à rebours (1). *10.30 p.m.*

Alice termina le mémo pour le juge Henkel : Les connexions Giuli-Diaz ; les connexions Sixtine-Diaz ;

y avait-il des connexions entre Villain et Sixtine, comme le prétendait Diaz ? Elle n'en avait trouvé aucune trace depuis deux jours. C'est ce qu'elle écrivit en conclusion.

Puis elle rédigea un mémo pour Guinard.

Il y aurait sans doute des rassemblements demain, devant le palais de justice de Paris. Peut-être tumultueux. Elle recommandait de fermer les stations de métro à proximité pendant au moins trois heures. Mais le PIFR était plus vraisemblablement programmé le surlendemain à Strasbourg, devant la Cour européenne des droits de l'homme.

Dans tous les cas, il s'agirait d'une opération improvisée pour répondre à la convocation de Cèsar Diaz à comparaître devant la justice. Cette improvisation représentait une chance supplémentaire que Nada#1 et ses Clowns noirs commettent une erreur.

Elle avait la preuve qu'Elsa Ruthier (alias Schmok), Emilio Fuentes (alias La-Belle-de-Cadix), Bastian Brodway et Jim O'Neill (alias Chuck-the-Duck) se trouvaient actuellement à Strasbourg. Ils avaient été repérés grâce à la filature de Bastian Brodway. Ces quatre individus faisaient partie du Board, et sans doute de la Black Clowns Army. En revanche, à part Diaz lui-même, aucun Clown supposé n'avait été repéré à Paris. Alice estimait donc improbable que deux PIFR soient organisés en l'espace de deux jours, dans deux villes éloignées de près de cinq cents kilomètres.

Fanelli l'avait appelée. Elle écouta son message et son sang se glaça. Elle essaya de le rappeler, d'abord sur son portable, puis à la brigade numérique. Le lieutenant Gouvenon lui répondit. Son supérieur s'était absenté, dit-il.

— Il a des nouvelles de sa fille ? demanda Alice.

— Il en cherche, répondit l'autre, manifestement méfiant.

— Dis-lui de me rappeler dès que tu le verras.

Compte à rebours (2). *10.30 p.m.*

Cèsar était avec une dizaine de Nadas subalternes dans un pub du quartier Saint-Germain. Il y avait probablement aussi, dans la pièce, quelques-uns des flics chargés de le surveiller. Il devait passer la soirée ici pour ne pas éveiller les soupçons. Parce que Nada#1 était à Paris, et que Nada#1 ne se déplaçait pas sans son cortège de provocations, de fêtes, de retrouvailles.

Aucun membre des Clowns noirs n'était avec lui.

Vittorio n'avait cessé de lui répéter qu'il fallait reculer la partie, qu'ils n'étaient pas prêts.

Dans leurs meublés, les officiers Nada du KO#1 devaient transpirer en se répétant les ordres qu'on leur avait donnés.

Dans leurs lits, les joueurs devaient se retourner sans pouvoir s'endormir, persuadés de participer le lendemain à une partie d'une ampleur exceptionnelle. Ils étaient sûrement excités comme des enfants.

Cèsar avait créé tout cela. Et maintenant, il allait appuyer sur le bouton qui allait tout faire exploser. Francesca le comparait souvent à un gamin qui construit un château de cubes et le détruit. Elle avait peut-être raison. Peut-être.

Dans quelques heures, Nada#1 ne serait plus une vedette, mais un ennemi à abattre. Il serait avec le commando du KO#1. Aucun des Nadas présents dans le pub ne prendrait part à l'action, ils n'étaient là que pour amuser la galerie et s'évanouir à l'heure H. Ils servaient de leurre, comme Schmok, Chuck-the-Duck, Bastian et La-Belle à Strasbourg.

Tout était en place. Et si les flics ne mordaient pas à l'hameçon ? Ce serait un désastre. Cèsar se demanda ce que cela ferait de mourir. L'idée faisait partie du jeu. L'idée, seulement…

Autour de Cèsar, les garçons et les filles buvaient de la Guinness. Shannon, une jeune femme aux cheveux roux qui venait de Dublin, se planta en face de lui. Elle avait le nez semé de son, les yeux verts, brillants. Elle mesurait moins d'un mètre soixante, il la dépassait d'une bonne tête. À son regard, Cèsar comprit que, s'il le voulait, il pourrait dormir en sa compagnie.

— Notre jour viendra, dit l'Irlandaise en levant sa pinte.

— Notre nuit est venue, répondit Cèsar Diaz – ou était-ce Nada#1 qui trinquait ?

41

NUIT 86

Compte à rebours (3). *12.00 a.m.*

Posté sur le site du PIFR / LiveChaud.

Aujourd'hui, Nada#1 se présentera à la justice française.

Bande-son : « Smells Like Teen Spirit », Nirvana.

04.00 a.m.

Posté sur le site du PIFR, rubrique « LiveChaud ».

Aujourd'hui, la justice française se présentera à Nada#1.

Bande-son : « Come As You Are », Nirvana.

08.15 a.m.

Posté sur le site du PIFR, rubrique « LiveChaud ».

Le match nul entre les deux équipes est infiniment peu probable.

Bande-son : « Something in the Way », Nirvana.

42

JOUR 86

Heure H – 15 minutes.

Vidéo postée sur le site du PIFR / LivePirats,
le 3 juin, 09.00 a.m.

Les journalistes se précipitent à la sortie de la Batmobile#5, la voiture officielle du Kingdom of Anarchy en France, qui franchit le cordon de police mis en place pour sécuriser le palais de justice de Paris. Sur les flancs de la fourgonnette entièrement noire, fenêtres fumées, deux grandes inscriptions graffitées : « La justice est aveugle, *je suis borgne. N#1* », et : « Only me can judge god[1] ». *La presse entoure le véhicule. Cèsar Diaz en tenue complète de Nada#1 sort de la voiture, se fraie un chemin à travers la foule hérissée de micros et de caméras. Il est seul, sans avocat. Cris. Brouhahas.*

— Cèsar Diaz !

— Vous prétendez que cette visite est de votre fait, M. Diaz. Vous n'avez reçu aucune convocation ?

Diaz se penche sur un micro, le visage presque entièrement dissimulé par sa capuche.

— Tu ne convoques pas Nada#1. Tu écoutes ce qu'il a à dire, poliment, quand il décide qu'il s'adresse à toi.

Rires. Avalanche de questions.

— Connaissez-vous vraiment Antonio Giuli ?

— Pourquoi avez-vous été en contact avec une adolescente impliquée dans une entreprise terroriste, M. Diaz ?

— Quel est le lien entre le PIFR et le film de l'attentat ?

1. « Je suis seul à pouvoir juger Dieu ».

— Allez-vous être confronté à l'un des responsables de l'attentat de la place Monge ?
Cèsar Diaz fait signe à chacun de se taire, le doigt sur la bouche.
— Effectivement, je vais être confronté à Jérémy Villain et Sixtine Van de Vogh, que j'ai accusés de collusion. À tort. C'était une blague, une mauvaise blague. Je me pends et je me repens.
Il mime une strangulation, puis se frappe trois fois la poitrine, en signe de pénitence. Il enchaîne, sur un ton badin :
— Retenez bien ceci, messieurs dames : Ces jeunes gens sont innocents. Le PIFR est le seul auteur des actes anarcho-terroristes qui seront commis en France dans les prochaines heures. Le seul.
Cris stupéfaits. Flot de questions.
— Vous menacez la France d'actes terroristes ?
— Que revendiquez-vous ?
— Avez-vous commandité l'attentat de la place Monge ?
Cèsar répond :
— Le PIFR ne revendique rien, car le PIFR est un jeu. Nada#1 vient jouer.
— Vous allez vous livrer à la justice ?
Réponse :
— Nada#1 ne se livre pas à la justice. C'est la justice qui se livre à Nada#1.
Un sourire éclatant sous la capuche. Cèsar Diaz tourne le dos aux caméras, et commence à monter l'escalier du palais de justice.
Six autres individus sortent alors de la batmobile, gravissent les marches quatre à quatre derrière lui, affublés du baggy et du sweat à capuche noirs.
Ils s'engouffrent dans le bâtiment. Les policiers en charge de la sécurisation du lieu paraissent désorientés, passent des appels à la radio mais ne bougent pas.
Les journalistes commentent ces derniers événements en direct, en attendant l'éventuelle sortie de Cèsar Diaz devant l'impressionnant dispositif policier mis en place

pour protéger le palais de justice de Paris – grilles antiémeute, canons à eau, forces policières.

Peur. *09.14 a.m.*

— Ça va, bro' ? Tu es avec nous ?

Teodor hocha la tête. Il transpirait à grosses gouttes sous sa capuche. Il avait peur.

— C'est à nous, lui dit Cèsar en souriant. Morts ou vifs.

En entrant dans le palais, Teodor sortit une arbalète à fléchettes de son sac. Sa main était moite sur la crosse, il l'essuya sur son sweat noir. L'instant d'après, sa paume glissait de nouveau.

Heure H.

Les portillons de sécurité s'ouvrirent au moment où Nada#1 et son escorte pénétraient dans la salle des pas perdus, armés d'arbalètes et de fusils sous-marins munis de fléchettes ou de harpons. Au même moment, une dizaine de Clowns noirs sortirent des toilettes du palais de justice. Deux officiers de police eurent la présence d'esprit de sortir leurs pistolets réglementaires et l'un d'eux tira, malgré la foule, avant de s'effondrer. Sa balle se ficha dans un des piliers décoratifs du palais.

Confrontation. *09.15 a.m.*

Jérémy Villain dit au juge Henkel :

— Mon message sur MDP n'avait aucun caractère politique. C'était simplement mon cauchemar. C'est cette Sixie-Dreamy ou le PIFR qui en a fait un signal. Ou les amis de Maud, je ne sais pas. Mais Maud n'a rien à faire là-dedans et…

— Attendez quelques instants, monsieur Villain, le coupa le juge Henkel. Je connais votre point de vue. Et vous aurez l'occasion de le défendre devant M. Diaz qui est…

Il jeta un coup d'œil à sa montre.

— … légèrement en retard, je le crains. Qu'en dites-vous, maître Basel ?

Heure H + 30 secondes.

Pendant que leurs comparses barricadaient les accès au palais, Nada#1 et huit Clowns noirs s'élancèrent dans les escaliers.

Au premier étage, ils furent rejoints par quatre Clowns appartenant à un commando qui s'était introduit dans les lieux la veille. Cinq autres membres de ce groupe se trouvaient dans la galerie du premier étage qui donnait sur la façade du palais. De là, ils pouvaient arroser les escaliers de l'entrée principale et en bloquer l'accès. Ils n'étaient pas armés d'arbalètes hypodermiques, mais de fusils d'assaut tirant des balles réelles, et de deux mitrailleuses lourdes.

La flamme. *09.17 a.m.*

Theo sentait son cœur battre à tout rompre, mais ses mains étaient sèches. Il ne quittait pas des yeux le dos de Cèsar, si semblable à celui des autres Nadas, et pourtant unique. Ils avaient réussi la première étape, ils étaient au cœur du palais de justice – dans la nasse. Ils étaient dingues.

Theo murmura :

— Je viens te chercher, Sixic…

Puis il appuya sur la touche Play de son iPod. Les arpèges délicats de la guitare, puis la voix fragile, irréelle, couvrirent le bruit de leur course dans l'escalier : « Jeunesse lève-toi »…

Chaos one. *09.17 a.m.*

Un nouveau message apparut sur le site du PIFR, dans la rubrique « LiveChaud ».

KO#1, H + 3 minutes.

— La vache, dit Alice.

Elle bascula sur la chaîne de télé LivePirats, qui diffusait les images filmées devant le palais de justice. Elle vit alors une chose incroyable : des centaines de silhouettes noires convergeaient en courant vers le dispositif policier installé sur la place Louis-Lépine. Puis il y eut un vacarme sidérant, des bruits d'explosion, les images se brouillèrent quelques instants et quand la caméra refit le point, Alice vit que deux fourgons de police flambaient.

Elle se précipita sur son téléphone.

Heure H + 3 minutes,

Les hommes du GIGN qui avaient escorté Sixtine Van de Vogh et Jérémy Villain jusqu'à la porte du juge Henkel furent distraits un instant par l'explosion des deux fourgons pénitentiaires stationnés devant le palais de justice, sur la place Louis-Lépine. À la même seconde, cinq grenades M84 « flashbang » ainsi que trois grenades « Hornet's Nest » nettoyèrent la galerie où ils se tenaient, par le double effet incapacitant du flash aveuglant et de la détonation assourdissante des premières, et des projections de milliers de microbilles en caoutchouc des secondes. Les projectiles blessèrent trois des gendarmes d'élite et abrutirent provisoirement les autres.

Un officier du GIGN réussit toutefois à entrouvrir la porte du bureau du juge Henkel pour s'y barricader et le sécuriser. Une seringue hypodermique le frappa en pleine tête avant qu'il ait eu le temps d'entrer.

La fumée de deux nouvelles grenades lancées par le commando, très concentrées en gaz CS, se répandit dans la galerie du deuxième étage. Avec leurs masques et leurs lunettes de vision infrarouge, les Clowns noirs la traversèrent sans problème. Ils regroupèrent les gendarmes, blessés ou non, toussant et pleurant, encore sonnés, sous la menace de leurs armes. Ils les neutralisèrent avec des seringues hypodermiques.

L'un des Clowns chercha le pouls de l'officier tombé devant la porte du juge. Il le trouva.

Fumée sans feu ? *09.18 a.m.*

Quelque chose explosa derrière la porte. Puis il y eut une, deux, trois déflagrations. Ils s'étaient tous levés : les deux accusés et leurs avocats, plus Stéphane Basel, le juge Henkel et son greffier.

Une fumée âcre, piquante, commença de s'infiltrer dans la pièce. Le greffier qui s'était précipité vers l'entrée hésita. Fallait-il fermer à clé ou ouvrir en grand ?

— Attendez, ordonna le juge. Verrouillez la porte, et fermez la fenêtre pour stopper l'appel d'air.

Henkel semblait parfaitement maître de lui.

Elle. *09.18 a.m.*

Les Nadas entassaient les armes des flics dans un coin. Ils avaient ouvert les fenêtres de la galerie en grand et le gaz sortait en panache. Teodor jeta un œil à la place Louis-Lépine. Dehors, au coup de sifflet lancé par quelques Clowns noirs, des centaines de joueurs avaient bien lancé l'attaque contre le palais de justice, en pensant qu'il s'agissait d'un simple PIFR. Le plan marchait. C'était incroyable.

Cèsar souleva ses lunettes, regarda Theo en souriant, lui fit le signe des hommes-grenouilles, pouce et index qui se touchent : tout était sous contrôle. Puis sa main s'ouvrit, montra le bureau du juge Henkel. Theo lut la question muette dans les yeux de son frère : « Tu veux entrer le premier, bro', pour libérer Zelda ? » Il secoua la tête. Pas lui. Ce n'était pas prévu comme ça. Cèsar approuva, arracha son masque, toussa à cause des gaz. Il colla un morceau de plastique sur la serrure, alluma une mèche courte, ce qui provoqua une minuscule explosion et un flash blanc. Puis il donna un coup de ranger dans la double porte qui s'ouvrit comme celle d'un saloon.

Nada#1 jeta sa couronne en entrant et abaissa sa capuche. Theo s'engouffra derrière lui, les autres membres du commando sur les talons.

Sixie était là, petite silhouette blonde derrière deux hommes en costume. Elle semblait terrifiée. Aurait-elle été plus rassurée si elle avait reconnu Theo derrière son masque à gaz ? « Jeunesse lève-toi », implorait toujours l'iPod.

Heure H + 4 minutes,

— Je suis Cèsar Diaz, et ces camarades sont *nada*, dit Nada#1. Juge Henkel, je viens m'emparer de ces deux jeunes gens innocents. J'en ai besoin, pour une petite sauterie que j'ai prévue demain, quelque part en Europe.

Le juge était resté figé depuis leur entrée. Toujours calme, il blêmit cependant.

— De toute façon, tu perdais ton temps à les interroger, poursuivit Nada#1. Désormais, je suis le Grand Coupable.

— Vous n'allez pas…

— Si. Et ensuite, je vais te tuer, si ça m'amuse. Ce sont mes règles.

Nada#1 fit une pirouette et éclata de rire. Les neuf autres membres du commando braquaient le juge Henkel.

— Oh, et puis non, tout compte fait, je ne vais pas te tuer, se reprit Cèsar. Mais note bien que Villain et Van de Vogh ne s'attendaient pas plus que toi à ma visite. Techniquement, ils ne seront donc pas coupables d'évasion, mais victimes d'un enlèvement. Je compte sur toi pour le faire savoir, faute de quoi je reviendrai et, cette fois, je te tuerai.

— Cèsar, je ne crois pas que… tenta Stéphane Basel.

— Taisez-vous, maître. Vous êtes une victime. Je vous traiterai comme bon me semblera, vous aussi. Puis, en bon pénitent, je me livrerai à la justice, en chemise et une corde au cou.

Nada#1 regarda sa montre.

— Ou peut-être pas. Je prends un trop vif plaisir à tous ces rebondissements. Mais le temps presse, le temps presse. Monsieur le juge… Maîtres… Jeunes gens…

Il s'inclina pour les saluer, avec une large révérence du bras, comme s'il portait toujours sa couronne.

— Monsieur Diaz, intervint le juge Henkel, en dépit de la gravité des actes que vous venez de commettre, je ne peux que vous conseiller de renoncer à votre entreprise et de…

— Trop tard, l'interrompt Nada#1, l'air navré. Me voilà terroriste. Au fait, aucun d'entre vous n'est particulièrement cardiaque ? Un peu d'hypertension, peut-être ?

Et devant leur silence stupéfait, il claqua des doigts. Quatre des Nadas qui l'accompagnaient décochèrent sept fléchettes qui se fichèrent dans la poitrine des deux suspects, des trois avocats, du juge et du greffier.

— Le compte est bon. Faites de beaux rêves, conclut Nada#1.

Heure H + 6 minutes, 5 secondes,

César se retourna vers Theo, cligna de l'œil et dit :

— *Fins demà, germà*[1].

Theo réalisa que son frère le braquait avec son pistolet à fléchettes. Il ressentit une vive douleur au bras droit, puis s'écroula.

Les monstres (2). *01.00 p.m.*

Le portable de Justine avait été jeté dans une poubelle, devant la faculté de Censier.

Fanelli cherchait toujours celui de Jules Bardinet. La géolocalisation obtenue par Gouvenon huit heures plus tôt indiquait une usine désaffectée de Montreuil. Fanelli avait déjà fouillé, méthodiquement, une dizaine de hangars tagués, encombrés de détritus et de vieilles seringues.

Il parlait tout seul à voix basse.

L'endroit était immense, désespérément vide.

Quand il trouva une entrée vers le sous-sol, il sut qu'il était sur la bonne piste : une lumière électrique, de type néon, brillait dans l'obscurité, tout en bas de l'escalier métallique. La pièce enterrée avait dû servir à des opérations chimiques, ou d'épuration des eaux. Il y avait trois grandes cuves qu'il longea, et des dizaines de bassins de décantation. C'était un décor formidable et sinistre.

---

1. « À demain, frangin », en catalan.

Fanelli atteignit finalement la source de lumière, un projecteur à néon blanc qui éclairait un bassin en métal de la taille d'un cercueil, recouvert d'une couverture bleue. Il s'agissait évidemment d'une mise en scène macabre. Le commissaire essaya de s'empêcher de penser. Il ne devait pas songer au visage de Justine, aux souvenirs de cette petite fille qu'elle avait été. Qu'elle était encore.

Il souleva la couverture d'un coup sec, ressentit un soulagement bref en voyant le corps de la victime.

« Che Guevara », entièrement nu, gisait au fond du bac de métal. Une plaie en forme d'étoile noircissait au milieu de sa poitrine.

Fanelli comprit en un éclair qui avait piégé Justine. Les ravisseurs n'étaient pas les flics qui avaient assassiné Maud, Isa, Laïla et Jeanne. Il avait lu cette scène de crime dans un des cauchemars publiés sur SixieDREAMY. Un cauchemar où la gamine courait sur des docks, poursuivie par des tueurs armés de machettes.

Le commissaire trouva le portable de Jules Bardinet dans la poche de son pantalon, laissé à l'abandon à quelques mètres de là. À ce moment, son propre téléphone sonna. Il sursauta, et mit quelques secondes à comprendre ce qui se passait. Il décrocha finalement.

Gouvenon dit :

— Patron, c'est le bordel ici. Depuis des heures. Le commissaire Guinard veut vous voir tout de suite.

— Le message adressé à Justine sur son tchat, tu sais d'où il venait ? demanda Fanelli comme s'il n'avait pas entendu ce que Gouvenon venait de lui dire.

— Oui. D'un McDo de Bruxelles.

QUATRIÈME PARTIE

FRANC-JEU

43

NUIT 87

Fin de partie (1). *06.30 p.m.*

Alice Kowacks analysa une deuxième fois le montage de vingt minutes d'abord diffusé sur le site du PIFR et désormais repris sur LivePirats. C'était un mélange d'images tournées à la caméra GoPro par au moins quatre filmeurs distincts et d'extraits des films de vidéosurveillance de la voie publique. Au bas de l'écran à droite, un timecode avait été incrusté par le monteur, pour établir la chronologie des faits.

Le film avait été mis en ligne trois heures après l'assaut du palais de justice. Il était titré *KO#1 in Paris.*

Vidéo postée sur le site du PIFR, rubrique « Non-Live-Chaud »

09:18:00. Un Clown noir, seul sur la place Louis-Lépine, en contre-plongée, siffle entre ses doigts. Immédiatement après ce signal, des centaines de jeunes gens tous vêtus de noir surgissent de toutes les rues qui débouchent sur la place. Ils portent des armes de type lanceurs de paintball ou airsoft guns et l'emblématique sweat à capuche noir. Ils se ruent sur le palais de justice.

Les joueurs étaient arrivés à pied ou étaient sortis de véhicules garés sur l'île de la Cité ou sur le boulevard Saint-Michel. Selon la dernière estimation, ils étaient un millier. Alice savait maintenant que des camionnettes s'étaient garées à la même seconde en travers des neuf ponts menant à l'île de la Cité, créant des encombrements qui avaient empêché ensuite l'arrivée de renforts de police. D'autres joueurs avaient jailli de ces véhicules, loués le matin même.

09:18:25. Deux Clowns noirs armés de lance-roquettes avancent d'un pas calme sur l'esplanade, arme à l'épaule, dans la foule des joueurs qui convergent vers les grilles du barrage de police. Les deux lance-roquettes tirent trois fois. Les fourgons pénitentiaires qui ont transporté Sixtine Van de Vogh et Jérémy Villain explosent sous l'impact. Flammes, fumée noire.

09:18:30. De l'étage du palais de justice, sur la galerie, cinq Clowns noirs déclenchent le tir à la mitrailleuse lourde et au fusil d'assaut, des courtes rafales.

Le dispositif policier avait été pris en tenaille, roquettes face à eux, mitrailleuses dans leur dos. Les images de la galerie, tournées par les assaillants, montraient que les tirs d'armes automatiques étaient des coups de semonce : les Clowns visaient les marches vides ou tiraient en l'air. Il n'y avait eu aucun blessé par balle parmi les membres des forces de l'ordre installés devant le palais.

09:18:55. Plusieurs groupes de jeunes gens vêtus de noir pénètrent dans la préfecture de police et tirent avec des airsofts sur les véhicules banalisés, sur l'entrée de la préfecture, sur les fenêtres des étages. Quelques gros plans sur les visages des assaillants, hilares.

L'intrusion de ces joueurs avait considérablement gêné l'arrivée de renforts devant le palais de justice, situé à deux cents mètres de la préfecture de police. Sans doute cette intervention était-elle nécessaire au commando pour avoir le temps de fuir, et pour disperser les forces de l'ordre.

09:19:15. Sur la place Louis-Lépine, la foule des joueurs prend d'assaut les grilles antiémeute des CRS et tente de les escalader. On entend des tirs tendus de grenades lacrymogènes, puis des détonations plus sèches.

La police, submergée par l'assaut et prise entre deux feux, n'avait pas eu le choix. Elle avait respecté les règles d'engagement, exécuté les sommations légales avant de répliquer à balles réelles. Elle avait ensuite tenté de se dégager en utilisant les véhicules armés de canons à eau positionnés sur place. Ces blindés avaient foncé dans la foule des joueurs.

C'est alors que cela avait viré au drame sur l'esplanade.

09:22:00. Le commando de Diaz sort du bureau du juge Henkel. Trois Clowns noirs portent des corps inanimés sur leurs épaules : Sixtine Van de Vogh, Jérémy Villain et un Nada masqué.

09:26:00. Diaz et les Clowns qui l'accompagnent sautent des fenêtres du palais de justice, depuis le premier étage, après avoir traversé tout le bâtiment jusqu'à la Cour de cassation. Le commando et ses otages, toujours inanimés, se retrouvent dans la rue déserte.

Trois véhicules 4 × 4 noirs de location avaient obstrué quelques instants auparavant les deux extrémités du quai de l'Horloge. Quatre zodiacs s'étaient rangés le long du quai. Cinq Clowns noirs sortis des 4 × 4 noirs, armés de fusils d'assaut, avaient protégé la fuite du commando du palais.

09:26:50. Nada#1 et ses troupes embarquent dans trois des canots.

Les zodiacs avaient filé vers l'est. Le groupe de cinq Clowns qui avait couvert leur fuite avait embarqué une minute après eux, dans le dernier canot, à l'issue d'un bref échange de coups de feu avec la police.

09:32:00. À la même seconde, deux voitures explosent sur le pont de Tolbiac et sur le pont de Bercy. Une troisième s'embrase au bout du quai Mauriac. Quelques instants plus tard, un groupe de silhouettes vêtues de noir envahit l'esplanade de la Bibliothèque nationale de France.

Ces images-là avaient été tournées depuis un immeuble de la rive droite, en plongée. On voyait comment les véhicules en flammes avaient bloqué tous les accès au port de la Gare, sur la Seine. Les joueurs impliqués dans l'occupation de l'esplanade étaient estimés à trois cent cinquante. Ils avaient protégé par leur nombre la fuite du commando de Diaz.

09:33:00. La GoPro du commando de Diaz filme l'arrivée des trois zodiacs sous la passerelle Simone-de-Beauvoir, au port de la Gare, au pied de l'esplanade de la Bibliothèque nationale de France. Leurs occupants débarquent.

09:33:30. La caméra installée en hauteur rive droite filme les occupants des zodiacs qui gravissent les escaliers menant à l'esplanade de la Bibliothèque nationale de France, et se mêlent à la foule des joueurs.

09:33:50. Les trois zodiacs vides s'enflamment dans de brèves détonations, ajoutant des panaches de fumée noire de plastique dans l'air. Les trois véhicules qui ont explosé deux minutes plus tôt continuent de brûler.

09:33:52. Deux voitures de police arrivent sur l'esplanade de la Bibliothèque nationale de France. Les joueurs commencent de se disperser en courant. Deux coups de feu éclatent.

On avait interpelé une quinzaine de joueurs, aux alentours de l'esplanade. Certains avaient résisté. On n'avait arrêté aucun membre du commando de Diaz. En revanche, le quatrième zodiac, celui des Clowns noirs qui couvraient sa fuite, avait été arraisonné sous le pont d'Austerlitz par une vedette de la police fluviale. Ses occupants avaient tiré sur les forces de l'ordre, puis sauté dans la Seine pour s'échapper. Tous avaient été arrêtés, trois d'entre eux avaient été blessés, dont un grièvement.

09:40:00. Des dizaines de joueurs sont rassemblés, mains sur la nuque, sous la surveillance des forces de sécurité. Noria de gyrophares, ceux des véhicules de police, ceux du Samu. Des corps sont évacués vers les ambulances.

Quinze très jeunes gens avaient été tués par balle, écrasés ou grièvement blessés devant le palais de justice et la préfecture de police. Alice s'était rendue sur place, quelques minutes après que ces images avaient été tournées. Elle avait vu les joueurs arrêtés, hagards, que les forces anti-émeute dirigeaient déjà, en file indienne, vers des véhicules grillagés. Les joueurs semblaient ne pas croire à ce qui s'était déroulé. Certains à genoux sur le trottoir, regardaient les taches de sang sur le bitume, les yeux perdus… Alice ne pourrait pas oublier ce qu'elle avait vu, les carcasses fumantes, les impacts de balles sur les murs, et surtout, les regards de ces jeunes gens.

Les dernières images du film *KO#1 in Paris* provenaient d'un reportage tourné en direct par une équipe d'une chaîne d'information continue, vingt-trois minutes après le début de l'assaut.

09:41:00. Deux pavillons flottent sur la façade du palais de justice : un pavillon noir frappé d'une tête de mort, et un drapeau blanc. Une minute après, cinq Clowns noirs sortent par la grande porte du bâtiment, les bras levés très haut. Ils portent des tee-shirts floqués, blanc sur noir : « Wanna play again ? ».

***Clap your hands.** 08.15 p.m.*

Le site du PIFR avait été fermé par son hébergeur moins d'une heure après l'attaque du palais de justice.

Un nouveau site, blackclownsarmy.nr, avait été créé quelques instants plus tard. Deux phrases s'affichaient sur la page d'accueil, au-dessous d'une vidéo : « *We only said good-bye…* » et « *The game is over. Same player don't shoot again.* »

Le nom et l'âge des treize victimes de la place du palais de justice et des deux jeunes gens tués sur l'esplanade de la BNF, rendus publics par le ministère de l'Intérieur, défilaient sur un écran noir. La bande-son, « Back to Black », était d'Amy Winehouse. Suivaient la photo, le nom et l'âge des cinq Clowns noirs du dernier zodiac, arrêtés et pour certains blessés par la police fluviale, ainsi que la photo des cinq Clowns qui s'étaient rendus devant le palais de justice.

Le site blackclownsarmy.nr était hébergé par une société domiciliée à Nuaru, une île indépendante du Pacifique qui refusait de se soumettre à la législation internationale concernant les sites Internet aux contenus illicites.

Les liens menant à cette vidéo fleurissaient déjà partout sur les pages des réseaux sociaux. Certains, qui la publiaient sur leurs pages personnelles, invoquaient une « résistance ». Ceux qui s'en indignaient conspuaient le « fascisme », les « ordres noirs » de Nada#1.

Le point Godwin n'était pas loin.

Fin de partie (2). *08.15 p.m.*

Alice Kowacks se répéta les premiers résultats du travail de la 4e section de la DCRI. Elle devait les transmettre à l'UCLAT dans quelques minutes.

L'opération de Cèsar Diaz avait mobilisé au moins mille cinq cents participants, soit la moitié des effectifs « officiels » du PIFR en Europe, dont un millier dans la charge contre le palais de justice et la préfecture. Trois cent vingt-quatre avaient été arrêtés. La plupart avaient commencé de parler. Ils étaient de simples participants armés d'inoffensifs pistolets factices, ils ignoraient tout du plan de Diaz, ils n'étaient pas des terroristes mais des joueurs abusés sur la nature du « jeu ».

En dix heures, grâce notamment aux informations collectées par la section d'Alice depuis des mois, on avait appréhendé des dizaines de membres du PIFR. Partout en Europe, les polices arrêtaient des centaines de jeunes gens connus de leurs services.

Mais Alice se doutait que la vague d'arrestations ne permettrait d'interpeller aucun membre de la garde rapprochée de Cèsar Diaz. L'Armée des Clowns noirs s'était évanouie dans la nature après son KO#1, n'abandonnant sur place que les cinq Clowns du zodiac et les cinq mitrailleurs de la galerie du palais de justice. Même si ceux-là finissaient par parler, ils n'étaient sans doute pas au courant du plan d'ensemble.

Alice Kowacks glissa son téléphone dans sa poche. Elle attendait dans l'antichambre du poste de commandement de l'UCLAT. À l'intérieur, tous les officiers supérieurs de la lutte antiterroriste tenaient une réunion d'urgence. Son supérieur, le commissaire Boukra, l'y avait convoquée.

En fuite. *08.15 p.m.*

— *Campeones Nadas*[1] !

Vittorio sourit au cri de Lana, derrière lui, dans le minibus. Les Clowns noirs venaient de passer la frontière.

Ils avaient roulé à tombeau ouvert dans les trois minibus, direction le sud. La prudence aurait voulu qu'ils se dispersent, mais Vittorio avait privilégié la vitesse et la puissance de feu dans son plan. À vingt-cinq garçons et filles entraînés et surarmés, ils représentaient une force de frappe capable de faire voler en éclats un barrage routier.

Assis à côté du conducteur, Vittorio se retournait régulièrement vers Cèsar, assis à l'arrière de leur minibus, sur la troisième banquette. Il ne prenait pas part à l'excitation générale. Theo, inconscient et brinquebalé par les cahots ou les virages pris trop vite, basculait régulièrement sur son épaule, malgré la ceinture de sécurité. Sixtine et Villain

1. « Nadas champions ! », en espagnol.

voyageaient dans les autres minibus, endormis eux aussi pour encore une douzaine d'heures.

Peu à peu, l'adrénaline refluait dans le sang des Nadas. Un silence fatigué était tombé. Cèsar dit :

— C'était notre baptême du feu.

Il y eut quelques cris de protestation. Cèsar reprit d'une voix plus forte :

— Oui, notre baptême du feu à tous. La première partie que les flics ont jouée contre nous à balles réelles. Et la dernière pour certains d'entre nous. Il y a eu des morts et des blessés.

Le silence qui suivit fut grave, comme si chacun prenait conscience seulement à cet instant de…

— Des morts, et des blessés. Des morts et des blessés, répéta Nada#1.

Vittorio ne le quittait pas des yeux. SAAS semblait sincèrement stupéfait des conséquences de ce qu'il avait déclenché. Se pouvait-il qu'il ait vraiment cru à un jeu ? Un jeu mené avec des mitrailleuses, contre un palais de justice, qui n'aurait pas de conséquences mortelles ?

Quand leurs regards se croisèrent finalement, Cèsar détourna le sien.

Le jury et le verdict. *10.15 p.m.*

Alice avait merdé.

Elle le lisait dans les attitudes des pontes de l'UCLAT, des chefs de section de la DCRI, des patrons de la police, des délégués du ministère de l'Intérieur, du cabinet du Premier ministre… Elle le comprenait à chacune de leurs questions. Cela faisait une heure qu'ils la cuisinaient sur les résultats de son enquête, sur ses hypothèses, sur ses sources, et surtout sur son mémo annonçant un PIFR à Strasbourg. Au fur et à mesure qu'elle leur répondait, elle se rendait compte des failles, des contradictions et des préjugés contenus dans son raisonnement. Elle s'était fourvoyée dans les grandes largeurs, alors que le lieu et la date de l'opération avaient clairement été annoncés sur le DKB.

Elle avait refusé de croire à l'implication de l'état-major de Diaz dans l'attentat de la place Monge. Pourtant, ses homologues européens tiraient la sonnette d'alarme concernant l'évolution de l'Armée des Clowns noirs vers des actions terroristes.

Elle avait maintenu sa position par orgueil, sans doute, par entêtement, et parce qu'on lui avait dit que la vérité était ailleurs. Sa « source », De Lorenzo, l'avait intoxiquée. La mise en scène de la rue Jean-Bart avait peut-être même pour but de lui faire croire à sa fiabilité. Il l'avait manipulée.

Guinard lui demanda :

— Bien, et maintenant, mademoiselle Kowacks, pour en finir avec vous, que devons-nous attendre de Cèsar Diaz ? Une *provocation* de plus, comme vous appeliez jusqu'ici ses actions terroristes ?

— Je ne sais pas… Les quatre Clowns noirs qui étaient à Strasbourg ont quitté la ville ce matin avant l'attaque du palais de justice. J'imagine qu'ils n'étaient là que pour me leurrer. Mais d'après ce que Diaz a dit dans le bureau du juge Henkel, il prévoit, selon ses propres mots, une « sauterie » quelque part en Europe, aujourd'hui, avec ses otages.

— Cela vous paraît crédible ?

— J'ai bien peur que Diaz tienne toujours ses promesses. Je pense que, cette fois, il n'y aura que sa garde rapprochée. Aucune police européenne n'a repéré la moindre convocation. J'ignore où cette « sauterie » doit avoir lieu, à quelle heure, et dans quel but.

— Vous ignorez beaucoup de choses, mademoiselle Kowacks, ironisa Guinard.

Puis le patron de l'UCLAT ordonna sèchement :

— Faites entrer Fanelli.

10.30 p.m.

Alice sursauta en voyant entrer le patron de la brigade numérique. Il ne ressemblait plus à l'homme qu'elle avait rencontré trois fois. En quelques jours, il s'était voûté, son teint avait grisé. Il évoquait davantage un ancien ivrogne rongé de l'intérieur par l'hépatite que cet étrange mandarin qui l'avait reçu dans son placard enfumé, encombré de vieux livres. Elle se souvint de son appel, la veille, de ce qu'il lui avait dit à propos de Justine…

Abel Fanelli resta debout devant tous les commissaires dirigeant les sections de l'antiterrorisme et les quelques huiles du ministère de l'Intérieur. Guinard dit :

— Fais-nous un point, Fanelli. Que sais-tu de cette Sixtine Van de Vogh, de ses liens avec Diaz, et des raisons qui peuvent avoir poussé Diaz à mener une opération de cette ampleur, en plein Paris, pour la libérer ?

Le responsable de la brigade numérique cligna des yeux, fit un tour de table, toisant chacun de ses interlocuteurs. Tout le monde dans la pièce savait le flic qu'il avait été, tout le monde connaissait l'histoire de sa chute. Quand son regard s'arrêta sur elle, Alice sourit, timidement. Fanelli garda les yeux braqués sur elle tout en répondant à Guinard :

— La commissaire Kowacks, ici présente, a dû vous résumer la chose. Van de Vogh n'est qu'une marionnette. Elle est devenue membre du PIFR la veille du tournage de son pseudo-attentat. Elle est par ailleurs une jeune fille perturbée, souffrant de troubles psychiatriques. Elle s'est retrouvée mêlée, à son insu, à une affaire de snuff movie sur laquelle j'enquête actuellement. Elle n'est réellement liée avec le PIFR que par un certain Theo Chaplin, alias SixFan#1, dont la commissaire Kowacks n'a trouvé, que je sache, aucune trace dans leur organigramme.

Il s'arrêta.

— Et ton enquête, elle dit quoi ? demanda Guinard.

Le commissaire Fanelli continuait de regarder Alice.

— Sixtine est une victime. Des pervers jouent avec ses rêves. Cèsar Diaz la manipule peut-être pour la même raison, peut-être pas. Mais elle n'est impliquée ni dans les snuff movies ni dans le KO#1.

— Je ne crois pas aux innocentes à répétition, dit Guinard. Ni aux hasards.

Fanelli ne releva pas, sortit une gitane de sa poche, l'alluma. Guinard dit :

— Ces bureaux sont non-fumeurs, Fanelli.

— Ah ?

Il écrasa sa cigarette sur un sous-main en cuir, qui dégagea une odeur de chair brûlée atroce. Alice contemplait l'affrontement des deux flics, des vieux de la vieille.

— Moi, je crois à l'innocence, et aussi à ce qui la profane, dit Fanelli. Il y a beaucoup trop de jeunes filles qui ressemblent à des victimes dans cette enquête, Guinard. Beaucoup de jeunes filles qui ont eu le tort de se trouver au mauvais endroit au mauvais moment, et qui ont fini comme des jouets cassés. Laïla Matta, Isa Lescuyer et Jeanne Chailloux étaient des amies ou des amantes d'Antonio Giuli, et je ne crois pas à leur suicide. Maud Mérieux était sous la protection de tes gars quand elle est morte. Tu comptes aussi imputer cette mort-là à Cèsar Diaz ?

Il y eut des regards échangés, des murmures parmi les policiers du bureau de lutte antiterroriste. Fanelli ajouta :

— Le capitaine Mazon, le dernier officier à avoir interrogé Maud, s'est lui aussi pendu dans son appartement. J'ai dû fracturer sa porte, hier, pour m'en apercevoir. Si j'en crois les marques de coups et les ecchymoses qu'il portait, on l'a aidé à mourir, lui aussi. Tu appelles ça également une coïncidence ? Un hasard ?

Cette fois, ce fut un véritable brouhaha. Guinard tapa sur la table, pour ramener le silence. Puis le contrôleur général de la police congédia Fanelli. Alice Kowacks se pencha vers son supérieur direct et prétexta une urgence de service afin de quitter la réunion. Elle sortit sous le regard réprobateur des pontes de l'antiterrorisme.

Fanelli était déjà dehors. Il s'en allait, à pied, sous une pluie de printemps. Alice courut pour le rattraper. Quand elle lui saisit l'épaule, il s'arrêta, se crispa, elle sentit qu'il était prêt à cogner. Il se retourna, la reconnut et quelque chose se détendit dans le haut de ses épaules.

— Vous n'auriez pas dû faire ça, commissaire stagiaire. Guinard va détester l'idée que vous préfériez ma compagnie à la sienne.

Il grimaça. Il avait l'air épuisé, défait.

— Tu as des nouvelles de Justine ? demanda-t-elle.

— Je vous remercie de vous en soucier. J'aurais eu besoin de vous, la nuit dernière.

— J'ai eu ton message. J'ai essayé de te joindre trois fois pendant la nuit, mais tu ne répondais pas. Et aujourd'hui, Cèsar Diaz m'a tenue un peu occupée.

— Vous voyez, Alice, quand je vous disais lors de notre première rencontre que le style des groupes criminels, ça va, ça vient… Cèsar Diaz vous a surprise, n'est-ce pas ?

Il tourna les talons sans attendre sa réponse. Elle le rejoignit de nouveau.

— Comment as-tu su pour Mazon ?

— J'ai suivi la trace du sang. Je suis passé de l'autre côté du miroir, Alice.

— Tu sais où est ta fille ?

— Qui s'en soucie, commissaire ? Vous avez beaucoup de travail pour Guinard.

Blood on the tracks. *11.30 p.m.*

Fred Gouvenon attendait à la brigade, éclairée dans la nuit comme un aquarium du fait de la mobilisation générale. Crazy Fan passa devant lui sans un mot. Le lieutenant le suivit dans son réduit. Comme s'il n'était pas là, le patron ouvrit son tiroir de bureau, sortit un revolver Manhurin MR73, l'ancien modèle réglementaire, qu'il glissa dans son holster. Il leva enfin les yeux vers Fred, et demanda :

— Tu as ce que je t'ai demandé ? À propos de DanyL ?

Fred Gouvenon lui tendit une clé USB.

— Là-dedans, vous avez tous les lieux d'où il publie régulièrement, heure par heure. Il est très régulier, procédurier même. Vous devriez le localiser sans problème.

Fanelli hocha la tête. Fred ouvrit la bouche, hésita, puis ajouta :

— Bonne chance, patron. Retrouvez-la.

Les yeux de Crazy Fan le dévisagèrent, longuement, avec une curiosité de rapace. L'ange de la vengeance avait vieilli, depuis *Apocalypse Warriors Circle*, mais il en paraissait plus effrayant encore.

Frères. *11.30 p.m.*

Les trois minibus s'arrêtèrent peu après Pampelune, sur une route de campagne déserte. Deux d'entre eux devaient continuer vers l'est. Le dernier bifurquait vers le sud-ouest, vers Lisbonne, où une dizaine de Clowns noirs préparaient le terrain.

Au moment de quitter Theo, Cèsar dit à Lana, qui dirigeait le convoi vers Barcelone :

— N'essaie même pas de lui expliquer. Il ne comprendra pas. Donne lui simplement la clé.

Il fourragea les cheveux du jeune garçon inconscient, et dit :

— On l'a libérée, ta princesse, comme je te l'avais promis.

— Et maintenant, on va voir ce qu'elle a dans le ventre, ajouta la voix de Nada#1.

44

JOUR 87

Les chaînes.

Ils avaient enfermé Justine dans une sorte de cave ou de sous-sol en terre battue. Ils l'avaient enchaînée à un anneau scellé dans le mur, comme un animal. La veille, l'un d'entre eux, un garçon blond guère plus âgé qu'elle, était descendu pour lui apporter à manger, et pour changer le bassin médical dans lequel elle faisait ses besoins.

Elle l'avait questionné, supplié, elle lui avait demandé « pourquoi ». Elle lui avait promis qu'elle était prête à faire tout ce qu'ils voulaient s'ils la laissaient sortir. Il n'avait pas répondu un mot.

Elle l'avait alors menacé, dit que son père était un flic. Il s'était tourné vers elle, avait esquissé un rictus, et lâché :

— Ça, nous le savons déjà.

Puis il avait disparu.

Ce matin, il était redescendu. Il avait déposé un nouveau plateau et avait de nouveau changé son bassin. Il ne lui tournait jamais le dos, surtout lorsqu'il approchait d'elle. Il la regardait sans rien dire, un léger sourire aux lèvres, en dépit de ses cris. Ce silence était encore plus effrayant que tout le reste.

Ils étaient restés silencieux, également, lorsqu'ils avaient exécuté Jules.

Elle revoyait le visage de Jules, au moment où il avait compris qu'il allait mourir. Elle se demandait s'il n'aurait pas mieux valu qu'elle meure, elle aussi, cette nuit-là ; si ce qui l'attendait ne serait pas pire encore.

Après la nuit. *01.30 p.m.*

Sixie se redressa brutalement, regarda autour d'elle. Elle avait dormi, enroulée dans une couverture, à même le sol. Elle ne se souvenait de rien et venait de traverser un sommeil étrange, chimique, sans un songe ni une visite des démons. Ce n'était pas du repos, mais une absence. Comme après la mort ?

La couverture était en laine rugueuse. Elle se trouvait dans un endroit qu'elle ne connaissait pas, une sorte de chapelle, ou Dieu sait quoi. Le jour paraissait neuf, la lumière passait à travers les fenêtres ogivales ornées de délicates sculptures. Elle se leva, se frotta les cheveux.

Où était-elle ? Que faisait-elle ici ?

À côté de sa couverture, on avait posé sur le sol dallé un baquet d'eau et une serviette éponge. Elle se leva. Après avoir plongé les mains dans l'eau froide, elle s'aspergea le visage en éclaboussant son tee-shirt. Elle avait encore les vêtements qu'elle portait pour l'audition chez le juge Henkel.

Les souvenirs remontaient à sa mémoire : le juge Henkel, Cèsar, les fléchettes… L'inconscience.

Combien de temps était-elle restée endormie ? Mon Dieu…

Elle n'avait pas de montre, aucun moyen de savoir l'heure ou la date. Elle traversa la chapelle, remarqua que, sur la table en bois placée près de l'entrée, on avait plié du linge propre : serviettes, sous-vêtements et vêtements noirs sous blister. Cela lui rappela quelque chose.

Avant de se changer, elle voulait comprendre où elle était. Elle sortit de la pièce, ressentit une sorte d'étourdissement en débouchant dans une galerie à l'air libre, voûtée, splendide et ensoleillée. Elle surplombait le plus vaste cloître qu'elle ait jamais vu. La galerie sur laquelle elle se tenait était au moins à huit mètres du sol. Partout, des motifs religieux, des blasons. Sur un fronton, elle vit une phrase en latin qu'elle ne savait pas traduire. Au-dessus d'elle, le ciel était d'un bleu de cobalt presque blessant, un ciel comme elle n'en connaissait presque jamais à Bruxelles. Un vent chaud soufflait, un vent du sud.

Sixie entendit du bruit derrière son dos, se retourna. Elle vit qu'un jeune homme se levait à son tour. Elle reconnut le garçon qui était avec elle dans le bureau du juge : Jérémy Villain.

— On est où ? lui demanda-t-il.

Il émergeait. Elle avait dû avoir l'air aussi égaré que lui, quelques instants auparavant.

— Je ne sais pas… Dans un cloître, j'ai l'impression, ou un monastère. Un endroit où il fait très beau en tout cas. Tu te souviens, de ce qui s'est passé chez le juge ? Quelqu'un a dû nous emmener ici pendant qu'on était endormis.

— On a dormi combien de temps ? Ce mec, Nada#1, il voulait quoi ?

C'était exactement les deux autres questions qu'elle se posait elle aussi.

Video games ruined my life (good thing, I have two extra lives). *01.38 p.m.*

Jérémy se souvenait de la surprise qu'il avait ressentie quand il avait vue Sixtine pour la première fois dans le bureau du juge Henkel, il l'avait trouvée tellement jeune, bien loin de l'image de terroriste qu'il avait imaginée. Il la rejoignit sur la galerie.

— Bon sang, mais on est où ?

Elle répondit simplement :

— J'ai faim.

Il se rendit compte qu'il avait les crocs lui aussi, une faim d'ogre comme après les trips de came, quand il passait plusieurs jours et plusieurs nuits sans manger.

L'instant d'après, un souvenir enfoui quelque part dans son cerveau lui indiqua où ils pourraient trouver de la nourriture. Surpris lui-même de deviner cela, il longea la galerie, entra dans une nouvelle salle, fouilla la niche de pierre qui se trouvait à l'entrée, sur la gauche. Il y avait effectivement du pain, du fromage, du jambon. Et un Beretta 92 FS.

Il resta un instant interdit. Puis il dit, à voix haute, très lentement :

— Je connais cet endroit.

Tout lui revint avec netteté. Il se retourna vers Sixie :

— Suis-moi.

Il longea la galerie du cloître jusqu'à son extrémité est. Il descendit les trois marches de pierre, entra dans une pièce entièrement plongée dans le noir. Il se pencha, ramassa la lampe-torche dont il connaissait l'emplacement. Il avait déjà fait ces gestes tant de fois…

— Mais qu'est-ce que c'est ? chuchota la jeune fille derrière lui.

Jérémy s'attendait à voir ce que le pinceau de lumière arracha à l'ombre. Il y avait des dizaines, peut-être des centaines d'armes amassées sur des étagères, entassées pêle-mêle dans des caisses de bois, disposées sur des râteliers : fusils d'assaut, grenades, simples flingues, arbalètes… Un fantasme militaire. Ils évoluaient dans un jeu.

— *Hashashin XI*, niveau 3 : Lisboa.

Il avait exprimé sa pensée à voix haute. Sixie le regarda, éberluée.

— Nous sommes à Lisbonne, expliqua-t-il. Au Portugal. Dans le monastère des Hiéronymites. C'est le point de départ du niveau 3 d'un jeu vidéo. J'ai comme l'impression que nous allons commencer une partie de chasse à l'homme… Nous devrons tuer sans être tués.

— Exactement, fit une voix dans leur dos.

Ils tournèrent la tête tous les deux vers l'entrée de la salle. Une lampe frontale faisait danser un second rai de lumière dans la nuit. Jérémy éclaira la silhouette qui se tenait sur le pas de la porte. Nada#1 portait la même tenue que la veille, ou l'avant-veille, couronne comprise. Il avait en main un fusil d'assaut que Jérémy reconnut : un AK-47, autrement dit une kalachnikov. Jérémy voulut saisir une arme, n'importe laquelle, mais Cèsar Diaz braqua son arme sur lui et dit :

— Je serais toi, je réfléchirais à deux fois… Comme tu le sais, dans la cinématique d'ouverture du niveau 3 d'*Hashashin XI*, les armes ne sont pas chargées.

Jérémy lâcha la crosse qu'il venait d'empoigner, entendit le bruit métallique que fit le pistolet en tombant sur le sol.

Alamut (1). *01.45 a.m.*

Theo n'en revenait pas. Il ne voulait pas entendre les explications de Lana. Il prit la clé USB qu'elle lui tendait et la jeta par terre.

Puis il sortit en courant sur la plage. Le sable sous ses pieds nus. Il lança un grand coup de pied dans le vide.

Sixie était libre, mais à plus de mille kilomètres de lui.

Elle devait s'être réveillée à cette heure. Cèsar était avec elle. Cèsar était devenu Nada#1, un schizo qui tirait sur son frère, un marionnettiste qui s'amusait avec ses nouveaux jouets.

Il avait envie de crier. Il avait envie de courir, de se barrer, de disparaître. Il se retourna, vit qu'une dizaine de Clowns noirs assis sur les marches de la baraque ou sur le sable à côté du feu, regardaient « Nada#2 » gesticuler sur la plage.

Il n'était pas, et il ne serait jamais le clone de son frère. Il voulait être seul.

Il sortit son iPod de sa poche, sélectionna une chanson : « 911 » de Gorillaz.

Quel choix lui laissait-on ? Que pouvait-il faire d'autre qu'attendre Sixie encore une fois ?

Il revint vers la baraque pour ramasser la clé USB que lui avait donnée Lana. En passant devant le feu de camp, il décocha un nouveau coup de pied, cette fois dans la cafetière qui sifflait sur les braises.

— Allez tous vous faire foutre !

L'échiquier. *01.50 p.m.*

— Qu'est-ce qui se passe, Cèsar ? dit Sixtine.

— C'est un peu long à expliquer, sista'. Notre prisonnier vient de te résumer le programme. Tuer ou être tués. Et la partie commence bientôt. Vous me suivez.

Jérémy hésita, Nada#1 pointa vers lui le canon du AK47.

— Bouge, *gamer* !

À cet instant, Jérémy crut apercevoir des ombres derrière Nada#1, plusieurs Clowns noirs, armés. Mais quand il sortit de l'armurerie avec Sixtine, les silhouettes s'étaient évanouies. Comme des fantômes.

Ils suivirent Nada#1 dans des escaliers dérobés, bifurquèrent, traversèrent une cour. Son Altesse Anarchissime déblatérait des banalités, jouait au guide touristique. Ils gravirent un escalier en hélice. Tout ce décor était familier : Jérémy savait très exactement où ils se trouvaient dans le monastère, où étaient les issues. Que se passerait-il s'il décidait maintenant d'attraper Nada#1 par la capuche, de le tirer en arrière et de lui faire dégringoler l'escalier ? Se fracasserait-il le crâne sur les marches de pierre ? Sixie et lui parviendraient-ils à s'enfuir, à traverser le jardin du cloître et à atteindre la sortie ? À échapper aux Clowns en armes, silencieux, qui se cachaient dans le dédale de couloirs et de salles ?

Non, le jeu était faussé. Jérémy ne pouvait pas miser avec ces dés pipés. Sa connaissance des lieux ne lui servait à rien pour l'instant. Et surtout, il ne voulait pas laisser tomber Sixie. Il avait déjà perdu Maud, elle s'était même peut-être tuée à cause de lui, alors il n'abandonnerait pas cette fille qui avait l'air perdue, quand bien même il ne la connaissait pas.

Ils débouchèrent au sommet d'une des tours sud. Diaz les laissa passer devant lui. Par une fenêtre, presque aussi étroite qu'une meurtrière mais infiniment plus raffinée, la vue embrassait largement le paysage en contrebas : le Tage, immense, paresseux, et, au pied du monastère, les ruelles, les places, les arbres poussiéreux et gris de Lisbonne, comme autant de promesses de liberté.

Cèsar s'accouda aux sculptures de la tour, et dit :

— Un putain de décor de cinéma, pas vrai ? Mais notre monastère n'est pas mal non plus, et j'aime l'idée du huis clos. La suite, on la tournera en Afrique, sans vous, sauf si vous réussissez à vous échapper et que vous décidez de nous rejoindre en Algarve. Dis-moi, *gamer*, tu as déjà passé le niveau 3 de *Hashashin IV* ?

Jérémy acquiesça, sans un mot.

— Donc, tu sais que vous devez sortir vivants tous les deux, ou plutôt que tu dois faire sortir vivante ta partenaire, pour gagner le droit d'aller au niveau 4 ?

Il ne répondait toujours pas, il hésitait. Devait-il entrer dans la folie de Nada#1 ? Ce dernier était intarissable.

— Pour que vous puissiez compter sur des alliés, nous allons tourner une petite vidéo en *live* devant le tombeau de Pessoa. Gageons que les flics portugais seront assez vifs pour reconnaître la dernière demeure de leur immortel écrivain. La partie commencera quand ils entreront dans le monastère.

Il fit un tour sur lui-même avant d'enchaîner :

— En même temps, qui miserait sérieusement sa vie sur la culture littéraire des flics ? Et êtes-vous vraiment sûrs qu'ils seront de votre côté ?

— Enfin, c'est le jeu, n'est-ce pas ? ajouta-t-il, d'une autre voix, plus grave. Nada#1 doit parier en permanence sur les intentions d'autrui, et autrui déçoit Nada#1 si souvent.

Alamut (2). *02.43 a.m.*

La clé contenait une brève vidéo, tournée par Cèsar mais commentée par un autre : la voix, le ton, les sentences et les pirouettes étaient de Nada#1.

Tout ce qui allait se passer à plus de mille kilomètres d'ici y était résumé : l'exécution, puis le jeu de piste et la partie de chasse à l'homme.

« Je te l'avais promis. Et à ce stade, nous n'avons pas le choix, disait la voix. Pour que Sixie soit définitivement libre de ses mouvements, parfaitement innocentée, il faut qu'elle meure. »

Tombeau de Pessoa (1). *02.15 p.m.*

Sixie considérait avec une horreur croissante celui qui les dirigeait dans le dédale. Elle ne reconnaissait rien du jeune homme rencontré dix jours plus tôt en bas de chez elle. Celui-ci l'avait envoyée dans un piège à Paris, l'avait libérée, et lui annonçait maintenant une nouvelle mise en scène.

Cèsar avait l'air adulte.

Cèsar arborait l'attitude désinvolte et arrogante de Nada#1, il n'avait plus rien de fraternel. Ses yeux étaient morts ou incandescents selon les instants. Son ton égal, militaire, impératif. Même sa voix avait changé.

Ils redescendirent de la tour, traversèrent une nouvelle fois le dédale de chapelles.

— Ne vous en faites pas pour les alarmes, le monastère est fermé le jeudi, et on a neutralisé les gardiens, badina Nada#1.

Il s'arrêta quelques instants plus tard.

— Nous y sommes... C'est là que va commencer la campagne « *Who the fuck is that guy* » et, faisons d'une pierre deux coups, c'est là que je vais me fendre d'un petit intermède culturel.

Ils se trouvaient dans une sorte de crypte organisée autour d'un monument funéraire, manifestement un lieu très visité. Nada#1 adopta le ton d'un guide touristique :

— Monsieur, mademoiselle, vous vous trouvez devant le tombeau de Fernando Pessoa. Ce type est quand même le seul écrivain qui ait pris le soin d'inventer une dizaine de pseudo-auteurs avant d'écrire leurs livres. Cette pierre tombale abrite le maître des avatars littéraires. Un génie, sûrement ! En tout cas, un précurseur. N'oubliez pas le guide.

— Nada#1 est le guide et la route, fit sa deuxième voix.

Deux Clowns noirs apparurent – visages presque entièrement dissimulés par les capuches de leurs sweats noirs, aussi silencieux que la nuit. Une garde personnelle invisible, c'était l'impression qu'ils produisaient.

— Mes amis, dit Cèsar en se tournant vers Sixie et Jérémy, nous allons tourner un film, qui va connaître, je peux vous l'assurer, une audience formidable. Ça va être votre quart d'heure warholien.

Cèsar fit alors la chose la plus inattendue du monde. Il se mit torse nu.

L'un des deux Clowns lui tendit un sac à dos, d'où il sortit un masque de latex de couleur beige qu'il posa à ses pieds, puis un tee-shirt.

— Bien… Pour notre petite mise en scène, il faudrait que vous endossiez cela…

Il venait de sortir du sac deux autres tee-shirts pliés sous blister. Ils étaient à leur taille. Celui de Jérémy indiquait, en lettres blanches sur le torse, « Il est passé par ici » ; celui de Sixie, « Il repassera par là ».

Ils enfilèrent les tee-shirts sur leurs vêtements sans discuter. Cèsar et les deux Clowns étaient armés.

— Sixie, cela t'ennuierait-il d'enfiler ce masque ?

Il venait de sortir un deuxième masque de son sac, qu'elle reconnut aussitôt : la licorne de latex blanc, comme celle de ses films, comme lors du piège.

L'instant d'après, à travers les yeux de la créature fantastique, Sixie vit que la pièce s'était encore emplie. À croire que les Clowns noirs se matérialisaient, sur un claquement de doigts de Son Altesse Sérénissime. Les trois nouveaux portaient du matériel d'éclairage de cinéma. Ils illuminèrent l'endroit pendant que les deux premiers venus installaient une caméra sur un pied.

— Parfait, il est à ta taille, commenta Nada#1 en la regardant. Et toi, Villain, tu seras Mickey Mouse.

Il tendit un autre masque à Jérémy.

— Ah, mais voilà le dernier acteur de la pièce ! lança alors Nada#1.

Sixie se retourna. Trois autres Clowns étaient apparus derrière eux. Deux d'entre eux encadraient et poussaient le troisième, dont les mains étaient entravées dans le dos.

Cèsar enfila le tee-shirt, qui portait l'inscription « ennemi public#1 », puis remit son sweat noir.

— Bien, on y est. Moteur !

L'ennemi public.

Vidéo en *live* sur le site de la Black Clowns Army, rubrique « LiveChaud »,
le 4 juin, 02.43 p.m.

Cèsar est en sweat noir, tête couronnée sur sa capuche.
Il dit sur le ton d'un animateur de télé-achat cocaïné :
— Bonjour, les amis, c'est Nada#1. Je suis désormais l'ennemi public numéro un. Ce qui n'est que justice.
La voix change, se fait plus grave :
— Il ne peut y avoir qu'un numéro un, et c'est Nada#1.
— Comme tu dis, fait l'autre voix.

Paris. *02.46 p.m.*

Alice Kowacks était assise à son bureau de la 4e section, les yeux fixés sur l'écran. Diaz, sur la vidéo, était dans un endroit qui ressemblait à une crypte, ou à une église...

Elle n'était que deux yeux scrutant les détails, à la recherche d'un indice. Elle n'était que deux oreilles suivant les propos de Cèsar.

Autour d'elle, « ses » hommes s'agitaient. Dans les services du ministère de l'Intérieur, on avait donné des ordres pour repérer le signal d'origine de la vidéo.

Cèsar Diaz retire sa couronne.

— Mais les ennemis publics sont comme le grand méchant loup ou le croquemitaine. Ils sont parfois réels, parfois de simples illusions, dit la voix de Nada#1.

Un Clown noir, masqué comme le nain de Blanche-Neige appelé Joyeux, apparaît à côté de Nada#1. Il porte une silhouette en carton de taille humaine sous le bras. Il la retourne, la redresse, la cale sur un chevalet pour qu'elle tienne debout. C'est un portrait grandeur nature d'Alice Kowacks. C'est une photo partagée sur la page nocturne AliceINWONDERLAND. Sur le cliché, elle porte seulement une petite culotte.

— Putain, Kowacks ! s'exclama le commissaire Boukra, juste dans son dos.

Alice se retourna. En voyant sa silhouette en carton dans les mains de Nada#1, elle avait senti son sang se vider de son corps. Maintenant, ses oreilles la brûlaient. Elles devaient être rouges comme la honte. Et son supérieur la dévisageait toujours.

— Nous avons joué avec la police, dit Cèsar Diaz. Nous avons intoxiqué les flics de Paris, et notamment cette affriolante jeune commissaire, afin qu'elle nous attende là où nous ne serions pas, quand nous n'y serions pas. Et qu'elle ne nous attende pas là où nous serions.
Cèsar Diaz déambule autour de la silhouette d'Alice. Il ressemble à un télévangéliste américain qui va débiter son prêche. Soudain, il braque son pistolet à fléchettes sur la silhouette dénudée.
— L'Armée des Clowns noirs préfère la ruse aux armes pour battre ses adversaires, dit Nada#1. Elle frappe à l'arme blanche, à l'arme noire.
Deux fléchettes se fichent dans le front en carton d'Alice Kowacks, exactement entre les deux yeux.
— Mais je me suis trompé : même dispersée, la police était encore trop nombreuse, hier. Et elle a tué. Des bros et des sistas.
— Ils étaient des joueurs, ils étaient là pour le jeu, dit Nada#1, grave.
— La police ne joue jamais, enchaîne Cèsar Diaz. Mais nous, nous jouons toujours. Alors, désormais, puisque les règles ont changé, nous allons tricher parfois, et utiliser les armes de nos adversaires.
Cèsar Diaz laisse tomber son pistolet à fléchettes, et sort un autre pistolet d'un holster de ceinture dissimulé sous son sweat à capuche noir. Il tire en direction de la silhouette d'Alice Kowacks la trouant une fois sur la joue droite et une fois dans le front.

Alice, en un réflexe stupide, sentit sa main droite monter à son visage pour vérifier qu'elle était indemne.

Rome. *02.50 a.m.*

— Le moment est venu pour ceux qui s'amusaient de se cacher, dit Cèsar.

— Les balles vont voler des deux côtés, dit Nada#1.

— Le moment est venu de choisir votre camp, poursuit Cèsar.

— Celui du jeu, ou celui de la peur, ponctue Nada#1. Et c'est à balles réelles.

— C'est l'heure pour chacun de vous de prendre de vrais risques, ponctue Cèsar, qui semble presque en transe. Si vous nous rejoignez, vous risquez votre vie. Vous m'entendez ? Vous m'entendez ?

Cèsar exécute quelques pas de danse en faisant des claquettes.

— N'est-ce pas, Vittorio ? N'est-ce pas qu'il faut choisir son camp, qu'on ne peut ménager la chèvre et le chou, le jeu et la police ?

Francesca Bianca-De Lorenzo ferma les yeux une brève seconde devant son ordi quand elle vit entrer trois personnes dans le champ de la caméra : un homme aux épaules larges, suivi par deux Clowns noirs qui le poussaient dans le dos. Elle reconnut aussitôt Vittorio, à sa silhouette, à sa façon de marcher. Vittorio se retourna, face caméra. Son visage était facilement identifiable sous sa capuche. Les deux Clowns qui l'encadraient avaient, eux, le visage masqué : Atchoum et Simplet.

Cèsar continuait de pérorer. Cèsar se déshabillait. Il portait un holster à même la peau. Il était torse nu, comme chaque fois qu'il fallait se battre sur le campus. Il avait cette morgue de petite frappe que Francesca lui avait toujours connue et qui la faisait tant rire depuis qu'ils étaient amis, depuis l'époque de Gênes.

Cèsar change deux fois son pistolet de main, tout en braquant Vittorio. Il fait monter une nouvelle balle dans le canon, ce qui provoqua un claquement sec, métallique.
— J'avais une confiance absolue en mon ami Vittorio, Vittorio De Lorenzo. Membre du Board. Responsable de la sécurité du PIFR. Je lui aurais confié ma vie jusqu'à ce que je découvre qu'il trahissait Nada#1 et les Clowns avec ce flic parisien en slip, Alice Kowacks, que je viens d'exécuter froidement sous vos yeux.
La caméra zoome sur Cèsar et Vittorio – le chef torse nu et le prisonnier, l'un face à l'autre, réunis.
Nada#1 dit :
— Il y a pire que l'ennemi. Il y a le traître. Ou le menteur.
— Désormais, le jeu a changé. Nous ne pouvons plus accepter que certains portent des masques, renchérit Cèsar Diaz.
— Ils nous ont déclaré la guerre. Nous la mènerons jusqu'au bout, dit Nada#1.
— Ouais ! No surrender[1] *! enchaîna Cèsar Diaz.*
— Cèsar… supplie le prisonnier. J'ai… j'ai Francesca…
— Chut, Vittorio… Tu vas avoir un long, un très long somme.
Cèsar Diaz met le doigt sur ses lèvres. Puis, du bout de son canon, il découvre d'un geste sec la capuche du prisonnier qui se tait.

Francesca regarda la tête nue de l'homme qu'elle aimait, dont elle voulait un enfant…

1. « Pas de reddition ! »

Tombeau de Pessoa (2). *02.52 p.m.*

La voix était froide. Cèsar s'adressait aux caméras, oscillant sans cesse entre Nada#1 et lui-même.

— Vittorioa tout avoué. Et maintenant, mon ami, le seul ami qui me reste va recevoir la punition des traîtres.

— Nada#1 rejette la duplicité.

— Cèsar ! cria Sixie.

— Yes, sista' ?

Il se tourna vers elle, un sourire charmeur aux lèvres. En même temps, l'index de sa main droite pressait la détente. Dans la crypte, le bruit de la déflagration fut épouvantable. Vittorio De Lorenzo s'effondra sur lui-même, tombant comme un sac sur les dalles de la chapelle.

— Balancez-moi ce Janus dans une décharge de la ville, et foutez-y le feu pour que Francesca ne puisse même pas l'enterrer, dit Cèsar en s'adressant aux deux Clowns noirs qui avaient amené le prisonnier.

Il se retourna vers Sixie.

— Tu voulais me dire quelque chose, sista' ?

Il pleurait.

Bruxelles. *02.54 p.m.*

Mathilde Van de Vogh avait posé sur sa table basse le petit papier qu'elle avait trouvé dans sa blouse, dans le casier de son vestiaire, comme chacun des matins précédents, et sur lequel une main nerveuse avait écrit : « Des nouvelles demain / LiveChaud/ 02.30 *p.m.* »

Elle avait vu le meurtre en direct. Elle sursauta quand elle vit sa sœur apparaître sur l'écran de l'ordinateur après un mouvement de caméra. Sixie portait un tee-shirt noir floqué de la phrase : « Il repassera par là. » Elle portait son masque de licorne. Il était impossible de deviner quelles émotions l'habitaient sous le faciès fantastique, impassible, qui la dissimulait. Était-ce seulement sa sœur ? Oui, Mathilde reconnut le tatouage sur son bras gauche. À côté d'elle, un garçon nettement plus grand portait un tee-shirt : « Il est passé par ici », et un masque de Mickey Mouse.

La voix de Cèsar Diaz dit :
— Je crois qu'il est temps d'introduire les acteurs de notre grand jeu d'aujourd'hui. Je vous présente Sixie-Dreamy et Jérémy Villain. Comme vous le savez si vous avez suivi nos précédents épisodes, nous les avons enlevés hier dans le bureau de l'infâme juge Henkel. Et nous les avons emmenés ici avec nous. Et maintenant, nous allons leur poser une question, une seule. Tu y vas, Nada#1 ?
La voix de Nada#1 enchaîne :
— Nada#1 doit savoir. Êtes-vous avec Nada#1, êtes-vous des Clowns noirs ?
Silence. Jérémy, puis Sixie, secouent la tête, lentement, en signe de dénégation. Les masques confèrent à la scène une dimension grotesque et étrangement mélancolique.
— Bien. Alors tant pis, déclare Cèsar Diaz. Mais venez près de moi. Venez, venez...
Sixtine et Jérémy s'approchent de Cèsar. Cèsar porte désormais un masque, lui aussi. Un masque de furet.

— Voilà. Nos deux amis se retrouvent dans la position de beaucoup d'entre vous. Ils refusent de rejoindre l'Armée des Clowns noirs. Eh bien, ils vont naviguer entre les balles et vont devoir éviter les balles perdues...
— Pas perdues pour tout le monde, dit Nada#1.
— Effectivement, dit Cèsar Diaz.

Tombeau de Pessoa (3). *02.56 p.m.*

Ils posèrent tous les trois devant le tombeau de Pessoa : la licorne, Mickey Mouse et le furet. Cèsar plaisantait pendant que l'un des Clowns prenait des clichés, comme un touriste qui immortalisait sa visite d'un lieu célèbre avec sa famille – pas comme un terroriste photographiant ses otages.

La séance photo terminée, Cèsar Diaz se tourna vers Sixie et Jérémy.

— Vous pouvez garder les tee-shirts, si vous voulez. En souvenir.

L'aveu. *02.57 p.m.*

Nada#1 retire son masque, il porte sa couronne. Il parle face caméra :
— Bien. Et maintenant, voici le programme de notre démonstration. Nous allons jouer immédiatement à Hashashin XI, un jeu qui consiste à endosser le rôle des adeptes de la secte des Hashashins, ou celui des flics qui les pourchassent, ou celui de leurs proies. Nous, les Clowns, serons les Hashashins, puisque la police et la presse ont décidé que nous étions les méchants. Ces deux jeunes gens seront les proies. Et les flics auront

leur propre rôle – le moins gratifiant. Les règles sont claires. Pour passer le niveau 3, Sixie et Jérémy devront survivre tous les deux. Nous avons, pour notre part, mission de les éliminer et d'échapper à la police. Mais ces jeunes gens pourront-ils vraiment compter sur les flics, censés les protéger ? Ou ces derniers seront-ils davantage obnubilés par l'idée de me traquer ? C'est ce que vous découvrirez dans notre épisode du jour !
Le plan s'élargit, Sixie et Jérémy apparaissent de nouveau, cette fois têtes nues, sans masques. Cèsar se tourne vers eux, en souriant, puis il regarde sa montre.
— Cela fait maintenant plus de dix minutes que je parle en direct. Vu que nous n'entendons aucune sirène, la preuve est faite que la police portugaise ne connaît pas très bien son patrimoine architectural et littéraire et qu'elle préfère, comme toutes les polices d'Europe, se fier à la géolocalisation de notre LiveChaud plutôt que de faire marcher son intellect.
— La technique a remplacé la culture, dit Nada#1.
— C'est pourquoi, reprend Cèsar, pour que la partie puisse commencer, j'indique que nous nous trouvons devant le tombeau de Fernando Pessoa. J'invite d'ailleurs tous les internautes à télécharger immédiatement, puis à lire, l'ensemble des œuvres réelles de tous les auteurs qu'il a inventés. Du mensonge naît la vérité. Et j'invite les flics à se dépêcher de nous rejoindre.
L'écran passe en split screen, une mosaïque montrant une dizaine de vues du monastère des Hiéronymites. Sur certaines des images, on voit des silhouettes noires, capuche sur la tête, traverser qui un cloître, qui une salle capitulaire, qui une crypte.
La voix de Cèsar Diaz ajoute en off :
— Au fait, je dois encore vous dire quelque chose. Nous n'avons pas posé la bombe de la place Monge.

« Jeronimos. » *02.58 p.m.*

Le commissaire de Barros murmura :

— Fernando Pessoa... Mosteiro dos Jerónimos...

Moins de trois minutes plus tard, alors que le central de sécurité des Hiéronymites persistait à sonner dans le vide, les premières voitures de police partaient en hurlant. Deux hélicoptères décollaient.

À bout de souffle. *02.59 p.m.*

Jérémy courait devant Sixie. Ils atteignirent, hors d'haleine, le fond de la galerie est, l'armurerie. Pendant qu'elle reprenait son souffle, il choisit deux pistolets automatiques, un Desert Eagle et un colt 45, et en passa un troisième à Sixie. Elle secoua la tête :

— Je ne saurais pas m'en servir...

— Ils ne joueront pas à nous endormir, cette fois, répondit Jérémy.

Il insista du regard. Elle prit l'arme. Il lui montra comment engager le chargeur, défaire le cran de sécurité et faire monter la première balle. Il dit :

— Si tu dois tirer, fais-le sans hésiter, Sixtine. Vise les jambes, tu les toucheras à la poitrine. C'est eux qui nous y obligent.

Elle sentit que Jérémy voulait qu'ils s'en sortent tous les deux, *ensemble*. Sans la rassurer, cela lui procura une bouffée de chaleur humaine.

— On retourne à la chapelle, dit-il. Et on attend là-bas l'arrivée des flics. Sans eux, de toute façon, on n'a aucune chance. Les cibles sont unies dans leur sort. Si l'une des deux meurt, l'autre ne peut passer au niveau suivant…

Il parlait comme si cela ne les concernait pas vraiment. Comme s'ils n'étaient pas les « cibles » de la partie.

— Il ne se passera rien tant que la police ne nous aura pas rejoints, insista-t-il. Nada#1 veut l'affrontement avec les flics. Mais une fois qu'ils seront là, on ne pourra pas se contenter de se réfugier auprès d'eux. Dans le jeu, les Hashashins sont habiles et prêts au sacrifice suprême pour accomplir leur mission…

— Et moi, je… je dois faire quoi ? demanda simplement Sixie.

03.02 p.m.

Ils attendaient, le dos plaqué au mur, des deux côtés de la porte de la chapelle.

— Si un Clown entre, laisse-moi tirer et couche-toi pour éviter les balles perdues, ajouta Jérémy à mi-voix. S'ils me touchent, ce sera ton tour de tirer.

Sixie savait qu'elle n'y arriverait pas, elle n'aurait pas les bons réflexes. Elle mourrait. La crosse de son pistolet était froide et humide dans sa main moite. Elle sentait son cœur battre follement dans sa poitrine. Elle ne parvenait pas à croire que la situation était réelle, tout ça paraissait si romanesque, si scénarisé.

Ils entendirent le vacarme des sirènes de la police, puis le crissement des voitures qui se garaient, les consignes des hommes qui entraient. Les Clowns n'avaient encore rien tenté… Allaient-ils vraiment disputer cette « partie » ?

— Dès que je sors de la chapelle, tu me suis. Mais tu restes à trois mètres derrière moi, pour compliquer la tâche des Nadas. Et si…

Soudain, il se tut, les doigts sur les lèvres.

Des pas résonnaient sur les dalles de pierre de la galerie. Ça ne pouvait pas déjà être la police. Quelqu'un, plusieurs personnes, en fait, approchaient en marchant tranquillement. Elle regarda Jérémy, qui leva son arme.

Les pas s'arrêtèrent devant la porte. Sixie entendit un cliquetis métallique, puis un cylindre de métal noir rebondit entre elle et Jérémy et roula jusqu'au fond de la chapelle où il se mit à fumer.

— Du gaz ! cria Jérémy.

Il la rejoignit, courbé en deux. Elle entendit deux détonations mates au moment où il passait devant la porte.

Lacrymos. *03.05 p.m.*

Jérémy n'avait rien ressenti, pas de douleur. Les Nadas l'avaient manqué. Mais les Nadas tiraient à vue. La fumée envahissait la chapelle. Son cerveau analysait posément la situation, plus rationnellement qu'il n'aurait osé l'espérer. Il se sentait aussi calme que devant sa console. Il s'efforçait de conserver ce sang-froid, se répétait : « Ce n'est qu'une partie, une partie. Tu *dois* la gagner, mais ce n'est qu'une partie. »

La fumée lui brûlait les yeux.

Il se colla contre Sixtine qui n'avait pas bougé.

— On recule, on prend la pièce en enfilade, et on continue d'attendre les flics, lui chuchota-t-il.

Combien de temps tiendraient-ils là-dedans ? La fumée lui écorchait les muqueuses du nez, de la gorge. Gaz irritant ? lacrymo ? asphyxiant ?

— Déchire un bout de vêtement et mets-le devant ta bouche, ordonna-t-il à Sixtine. Ferme les yeux, n'essaie pas de t'empêcher de pleurer. Si c'est du gaz lacrymo, on a une chance de tenir. Si c'est du paralysant…

Elle hocha la tête, elle s'exécuta. Méritait-il sa confiance ? Maud avait cru en lui elle aussi, et il l'avait dénoncée. Elle s'était tuée à cause de ça.

« N'y pense pas, pas maintenant. Reste en vie, garde Sixtine en vie. Gagne cette partie », murmura une voix en lui. À ce moment, il entendit des cris qui venaient du dehors, et des coups de feu.

« Ce n'est qu'une partie, joue-la comme une simple partie… »

Lacrimosa. 03.06 p.m.

Sixie pleurait toutes les larmes de son corps, elle avait l'impression qu'on lui avait jeté du poivre dans les voies respiratoires. La pièce était plongée dans le brouillard. Des cris, des ordres, des coups de feu éclataient dehors.

Jérémy semblait savoir ce qu'il faisait.

Elle n'avait pas lâché son arme. Elle vit deux ombres à travers la fumée, deux silhouettes qui semblaient encapuchonnées. Elle étouffa un cri. Jérémy chuchota en toussant dans sa main :

— Planque-toi au fond de la pièce, ne fais pas de bruit, reste allongée sur le sol. Ils nous cherchent…

— Et toi ?

— Je vais les tuer. Ne bouge pas quoi qu'il arrive, les flics finiront par te trouver.

Elle recula lentement, accroupie, à tâtons, touchant le sol de sa main libre, cherchant le mur de pierres. Elle l'atteignit enfin. Elle n'en pouvait plus, son visage poissait de larmes et de morve, elle avait l'impression que sa langue gonflait dans sa bouche.

Aigle du désert,

Jérémy avançait en rampant. Ne pas tousser. Il avait défait le cran de sécurité de ses pistolets. Sa vision était brouillée par les larmes. Les ombres avaient disparu dans la fumée.

De nouveau, il entendit des cris, plus proches, des détonations. Si au moins il avait pu savoir où étaient les flics… Les tirs suivants résonnèrent à quelques mètres de lui seulement. Puis Jérémy vit les deux Clowns noirs courir vers la sortie de la chapelle. Il tira dans leur direction, au jugé, cinq fois. Mais il n'avait pas prévu le recul de son arme. Au moins quatre des cinq balles du Desert Eagle touchèrent le plafond, il entendit leur net impact. On répliqua, il roula sur le côté.

Lewis Caroll,

Sixie haletait, appuyée contre le mur. Soudain, elle se sentit basculer. Le mur se dérobait. Elle tomba en arrière, comme dans un trou sans fond.

Elle songea, en un éclair, à *Alice au pays des merveilles*, au lapin blanc.

VO non sous-titrée,

On tirait dans la chapelle depuis la galerie. On hurlait en portugais.

Les flics, c'étaient les flics ! Le salut.

Jérémy réussit à crier, entre deux quintes de toux :

— *Friends ! We are friends, we have no guns anymore !*

Bon sang, il aurait *vraiment* dû faire plus gaffe en cours d'anglais… Il lança ses deux armes vers la porte. Il les entendit rebondir sur un mur ou sur le dallage de la galerie. Il décida de sortir. Il s'avança, courbé en deux. Il toussait, il essayait de lever les mains tout en baissant la tête pour ne pas prendre une balle.

Les flics… Le salut…

— *Friends ! Amigos !*

Il trouva la sortie – rectangle de lumière embrumé par le gaz poivré. Quand il déboucha enfin dans la galerie, six hommes en uniforme le mirent en joue et lui intimèrent des ordres auxquels il ne comprit rien.

Soudain, il vit l'un d'eux tomber sur le sol. Une fléchette hypodermique était plantée dans son cou. Les autres se mirent à hurler. L'un des officiers l'attrapa par le col, le tira en arrière, pour l'abriter derrière deux autres policiers qui s'étaient agenouillés et tiraient dans la direction d'où la fléchette était partie, sur la galerie, de l'autre côté du jardin du cloître.

Sous-sol. *03.09 p.m.*

— Jérémy !

Sixie tomba sur un matelas, puis se retrouva dans des bras – ou étaient-ce les bras qui l'avaient happée et tirée en arrière jusqu'au matelas ? Les bras la passèrent à d'autres bras, comme si elle avait affaire à un être fabuleux. Elle était dans un souterrain.

Elle voyait des lueurs minuscules autour d'elle, des lampes frontales dont le faisceau avait la taille d'un rayon laser.

— Jér…

Une main se posa sur sa bouche. On la transportait comme un sac, comme si elle ne pesait rien. Une sorte de colosse s'empara d'elle. Elle battit des pieds dans le vide.

Au balcon. *03.09 p.m.*

Les officiers portugais en blouson de cuir, képi sur la tête, poussèrent Jérémy vers l'escalier au fond de la galerie.

— *Downstairs… Go downstairs*, lui dit l'un d'eux avec un épouvantable accent.

— *Wait a minute*, répondit-il. *There is a girl in that room ! We were prisoners, prisoners of Cèsar Diaz !*

Les policiers se regardaient l'un l'autre. Ils avaient reconnu le nom.

— *He was there ?*

— *He is still here. And there is a young girl… There.*

Jérémy montrait la porte de la chapelle. L'un des policiers secoua la tête. L'autre appela son supérieur.

De l'autre côté du cloître, deux Clowns noirs tiraient à l'arbalète.

Il y eut des bruits de course, à l'étage inférieur, puis des rafales d'armes lourdes éclatèrent au-dessus d'eux. Les renforts débarquaient en masse dans le jardin, sous la galerie.

The Dark Places (1). *03.11 p.m.*

On avait fait dégringoler deux étages à Sixie. Elle était passée d'une paire de bras à une autre, une main toujours sur sa bouche, le souffle coupé, le ventre scié.

On la posa par terre sans ménagement.

Elle était assise sur de la pierre, dans une sorte de crypte. Un soupirail étroit comme une meurtrière laissait passer un filet de jour. Le jour, la liberté…

— À moi, je vous en prie ! Jérémy !

— Tais-toi, murmura une voix d'homme depuis le fond de la crypte.

Derrière elle, un autre homme la poussa dans le dos pour qu'elle se relève. Debout, elle *sentit* que le plafond était très bas, à quelques centimètres de ses cheveux. L'homme qui venait de la pousser devait sans doute se courber. Il la fit avancer vers le soupirail. Elle se haussa sur la pointe des pieds et vit le jardin du cloître. Des dizaines de policiers y pénétraient en courant, arme au poing. Des coups de feu retentirent.

Elle voulut appeler au secours. L'homme derrière elle sembla le deviner et dit :

— Tais-toi. Nada#1 veut te parler.

Puis elle l'entendit s'éloigner. Elle se retourna. Était-elle seule ? Elle se hissa de nouveau sur la pointe des pieds, le menton au ras du soupirail.

— À moi ! cria-t-elle dans le vacarme. À m…

Une main sortie de l'ombre se posa sur sa bouche. Quelqu'un dont elle entendait le souffle la tenait collée contre lui.

— Écoute-moi, Sixie, c'est Cèsar qui te parle. Je ne suis pas Nada#1 à cette minute. Ne crois rien de ce que tu as vu. Fais-moi confiance.

Sans grand effort, il la força à quitter des yeux le soupirail, à se retourner vers l'intérieur de la pièce.

— Regarde, dans cette crypte il y a un fantôme, comme dans ton cauchemar…

Elle écarquilla les yeux. Elle vit un Clown noir sortir de l'ombre, tête nue. C'était l'homme que Cèsar Diaz avait abattu sous ses yeux moins d'une heure plus tôt. Vittorio. Elle crut que ses jambes allaient flancher.

Elle sentait le poids de Cèsar contre elle, la main de Cèsar qui la bâillonnait, l'air se frayant difficilement un passage jusqu'à son nez. L'autre main de Cèsar lui maintenait les deux poignets dans le dos. Son cœur semblait battre plus fort dans sa poitrine, son sang bourdonnait comme un *beat* contre ses tempes.

— Tu te souviens de SixFan#1 ? SixFan#1 est mon ami. SixFan#1 t'expliquera tout. Mais d'abord, tu dois me faire confiance… Ou tu dois me tuer. Comme tu voudras.

Elle se débattit un peu. Cèsar lui serra les poignets plus fort, au point que son emprise fut douloureuse. Il murmura à son oreille :

— Ne bouge pas, sinon je vais te faire mal.

Elle ne sut interpréter s'il s'agissait d'une menace ou d'un conseil.

Poignard. *03.20 p.m.*

Nada#1 sentait Sixie haleter – ce corps menu, presque enfantin. Ses côtes se soulevaient follement, comme si elle était hors d'haleine. Elle avait peur de lui. Elle devait le haïr à cet instant, vouloir le tuer. Elle était à sa merci, la jolie petite princesse Zelda dans les pattes du Hashashin…

Cèsar secoua la tête pour faire refluer Nada#1 en lui : non, c'était juste une gamine. Une enfant. Pas une cible. Il retroussa son pantalon de treillis, dégagea le poignard qu'il avait sanglé sur sa cheville gauche où un tatouage en dessinait l'ombre. La lame noire mate ne brilla même pas quand elle sortit de la gaine.

***The Dark Places* (2).** *03.20 p.m.*

— Tu te souviens de ton rêve ? La cave, l'inconnu, le couteau…

Cèsar avait relâché les poignets de Sixie. Elle sentit qu'il glissait quelque chose dans sa paume, un objet dur.

— Prends le couteau. Regarde-le.

Elle ramena sa main droite devant elle, vit dans la lueur du soupirail qu'elle tenait un couteau de chasse, à la lame dénudée, hérissée de crans. Elle le reconnut : l'arme du cauchemar. Elle ouvrit les doigts pour le relâcher, Cèsar murmura :

— Non. Garde-le. Il est à toi.

Elle obéit, subjuguée.

— Nous y sommes, Sixie. Je vais retirer la main qui te bâillonne. Tu peux crier, ils t'entendront peut-être. Tu peux t'enfuir, et je ne te retiendrai pas. Mais dans ce cas, tu ne sauras rien, tu n'auras pas l'explication…

Elle sentit que Cèsar s'écartait d'elle. Sa bouche fut libérée, enfin. Elle aspira une grande goulée d'air frais, éprouva presque physiquement l'action de l'oxygène qui gonflait ses poumons, de l'hémoglobine qui en chargeait son sang, des artères qui remontaient le sang rouge vif jusqu'à son cerveau. Elle fut prise d'un étourdissement. Elle chancela, s'accroupit, posa sa main gauche par terre pour ne pas tomber. Elle tenait toujours l'arme dans sa main droite. Elle était dos à Nada#1.

Elle se retourna.

— Au secours ! lança-t-elle, d'une voix forte, mais sans crier.

Cèsar mit un doigt sur sa bouche.

— Attends, Sixie-Dreamy… Attends, rien ne t'empêchera de crier après.

Il fit un pas vers elle. Elle recula. Le fantôme de Vittorio avait été happé par l'ombre. Où était-il ? Derrière elle ?

— Au secours ! cria-t-elle cette fois.

Son cri résonna étrangement dans la cave. Dehors le vacarme de la fusillade était tel que personne ne l'entendait. Elle était seule.

— Tu ne veux pas savoir ? chuchota Cèsar. Tu ne veux pas comprendre pourquoi tu t'es retrouvée au centre de tout ça, pourquoi SixFan#1 t'écrit depuis des mois, pourquoi nous t'avons piégée, puis enlevée ?

— Au sec… !

— Chuuut… Tu dis que tes rêves portent malheur, mais en es-tu sûre, Sixie-Dreamy ?

Que faisait-il ? Il voulait l'hypnotiser ? Elle tenait le couteau. Elle reconnaissait la cave – le décor de son rêve.

— Alors, tue-moi. Essaie de me tuer.

Cèsar la regardait, amusé. Il écarta les mains pour lui montrer qu'il ne portait pas d'arme, puis décrivit un cercle dans la pièce à peine éclairée. Avec le pouce, il mima le signe d'un égorgement, d'une oreille à l'autre.

— Comme ceci ? C'est comme ceci que tu me tuais ? Ah, non, tu me poignardais dans le ventre…

Il se mit torse nu, comme il l'avait fait dans son rêve. Elle allait le poignarder. Elle avait déjà accompli ce geste. Elle voulut se remettre à crier, mais l'appel au secours resta bloqué dans sa gorge. Sa bouche était sèche, si sèche. Elle sentit qu'il se laisserait éventrer. Pendant qu'elle le tuerait, il continuerait de sourire en la regardant. Il était fou. Il assassinait ses amis. Non, Vittorio était vivant. Les fantômes n'existaient pas hors de ses cauchemars. Était-elle dans un cauchemar ? Ses tempes la lançaient.

Les voix des flics, dehors, en portugais. Quelques détonations, encore. Sa main serra le couteau. Ses doigts jouèrent sur le manche pour ajuster la prise.

Cèsar dit :

— Tu peux savoir, Sixie… Mais avant, tu dois vaincre ton cauchemar.

Ses muscles, ses nerfs, ses ligaments semblaient décider pour elle. Elle était comme possédée. Les démons voulaient tuer, ils lui avaient dit qu'elle tuerait Cèsar… Elle fit deux pas vers lui.

Elle ferma les yeux. Il dit :

— C'est toi qui choisis, sista'.

Elle dut faire un effort pour relâcher ses doigts crispés sur le manche, un par un, en commençant par l'auriculaire. Le couteau pivota entre son pouce et son index, puis tomba par terre. Cèsar lui sourit largement de cet air enfantin qu'il avait parfois.

— Mathilde serait fière de toi, dit-il.

Sixie sentit ses nerfs lâcher à l'évocation du nom de sa sœur. Elle fondit en larmes. Cèsar la prit dans ses bras, elle s'affaissa contre lui, quelque chose d'instinctif. Cèsar chuchota contre son oreille :

— On est les gentils, Sixie. Crois-moi.

Puis il la repoussa légèrement et la regarda avec une intensité qu'elle ne lui avait jamais vue.

Elle hésita une seconde, renifla comme une toute petite fille.

— Tu… tu ne vas pas me tuer, maintenant ? demanda-t-elle.

— Non. Je ne tue pas, Sixie. Nous jouons la partie dans le même camp.

Il lui passa une lampe frontale.

— Mets ça autour de ta tête et suis-moi sans un mot.

***Dead.** 03.21 p.m.*

Depuis la galerie, des flics arrosaient le toit opposé avec leurs pistolets mitrailleurs. D'autres tiraient depuis le jardin.

L'officier moustachu, hésitant et « anglophone » revint en courant avec Jérémy vers la chapelle. Ils entrèrent dans la pièce. La fumée stagnait encore, ils toussèrent, crachèrent.

Jérémy appela :

— Sixtine ! Sixtine !

Pas de réponse. Une nappe de vapeur flottait à mi-hauteur d'homme comme dans un bain turc.

— Sixtine !

Il fouillait le sol, se penchant, tâtonnant de ses pieds, plongeant en apnée dans la nappe de gaz, espérant, et redoutant à la fois, rencontrer le corps de Sixtine. Elle n'était pas là… C'était à n'y rien comprendre, à en devenir fou. Il avait fait deux fois le tour de la pièce. Le gaz s'évacuait.

— *Where is she ?* demanda un deuxième officier, avec un fort accent portugais.

— Elle était avec moi, il y a quelques minutes, répondit Jérémy. Attendez !

— *We want Cèsar Diaz*, dit la voix en s'éloignant.

— Attendez… Elle était avec moi…

03.25 p.m.

— *She is dead*, dit le premier policier d'un air navré. *Look…*

Il poussait Jérémy vers la galerie. Il lui montra cinq corps de flics qu'on avait appuyés contre le mur, une seringue hypodermiques encore plantée dans le corps. On attendait le médecin. Deux autres policiers restaient, agenouillés, à côté d'eux. Tout autour, une douzaine d'hommes en armes parlaient dans des radios, couraient dans tous les sens.

Jérémy se pencha : le jardin du cloître présentait l'apparence d'un *no man's land* après une bataille, fragments de pierre, colonnes à moitié brisées par les impacts, corps allongés de tout leur long…

— *Look…*

— *Wait… She cannot be dead… She was with me…*

— *They go… out…*

Le flic lui expliquait que deux Clowns noirs étaient sortis de la chapelle en tirant, peut-être trois. Sixtine n'était pas là.

Sous le signe du verso. *03.25 p.m.*

Mathilde retourna le petit mot qu'elle avait trouvé dans son casier. Au verso, la même écriture que sur chaque message avait tracé et souligné une phrase : « Ne crois pas ce que tu vois. »

#2. *05.00 p.m.*

Theo exécuta les tâches que supposait un départ en bateau, s'efforçant de ne pas réfléchir au sens de ses gestes. Il devint Nada#2, celui qu'on attendait qu'il soit : il donna des ordres pour le chargement du voilier, vérifiant l'équilibre des masses qu'on rangeait dans la soute, déroulant les voiles noires pour les laver.

Si Sixie revenait libre de Lisbonne, elle pourrait fuir. Il ne pouvait faire que cela : préparer sa fuite.

En fin de journée, il se réfugia sur le bateau, où il était moins dérangé par l'armée clandestine de son frère. Les Clowns noirs qui montaient à bord ne lui parlaient pas, ou si peu, lançant parfois une phrase qui se voulait amicale dans sa direction. Il montrait alors ostensiblement son iPod vissé sur ses oreilles, leur indiquant qu'il ne pouvait les entendre.

Il n'était pas leur ami. Il était le frère de son frère qui était leur ami, leur chef, leur roi ; leur fou. Cèsar Diaz était Nada#1 et, désormais, Theo ne voulait plus rien avoir à faire avec lui. Il ne voulait plus porter son nom, son uniforme, et il ne voulait plus jamais être victime de sa mégalomanie.

Le bilan humain des guerres civiles. *06.30 p.m.*

Jérémy avait passé l'après-midi devant un officier portugais laconique. Avec l'aide d'un interprète d'une maladive maigreur, il lui raconta tout : l'enlèvement, l'exécution de Vittorio, le jeu, la disparition de Sixtine.

Il lui dit aussi que Cèsar Diaz leur avait donné rendez-vous en Algarve, au sud du Portugal, pour aller en Afrique si lui et Sixtine parvenaient à s'échapper.

Il ne cessait de répéter :

— Elle était avec moi dans la pièce l'instant d'avant… Je voulais la protéger.

L'interprète avait depuis longtemps cessé de traduire cette rengaine.

Vers le soir, on annonça à Jérémy qu'il serait transféré à Paris le lendemain. D'autres policiers devaient l'attendre là-bas pour lui poser d'autres questions, à moins que ce soit les mêmes. Il s'en foutait.

On avait retrouvé un corps entièrement carbonisé dans une décharge. C'était peut-être Vittorio De Lorenzo, mais l'identification serait longue, si elle était possible.

45

NUIT 88

Tumblr. *08.00 p.m.*

La campagne « Il court il court le furet » commença officiellement à 8 h du matin à Lisbonne, Londres et Dublin – 9 h à Paris, Rome, Berlin, Milan, Varsovie ; 10 h à Athènes ; 11 h à Moscou.

Photo postée sur le site de la Black Clowns Army, rubrique « AnimauxDeCompagnie »

Un homme à tête de furet, torse nu, un holster vide enfilé à même la peau, un revolver dans la main droite. À côté de lui se tiennent une adolescente au bras gauche tatoué, petite, maigre, qui porte un tee-shirt noir floqué « Il repassera par là » et un masque de licorne, et un jeune homme dont le tee-shirt dit « Il est passé par ici », et qui arbore le masque souriant, inquiétant d'hébétude de Mickey Mouse.

La photo fut reprise sur des centaines de pages DKB, Tumblr et autres réseaux sociaux, mais aussi par les sites d'information générale. On estima qu'elle avait été vue cinq millions de fois au cours des vingt premières heures de son voyage sur le Web.

Armée des ombres. *08.00 p.m.*

Sixie était restée des heures collée contre Cèsar et Vittorio immobiles dans ce qui ressemblait à un local technique enterré.

Maintenant, Vittorio les avait laissés, et elle courait avec Cèsar dans un système de galeries assez complexe. Les souterrains en pierre de l'antique monastère avaient fait place à des galeries du XXe siècle, semi-circulaires, en béton, parcourues par des dizaines de tuyaux de métal vétustes et de gaines… Se trouvaient-ils dans les égouts ?

Parfois, ils entendaient des bruits de pas, quelque part, dans une galerie proche. Deux fois de suite, le pied de Sixie buta sur quelque chose.

— Ça ira, sista' ? s'inquiéta Cèsar la deuxième fois. Tu peux encore courir ?

D'une voix toute différente, il ajouta :

— Nada#1 peut te porter. Nada#1 est la toute-puissance.

Il était fou. Elle était folle de le suivre. Quelque chose en elle lui disait que c'était ce qu'il fallait faire. Il lui avait parlé de Mathilde. De SixFan. Il avait pris le risque d'aller au bout de son rêve.

De temps en temps, elle apercevait des lueurs devant eux, aussi chirurgicales que celle de sa lampe frontale – des rais de lumière blanche presque bleue qui trouaient l'obscurité. Quand ils s'en approchaient, deux ou trois silhouettes de Clowns noirs se plaquaient alors contre la paroi d'une des galeries et les laissaient passer avec un hochement de tête amusé, complice, à l'intention de leur général.

La singulière Armée des Clowns couvrait leurs arrières, dégageait leurs avants.

Sixie courait à perdre haleine.

L'odeur qui planait était de plus en plus pestilentielle, l'obscurité totale. Cèsar se maintenait à son niveau, se retournait régulièrement pour lui lancer des coups d'œil.

— Ça ira, sista' ?

08.45 p.m.

Les souterrains débouchèrent au cœur des ruelles de l'Alcântara, sous l'aqueduc des Eaux libres. Ils étaient six à ce moment : cinq jeunes gens portant le sweat noir à capuche, dont Cèsar, et elle. Ils se séparèrent après avoir échangé un signe complice, le poing posé brièvement sur le cœur.

Elle resta seule avec Cèsar. Le crépuscule du soir voilait le ciel. De loin en loin, on entendait des sirènes de police. En passant devant un petit restaurant, elle vit le visage de Nada#1 que le poste de télé affichait. Puis elle vit le sien, une photo de sa page DKB. Quand elle voulut lui poser une question, Cèsar se tourna vers elle et dit :

— Chut, sista'. Tu auras des réponses, mais en leur temps. SixFan te dira tout, SixFan sait tout.

Il cligna de l'œil, exactement comme s'il était redevenu le doux dingue qui l'avait attendue en bas de son immeuble, un soir – il y a un siècle, environ ?

Ils montèrent dans une voiture petite, puissante. Cèsar lui dit de s'allonger sur la banquette arrière, lui tendit deux cachets d'un rose fané qu'elle reconnut.

— Tu dors. Et si les flics nous arrêtent, tu ne tentes rien, tu ne fais rien, tu ne nous as pas suivis. Je t'ai emmenée de force, comme otage. Même s'ils me tuent, toi, tu as une chance de rester vivante.

La voix grave enchaîna :

— Mais on ne tue pas Nada#1, Nada#1 va seul vers la mort.

— Gobe tes somnifères, reprit Cèsar de sa voix chaleureuse. Ce sera plus facile comme ça.

Sixie perdit conscience quelques instants plus tard, alors qu'ils traversaient à grande vitesse des faubourgs inconnus.

Interpol. *09.30 p.m.*

Francesca Bianca-De Lorenzo avait été arrêtée et conduite dans un bureau de la police italienne, où elle dut répondre à un flot ininterrompu de questions. Au bout de quelques heures, des flics français du bureau de lutte antiterroriste rejoignirent leurs collègues italiens pour l'interroger.

Comme le soir du KO#1, elle répéta qu'elle ne savait rien sur le PIFR, c'était le monde de Vittorio. Elle ignorait qu'il avait fait partie d'une « Armée de Clowns noirs ». Elle ignorait qu'il avait été en lien avec une commissaire parisienne, qu'il avait trahi son ami Cèsar Diaz.

En revanche, elle avait pu répondre aux questions des policiers français. Oui, elle avait connu un Antonio Giuli, étudiant à la faculté de Gênes, brillant agitateur anarchiste. Elle était sa petite amie à l'époque. Oui, Cèsar Diaz et Vittorio De Lorenzo étaient alors des amis d'Antonio. Mais non, ce n'était pas de cet Antonio Giuli dont la police parlait ; parce que, selon ce que lui avaient dit Cèsar et Vittorio, Antonio Giuli avait été assassiné par la police, suite aux émeutes qui avaient éclaté dans la faculté de Gênes.

Oui, il était possible que Cèsar Diaz ait lancé cette opération contre la police uniquement pour venger la mémoire d'Antonio Giuli, qu'il considérait presque comme un frère.

— Pourquoi ne nous avez-vous pas donné ces informations quand nous vous avons interrogée ? demanda le commissaire italien qui se trouvait face à elle, visage tendu.

— Parce que vous ne m'avez pas posé la question. Et parce que je n'aime pas trop parler à la police depuis la mort d'Antonio.

— Et pourquoi vous nous en parlez maintenant ? demanda le commissaire français du bureau de lutte antiterroriste.

— Parce que Cèsar a tué mon deuxième amour, dit-elle, la voix un peu tremblante.

Puis elle plongea la tête dans ses mains, et fut secouée de sanglots brefs, secs.

Zone de transit. *09.30 p.m.*

Dans sa cellule en sous-sol, théoriquement réservée aux immigrants clandestins, Jérémy entendait les annonces de l'aéroport, qui appelaient les passagers aux portes d'embarquement. Son oreille se faisait progressivement au portugais et à l'anglais, qui alternaient, transformant la rumeur en mots, en phrases, en destinations. Dans quelques heures, les flics français viendraient le chercher. Ils prendraient le premier vol pour Paris, avait dit l'interprète du commissariat. Il retournerait dans une pièce aveugle et blanche du bureau de lutte antiterroriste, comme celle dans laquelle Maud s'était pendue.

Trois policiers portugais gardaient la porte de sa cellule.

Il entendit le dernier appel, vol pour Bangkok, Thaïlande, via Londres et Dubaï. Il avait rêvé de partir en Asie avec Maud, de fuir ensemble ce continent trop vieux – un rêve de vie à deux, et d'opium. Il se mit à pleurer. Il pensait à tous ces moments où il avait déserté. Maintenant qu'il avait perdu Maud, ses trips d'opium lui paraissaient dérisoires et stupides. Comment avait-il pu croire que la vie était plus belle, plus brillante, plus fascinante ailleurs, alors qu'il avait Maud vivante à ses côtés ?

Les prophéties sont parfois autoréalisatrices.
11.01 p.m.

Fanelli trouva sans mal le Prospect of Whitby. C'était, disaient les guides, l'une des tavernes les plus anciennes de Londres. Dickens avait trinqué ici. Et avant lui Samuel Pepys. L'endroit avait été comme congelé, intact, dans l'encaustique et le cuivre, alors qu'alentour les quais de la Tamise avaient été rasés, puis reconstruits avec du verre, du béton, de l'acier…

Dans l'établissement, il n'y avait plus d'écrivains, seulement des jeunes gens de la City qui discutaient affaires, loisirs coûteux, ou dialoguaient avec leurs ordinateurs portables. Gouvenon lui avait dit que Daniel Pardy – DanyL – se connectait ici presque tous les soirs. En entrant, Fanelli repéra très vite l'étudiant en littérature francophone, visiblement captivé par l'écran qui reflétait sur son visage de métis sa lumière blafarde. Le commissaire traversa la pièce, s'assit à la table cirée du jeune homme. Il se retourna et commanda un café. Ça puait la bière et l'alcool de grain. Daniel Pardy lâcha son écran des yeux et le regarda, incrédule, les mains en suspension au-dessus de son clavier.

— J'ai un flingue dans ma poche, dit Fanelli. Je vise ton genou droit. On va sortir tous les deux très sagement de cet endroit. Et tu vas me dire où je peux trouver les gens que je cherche.

— Je ne crois pas que je devrais…

— Ce n'était pas une question, Pardy. C'était le programme.

Ils marchaient sur les bords de la Tamise. Fanelli serrait le jeune homme contre le quai du fleuve, lui coupant toute possibilité de fuir. Il voyait de l'effroi dans ses yeux.

Daniel Pardy admit avoir tourné un bout de film avec un sosie de Sixie, sur une colline. Il prétendit ne pas avoir su que la suite serait un snuff movie. Il ignorait que ceux qui l'avaient contacté étaient des tueurs.

— Comment t'ont-ils contacté ?

— Sur ma page DKB… Ils m'ont envoyé le cauchemar de cette fille, et m'ont dit qu'ils voulaient en faire un film.

C'était vrai, Gouvenon avait retrouvé ce message, anonyme, dans le Sommaire des Jours.

Il avait été envoyé d'un smartphone volé.

— Et puis ?

— Ça m'a amusé.

— Amusé ? C'est tout ?

— Je… Ça m'a excité, voyez-vous… Ils m'ont dit que cette fille avait des visions, des intuitions, des… comment dites-vous…

— Prémonitions ?

— Oui, c'est ça. Ils lui ont consacré un forum privé, « Visions of Witchcraft ». Je suis allé sur le forum, et j'ai été… intrigué. Alors, j'ai tourné dans ce film, et…

— Tu mens.

Il saisit le bras droit de l'étudiant, le serra. Deux passants ralentirent leur allure pour observer. Fanelli les fusilla du regard. Ils s'éloignèrent rapidement.

— Tu as acheté un billet de train pour Bruxelles, en mai de l'année passée. Aller-retour. Je crois que tu savais très exactement de quel type de film il s'agissait, et que tu es allé le tourner avec eux.

— Non, je vous jure, j'ai… j'ai joué dans le film, mais je ne savais pas ce qu'ils…

— Pourquoi ne t'ont-ils pas tué, alors ? Si tu n'es pas leur complice ?

Le jeune homme se tourna vers l'eau noire, il semblait contempler le fleuve qui passait, lentement dans la nuit.

— Pourquoi n'est-ce pas toi qu'ils ont ligoté et noyé, Pardy ?

— Je… je pensais comme eux… J'étais avec… Mais plus maintenant…

— Quels sont leurs noms ?

— Ils ne me l'ont pas dit. Ils ont envoyé des messages sur le DKB sans me dire leurs noms.

— Et comment tu les contactes dans ce cas ?

— Ce n'est pas moi qui les contacte, c'est eux qui…

— Mensonges. Je suis venu te voir une première fois. Et deux jours après, ils ont enlevé Justine, ma fille. C'est un hasard ?

Fanelli serra plus fort le bras qu'il tenait déjà fermement. L'étudiant gémit, des larmes perlèrent au coin de ses yeux, mais il ne cria pas.

— Nous… nous utilisons le forum « Visions of Witchcraft » pour nous envoyer des messages. Je n'ai pas le droit d'y accéder de mon ordinateur, seulement sur des portables volés. Ça s'achète, vous savez.

Fanelli relâcha un peu la pression. Il dit :

— Pour des gens comme toi, tout s'achète. Mais ce soir, tu vas faire une exception à vos règles de sécurité. Montre-moi ton putain de forum sur ton propre téléphone. Maintenant.

— Non… je…

Pardy secoua la tête, éperdu. Fanelli lui tordit le bras. Pardy sortit son portable de sa poche, et il l'alluma de sa main gauche. Il se connecta au forum puis lui passa l'appareil. Fanelli jeta un coup d'œil à l'écran, vit que le dernier message concernait le rêve de Sixtine qui se passait sur les docks, avec des machettes. Un rêve où la jeune fille voyait mourir son amant, puis mourait elle-même. Il vit qu'une image représentait le tatouage de Sixtine. Il voulut glisser sur la page suivante, commit l'erreur de relâcher le bras droit de Pardy.

Le jeune homme en profita : il le repoussa sur le côté et Fanelli lâcha le portable, décocha un long coup de pied et réussit à atteindre Pardy au talon. L'étudiant anglais glissa, puis tomba dans la Tamise, dans un bruit sourd.

— Merde.

La tête de Pardy ne réapparaissait pas. « Je ne sais même pas nager », avait-il dit, la première fois qu'il l'avait interrogé.

Précipitamment, Abel Fanelli se débarrassa de son sweat, se déchaussa. Au moment de plonger, il réalisa que, s'il se jetait à l'eau, la police le cueillerait à sa sortie du fleuve. Il devrait alors s'expliquer et perdrait plusieurs heures. Il ne pouvait gaspiller ce temps-là. Il attendit encore quelques instants, espérant voir Pardy émerger. Il regarda autour de lui pour s'assurer que personne ne l'observait.

Il ne se passa rien, ni dans l'eau ni sur les quais. Il grommela de nouveau entre ses dents :

— Merde.

Il ramassa le portable et mémorisa l'adresse du forum, avant de le lancer dans la Tamise.

46

JOUR 88

Ce qui est caché. *06.00 a.m.*

Mathilde Van de Vogh ne s'était rendue à son boulot que dans l'espoir d'être contactée. Une fois de plus, elle croisa quelques regards navrés, compatissants ou interrogatifs. Aux deux ou trois personnes qui l'interrogèrent directement, elle répondit :

— Pour l'instant, on ne sait rien. On n'a rien trouvé, ni son corps ni même des traces de sang.

Dans son casier des urgences pédiatriques, elle trouva un paquet de la taille d'un gros portefeuille, emballé dans du papier kraft et entouré d'une ficelle grossière. Il était accompagné d'un mot manuscrit. « Elle va bien. Nous vous la rendrons. N#1. »

Elle déchira le papier brun. Le paquet contenait un billet d'avion à destination de Zurich. Le trajet prévoyait plusieurs escales, assez incohérentes, à travers l'Europe. Il y avait également une carte magnétique d'un hôtel zurichois, le Savoy. Sur un papier quadrillé à petits carreaux, une série de chiffres manuscrits précédait le nom d'une banque. Il s'agissait sûrement d'un numéro de compte bancaire. Le cœur de Mathilde battait extraordinairement irrégulièrement dans sa poitrine. Elle avait des fourmillements dans les doigts. Elle ouvrit un passeport suisse qui comportait sa photo, mais était au nom d'une certaine Jeanne Sartori, née à la même date qu'elle. Mathilde eut beau retourner le paquet dans tous les sens, il n'y avait aucun mode d'emploi.

Elle appela l'hôtel Savoy, qui lui confirma qu'une chambre était réservée, à partir du 10 juin, au nom de Jeanne Sartori.

Quelqu'un. *07.00 a.m.*

Pendant son sommeil chimique, Sixie éventra Nada#1, dix fois, à coups de poignard, tandis que Mathilde la regardait en répétant : « Je suis fière de toi. » Et SixFan souriait. SixFan avait le visage de DanyL. Lorsqu'elle se réveilla, la voiture roulait toujours, et c'était l'aube. Sur la banquette arrière, elle ne fit pas un bruit, ne bougea pas, écoutant le roulis de la route. La voix de Cèsar, à l'avant, lança, joyeuse :

— Alors, tu as encore rêvé que tu me tuais, ou tu m'as épargné, cette fois, sista' ?

— J'ai rêvé d'Arenberg, mentit-elle, sans savoir pourquoi elle citait précisément ce décor.

— Excellent. Ce doit être une autre de tes prémonitions. Je me demande ce qu'en dira Mathilde…

— Tu… tu sais où est Mathilde ?

— Oui. Nous avons été en contact épistolaire ces derniers jours. Mais ce n'est pas le moment d'en parler. S'ils me tuent, mieux vaut que tu en saches le moins possible.

Quelques minutes plus tard, Cèsar arrêta la voiture dans une lande. Sixie sentit le Sud, la tiédeur… Ils devaient être arrivés à l'extrêmité du continent européen, si Cèsar avait respecté le plan annoncé, quelque part en Algarve. Ils s'engagèrent sur un sentier sableux, entre des épineux.

— On va devoir faire une dizaine de kilomètres à pied, des bros s'occuperont de faire disparaître la bagnole, rassure-toi.

08.30 a.m.

Ils marchaient depuis une heure et demie, parfois à travers des buissons, parfois sur le sable qui ralentissait leur progression, la rendait exténuante. Ils n'avaient guère échangé de paroles. Ils s'arrêtèrent enfin sur une plage.

La mer s'étalait devant eux. Une ville occupait la côte, beaucoup plus loin, elle vibrait dans les brumes du matin. Cèsar demanda :

— Tu connais Barcelone, sista' ? *Més que una ciutat*[1]…

Barcelone ? Hier, Cèsar avait parlé de se réfugier au sud du Portugal. Sixie sentit qu'il devinait ses pensées. Il dit :

---

1. « Plus qu'une ville », en catalan.

— On a passé la frontière pendant que tu dormais. Bêtement, en voiture. Les flics ont dû croire Jérémy Villain. Ils doivent me chercher beaucoup plus au sud et craindre de te retrouver morte dans mon coffre…

Cette idée semblait l'amuser. Une voix murmura en elle : « Si tu ne l'avais pas suivi, si tu avais crié, serais-tu *vraiment* dans un coffre à l'heure qu'il est ? »

Il dit froidement :

— Le *gamer* va servir de leurre. C'est tout ce qu'on pouvait espérer de lui.

Il lui fit un clin d'œil et il retrouva son ton chaleureux.

— On est presque arrivés chez moi… C'est juste de la plage, maintenant. Enlève tes chaussures, tu seras mieux pour marcher dans le sable, sista'.

Sixie lui obéit. Elle avait du mal à faire la différence entre les invitations et les ordres de Cèsar. Elle n'aurait d'ailleurs su dire si elle le suivait volontairement ou sous la contrainte.

Le jour s'était levé depuis longtemps, la mer brillait comme une masse morte et métallique. Mais la plage était encore froide à cette heure, le sable mouillé était presque gluant.

08.50 a.m.

Sixie aperçut une sorte de baraque édifiée sur la plage, peut-être un hôtel-restaurant isolé, disposant d'un ponton. Deux voiliers mouillaient à vingt mètres du débarcadère, immobiles sur la mer d'huile, aussi figés qu'une carte postale. Cèsar s'arrêta, lui proposa de nouveau à boire.

— J'espère que tu aimes la voile, sista' ! Parce que tu pars en croisière sur le plus grand de ces deux voiliers, le *Captain Achab*, avec cinq Nadas. Vous rejoindrez la Sardaigne, et ils en profiteront pour tout te raconter. Mais avant, il y a quelqu'un que tu dois retrouver.

Il siffla dans ses doigts, trois fois. Dans le cerveau de Sixie, les informations se bousculèrent : un voilier, la mer, la Sardaigne, et quelqu'un. Qui ? Cèsar avait plusieurs fois parlé de Mathilde. Quelque chose se noua au creux de son ventre.

Cèsar lança un second trille, puis reprit sa marche.

Trois Clowns apparurent dans les dunes, équipés de fusils hypodermiques. En approchant, Sixie vit que d'autres silhouettes armées surveillaient la baraque. Un feu de camp fumait juste devant, autour duquel une dizaine de Nadas partageaient apparemment un repas. Elle aperçut également deux ombres noires sur le plus grand des deux bateaux.

À nouveau, comme dans les souterrains, elle eut le sentiment d'avoir affaire à une petite armée.

Arrivé au niveau de la maison, Cèsar embrassa Vittorio, puis quelques autres garçons et filles vêtus de noir. La plupart étaient pieds nus sur le sable. Ils portaient des armes, et regardaient Sixie avec un air amusé et curieux. Sous le soleil, Vittorio ne ressemblait plus du tout à un fantôme.

Cèsar lui demanda :

— Des pertes ?

— Pas pour l'instant, mais Sam et By-the-Way ne sont pas encore rentrés, répondit Vittorio. Ils vous couvraient au passage de la frontière.

— *Caram*[1] ! Où est Nada#2 ?

— Sur le *Captain Achab*, répondit une jeune fille. Il est en train de préparer le départ. Les sacs sont déjà dans les cales, il a tout supervisé.

— Il va comment ?

— Il a dit qu'il n'avait pas le temps de t'accueillir.

— OK. Alors vous embarquez.

Vittorio intervint pour rappeler à deux jeunes filles et un garçon qu'ils devaient laisser là leurs sweats noirs, leurs armes, tout ce qui pouvait les associer aux Clowns noirs.

— Et n'oublie pas ton maillot, Lana ! plaisanta un garçon.

— Ouais, on s'offre des vacances pendant que vous allez jouer à la guerre, rétorqua Lana, mi-figue, mi-raisin. Fais-moi rêver !

Vittorio se tourna vers Sixie et lui adressa enfin la parole :

— Sixtine, à bord, il y a des somnifères, des vêtements à ta taille, des médicaments pour le mal de mer. Et on te donnera des faux papiers. Vous allez être en autonomie pendant quatre jours, sans possibilité de communiquer avec nous. Tu ne suis aucun traitement médical particulier,

1. « Sapristi » ou « merde » en catalan.

à part celui qui concerne ton sommeil, n'est-ce pas ?

Elle répondit par la négative.

— OK, alors vous y allez, déclara Vittorio, qui semblait commander. Altesse, c'est toi qui les embarques ?

Cèsar Diaz opina du chef.

— Ouais, je veux voir la tête de notre invitée quand elle reconnaîtra le capitaine.

Lana et deux garçons avaient commencé à faire glisser un zodiac sur le sable, vers la mer.

09.15 a.m.

Le zodiac se glissa le long du voilier, un quinze-mètres noir, dont les flancs portaient le nom en lettres blanches : *Captain Ac(h)ab*. Les voiles battaient au gré d'un vent timide. Cèsar cria, les mains en porte-voix :

— Oh, capitaine, tu viens chercher ton invitée !

Sixie vit sortir un garçon de la cabine, plus jeune, plus maigre, plus pâle que les autres, la chevelure emmêlée par le sel, le sable et le vent. Elle ouvrit la bouche, malgré le regard de Cèsar qu'elle devinait sur elle, et murmura :

— Theo…

— Hello, Sixie, dit-il depuis le pont, l'air gêné.

Puis il baissa les yeux et installa une échelle le long de la coque, pour qu'ils puissent monter.

Des adieux. *09.30 p.m.*

Cèsar jaugeait Theo, goguenard. Theo ne voulait pas détourner les yeux. Ils se tenaient debout sur le pont arrière du *Captain Ac(h)ab*, à moins d'un mètre l'un de l'autre, obligés à cette proximité par l'exiguïté du poste de pilotage. Les autres membres de l'équipage avaient gagné les cabines ou le pont avant, pour les derniers préparatifs.

— T'as envie de me casser la gueule, bro' ? demanda Cè'.

— Oui, répondit Theo.

— Et tu sais ce qui te retient ?

Cèsar se marrait. Ses yeux pétillaient.

— Eh bien, moi je vais te le dire. Tu dois m'obéir jusqu'à tes dix-huit ans parce que je suis ton tuteur légal, *ad vitam aeternam* parce que je suis ton grand frère, et pendant encore une semaine parce que je suis ton Altesse Anarchiste Sérénissime. Et surtout, surtout, tu as peur d'avoir le dessous, si tu essaies de cogner…

— C'est fini, Cèsar, dit Theo. Je me casse, maintenant. Je me casse avec Sixie.

— Non, bro'. Ce n'est pas fini. Tu m'as fait une promesse, quinze jours d'obéissance à Nada#1. Tu n'en es qu'à la moitié.

Cèsar fit mine de consulter sa montre.

— Moi, j'ai tenu mes engagements. Sixie est vivante et innocentée. Officiellement, elle est même probablement morte. Maintenant, à toi de la ramener chez sa sœur avant le 12.

Il ne plaisantait pas. Nada#1 n'interférait pas dans la conversation. Theo rétorqua :

— Selon tes plans, je suis le capitaine de ce bateau, pas vrai ?

— Oui, bro'. *Master and commander.*

— Bien. Alors en tant que capitaine, je t'ordonne de quitter ce voilier, Cèsar Diaz. Sur-le-champ.

— Bigre, bigre. On ne s'embrasse pas, alors ?

47

JOUR 89

Voici l'heure. *10.00 a.m.*

Justine entendit que, cette fois, ils étaient plusieurs à descendre l'escalier de bois. Elle saisissait aussi des bruits métalliques, quelque chose brinquebalait. Ils prenaient leur temps comme s'ils voulaient s'annoncer.

Elle comprit que son heure était venue.

Cela faisait trois jours qu'elle était enfermée dans cette cave. Elle avait pleuré toutes les larmes de son corps, elle était passée par toutes les phases de l'effroi.

Elle se leva lentement, en s'adossant contre le mur où était scellé l'anneau. Ils entrèrent, les trois mêmes que l'autre soir – les deux garçons et la fille blonde aux cheveux courts –, plus un quatrième. L'un d'eux accrocha une lampe puissante au plafond.

Elle vit ce qu'ils traînaient derrière eux. C'était une sorte de desserte, ou un chariot d'hôpital, sur lequel deux caissettes étaient posées. Sans échanger une parole, un des garçons et la fille en sortirent des outils et commencèrent de les disposer sur la desserte. Sous la lumière de la lampe, Justine vit luire un rasoir de coiffeur. Puis, dans la main de la jeune fille, elle aperçut un étrange instrument de torture, dont l'embout était équipé d'une immense aiguille. Elle remarqua que les trois autres enfilaient des gants chirurgicaux.

Alors, elle se mit à crier, un cri fou.

Embarquée. *02.00 p.m.*

Sixie était assise à la proue du *Captain Ac(h)ab*, les genoux dans les mains. Elle regardait la mer infinie devant elle. La Méditerranée imposait un léger tangage au bateau… Sixie entendait les vagues battre la coque, le vent dans ses oreilles, la voilure claquer contre le mât. Quelques mèches courtes balayaient son front, le soleil de printemps réchauffait sa peau. Les voix des soldats de Nada#1 lui parvenaient par bribes. Depuis le cockpit de pilotage, Teodor lançait des ordres brefs. Malus, Chuck-the-Duck et Schmok s'exécutaient.

Teodor ne ressemblait pas à Theo. Teodor était un jeune homme qu'elle ne connaissait pas, précis et directif. Il savait naviguer, il se comportait en chef. Même physiquement, Sixie avait du mal à superposer le garçon timide de Bruxelles et le jeune capitaine, torse nu la plupart du temps, plus musclé qu'elle ne l'aurait cru, plus agile. Quand il était seul à la barre et ne la regardait pas, il lui arrivait de sembler apaisé. Teodor Diaz, donc.

Lana, en maillot de bain, bronzait à quelques mètres d'elle. C'était la seule consigne qu'on avait communiquée à Sixie : prendre du bon temps. Donner le change. Singer une lycéenne profitant de l'annulation des examens pour jouir de vacances prématurées sur la Méditerranée. Lana et Schmok, soumises aux mêmes contraintes, et qui partageaient sa cabine, s'en amusaient tout en s'en désolant. « On fait la guerre civile en bikini », plaisantaient-elles. Lana, Schmok et les trois garçons avaient visiblement hâte de revêtir de nouveau la capuche des Clowns noirs, de repasser à l'action.

Sixie ignorait tout de la suite du plan de Nada#1 et de son armée, mais maintenant elle comprenait ce qu'ils venaient de faire.

Theo lui avait expliqué : il était le frère de Cèsar Diaz. Il était aussi SixFan#1, son admirateur secret, celui qui lui écrivait tous les jours des messages sur le DKB. C'était en découvrant SixFan#1 que Cèsar s'était intéressé à Sixie-Dreamy. C'était pour entraîner son frère dans le PIFR qu'il l'avait enrôlée, puis piégée, puis libérée, dans le cadre d'un plan infiniment plus vaste dont les détails devaient rester secrets. Cèsar Diaz ne s'était jamais intéressé aux cauchemars ni aux films de Sixie-Dreamy. Elle avait été un bateau-jouet dans leur tempête. Et elle avait l'impression de l'être encore…

Theo lui avait aussi expliqué qu'*Hashashin* était une idée folle de Nada#1 pour, entre autres objectifs, innocenter Sixtine devant témoins. Et comme on la supposait morte, elle était libre. Theo ne lui avait pas parlé, en revanche, du cauchemar dans la cave. Cèsar ne lui avait apparemment pas raconté cet épisode.

Sixie devait bientôt retrouver sa sœur. Theo avait prévenu Mathilde. Il n'était pour rien dans le plan de son frère, qui le dépassait autant qu'elle. Elle voulait bien le croire. Mais il n'était pas son ami. Il lui avait caché trop de choses à Bruxelles.

Il lui avait dit qu'elle pourrait retrouver une vie normale dans quelques jours, avec Mathilde, et les oublier. C'était faux. Sa vie ne ressemblerait plus à ce qu'elle avait été. Si elle jouait la morte, elle devrait recommencer sa vie à zéro. Et si elle se présentait à la police, tout le monde saurait qu'elle était Sixtine Van de Vogh, la fille qui faisait des cauchemars, la fille qui avait été trompée, puis libérée par Cèsar Diaz, la fille qui ne choisissait pas son destin.

48

NUIT 90

Des nouvelles du mal. *09.00 p.m.*

Gouvenon se précipita dans le réduit d'Abel Fanelli, sa tablette à la main.

— Patron…

L'homme qui se tourna vers lui n'avait plus grand-chose à voir avec Crazy Fan. Son visage était gris, chaque jour plus décharné, ses yeux rouges profondément enfoncés dans leurs orbites, au fond desquels luisait une lumière étrange, folle et presque éteinte.

— Il y a quelque chose de neuf sur leur forum.

Fanelli tenta d'ouvrir son tiroir pour sortir son ordi, dut s'y reprendre à deux fois. Ses mains tremblaient. Gouvenon lui passa finalement la tablette.

Une photo avait été postée sur le forum « Visions of Witchcraft ». Au début, Fred vit que son patron ne reconnaissait pas Justine. Comme lui, Fanelli crut sans doute qu'il s'agissait de Sixtine Van de Vogh : les cheveux courts et blonds, le bras gauche tatoué. La jeune fille était torse nu, elle pleurait. Puis le commissaire comprit, on avait coupé et teint les cheveux de Justine et on l'avait tatouée.

Une expression, encore jamais vue, bouleversa les traits du commissaire, Fred vit Crazy Fan pleurer. Ou plutôt, il entendit un gémissement de bête.

En dessous de la photo, quelqu'un avait écrit : « La Sorcière a rêvé qu'elle mourait ; et la Sorcière mourra, une fois de plus. »

Le furet. *02.00 a.m.*

Cèsar débarqua du train. Il était barbu. Il portait son tee-shirt du FC Barcelone, floqué dans le dos : « Nada », comme s'il n'était pas l'homme le plus recherché du moment. Comme si se montrer était sa meilleure protection, parce que nul ne croirait que « l'ennemi public #1 » traînerait dans la foule, avec une étiquette dans le dos.

Vittorio sourit.

Cèsar avait voyagé depuis Barcelone, en prenant son temps, et en se photographiant ici ou là pour la campagne du furet. Il postait des photos tous les jours sur le site de la Black Clowns Army. Cèsar n'avait jamais peur, ni des flics, ni des frontières, ni des contrôles, comme si rien n'avait d'importance. C'était sa force. Et sa faiblesse aussi : il n'avait pas compris, avant le KO#1, où les emmenait le « jeu ». Il avait été surpris qu'il y ait des morts sur la place du palais de justice, il n'avait jamais cru que les flics tireraient à balles réelles sur des joueurs. Étrange naïveté, presque puérile… Ou bien cela avait-il été une façon inconsciente de se protéger des conséquences de ses actes ? Cèsar les avait tous entraînés dans l'abîme et en avait semblé stupéfait. Puis, l'instant d'après, il avait repris la partie.

Il y aurait certainement d'autres morts. Sauf que cette fois, chacun savait à quoi s'en tenir : Cèsar avait donné des ordres clairs, seuls les Clowns noirs, qui connaissaient les règles, iraient à l'affrontement, désormais.

Cela avait-il un sens de continuer ? Vittorio n'en était plus certain.

Vittorio voulait venger Antonio. Il voulait maintenant venger également les morts du KO#1. Et il voulait croire au plan de Cèsar parce que c'était unc provocation génialc et folle. Vittorio suivrait Cèsar où qu'il aille, parce qu'ils étaient amis, parce que le PIFR était leur œuvre et la seule chose qui les reliait encore, à travers le jeu, à Antonio. Mais Vittorio ne voulait pas mourir. Il ne voulait pas laisser Francesca. Cèsar avait-il, comme lui, ce sentiment d'être sur un escalier glissant, ou sur le toboggan d'évacuation d'un avion sur lequel on se laisse emporter après un accident ?

Cèsar l'embrassa.

Vittorio et Cèsar se dirigèrent à pied vers le quartier de Gênes-Ouest, Sampierdarena, où ils avaient partagé des dizaines de soirées au cours de leur deuxième année d'études. Ils arrivèrent en haut de la rue Cafiero. En voyant l'endroit, Vittorio sentit l'émotion le submerger. Ils n'étaient pas repassés dans cette ruelle depuis la mort d'Antonio. C'est là qu'ils étaient venus chercher Francesca. Ils l'avaient ensuite emmenée avec eux.

Vittorio se tourna vers Cèsar : des larmes roulaient sur les joues de son ami. Comme cinq jours plus tôt, quand il l'avait « tué » devant les caméras. Nada#1 avait-il cru, même un instant, à la mort de Vittorio ? Il en doutait, il ne croyait pas vraiment à la schizophrénie de Cèsar, mais il craignait sa folie du jeu, cette innocence dangereuse.

Ils installèrent le matériel. Cèsar devait poser seul devant l'immeuble où avaient vécu Antonio et Francesca. Cette fois, il n'y aurait pas d'otages sur la photo et le masque de Nada#1 était un simple ovale de carton, percé de deux trous pour les yeux. Son tee-shirt noir demandait, en lettres blanches : « *Who the fuck is that guy ?* » Ils collèrent sur le masque en carton le portrait-robot que la police diffusait depuis des semaines, celui d'« Antonio Giuli », l'artificier de la place Monge. « Antonio Giuli » qui n'était pas Antonio.

Nada#1 dit de sa voix grave :

— Le masque a une sale gueule. Nada#1 préférait le furet.

— Au moins, comme ça, tu n'as pas besoin de te raser, fit l'autre voix de Cèsar Diaz.

49

NUIT 92

Fin de l'innocence. *09.00 p.m.*

Après quatre jours de tumulte, de demande d'interviews, de curée médiatique, Alice Kowacks se présenta dans le bureau de son supérieur pour remettre sa démission. Le commissaire Boukra ne lui adressa aucune parole de réconfort. Il lui suggéra simplement de quitter la 4e section le soir même.

Dans l'heure qui avait suivi la publication de la vidéo du monastère des Hiéronymites, Alice avait été déchargée de tout commandement. Elle était devenue inutile, objet de critiques dans l'opinion publique, de risée sur les réseaux sociaux, et d'un silence distant dans les locaux de sa propre unité. La presse avait largement publié les photos mises en ligne par DamienLAWYER sur AliceINWONDERLAND. Il n'était pas interdit, pour un officier de police, de poser nue pour son petit copain, mais c'était déshonorant pour la DCRI.

Ce soir-là, Alice laissa son arme sur son bureau, enfila son blouson et quitta les bureaux de la 4e section, sans que quiconque parmi « ses hommes » ou ses collègues ne la retienne pour la saluer.

Elle laissait derrière elle ses derniers rêves d'enfance : les cow-boys n'existaient pas, la petite Alice ne sauverait pas le monde, la veuve, l'orphelin, elle ne casserait pas la gueule aux vilains comme dans les films.

Jamais elle ne s'était sentie si seule. Elle avait l'impression que cette solitude resterait impénétrable, que nul ne pourrait la faire sortir d'elle-même.

Goodbye Moon. *05.00 a.m.*

Theo vint relayer Sixie, au dernier quart de la nuit. Les étoiles brillaient sur la mer d'huile, mais le jour s'annonçait à l'est, barre jaune à peine perceptible sous le bleu du ciel. Sixie ne voulait pas entendre ce que Theo avait à lui avouer, ce qu'elle avait d'abord deviné dans ses messages, puis à travers le récit de son implication.

Il dit, simplement :

— On aborde ce matin. Ensuite, tu voyageras avec Lana. Inutile d'être trop nombreux, on attirerait l'attention. Mais je te rejoindrai plus tard.

Elle opina du chef. Elle ne commenta pas le fait qu'ils se séparaient. Lana lui avait déjà expliqué ce point. Alors il embraya :

— Je… je suis désolé, Sixie. Pour SixFan, pour Cèsar, pour tout ça.

Puis il se tut. Elle estima qu'elle lui devait une réponse, cette fois. Elle se trouva plus maladroite qu'elle ne l'aurait voulu.

— Je ne t'en veux pas pour Cèsar, Theo. Je t'en veux de m'avoir caché des choses, même si je suppose que tu n'avais pas le choix. Mais il faut que tu saches un truc… un truc qui a son importance… Tu es quelqu'un de bien et tu as été courageux de venir me libérer, tout ça… mais je ne suis pas et je ne serai jamais amoureuse de toi.

Il la regarda, assez longuement. Leurs visages étaient dans l'ombre, mais, déjà, leurs yeux brillaient, premières lueurs du jour. Il hocha la tête et dit :

— OK. Je comprends.

Il laissa passer un silence, puis ajouta, rêveusement, avec une sorte de mélancolie désabusée :

— C'est con.

CINQUIÈME PARTIE

LES PROMESSES DE L'OMBRE

50

NUIT 93

La propagation (1). *10.00 p.m.*

Theo ne put s'empêcher de sourire devant son écran. La nuit était tombée. Seul son ordinateur brillait dans la pénombre.

Il était seul dans sa chambre depuis des heures.

Le plan de route donné par Vitto prévoyait qu'à son arrivée en Sardaigne l'équipage se sépare en trois duos. Theo s'y était soumis simplement parce que Lana était mieux à même que lui de protéger Sixie. De son côté, il avait une trentaine d'heures à tuer sur l'île avant de s'envoler pour Rome avec Schmok. Il en avait profité pour découvrir comment fonctionnait la stratégie imaginée par Nada#1 et Vittorio. Le résultat était spectaculaire.

Cèsar avait semé un virus qui était en train de faire des ravages : le doute. Les certitudes des médias et des internautes avaient progressivement vacillé, c'était lisible sur les réseaux. Les questions s'étaient additionnées, accumulées, elles avaient nourri les rumeurs, la suspicion…

Pendant les quarante-huit heures qui avaient suivi *Hashashin*, la presse s'était déchaînée contre « Diaz l'assassin », « Diaz le terroriste », « Diaz le gourou d'une bande de tueurs » qui avait mis en scène, et montré en direct, l'affrontement avec la police et une exécution. Mais le ton et le contenu des informations avaient changé le troisième jour, celui de la publication du Tumblr « *Who the fuck is that guy ?* ». À cette date, les autorités portugaises avaient révélé que le corps retrouvé brûlé dans une décharge n'était pas celui de Vittorio De Lorenzo, mais un cadavre volé à la morgue de Lisbonne.

Le lendemain, le juge antiterroriste français Henkel avait annoncé que, suite à l'interrogatoire à Gênes d'une ancienne compagne d'Antonio Giuli, on avait fait établir une comparaison entre les traces d'ADN retrouvées dans l'appartement de Giuli à Paris et l'ADN des membres de sa famille à Gênes. On n'avait trouvé aucune correspondance. Il semblait donc y avoir deux Antonio Giuli, ou plutôt, celui de Paris n'était pas vraiment Antonio Giuli. Le même soir, une interview de Francesca Bianca-De Lorenzo sur LivePirats avait mis davantage le feu aux poudres : selon elle, Antonio Giuli, le Gênois, était mort trois ans plus tôt, tué par la police italienne.

Le ministre de l'Intérieur italien avait aussitôt porté plainte pour diffamation. Le ministre de l'Intérieur français avait rappelé que l'enquête sur l'attentat de la place Monge s'intéressait à l'artificier, et que si l'identité de cet homme était désormais douteuse, ses liens avec la coordination étudiante étaient, eux, établis.

Quatre jours après *Hashashin*, le lendemain de la publication de la photo de Nada#1 avec le masque de furet, quelques journalistes français et italiens avaient commencé à souligner que, sur plusieurs points, les faits confirmaient les dires de Cèsar Diaz : plus rien ne liait la Black Clowns Army à l'attentat de la place Monge, l'innocence de son ami Antonio Giuli semblait avérée. Avec le Tumblr « *Who the fuck is that guy ?* », Cèsar Diaz posait une question essentielle et nouvelle à la police, aux autorités politiques et à tous les citoyens : qui était alors l'artificier de la place Monge ?

Theo coupa la connexion wifi, puis éteignit son ordi. Oui, la mécanique fonctionnait, le doute se propageait sur les réseaux. Mais toutes les polices d'Europe étaient encore mobilisées pour retrouver (vivante ou morte) Sixtine Van de Vogh, la jeune otage de Diaz. Et si personne n'évoquait l'hypothèse qu'elle puisse être complice des Clowns noirs, les photos de son visage continuaient de s'afficher sur les sites d'information.

Il se dirigea vers la fenêtre de sa chambre. La ville d'Orgosolo s'endormait. Schmok traînait en ville ; elle devait boire une bière…

Theo plongea les yeux dans la nuit comme pour en sonder les profondeurs. Où se trouvaient Sixie et Lana à cette heure ? Dormaient-elles en Sardaigne, elles aussi, ou s'étaient-elles déjà envolées vers Rome, Milan ou Turin, avec leurs nouveaux faux papiers ? Il n'aurait aucune nouvelle de Sixie avant leurs retrouvailles, c'était la règle. Et il la verrait seulement au moment de la conduire à Mathilde, selon ce que prévoyait le plan de Cèsar, ou de Nada#1. Puis il la perdrait. Mais ça, ce n'était pas à cause de son frère. C'était écrit avant même le KO#1. Sixie n'était pas amoureuse de lui.

Les démons. *02.00 a.m.*

Après cinq verres, et en proie à une légère ivresse, Alice Kowacks renonça à se soûler un deuxième soir de suite pour noyer sa démission. Elle sortit. Une bruine fine, tiède, tombait sur Paris. Elle dériva.

Elle se rendit compte que ses pas la dirigeaient vers les bureaux de la brigade numérique. Elle ne voyait qu'une explication à cela : elle avait désespérément besoin d'un ami, et Abel Fanelli avait connu la déchéance lui aussi, l'opprobre publique, l'abandon, la solitude. Fanelli lisait des contes et la regardait comme si elle était l'Alice de Carroll ; Fanelli croyait aux merveilles, à la morale…

L'air de la nuit et la pluie chassèrent peu à peu sa griserie, ne laissant de la bière que l'amertume.

Alice avait su par la brigade des mineurs que le dossier concernant la disparition de Justine Fanelli n'était pas refermé. Puisqu'elle n'était plus flic, peut-être pourrait-elle faire un *travail* de flic auprès du commissaire ? C'était ce qu'elle avait de mieux à faire, et sûrement ce qu'elle aurait dû décider dès la nuit du KO#1.

En ton exil. *02.00 a.m.*

L'errance nocturne de Sixie dans la Ville éternelle la mena naturellement, sur la piazza di Trevi. L'immense fontaine baroque, les curieux, les familles qui jetaient des pièces en faisant le souhait de revenir à Rome, un jour…

Elles avaient atterri huit heures plus tôt. Lana lui avait dit qu'elles repartiraient dans un jour ou deux.

Malgré les secrets, les non-dits, trop nombreux pour qu'elle puisse devenir son amie, Lana était une compagne agréable. Sixie éprouvait pourtant le besoin d'être seule, et celui, impérieux de parler à Mathilde.

Elle avait teint ses cheveux dans la salle de bains de l'hôtel, d'un noir de jais, comme le lui avait indiqué Lana, puis elle avait quitté la chambre.

Les consignes étaient strictes : pas de portable, pas de communication électronique, rien qui permette de les repérer. Sixie joua quelques instants avec l'idée d'appeler sa sœur depuis une cabine téléphonique. Elle y renonça. Trop dangereux.

Et qu'aurait-elle pu lui dire, de toute façon ? Qu'elles allaient se retrouver ? Quand ? Comment ? Sixie ne savait pas de quoi était fait son avenir immédiat. Dans le hall de l'aéroport de Cagliari, Lana lui avait simplement dit :

— Nous allons bientôt démasquer ceux qui ont menti à propos de la coordination étudiante et d'Antonio Giuli.

— Et moi ? avait-elle demandé.
— Toi, tu verras avec Cèsar et Teodor.

Les merveilles. *02.30 a.m.*

Il y avait un planton à la porte de la brigade numérique. Alice demanda à voir Abel Fanelli, déclina son identité. Elle faillit donner aussi son grade, par simple habitude. Le planton parut reconnaître la désormais célèbre ex-commissaire Kowacks. Un sourire ironique aux lèvres, il lui dit que Fanelli n'était pas là, qu'il allait voir si l'OPJ de garde pouvait la recevoir.

Elle faillit refuser et se barrer. Mais elle n'en eut pas le temps. Le planton lui dit :

— Le lieutenant Gouvenon vous attend.

La brigade était plongée dans l'obscurité, seuls deux bureaux vitrés étaient éclairés, dans lesquels on devinait des silhouettes en train de se livrer à des interceptions nocturnes.

Un jeune homme en tee-shirt l'attendait dans le couloir.

— Lieutenant Gouvenon. Le commissaire Fanelli est en congé, commissaire Kowacks.

Alice se souvenait de son interlocuteur : c'était le type à l'air d'adolescent attardé qu'elle avait vu, la deuxième fois qu'elle était venue à la brigade. C'était lui aussi qui avait répondu au téléphone, la nuit où Fanelli cherchait Justine. Elle essaya de deviner si, derrière le ton protocolaire, il y avait le même sourire ironique que chez tous ceux qui l'avaient vue en photo, seins nus et deux fléchettes plantées dans le front. Apparemment non.

— Tu dors ici, lieutenant ?

Il ne répondit pas à sa question, mais l'invita à le suivre.

Elle lui emboîta le pas jusqu'au bureau-réduit de Fanelli, et lui demanda :

— Il est parti ? Sans laisser d'adresse ?

— Il y a trois jours, commissaire. Je n'ai aucune nouvelle de lui depuis qu'il a vu la photo de sa fille, sur le forum « Visions of Witchcraft ». J'ai pris sur moi de lui inventer un congé maladie, au cas où…

Le jeune lieutenant lui donnait encore du « commissaire » ; il avait l'air d'avoir désespérément besoin d'aide sans savoir à qui la demander. Ils se ressemblaient.

— De quelle photo tu parles ? demanda Alice. C'est quoi ce forum ? Il a retrouvé sa fille ?

Gouvenon expira bruyamment, une sorte de soupir longuement contenu. Il dit seulement :

— Non.

Puis il tourna autour du pot, expliqua que Fanelli lui avait demandé de ne rien dire à personne. Mais, malgré tout, il lui donna des bribes d'informations : Fanelli avait retrouvé la trace de sa fille sur un forum consacré à Sixtine Van de Vogh et à ses cauchemars. Justine était la prisonnière des psychopathes qui tournaient des snuff movies.

— Vous avez entendu parler de Daniel Pardy ?

— Oui.

— Vous savez qu'il est mort ?

On avait retrouvé Daniel Pardy noyé dans la Tamise deux jours plus tôt. La police anglaise s'orientait vers une piste criminelle et recherchait un homme entre deux âges, le visage maigre, grisonnant, parlant français.

— Tu penses qu'il l'a tué ? demanda Alice.

Gouvenon opina du menton mais biaisa dans sa réponse :

— Je sais qu'il a rencontré Pardy la nuit où il est tombé dans le fleuve. Pardy lui a donné l'adresse d'un forum où une photo de sa fille a été postée.

Il lui montra la photo de Justine. Ceux qui la détenaient l'avaient grimée et tatouée en Sixtine Van de Vogh. Ils l'appelaient « la Sorcière » et voulaient apparemment la tuer.

— Crazy Fan a disparu après avoir vu la photo. Il a emporté son arme de service et deux boîtes de munitions, mais pas de téléphone ni d'ordi. Je ne peux pas le tracer. Et je pense qu'il est prêt à tuer des gens, autant qu'il en faudra, pour retrouver sa fille.

Le jeune geek frissonna.

— « Crazy Fan » ? ne put s'empêcher de relever Alice. À part moi, tu en as parlé à quelqu'un ?

Gouvenon secoua la tête.

— Je ne suis pas une balance. Le commissaire m'a demandé de garder le silence. Mais vous, c'est différent…

— Pourquoi ?

— Je ne sais pas. Parce que vous n'êtes plus flic. Parce qu'il vous aime bien et qu'il a travaillé avec vous. Ou parce que… parce que c'est moi qu'il avait chargé de surveiller la réémergence de vos photos…

Il avait rougi, et Alice sentait qu'elle-même s'était empourprée. Elle eut brutalement très envie de disparaître ou de casser la gueule du jeune lieutenant, mais elle se retint.

— Je suis désolé, poursuivit-il. Je ne pouvais pas savoir que Nada#1 avait récupéré les fichiers.

Il s'excusait *sincèrement*, comme un écolier qui aurait mal fait ses devoirs. Il ne lui reprochait rien et se sentait coupable.

— D'accord, Gouvenon, dit-elle. Alors voilà, on va faire court. Je vais retrouver Fanelli pour l'aider à libérer sa fille et, accessoirement, pour l'empêcher de bousiller d'autres suspects. Mais, pour ça, j'ai besoin de savoir qui sera sa prochaine cible. Donc tu me racontes tout, tout de suite, par ordre chronologique.

— Pff, on en a pour des heures.

— Oui. Je n'ai pas sommeil.

51

JOUR 93

Petits cailloux blancs. *08.00 p.m.*

Alice mit près d'une journée à assembler les pièces du puzzle de Fanelli, dans le même ordre que Fanelli.

Avec l'aide de Gouvenon, il avait constitué un dossier sur trois anciens camarades de Sixtine Van de Vogh : Johann Wier, Jan Boucq et Peter Ficin, parce qu'ils l'avaient harcelée, deux ans plus tôt, sur sa première page DKB. Ils avaient été condamnés à une amende, à l'époque. Ils étaient tous trois de nationalité belge, originaires de Liège comme Sixtine. Ils avaient entre dix-huit et dix-neuf ans aujourd'hui. Cela faisait deux ans que Wier et Ficin avaient disparu de la circulation, ne laissant aucune trace numérique nulle part. Cette bizarrerie rendait probable leur culpabilité. Fanelli semblait penser qu'ils étaient les créateurs du forum « Visions of Witchcraft » sur lequel les contributeurs commentaient les rêves de Sixie-Dreamy et la vénéraient comme une sorcière. Il pensait visiblement qu'ils étaient les auteurs des trois snuff movies publiés sur le DKB. DanyL était certainement leur complice, mais DanyL était mort, et il n'y avait aucun moyen de remonter jusqu'à eux. Les utilisateurs du forum se connectaient avec des portables volés, de Lille, Liège, Bruxelles, ou Londres pour DanyL.

Fanelli avait creusé deux autres pistes.

Theo Chaplin, alias SixFan#1, l'admirateur obsessionnel de Sixtine Van de Vogh, n'avait pas davantage d'existence sur le Web que Wier et Ficin en dehors de ses deux années passées à Bruxelles. Gouvenon n'avait rien trouvé qui permette de savoir où il se trouvait maintenant.

Le seul filon était celui qui menait à Mathilde Van de Vogh. Elle avait appelé cinq jours plus tôt un grand hôtel de Zurich. Gouvenon avait donc vérifié la liste des clients de l'hôtel, actuels et futurs… Une seule personne avait attiré son attention, une certaine Jeanne Sartori. Jusqu'à son enregistrement à l'hôtel Savoy dix jours auparavant, Jeanne Sartori n'avait laissé aucune trace, dans aucun fichier d'aucune administration européenne. Elle n'avait pas de visage sur Internet. « Jeanne Sartori » était probablement une identité d'emprunt, comme l'avait été avant elle « Theo Chaplin ». Jeanne Sartori était-elle Mathilde Van de Vogh ? Sixtine Van de Vogh ? Gouvenon avait obtenu plus d'informations : Jeanne Sartori avait effectué la veille, plusieurs escales incohérentes, et son dernier avion avait atterri à Zurich à 7 h du matin.

Cela n'avait apparemment aucun rapport avec l'enlèvement de Justine, ni avec le forum « Visions of Witchcraft ». Mais cela avait un rapport avec Sixtine Van de Vogh, qui obsédait les ravisseurs.

Et c'était le seul fil que Fanelli pouvait tirer dans l'écheveau des traces laissées sur Internet par tous ceux qui gravitaient autour de Sixtine Van de Vogh…

La chambre vide. *08.20 p.m.*

Mathilde atterrit à l'aéroport international de Zurich vingt-trois heures après sa première escale à Londres. Sous la pluie, elle héla un taxi, demanda l'hôtel Savoy.

Elle entra dans le hall luxueux de l'établissement, donna son identité, montra la carte magnétique qu'on lui avait remise. Sa chambre était réservée pour quinze jours, et payée d'avance. Le liftier la suivit dans l'ascenseur avec ses bagages. Elle le pria de laisser sa valise devant la porte et lui glissa dans la main un billet de quelques francs suisses. Elle introduisit la carte magnétique, inspira, baissa la poignée.

La porte s'ouvrit. Mathilde entra. Il s'agissait d'une suite qui comportait deux chambres et une sorte de petit salon. Elle alla d'une pièce à l'autre. Toutes étaient vides. Un gigantesque bouquet de fleurs, fraîchement coupées, était posé sur une table du petit salon.

Une enveloppe y était agrafée. Mathilde la déchira fébrilement.

La carte de bristol portait la même écriture que tous les messages reçus quotidiennement dans son casier. Au feutre noir, deux mots :

« Attends-la. »

Elle se laissa tomber sur la méridienne de velours, les jambes coupées.

***Travel information.** 08.30 p.m.*

Alice Kowacks consulta les horaires des prochains trains pour Zurich et constata qu'elle avait manqué le dernier de la journée.

52

NUIT 94

Nuit des rois (1). *12.55 a.m.*

Vidéo postée sur le site de la Black Clowns Army, rubrique « LiveChaud »,
le 11 juin, 12.55 a.m.

Cèsar Diaz porte un déguisement improbable de schtroumpf noir et un sweat noir. Il a placé la couronne de Nada#1 au sommet du bonnet de son costume. Il a le visage découvert. Il occupe le centre d'une pièce assez vaste, filmée en plan large. Il est vautré sur un trône aux pieds duquel évolue une basse-cour, poules et perdrix, à qui Nada#1 jette négligemment du grain. Dans un coin de la pièce, un jeune alligator mâle semble sommeiller. Un singe, un macaque à crête d'Indonésie, est assis sur le dossier du trône et s'épouille consciencieusement.
Nada#1 se lève. Il met devant son visage un masque du faux Antonio Giuli. Il regarde la caméra et dit :
— Vous souvenez-vous de Viola citée par Evey à la fin de V pour Vendetta, *juste avant que les masques de Guy Fawkes n'envahissent la ville ? Monsieur le Terroriste de la place Monge a pris lui aussi Shakespeare au pied de la lettre...*
Il brandit un autre masque, sur lequel on reconnaît le visage d'Antonio Giuli, le vrai, le Gênois, qu'il superpose au premier devant son visage.
— « Ignore ce que je suis et procure-moi quelque déguisement qui conviendrait au dessein que je forme », cite-t-il avec emphase. Et Viola, dans La Nuit des rois, *est travestie sous le nom de Cesario... Cèsar...*

Il enlève le second masque, puis le premier, et dit :

— *J'ignore qui tu es, Monsieur le Terroriste de la place Monge. Mais je sais qui tu n'es pas. Tu n'es pas Antonio Giuli, qui était mon ami. Je sais quel était ton dessein. Et je me doute de celui qui t'a prêté ton identité…*

Il traverse la pièce en évitant les poules qui picorent pour aller à une table sur laquelle un réchaud est posé. Sur le réchaud, dans une poêle, des tranches de viande sont en train de rôtir.

— *Hmm, délicieux… Vous humez ce parfum de graisse qui sature l'air ?* I smell bacon[1].

Puis, la poêle à la main, il se met à réciter, à toute vitesse :

— Contribution idiomatique pour l'édification des masses : en espagnol, on appelle caimanes[2] *les gardes civiles et* macacos[3] *les policiers. Les Italiens préfèrent* puffi blu[4] *et* puffi neri[5] *selon les couleurs de leurs uniformes. Les Français parlent plus volontiers de perdreaux, de poulets, de vaches…*

Il se retourne, hausse les épaules :

— *Désolé, on n'a pas trouvé de vache…*

— *Enfin, si, mais elle ne rentrait pas dans l'ascenseur, corrige Nada#1.*

— *Bref… la question n'est pas seulement de savoir qui est Monsieur le Terroriste, mais de découvrir ceux qui l'ont délibérément infiltré au sein de la coordination étudiante. Vous voyez ce que je veux dire ?*

Il cligne de l'œil, prend une tranche de bacon dans la poêle, la tient au-dessus de sa tête, la gobe comme un avaleur de sabres. Il mâche exagérément, s'essuie la bouche avec sa manche de schtroumpf, puis il chantonne :

— I do smell bacon, Mister Terrorist !

---

1. En argot américain, « voilà la police… », « ça sent les flics ».
2. « Alligators ».
3. « Macaques ».
4. « Schtroumpfs bleus ».
5. « Schtroumpfs noirs ».

Ensuite, Cèsar Diaz quitte laborieusement son sweat et son costume de schtroumpf. Dessous, il porte l'uniforme des Clowns noirs. Il remet sa couronne sur sa tête nue. Sa voix change, elle devient enjouée, malicieuse.
— Sinon, vous savez où je suis en ce moment ? Dans la ville du KO#1.
Il va vers la fenêtre de la pièce, en enjambant lestement l'alligator#4. L'animal se réveille alors et tente de poursuivre un gallinacé marqué du nombre #53. Par la grande baie vitrée, on voit un jardin et, derrière quelques arbres, la haute silhouette de la tour Eiffel illuminée.
Trente secondes avant une heure du matin, Nada#1 exécute un Harlem shake grotesque et old school, sort un revolver, le brandit, mime un shoot sur la tour qui se met à scintiller, avant de s'éteindre.
La bande-son du Harlem shake proclame :
— Con los terroristas[1].

Nuit des rois (2). *01.05 a.m.*

Theo se déconnecta du LiveChaud et se remit à son travail de montage. Il utilisait les images de Cèsar diffusées ces derniers jours sur le site de la Black Clowns Army et des centaines d'autres photos, des vidéos, des animations glanées sur Internet au cours des dernières heures.

Au fur et à mesure des questions soulevées par la presse, et des reculades des autorités, le masque porté par Cèsar Diaz avait proliféré sur les réseaux, comme la question « *Who the fuck is that guy ?* ».

1. « Avec les terroristes. »

Dix Tumblr, vingt Tumblr et un nombre impressionnant de comptes Flickr avaient fleuri, portant des intitulés évocateurs comme : « *Looking for Antonio* » ou « *Giuli's Fanclub* ». Une centaine de pages consacrées au sujet était apparue sur le DKB. Des flopées d'images circulaient sur le Sommaire des Rêves comme si « Antonio Giuli#2 » occupait maintenant les songes de toute la jeunesse européenne : des dreamers se photographiaient masqués devant chez eux, devant des monuments célèbres, dans la rue, partout. Avec ce seul masque, ils semblaient poser la même question que la presse, la même que Cèsar : qui était l'artificier de la place Monge ? Teodor avait collecté des dizaines de ces « portraits », ainsi que des photo-montages, des GIF animés, des « Tell Me Who Ya Kill », des pastiches de trailers où le portrait d'Antonio Giuli#2 remplaçait celui du président de la République française, du prince de Galles, du patriarche d'Alexandrie, du proviseur d'un obscur lycée de banlieue, de l'acteur Robert Pattinson en vampire revenu des morts…

Maintenant, il allait utiliser ce matériau. Selon le plan de Cèsar exposé par Vitto, Teodor Diaz avait encore quelque chose à faire avant de retrouver Sixie. Bon gré, mal gré, VideoMONK entrait dans la bataille.

Il monta le son de son ordinateur. *Sweets Dreams (Are Made of This)*, version Marilyn Manson, explosa dans les enceintes. Le morceau accompagnerait sa prochaine vidéo, qui devait être publiée sur le site de la Black Clowns Army. Schmok, dans l'autre chambre de la suite, cogna contre la cloison. Theo l'entendit crier quelque chose comme :

— Tu veux vraiment qu'on se fasse expulser pour tapage nocturne, Ducon#2 ?

Theo brancha son casque et continua de travailler sur le montage du trailer qu'il devait livrer à son frère. Soudain, une autre bande-son s'imposa dans son esprit, l'idée d'une bande-annonce parodique, qui ne manquerait pas de sel.

Oui, bien sûr, c'était ça qu'il fallait faire…

Nuit des rois (3). *02.00 a.m.*

La police française identifia l'immeuble parisien, avenue de la Bourdonnais, d'où la vidéo du LiveChaud avait été mise en ligne.

Une vache pie noire portant l'inscription « #1 » meuglait tranquillement dans la cour intérieure de cet hôtel particulier, non loin de l'ascenseur. Parvenus à l'étage, les officiers du bureau de lutte antiterroriste trouvèrent l'appartement vide de présence humaine, mais habité par toute une ménagerie, singe, saurien et volailles, numérotés de deux à soixante-cinq.

On avait graffité sur un mur crème :

Je mens
Tu mens
Il/elle ment
Nous mentons

Vous mentez

L'agence immobilière, spécialisée dans les prestations de luxe, qui avait loué l'appartement pour trois jours avait été payée en liquide par une personne dont l'identité se révéla fausse.

53

JOUR 94

Le poison du doute. *08.00 a.m.*

Le juge Henkel, au cours d'un point presse, confirma aux journalistes que Cèsar Diaz s'était trouvé à Paris la veille au soir, avec huit Clowns noirs.

Il s'évertua à démonter les nouvelles allégations contenues dans la vidéo publiée par Nada#1. Rien ne corroborait l'idée que l'artificier de la place Monge appartenait à la police, ou à un quelconque « service » européen. Il s'agissait de ne pas inverser les rôles : l'Armée des Clowns noirs était une organisation terroriste, et ses accusations contre les forces de l'ordre relevaient soit de la manipulation, soit d'un extravagant délire complotiste.

Avait-on des preuves de la mort d'Antonio Giuli ? Et de son éventuel assassinat par des policiers italiens ? demanda le chroniqueur « justice » du journal *Le Monde*.

Le juge Henkel répondit par la négative. Évidemment, si on avait pu prouver la chose, cela aurait justifié que l'on souçonne certains « services » italiens d'être impliqués dans la « création » du faux Antonio Giuli. Mais, pour l'heure, il n'en était rien.

Le ministère de l'Intérieur italien lui avait confirmé qu'une enquête interne était ouverte, mais qu'on ne disposait d'aucun élément attestant les dires de Francesca Bianca-De Lorenzo concernant l'hypothétique assassinat d'Antonio Giuli dans un bois de la banlieue de Gênes. D'ailleurs, Francesca Bianca-De Lorenzo avait quitté le territoire italien après avoir lancé ses accusations, ce qui fragilisait sa crédibilité.

Il était possible que Diaz se soit persuadé de la mort de son ami. Selon des profileurs, il était également probable qu'il croit à la responsabilité de la police. Mais cela n'excusait en rien la gravité des faits qu'il avait commis.

À la fin de la conférence de presse, suite à une question d'un journaliste du site d'information Mediapart, le juge Henkel reconnut que l'Inspection générale de la police nationale avait été saisie d'une enquête sur le suicide de Maud Mérieux, dans sa cellule, et qu'une instruction était ouverte concernant les suicides suspects de trois autres jeunes filles qui avaient côtoyé le faux Antonio Giuli. Il précisa que ces quatre étudiantes accusaient toutes « Antonio Giuli » d'être un policier.

Cette information provoqua un véritable tumulte dans l'assistance, s'ensuivirent quelques cris et une forêt de mains levées.

— Cèsar Diaz n'est donc pas le premier à avoir évoqué l'idée d'une manipulation policière ? lança le reporter de LCI.

— Non, admit sobrement le juge Henkel.

Cœur des ténèbres. *07.00 a.m.*

Plus personne ne venait voir Justine depuis la séance photo – ce moment où ils lui avaient coupé et teint les cheveux, puis l'avaient tatouée de force.

Elle aurait préféré qu'ils ricanent, qu'ils soient gênés par sa nudité… mais non, ils étaient restés sérieux, froids, affairés, ils l'avaient traitée comme un animal, ou plutôt un objet, une poupée…

À un moment seulement, elle les avait entendus glousser, quand l'un d'eux avait dit que son père aimerait sûrement beaucoup la photo.

Tout ça s'était passé quatre jours avant, cinq peut-être. Ils l'avaient presque abandonnée depuis. Ils se contentaient de lui apporter un repas quotidien, servi dans une gamelle qu'ils posaient sur le sol. La veille, ils avaient même oublié de changer son bassin.

Maintenant, plongée dans le noir de la cave, Justine guettait les bruits. Elle n'avait plus peur de mourir. Elle savait que la chose se produirait bientôt. Elle espérait simplement qu'ils ne la feraient pas souffrir avant. Elle se demandait ce que faisaient sa mère et sa sœur. Elle se demandait quand son père viendrait.

La propagation (2). *08.00 a.m.*

Quelques jeunes gens portant le masque de Monsieur le Terroriste – la photo d'« Antonio Giuli#2 » collée sur un ovale de carton, percé de deux trous pour les yeux – déambulèrent, à l'aube, dans deux ou trois villes françaises, mais également en Belgique, en Italie, à Barcelone, Lisbonne, Londres…

C'était une forme de manifestation silencieuse que la police ne pouvait interdire.

Certains de ces jeunes gens avaient choisi de porter ce masque torse nu. Certains avaient écrit sur leur peau, au feutre, à la peinture, au crayon de maquillage, des questions comme : « *Who is that guy ?* » ou : « Je mens, tu mens, vous mentez… » Ceux-là furent interpellés pour attentat à la pudeur, ou pour tenue indécente, ou pour racolage passif, selon leur sexe et le Code pénal en usage dans les différents pays concernés.

Les oppositions gouvernementales italienne et française demandaient des enquêtes parlementaires, à propos des « événements de Gênes » et de « l'enquête de la place Monge ». Plusieurs ministres français confièrent leur « embarras » ou leurs « questions » concernant les derniers rebondissements, tout en enjoignant la presse de ne pas faire le lit des « terroristes ». Le ministre de l'Intérieur Gageard regretta ces « manquements à la solidarité gouvernementale », mais constata dans le même temps les « manquements et les raccourcis dans l'enquête du juge Henkel ». Le ministre de la Justice Vauthier s'insurgea et demanda qu'on respecte l'instruction en cours, dont il n'y avait pas lieu de contester la qualité.

Le préfet italien Scarpone, responsable de l'action des forces de police pendant les « événements de Gênes », réaffirma sa « fierté d'avoir rétabli l'ordre » à l'époque, et menaça de porter plainte contre les journaux italiens ou internationaux qui « véhiculaient les diffamations des terroristes ».

Des rumeurs complotistes des plus fantaisistes circulaient sur les réseaux sociaux, sur des forums nouvellement créés, ou dans les commentaires (nombreux) des articles publiés sur les sites d'information générale.

« **Après.** » *09.00 a.m.*

Teodor et Cèsar Diaz avaient rendez-vous devant un café de la piazza Durruti, à Rome.

Theo était légèrement en avance, ce qui allait à l'encontre des consignes de sécurité édictées par Vittorio. Il vit son frère s'approcher, traverser la place, de sa démarche d'ours un peu incertain, ou goguenard, mais qui laissait deviner qu'il pouvait porter un coup de griffe à tout moment. Teodor sourit malgré lui : il aimait son frère, même s'il détestait Nada#1.

Ils ne s'étaient pas revus depuis leur face-à-face tendu sur le bateau. Cèsar passa devant lui sans s'arrêter ni dévier de sa trajectoire. Il ralentit seulement en lui lançant :

— Suis-moi à cinquante mètres, bro'.

Deux cents mètres plus loin, ils bifurquèrent chacun leur tour dans une ruelle. Theo vit Cèsar entrer sous un porche.

Il l'imita, puis gravit un vieil escalier de bois. Cèsar l'attendait au deuxième étage, lui tournant le dos. Sans un mot, il ouvrit un appartement visiblement en attente de location, comme l'étaient de plus en plus de logements dans le centre historique de Rome. Les frères Diaz se retrouvèrent dans une pièce vide, les bras ballants. La lumière entrait à flots par les fenêtres dépourvues de rideaux.

Cèsar semblait épuisé. Theo ne reconnaissait pas même les rides de son sourire. En quelques jours, Cè' avait gagné des cheveux blancs. Theo le vit s'approcher de lui, il se crispa. Son frère comprit, ne proposa pas qu'ils s'embrassent et s'assit au sol, adossé à un des murs nus. Teodor s'assit à ses côtés, épaule contre épaule.

Cèsar regardait ses pieds, paraissait se concentrer sur sa respiration. Il ressemblait à un coureur de fond qui effectue une courte pause, avant de reprendre l'épreuve. Il releva finalement la tête.

— Tu as le trailer ? lui demanda-t-il.

— J'ai besoin de t'enregistrer. J'ai apporté un dictaphone. J'intègre les fichiers son cet aprèm', et je te donne le fichier vidéo ce soir.

— OK. On va faire ça alors… Mais avant… avant, il faut qu'on parle.

Pour la deuxième fois de sa vie, Teodor eut le sentiment que son frère aîné, son presque père, cherchait ses mots, qu'il était embarrassé. Il dit :

— Cèsar, je…

— Tais-toi, bro'. Écoute-moi. Ce que j'ai à te dire est un peu compliqué. Et chiant. Parce que ça me fait chier de m'excuser. Mais je te dois des excuses pour avoir embarqué la princesse Zelda dans tout ça, pour t'avoir forcé la main, pour t'avoir enrôlé de force avec nous.

Un regard franc, transparent, transperçant.

— Je m'étais toujours comporté comme un père auparavant, enfin je crois. Et je t'ai toujours laissé la main, pas vrai ? Alors, tu pourras peut-être me pardonner, non ? Non ?

— Si. Un jour, sûrement.

Il n'ajouta rien, la gorge nouée. Pourquoi avait-il l'impression que son frère lui faisait des adieux ? Il se rappela ce que Cèsar lui avait dit dans la voiture : « On ira jusqu'au bout, jusqu'à ma clairière. »

La voix de Cèsar se modula légèrement, elle devint moins intime, plus informative.

— J'ai transféré toute ma fortune sur des comptes suisses et belges à ton nom, bro'. Jusqu'ici, tu n'as rien commis de criminel, à part le KO#1, auquel personne ne sait que tu as participé. Tu devrais pouvoir en hériter même si les flics me serrent ou me tuent. De toute façon, tu es le légataire universel.

— Tais toi, Cè'…

— Non. Il faut que tu saches, donc tu écoutes. Francesca pourra t'expliquer au besoin. Elle est actuellement au Brésil. Il n'y a aucun traité d'extradition avec la France.

— Je n'ai pas envie de…

— Chut, je ne serai pas long. Je suis content que tu aies pris part au PIFR, même si c'était contre ton gré. Je voulais que tu saches ce que c'était que… le jeu quoi. L'ivresse du jeu. Il y a tellement de choses que nous ne faisons pas, à cause de la peur, ou simplement parce que nous les pensons impossibles… poursuivit-il.

Cèsar lui lançait des coups d'œil. Il cherchait son approbation.

— Mais je ne pensais pas qu'ils tireraient sur des gamins. Sur nous, ça oui, mais pas sur les simples joueurs. Au moins, tu sauras à quoi t'en tenir à leur propos, n'est-ce pas ? Alors, quoi qu'il se passe dans les heures qui viennent, je veux que tu n'oublies pas ça. Le jeu, les brothers, et la mort au bout, c'est tout ce qui compte. Le reste, c'est de la trouille, c'est sans intérêt. Et puis, pour ta princesse Zelda… J'ignore ce que tu cherches, et ce que tu vas faire pour elle… Mais je peux te dire encore deux trucs. Le premier, c'est que, si tu prends les choses au sérieux, trop au sérieux, tu es foutu. Même avec une fille. Mais c'est peut-être là que cela devient intéressant en fait, quand tu cesses de jouer et que tout est foutu…

Cèsar se tourna vers lui, le regarda longuement. Sous le masque de fatigue, Teodor reconnut enfin le sourire tellement sincère, tellement candide de son frère – ce sourire avait éclairé sa vie d'orphelin. Il signifiait qu'en dépit de la peine, des deuils, on allait s'amuser. Cèsar sortit son flingue, l'arma.

— Et le deuxième truc, c'est qu'une fois que tu t'es servi d'une arme tu n'arrêtes plus.

Cèsar se leva.

— Bien. Le temps de ce bouffon guerrier qu'est Nada#1 va s'achever. L'armée des Clowns noirs aura besoin de Nada#2. Si tu le veux, seulement si tu le veux.

Theo avait l'impression que le sol bougeait sous lui. Un tremblement de terre, un séisme. Ses mains s'arrimaient au plancher.

— Bon, fais ces enregistrements, puis je te laisse, bro'. Et on se retrouve ce soir.

Un jour à tuer. *09.30 a.m.*

Kowacks aperçut une silhouette au volant d'une voiture garée à une centaine de mètres de l'hôtel Savoy, dans la rue Thalmann-Ensner. Bingo. Elle sourit intérieurement, se mit à courir vers le véhicule pour ne pas laisser le temps au conducteur de mettre le contact. Elle ne perçut aucun mouvement dans l'habitacle. Parvenue à la voiture, elle se pencha et ouvrit la porte passager.

— Je peux me joindre à toi, Fanelli ? Ou tu préfères la solitude ?

— Bonjour, Alice, fit l'homme aux yeux de Chinois, dont les traits s'étaient encore tirés.

Elle s'installa à ses côtés. Sous le pare-brise, sur le tableau de bord, il y avait des reliefs de sandwichs à peine entamés, des gobelets en carton, vides. Il flottait une odeur de tabac froid, de sueur, presque de misère. Dans le rétroviseur, elle aperçut une caisse débordant de livres sur la banquette arrière. Il dut remarquer sa curiosité…

— Désolé pour l'inconfort, Alice. Je promène ma maison avec moi. Je vous propose un thé, comme le ferait le Chapelier fou ?

Ses lèvres se plissèrent en une sorte de sourire ironique.

— Que faites-vous ici, commissaire ? reprit-il. Vous me semblez très, très loin de l'endroit où vous pourriez attraper Cèsar Diaz.

— Je ne cherche plus Cèsar Diaz. Et je ne suis plus commissaire. Je suis venue t'aider à retrouver Justine. Gouvenon m'a tout raconté, alors me voilà.

09.50 a.m.

Il avait allumé une de ses gitanes maïs. Il semblait la fumer avec délice, avalant profondément la fumée, la retenant derrière ses lèvres entrouvertes. Il fermait les yeux. De fines gouttes de sueur perlaient sur son front.

— Qu'attendons-nous, à part la sœur de Sixtine Van de Vogh ?

— Mathilde est déjà arrivée, répondit-il. Hier soir. Je suis à peu près certain qu'elle a rendez-vous avec quelqu'un.

— Sixie ?

— Qui d'autre ?

— Et tu vas la tuer, elle aussi, comme tu as tué Daniel Pardy ?

Il la regarda longuement. Puis il dit :

— C'était un a-cci-dent. Ce type était une crevure, mais c'était un accident.

Il reprit son guet, les yeux fixés sur l'entrée de l'hôtel, et poursuivit sur un autre ton, pensif :

— Quant à Sixtine, je ne compte pas lui faire de mal. Je dois seulement m'entretenir avec elle.

Il jeta un coup d'œil à sa montre avant de dire une chose insensée :

— La seule chance qui me reste de retrouver Justine, c'est que Sixtine Van de Vogh fasse effectivement des rêves prémonitoires. Si elle a rêvé de la mort de Justine, elle saura me dire où ils projettent de la tuer.

Alice ouvrit la bouche, stupéfaite. Il ne lui laissa pas le temps de protester :

— Bien, puisque vous êtes là, Alice, je vais m'autoriser à prendre un cachet de morphine, qui m'abrutira sans doute quelques heures. Je peux compter sur votre vigilance, n'est-ce pas ?

Il toussa sèchement.

— Je souffre d'un cancer du foie, en phase avancée, avec des métastases osseuses. Cela fait vingt-quatre heures que je n'ai pas pris d'antalgique pour rester éveillé. Mais par moment, la douleur dans les jambes est insupportable, croyez-moi.

10.30 a.m.

Que foutait-elle ici, dans cette voiture, avec cet homme mourant allongé sur la banquette arrière qui grelottait dans son sommeil, et qui s'accrochait à l'hypothèse absurde que Sixtine connaissait l'avenir…

Alice n'y croyait pas. Mais elle n'avait pas d'autres endroits où se trouver.

Même si Mathilde les conduisait à Sixtine, y avait-il seulement une chance que la jeune fille les mène aux ravisseurs de Justine ? Ça semblait impensable.

L'espace d'un instant, Alice redevint flic et se demanda ce qu'elle ferait si Mathilde leur permettait effectivement de retrouver Sixtine et donc, qui sait, de remonter jusqu'à Cèsar Diaz.

Mais elle n'était plus flic. Elle était là pour Justine. Elle devait croire Fanelli, croire en lui.

Elle vit Mathilde Van de Vogh sortir de l'hôtel, mit le contact, et suivit le taxi dans lequel la sœur aînée venait de monter. Tout en roulant, Alice mit en marche l'autoradio, y introduisit le premier disque qui lui tomba sous la main. Elle connaissait cette musique sacrée, ample, dramatique. Requiem de Mozart. *Confutatis maledictis.*

Fanelli grommela dans son sommeil :

— « Confusion des méchants. »

Roma Termini (2). *09.00 p.m.*

Certains des jeunes gens masqués qui avaient envahi les rues arboraient le sweat noir à capuche. Mais pas tous. Ils se photographiaient partout en Europe : devant la place Syntagma, devant le palais Montecitorio, dans le parc de la Ciutadella…

Theo en croisa quelques-uns, sur sa route vers Roma Termini. Ils demandaient la vérité. Qui était le faux Antonio Giuli ? Avait-il un lien avec la police ?

Theo savait que la coordination étudiante européenne avait appelé à se rassembler le lendemain, à Paris, à Londres, à Madrid, à Barcelone, à Rome, pour exiger la vérité sur l'enquête antiterroriste, sur le faux Antonio Giuli et sur l'attentat de la place Monge… Theo savait que les gouvernements avouaient leur trouble, que les oppositions parlementaires, à Rome et à Paris, avaient réclamé des démissions immédiates.

Cèsar avait réussi.

Le DKB avait annoncé ce jour-là qu'il suspendait brièvement son fonctionnement en Europe, en raison d'une demande des autorités européennes. Plus de quinze mille jeunes gens portaient le masque d'Antonio Giuli sur la photo de profil de leur page diurne. Tous ou presque avaient vu leur compte bloqué parce que ces publications s'inscrivaient « en désaccord avec la charte des utilisateurs ».

Cèsar avait créé tout cela. Ils avaient déclenché tout ça. La phrase de Cèsar dansait dans son crâne :

« L'Armée des Clowns noirs aura besoin de Nada#2. Si tu le veux, seulement si tu le veux. »

Qu'aurait-il à perdre, puisqu'il avait déjà perdu Sixie ?

Avatar. *9.15 p.m.*

En entrant dans la gare, Sixie vit un groupe de jeunes, peut-être de son âge, qui déambulaient en riant très fort. Ils portaient les masques du faux Antonio Giuli sur leurs nuques, ce qui donnait l'étrange impression de voir fuir un personnage de face. Sixie avait suivi les informations, elle était au courant des révélations de Cèsar, qui avaient semé le doute dans l'opinion.

Lana lui dit, interrompant le fil de ses pensées :

— On est voiture 13, ma belle. Couchettes de première, grand standing !

Elles montèrent dans le wagon-lit. Leurs lits étaient déjà faits. Lana sortit un pistolet automatique de son sac à dos, qu'elle glissa sous l'oreiller, trouva un « cadeau » qu'on avait dissimulé sous les draps, adressa un clin d'œil à Sixie. Puis elle déchira le paquet de kraft brun dans lequel se trouvaient deux passeports, les consulta. Elle en tendit un à Sixie.

— Tu es suisse, désormais. Et moi... continua-t-elle avant de faire la grimace : *Merda*, anglaise !

Sixie ouvrit le passeport. Elles avaient brûlé leurs précédents faux papiers en quittant l'hôtel. Pour ce voyage, elle s'appelait Romane Sartori. Ensuite, elle jetterait probablement ce passeport, en trouverait un autre ailleurs. Elle garda le document ouvert quelques minutes, essaya d'en mémoriser les informations essentielles. Elle était une jeune fille née à Lausanne un 8 mars et jouissait de la double nationalité franco-suisse. Ainsi en avait décidé Vittorio, ou simplement le hasard.

Elle s'habituait déjà à cette clandestinité. Elle ne se demandait plus qui déposait les documents, comment et où ils étaient fabriqués…

Elle se moqua de l'accent *so unbritish* de Lana, qui se nommait désormais Janet.

« **Elle est à bord.** » *9.25 p.m.*

Teodor retrouva Cèsar au buffet de la gare. Se pouvait-il vraiment que Nada#1 passe inaperçu dans cette foule ? Ou toute la population fermait-elle les yeux pour le laisser passer parmi elle ?

Et si c'était la dernière fois qu'il voyait son frère ? ne pouvait s'empêcher de penser Theo. Si c'était la dernière fois qu'ils voyageaient ensemble ? Il secoua la tête.

Ils s'embrassèrent, puis se dirigèrent sans un mot vers le train pour Paris qui allait partir. Ils sauteraient chacun dans leur wagon à la dernière minute comme le prévoyaient les consignes de sécurité de Vittorio. Avant de monter, Theo passa à son frère la clé USB sur laquelle il avait chargé le trailer.

Cèsar lui tendit son nouveau passeport et dit :

— Elle est déjà à bord, je l'ai vue monter. Je te préviens, elle est brune.

54

NUIT 95

« Tu choisis. » *02.00 a.m.*

Ils vinrent tirer Sixie de sa couchette en pleine nuit. Les frères Diaz. C'est Cèsar qui entra dans le compartiment, lui secoua l'épaule et dit :

— Fin des cauchemars pour cette nuit, sista'. On doit te parler.

Sixie cligna des yeux, parvint à faire le point en essayant de chasser les démons. Elle sortit du compartiment. Theo attendait dans le couloir, adossé à une fenêtre, mains dans les poches. Les frères Diaz avaient revêtu le sweat noir à capuche de la Black Clowns Army. En dépit de sa barbe aile de corbeau, longue d'une semaine, Cèsar en devenait plus repérable encore. Il dit :

— On arrive à Milan dans une heure, sista'. C'est le moment de choisir.

Lana sortit à son tour de leur compartiment, l'air débraillée et endormie, le pistolet dans la main. Cèsar la rabroua :

— Tu fais un sacré *bodyguard*, Lana ! On l'enlève…

Sixie, encadrée par les deux silhouettes noires, suivit Cèsar dans la voiture suivante.

La plupart des compartiments semblaient vides. Ils entrèrent dans le premier. Les sièges n'avaient pas été transformés en couchettes. Il s'agissait des secondes classes les plus inconfortables et les moins chères, où l'on devait voyager assis jusqu'à Paris. Ils n'allumèrent pas le plafonnier, demeurant dans l'obscurité à peine bleuie par une veilleuse. Cèsar et Sixie s'assirent, Theo resta debout devant la porte – toujours sa façon de se tenir en retrait. Cèsar dit :

— Romane Sartori peut disparaître dans la nature à Milan. Nous n'avons pas utilisé pour toi notre filière de faux papiers ordinaire. Même si les flics s'aperçoivent que ton passeport est un faux, ils ne trouveront aucun lien entre toi et nous.

Il marqua une pause.

— Mathilde est arrivée à Zurich avant-hier. Elle occupe une chambre à l'hôtel Savoy. Elle a le numéro d'un compte qui contient assez d'argent pour vous permettre de partir où vous voudrez, ou de revenir à Bruxelles.

Sixie avait sursauté en entendant le nom de sa sœur. « L'ennemi public #1 » enchaîna :

— Tu peux nous oublier, sista'. Mais c'est maintenant. Une fois que tu auras commencé le LiveChaud, on ne pourra plus s'arrêter.

— Le LiveChaud ?

— On t'expliquera seulement si tu en es. Si tu t'évanouis dans la nature, tu dois en savoir le moins possible, pour toi comme pour nous. Je ne peux te dire que quatre choses…

Il jeta un œil à Theo, et énuméra sur ses doigts :

— Si tu nous suis jusqu'à Paris, ce sera pour clamer ton innocence, et c'est Teodor qui t'accompagnera…

Sixie regarda le garçon maigre, debout entre les deux portes du compartiment. Il n'avait pas souri, son visage était grave, impassible.

— Tu seras filmée à visage découvert… Tu seras peut-être arrêtée, et même si ce n'est pas le cas, tu ne pourras plus dire ensuite que tu n'es pas des nôtres, sista'. Choisis.

Elle n'hésita pas. Elle s'entendit répondre :

— Je m'en vais. Ce n'est pas ma pièce de théâtre, Cèsar. Tu m'as forcée à y entrer, je veux en sortir.

— Nada#1 *doesn't like that,* dit l'autre voix de Cèsar. Et donc, nos routes se séparent.

Cèsar se leva, sembla vouloir la prendre dans ses bras, mais il retint finalement son mouvement.

— Teodor, rendez-vous cette nuit dans la clairière. Sixie, tu vas chercher ton passeport dans ta cabine, puis tu rejoins Teodor ici. Il t'accompagnera jusqu'à Zurich. Vous descendrez à Milan dans une demi-heure. Tu salueras ta sœur pour moi.

Il tourna les talons. Quand elle se leva et sortit du compartiment, il avait déjà disparu, avalé par la porte à ouverture pneumatique qui menait à la voiture suivante.

02.15 a.m.

Ils attendaient tous les deux dans le couloir. Elle et Theo, Teodor Diaz, le petit frère, si différent de son aîné, plus pâle, plus lointain. Theo n'avait pas dit un mot depuis qu'elle avait pris sa décision. Elle avait fait l'aller-retour jusqu'à sa couchette. Il ne la regardait pas, perdu dans la contemplation de la banlieue de Milan, morte dans la nuit. Elle dit :

— Theo… Je suis désolée.

— Tu as raison. J'ai beau essayer, dit-il, je ne peux m'empêcher d'être amoureux. Et je comprends que, pour toi, ça gâche tout.

Elle sourit, timidement, et haussa les épaules. Que faire d'autre ? C'était comme un coup du sort, la faute à pas de chance. Au fond, elle ne pouvait pas lui reprocher ses sentiments, pas davantage qu'il ne pouvait lui en vouloir de ne pas l'aimer.

— C'est con, dit-elle, en écho à la conclusion de Theo sur le bateau. C'est vraiment con.

Il la regarda gravement.

— J'espère que tu pourras tout oublier.

Ils demeurèrent dans le couloir jusqu'à l'arrivée en gare, parfois secoués l'un contre l'autre par de brusques écarts du train, sans plus échanger de mots, leurs deux regards perdus dans la même nuit, pensant à tout ce qu'ils avaient été et à tout ce qu'ils s'étaient caché, avant que les circonstances les obligent à ne plus avancer masqués.

Quand leurs yeux se croisaient, ils avaient le même pauvre sourire déconfit, doux-amer.

À nos amours. *06.00 a.m.*

Le tour en ville de Mathilde Van de Vogh n'avait duré qu'une heure. Elle avait fait des courses dans un magasin, puis elle était rentrée à l'hôtel.

Depuis, Alice et Fanelli patientaient. Ils fumaient tous les deux, sans un mot le plus souvent, en écoutant la musique funèbre de Mozart en boucle.

Alice demanda :

— Combien de temps allons-nous encore attendre ?

— Je l'ignore. Je sais juste qu'aujourd'hui c'est la pleine lune, et que le cauchemar de Sixtine la mentionne. Je pense que le sacrifice aura lieu ce soir.

— OK. Les premiers trains pour Zurich arrivent à 9 h. Donc, si à 10 h, Sixtine n'est pas là, on ira secouer sa sœur. Comme tu as secoué DanyL. Mais en évitant de la pousser à l'eau.

Il se retourna vers la jeune femme pour lui répondre. Elle venait d'ouvrir la portière. Elle sortit, passa à l'arrière, ouvrit la fermeture à glissière de son sac. Il l'apercevait dans le rétroviseur. Il vit qu'elle retirait son pull, son tee-shirt. Elle ne portait rien en dessous. Elle sortit un déodorant, le passa sur ses aisselles. Torse nu, elle alluma le plafonnier arrière.

— Si tu veux te rincer l'œil, Fanelli, ce sera plus simple comme ça. De toute façon, tu m'as déjà vue à poil, hein… Comme l'ensemble de la planète d'ailleurs…

Il ferma les yeux, et demanda :

— Pourquoi êtes-vous venue, Alice ? Pourquoi êtes-vous là ?

Elle ne répondit pas. Les yeux toujours clos, il entendit qu'elle enfilait des vêtements, puis ouvrait de nouveau la portière, et reprenait sa place à l'avant, côté passager. Il ouvrit les paupières et la regarda.

— Pourquoi ? Je ne sais pas, Fanelli. Sincèrement. Peut-être parce que tu avais besoin de moi. Peut-être parce que j'ai besoin d'un ami. Peut-être simplement parce que tu es le seul flic décent que j'ai croisé depuis des mois. Ou parce que je suis Alice.

55

JOUR 95

Bande-annonce. *05.58 a.m.*

Theo et Sixie attendaient dans la gare italienne qui ressemblait à tant d'autres. Elle avait fermé les yeux quelques instants. Quand elle les avait écarquillés, une poignée de minutes plus tard, Theo la regardait en souriant.

Il lui avait dit :

« Ce n'était qu'un rêve, Sixie. Un mauvais rêve. »

Dans moins d'une demi-heure, ils prendraient leur correspondance. Ensuite, elle retrouverait Mathilde. Theo regarda sa montre, sortit son ordi, se connecta au wifi gratuit de la gare.

— Regarde, dit-il.

Il orienta l'écran vers Sixie. Ils étaient sur le site de la Black Clowns Army, rubrique « LiveChaud ».

Elle dit :

— Quoi ?

— Attends trente secondes…

Il jeta de nouveau un coup d'œil à sa montre.

— Cinq secondes, en fait…

Une nouvelle vidéo apparut, à l'heure dite. Sixie reconnut immédiatement les premières mesures de « Creep » de Radiohead, chantées par un chœur d'enfants, et les premières images du trailer de *The Social Network* de David Fincher. Mais quelque chose avait changé. Les visages qui apparaissaient à l'écran étaient masqués. Des photos de personnes portant le masque du faux Antonio Giuli, réalisées aux quatre coins de l'Europe, défilaient.

Puis apparut Nada#1, ou plutôt l'acteur Jesse Eisenberg jouant Mark Zuckerberg auquel on avait grossièrement ajouté un masque de Nada#1. La voix était celle de Cèsar Diaz. Il parlait aussi vite que son modèle. Il parlait dans un catalan d'une rapidité folle, sous-titré en anglais et en français.

Vidéo postée sur le site de la Black Clowns Army, rubrique « LiveChaud »,
le 12 juin, 06.00 a.m.

Le masque de Cèsar dit :
— Ne sortez pas de chez vous aujourd'hui. Ne vous promenez pas avec le masque de Monsieur le Terroriste. Car les balles perdues vont voler bas, comme durant Hashashin. *La police va vous protéger comme elle l'a déjà fait, en tirant sur nous, et sur vous. Restez chez vous, épargnez-vous.*
Les photos de Cèsar en furet, puis de Cèsar devant l'appartement de feu le vrai Antonio Giuli apparaissent.
— Vous avez reçu les premiers indices, continue le masque de Cèsar Diaz à l'écran. Vous avez tiré vos propres conclusions.
On voit Cèsar dansant devant la tour Eiffel, des images du monastère des Hiéronymites parues dans la presse après le PIFR Hashashin, *de la place du palais de justice après le KO#1.*
— Vous avez eu de l'action, du show, du spectacle, des morts, des gentils et des salauds, dit encore le masque de Cèsar, cadré en plan serré.

Des photos du juge Henkel, de Stéphane Basel, de Sixie, de Maud Mérieux, de Jérémy Villain, de Vittorio De Lorenzo, d'Antonio Giuli, en accéléré.

— Très bientôt, vous aurez des révélations. À visage découvert. Un rêve éveillé que vous pourrez publier sur MyDarkPlaces autant que vous le voudrez, à la place de vos propres cauchemars. Parce qu'il deviendra le cauchemar de ceux qui vous mentent.

Le noir se fait. La voix de Cèsar ajoute :

— Restez sur notre site.

Un titre apparaît :

« The Wake-the-fuck' up Live Show »

Puis, trois cartons successifs :

« *Prochainement.*

« *Cette nuit, qui sait ?*

« *Dans votre ville.* For real. »

On entend à nouveau le chœur des enfants qui reprend Creep.

Sixie referma l'ordi portable et se tourna vers Theo :

— C'est toi qui as monté ça, n'est-ce pas ?

— Oui. Tu en penses quoi ?

Il la dévisageait avec, dans les yeux, la même fierté inquiète qu'il avait lorsqu'il lui montrait ses vidéopéras au lycée français de Bruxelles. Un orgueil complice, impatient, quelque chose qui brillait dans son regard et qu'elle aimait voir, alors. Ce film pastiche était aussi brillant que les précédents.

Elle ne répondit pourtant pas à sa question. Elle dit :

— Qu'est-ce qui nous est arrivé, Theo ?

Elle sentit les larmes lui monter aux yeux.

06.15 a.m.

Le train pour Zurich venait d'être annoncé. Theo dit :

— On se sépare, on voyage en solo. Mais chaque fois que tu te retourneras, je serai derrière toi.

Étrangement, cette phrase ne lui fit pas peur.

Deux flics. *09.58 a.m.*

Fanelli dit :

— Les voilà. Sixtine. Et Theo Chaplin.

Alice observa la silhouette du jeune homme aux cheveux frisés, à la peau pâle, qui accompagnait la gamine aux cheveux très noirs désormais, coupés court. Il portait un sweat noir à capuche.

Les deux commissaires les laissèrent entrer dans l'hôtel Savoy, puis sortirent de la voiture. Sur sa demande, Abel Fanelli avait confié son arme à Alice Kowacks.

Chambre à cinq. *10.00 a.m.*

Sixie se présenta à l'accueil de l'hôtel, demanda la chambre de Jeanne Sartori. Le groom s'enquit de son identité, elle présenta son passeport. Theo patientait, un peu en retrait. Quand le réceptionniste se tourna vers lui, il dit :

— Je ne suis que de passage. Je dépose le bagage de mademoiselle et je m'en vais.

« De passage » : Sixie trouva ces mots cruels, pour lui, pour eux, peut-être aussi pour elle… Elle ne savait plus trop. Elle lui était reconnaissante d'avoir veillé sur son sommeil pendant la nuit, dans la gare, de ne pas avoir cherché à ce qu'elle s'apitoie sur lui.

Était-ce pour pouvoir lui dire les choses qu'il ressentait sans lui forcer la main, et non pour la tromper, qu'il avait créé SixFAN#1 ?

Ils montèrent dans l'ascenseur. Elle dit :

— Theo, je…

Il lui mit un doigt sur les lèvres.

— Je m'appelle Teodoro, Romane. Teodoro Corto. Theo Chaplin est juste un mauvais souvenir.

Les portes de l'étage s'ouvrirent. Le doigt de Teodoro Corto, resté sur ses lèvres, glissa, esquissa une caresse sur sa joue, comme on console une petite sœur. Ils longèrent le couloir, s'arrêtèrent devant la porte de la chambre. Sixie inspira profondément. Theo se tourna vers elle, une question dans le regard. Il la formula finalement :

— Tu es prête ?

Il frappa trois coups brefs.

10.05 a.m.

Sixie était dans les bras de Mathilde. Elles pleuraient, toutes les deux. À l'instant où elle s'était retrouvée contre sa sœur, dans le salon de la suite, quelqu'un avait ouvert des vannes qui ne se fermaient pas : la peur, la prison, le piège, le monastère, tous ces mensonges autour d'elle, qui avait été ballottée, embarquée, sans jamais pouvoir vraiment compter sur quelque chose ou quelqu'un.

Sixie sentait le regard de Theo sur elles.

Quelqu'un frappa à la porte.

Elle se redressa, interdite, s'écarta de sa sœur. Les yeux trempés, brûlants, elle vit dans une sorte de flou Theo reculer vers la chambre, son sac à dos à la main. Il demanda à Mathilde, dans un souffle :

— Vous attendiez quelqu'un ?

Elle secoua la tête sans un mot. Il mit un doigt sur ses lèvres, tout en reculant, puis fit signe qu'il n'était pas là et leur indiqua qu'elles pouvaient ouvrir.

10.06 a.m.

Sixie vit entrer la commissaire Kowacks, la jeune femme qui l'avait interrogée pendant trois jours dans la cellule de la section antiterroriste. Un homme boitillait derrière elle. Elle eut le sentiment que tout basculait de nouveau. Les retrouvailles prenaient fin, à peine cinq minutes après avoir commencé.

Avec Mathilde, elles reculèrent instinctivement vers la fenêtre. Kowacks, les mains écartées, s'avança dans la pièce et dit :

— Nous ne te voulons aucun mal, Sixtine. Je ne suis pas ici officiellement. Mais nous devons te parler.

Sixie ne lisait aucune hostilité sur ses traits, mais la jeune commissaire ne s'était pas montrée davantage agressive dans la cellule de la section antiterroriste. L'homme qui la suivait venait de se laisser tomber dans un fauteuil. Il regardait Sixie fixement.

— Asseyez-vous, Sixtine, et vous aussi, Mathilde. Nous ne vous voulons aucun mal, répéta Kowacks. Où est Chaplin ?

À ce moment, Theo fit violemment irruption hors de la chambre dans laquelle il s'était réfugié. Il se passa quelque chose, un mouvement bref de jambes, et, l'instant d'après, la commissaire Kowacks était par terre, à quatre pattes. Theo braquait un revolver noir sur sa tempe. Il se tourna vers l'homme vautré dans le fauteuil, lui fit signe de la main gauche de lever les bras très haut. L'homme s'exécuta. Theo contourna Kowacks, palpa sa ceinture de la main gauche, attrapa une arme qu'il lança loin d'eux tous, sur la moquette.

Ensuite, son revolver changea de main, et il s'approcha du type aux mains levées.

— Je n'ai pas d'arme, Chaplin, dit celui-ci calmement.

Tout s'était passé en quelques secondes. Theo dégageait une impression de savoir-faire, de professionnalisme. Il était devenu un autre. Il ne disait toujours rien. Son visage était froid, dur. Sixie se demanda s'il savait tirer, vraiment, si le pistolet était chargé – oui, sûrement. Il y eut deux ou trois secondes suspendues – plus un bruit, plus un mot, plus un mouvement. Puis Kowacks gémit. Elle roula sur le côté, la jambe gauche dans les mains et, allongée sur la moquette, à plat dos, elle dit d'une voix blanche :

— Putain, Theo Chaplin, je crois que tu m'as brisé la rotule.

— Jiu-jitsu. Vous vouliez nous parler, commissaire Kowacks ? ajouta-t-il. Ou était-ce vous, commissaire Fanelli ?

Il y avait dans sa voix une ironie qui rappela quelque chose à Sixie. Ou plutôt quelqu'un. Cèsar Diaz ou Nada#1 ?

Révélations. *10.22 a.m.*

Fanelli, dans le fauteuil, n'avait pas quitté Sixie des yeux. Theo avait ligoté la commissaire Kowacks sur le lit, mais pas cet homme au visage maigre qui transpirait à grosses gouttes. Sixie se sentait transpercée par ces yeux.

Theo dut s'en rendre compte. Il s'adressa à l'homme qu'il avait appelé Fanelli et demanda :

— Que voulez-vous à Sixie, Fanelli ?

— Lui parler d'un cauchemar qu'elle a fait il y a trois mois.

Fanelli demanda à Theo de lui passer la tablette numérique qui se trouvait dans sa sacoche tombée au pied du fauteuil. Theo accepta d'un mouvement de tête.

— Sixtine, des gens vous prennent pour quelqu'un qui prédit l'avenir, dit le commissaire. Ou du moins, ils vous vénèrent comme telle, et s'évertuent à accomplir les horreurs qui hantent vos nuits. Savez-vous de quoi je parle ?

Elle secoua la tête. Non, elle ne saisissait pas. Et elle n'était pas sûre de vouloir saisir.

— Regardez, dit Fanelli.

Elle fit trois pas vers lui. Mathilde la retint. Theo eut le même geste.

— J'ai des films sur cette tablette, expliqua le commissaire. Des films qui ressemblent à celui d'Arenberg. Mais pensez-vous utile de les voir, Sixtine ?

Cette fois, elle avait compris. Des snuff movies. Elle demanda :

— Quels rêves ont-ils réalisés ?

— Le 11 juillet dernier, vous avez rêvé que vous mouriez pendue dans un cabanon. Le 8 mars, que vous vous faisiez éventrer dans l'escalier d'un parking souterrain. Et il y a eu aussi la noyade d'Arenberg…

Ce qu'il disait lui glaça la moelle.

— Vous mentez ! cria-t-elle, soudain hors d'elle. La noyade n'est pas réelle ! DanyL est vivant. Ce sont les flics qui…

— Oui. DanyL était de mèche avec eux. Ce n'est pas lui qu'on a jeté dans la Senne.

Elle se tut, abasourdie. Mathilde et Theo la regardaient, immobiles. Ils savaient déjà. Elle ne quittait pas Fanelli des yeux. Il paraissait hors haleine. Il reprit son souffle, puis dit :

— Ce sont les seuls crimes dont nous ayons retrouvé la trace pour l'instant, mais il y en a peut-être eu d'autres… Et ils projettent d'en réaliser un nouveau, bientôt. Ils ont enlevé ma fille. Ils la détiennent depuis deux semaines. Voici sa photo.

Il tourna la tablette vers Sixie. Elle vit une jeune fille torse nu, les cheveux courts et blonds, le bras tatoué, en larmes, dans un endroit qui ressemblait à une cave.

— Ils… ils… ?

— Oui. Chaque fois, les jeunes filles sont grimées et tatouées pour vous ressembler à vous Sixie-Dreamy. Ensuite ils les tuent.

— C'est… horrible, je ne…

— Vous n'y êtes pour rien. Ni vous ni vos rêves. C'est une forme de fascination morbide, j'imagine. Qui trouve peut-être sa source dans le fait que, régulièrement, vous avez écrit sur le DKB des rêves qui se sont avérés réels dans les semaines suivantes.

Sixie ouvrit la bouche. Fanelli n'attendit pas sa réponse :

— Il y a cinq ans, Lucie Vercauteren s'est suicidée dans la cour de votre collège conformément au rêve que vous en aviez fait un jour plus tôt, selon le blog d'une de vos sœurs, Godelieve. Le 8 novembre de la même année, vous avez rêvé que votre père mourait d'une décharge de fusil dans la poitrine, et, six jours après, il a été victime d'un accident de chasse. Cela, vous ne l'avez écrit nulle part, mais c'est raconté dans le compte rendu hebdomadaire de la revue mensuelle de psychiatrie clinique de l'hôpital Érasme, où votre sœur Mathilde a fait un stage.

Fanelli se leva en chancelant.

— Depuis, c'est arrivé de nouveau. Souvent même. Et cette année encore… En mars dernier, vous avez rêvé de votre professeur Martin V., sur un lit d'hôpital, intubé, et il a été renversé le lendemain par une voiture. En avril, Johann Wier apparaît dans l'un de vos rêves, vous traquant, et vous le croisez quelques heures plus tard dans la rue, alors que vous ne l'aviez pas revu depuis deux ans. En avril encore…

— Arrêtez, commissaire.

C'est Mathilde qui avait crié cette fois. Sixie tremblait. Elle se bouchait les oreilles. Elle ne voulait plus entendre les paroles de cet homme qui connaissait par cœur ses hantises. Elle balbutia :

— Qui… qui êtes-vous ?

— Juste un flic qui fait son travail et qui sait lire. Mais je vous retourne la question : qui êtes-vous, Sixtine ? Ce n'est pas moi qui ai relevé toutes ces coïncidences. C'est vous. Sur votre page DKB.

— C'est arrivé, oui, trancha Mathilde. Plusieurs fois. Mais ce sont sans doute des hasards.

— Possible. Le problème c'est que tout le monde ne le croit pas. Certains prennent ces hasards au sérieux. Ceux-là vous appellent la Sorcière et, quand vos prophéties de malheur ne s'accomplissent pas, quand elles concernent des meurtres dont *vous* êtes la victime, ils les exécutent pour vous.

Fanelli fouilla dans ses poches sans demander l'autorisation, comme s'il avait oublié la présence de Theo. Il sortit un paquet de gitanes, alluma une cigarette jaune, puante. Toujours adossée à la tête de lit, la commissaire Kowacks lui dit :

— Fanelli, les détecteurs.

Il hocha la tête, traversa la pièce, ouvrit la fenêtre, se pencha pour fumer, les yeux tournés vers la rue. Il demanda :

— Savez-vous qui pourrait croire cela, Sixtine ? Qui pourrait vous adorer au point de tuer des jeunes filles innocentes ?

Il se retourna, la clope éteinte aux lèvres. Tout le monde avait les yeux braqués sur lui.

— Qui pourrait vous suivre ainsi depuis deux ans ? Vos anciens harceleurs, Fircin, Wier et Boucq ? Votre adorateur, SixFAN#1 ?

Sixie sursauta en entendant ce dernier nom. Theo, debout contre l'autre fenêtre, dit :

— Je suis SixFAN#1. Et je ne connaissais pas ce forum.

— Je voulais voir si tu te dénoncerais, mon garçon, répondit Fanelli, d'un ton lointain. Et je voulais savoir si tu avais avoué à ta copine qui tu étais. C'est bien. Cela te disculpe définitivement.

Il se retourna vers Sixie :

— Alors, qui ? Jan Boucq ?

— Je… je ne sais pas, bredouilla Sixie. Je ne peux pas imaginer qui…

Elle fondit en larmes.

— Elle est épuisée, bouleversée, dit Mathilde. Ça suffit. Nous reprendrons tout à l'heure.

Le commissaire accueillit la nouvelle avec une impassibilité apparente. Il répondit à Mathilde :

— Nous n'avons plus le temps. Le cauchemar qui sert de scénario au meurtre de ma fille relate que Sixtine meurt découpée à la machette, sur les docks, une nuit de pleine lune. Et la pleine lune a lieu ce soir.

Il se tourna vers Sixie.

— Sixtine, vous ne l'avez pas écrit, mais vous souvenez-vous sur quels docks se déroulait ce cauchemar ? C'est nécessairement là qu'aura lieu le snuff movie.

Sixie s'entendit dire :

— À Anvers.

Les adieux. *10.50 a.m.*

Sixtine Van de Vogh répéta, sa voix moins rêveuse que la première fois, comme si elle se secouait d'un rêve :

— À Anvers. C'était sur des docks qui ressemblaient à ceux d'Anvers. Du moins, ce sont les seuls que j'ai jamais vus.

— Bien, répondit Fanelli.

Alice se tordait la nuque pour suivre la scène. Fanelli se tourna vers Theo.

— Chaplin, vous ne pensez pas que vous pourriez détacher Kowacks, maintenant ?

Theo s'exécuta sans lâcher son arme. Alice se redressa sur le lit, grimaça, et dit :

— Je ne pourrais guère t'être utile, Fanelli, sans arme et avec une seule patte.

Theo lança le Manurhin de Fanelli sur le lit, dans sa direction, après avoir ostensiblement vidé le barillet, qu'il envoya dans l'autre chambre. Elle prit le revolver.

— Je viens avec vous, dit Sixtine, sur un ton qui ne se discutait pas.

— Si tu y vas, j'y vais aussi, enchaîna Mathilde.

Alice regarda Theo. Sixie regarda Theo. Mathilde regarda Theo. Mais il ne dit rien, et secoua la tête.

Il ne venait pas avec eux. L'espace d'un instant, Alice se demanda si elle faisait bien de le laisser s'échapper, lui qui pouvait les conduire à Cèsar Diaz. Mais, à la seconde suivante, elle estima que oui, elle n'était plus flic, elle ne devait plus rien à Guinard ou à Boukra. De toute façon, c'était Theo Chaplin qui avait le flingue chargé.

Vers le miroir. *11.15 a.m.*

— *Bye*, Sixie, dit Theo. Porte-toi bien. Je ne peux plus attendre, je dois rejoindre Cèsar avant… avant la fin du jeu.

Sixie sentit une boule monter dans sa gorge. Elle aurait simplement voulu lui dire que…

— Tais-toi. On a déjà tout répété vingt fois. Tu le disais toi même : c'est con, c'est juste con.

Elle eut envie de le serrer dans ses bras. Il recula d'un pas et il ajouta :

— Ils savent que tu n'es pas morte, mais c'est sans doute mieux ainsi. Ces deux flics t'innocenteront. Ils ont l'air honnêtes.

Puis :

— Fais attention à toi, cette nuit.

02.00 p.m.

La voiture roulait à tombeau ouvert sur une autoroute européenne, quelque part entre la Suisse, l'Allemagne et la Belgique. Plein nord.

Sixie était assise à l'arrière avec Mathilde. Fanelli conduisait. Kowacks avait boité, puis s'était installée à l'avant. Mathilde l'avait bourrée d'antalgiques et lui avait confectionné une attelle pour son genou. Ils en avaient pour six heures et demie de route. Personne ne disait un mot dans l'habitacle, les informations continues de la radio rapportaient les développements, les hypothèses, les réactions consécutifs à la diffusion d'une bande-annonce sur le site de la Black Clowns Army.

Au bout d'une heure, Sixie posa une question :

— Vous avez parlé de DanyL au passé. Il est mort ?

— Oui. Il s'est noyé dans la Tamise, répondit Fanelli.

— Noyé ? répéta-t-elle, rêveuse.

De nouveau, le silence s'installa. Alice le rompit à son tour :

— Tes anciens harceleurs, Fircin, Boucq et Wier… Ils savaient que tu avais visité les docks d'Anvers ?

— Je ne vois pas comment ils l'auraient su, répondit Sixie. J'étais seule, enfin, en famille.

— Et qui d'autres pourrait le savoir ? Tu n'en as jamais parlé sur le DKB, publié des photos… ?

— Non. Il me semble que non.

Fanelli avait hoché la tête en même temps que Sixie. Il avait dû vérifier ça aussi.

— Alors, c'est inutile, remarqua Mathilde.

— S'ils imitent seulement, oui, c'est inutile, répondit Sixie, du tac au tac.

Elle marqua une pause. Elle était consciente de l'énormité, de la gravité aussi, de ce qu'elle allait dire.

— Mais le commissaire Fanelli pense comme moi. Si mes cauchemars sont prémonitoires, alors les ravisseurs de sa fille seront sûrement à Anvers, cette nuit.

Une promesse. *04.00 p.m.*

Teodor Diaz descendit du train, traversa le hall des arrivées en fendant la foule des passagers et se retrouva dans une rue parisienne. Il y eut une sirène de police. Theo tourna la tête et vit deux véhicules banalisés passer en trombe, gyrophares bleus derrière le pare-brise. Une autre sirène résonna, dans le lointain. Une fumée montait au-dessus des immeubles, quelque part dans le quartier.

La tension était palpable dans la rue, comme si chaque passant sentait venir l'orage et se hâtait d'aller se claquemurer. Une dizaine de jeunes gens masqués, portant des sweats à capuche noirs, croisèrent Theo. Ce n'étaient pas des Nadas, juste des étudiants, sans doute, qui manifestaient leur hostilité au pouvoir.

Theo avait quitté son propre sweat. Il ne portait qu'un tee-shirt noir qui disait : « *Video (also) kills the Milky Way Stars.* » Dans sa poche, il avait ses faux papiers, un billet d'avion pour Rio et l'adresse où il pouvait joindre Francesca « au cas où ».

Il était censé rejoindre Cèsar « dans sa clairière », où le dernier acte allait se jouer. Il le lui avait promis, dans le train.

Mais il avait une autre promesse à honorer, avant.

Il s'apprêtait à descendre dans une bouche de métro quand une nouvelle voiture de flics freina devant les étudiants en sweat noir qui chahutaient à vingt mètres de lui. Des flics sortirent de la voiture, les « joueurs Nada » s'égaillèrent comme une volée de moineaux. Theo décida de poursuivre à pied, d'abord en marchant, puis en courant, son arme brinquebalant dans la poche de son treillis.

56

LE CAUCHEMAR DE SIXIE-DREAMY
NUIT 96, AVANT MINUIT

Anvers. *09.30 p.m.*

Ils étaient arrivés sur les docks d'Anvers deux heures avant la nuit. Alice Kowacks était restée dans la voiture à cause de son genou blessé.

Fanelli avançait en traînant la patte, derrière Sixie et Mathilde. Ils avaient parcouru les immenses esplanades de déchargement, les unes après les autres. Fanelli répétait :

— Regardez, Sixtine. Regardez, jusqu'à ce que vous reconnaissiez l'endroit.

Le commissaire croyait ce que croyaient les auteurs de « Visions of Witchcraft », qu'elle prévoyait l'avenir, le malheur. Les images du cauchemar remontaient à sa mémoire, nettes, précises. Les machettes. Ceux qui la pourchassaient. La certitude de devoir atteindre la mer et cette irrésistible course, d'abord vers eux, puis entre leurs machettes. Sixie inspectait les lieux. Elle les comparait avec ceux de ses visions. Elle finit par dire :

— C'est ici.

Les grues, la pile de containers sur la droite, et cette esplanade immense, couverte de gravillons, c'était le décor de son cauchemar.

Le soleil se couchait. Le disque parfait de la lune montait au-dessus de la ville. La mer était noire, mais bientôt, la clarté de l'astre mort l'illuminerait d'un reflet métallique. Et alors, la mer attirerait Sixie-Dreamy comme un aimant.

— OK, je vais chercher la commissaire Kowacks, dit Mathilde. Il nous faut une arme…

Mathilde revint avec la jeune commissaire boitillante. Ils attendirent deux heures, cachés derrière les piles de containers. Que feraient-ils si les intuitions de Fanelli s'avéraient justes, si la prémonition de Sixie-Dreamy s'accomplissait ? C'était une perspective effrayante.

Sixie ne voulait pas y croire, mais elle sentait que c'était ce qui allait se passer, toute son âme le devinait.

Kowacks avait trouvé trois barres de fer. Ils n'avaient qu'un seul revolver.

Les docks étaient totalement désertés depuis la tombée de la nuit. Ils virent arriver une camionnette, phares éteints. Quatre silhouettes en descendirent. Elles déchargèrent plusieurs projecteurs, qu'elles installèrent en pentagone sur l'esplanade déserte sans les allumer. Elles semblaient attendre quelque chose ou quelqu'un. Une demi-heure s'écoula encore et une voiture fantomatique glissa silencieusement sur la rampe de béton qui menait aux quais, tous feux éteints. Pas un bruit. Il s'agissait sans doute d'un véhicule électrique. Dans les ténèbres, Sixie vit deux hommes sortir de la voiture.

Elle reconnut une troisième silhouette, plus petite, dont les cheveux courts et très blonds attrapèrent un rayon de lune. La jeune fille portait une veste de treillis trop grande pour elle sur un jean très large, usé. Sixie entendit un claquement de métal derrière elle et sut que Fanelli armait la seule arme dont ils disposaient.

Ils avaient eu raison, elle et lui. Ses cauchemars prenaient chair. Il y avait maintenant six silhouettes, en plus de Justine, sur le quai.

Sixie entendit une voix dans son dos :

— Mon Dieu, Fanelli, mais c'est plus qu'un cadeau que tu nous apportes là.

Elle se retourna. Elle reconnut Johann Wicr, mais pas les deux autres types qui les tenaient en joue. Ni la jeune fille coiffée comme elle l'avait été, tatouée comme elle l'était, et qui tenait une machette.

Six et quatre qui faisaient dix ravisseurs. Et plus une seule raison d'espérer.

Johann murmura d'un ton pervers :

— Vous allez nous donner vos armes. Lentement. Très lentement.

La jeune fille qui essayait de ressembler à Sixie, celle sans doute qui jouait dans le snuff movie d'Arenberg, tendit à Johann le résultat de leur fouille au corps. Puis elle arracha la manche gauche de Sixie, au niveau de la couture, découvrant son tatouage.

Johann dit :

— Un revolver pour quatre ? Vous nous preniez pour qui ?

Puis, après un claquement de langue :
— Je t'aimais mieux en blonde, Sixie-Witchy…

LiveChaud (1). *10.30 p.m.*

Vidéo postée sur le site de la Black Clowns Army, rubrique « LiveChaud »,
le 12 juin, 10.30 p.m.

Un homme portant un masque de furet se tient dans un salon ou une bibliothèque. Le juge Henkel assis à côté de lui, ligoté à sa chaise et bâillonné, écarquille des yeux paniqués derrière ses lunettes à double foyer.
L'homme masqué esquisse deux pas de danse sur la musique de Can't Take My Eyes Off You. *Il tient un pistolet automatique à la main. Il exécute un moon walk tout juste passable, braque le revolver à moins d'un mètre de la tempe du juge Henkel qui ferme les yeux. Son doigt appuie sur la détente. Un pavillon noir sort du pistolet-jouet.*
L'homme masqué enlève son sweat à capuche noir, il semble engoncé dans ses vêtements. Le tee-shirt qui apparaît sous le sweat porte, en lettres blanches sur fond noir, l'inscription : « JE SUIS PASSÉ PAR ICI. »
L'homme bâcle deux nouveaux entrechats, puis enlève son masque. C'est Cèsar Diaz, alias Nada#1. *Il va vers un coin de la pièce, sort du cadre, revient avec sa couronne sur la tête. Cette fois, il brandit un pistolet Desert Eagle qui a l'air d'être un vrai.*

Dispositif. *10.50 p.m.*

Le GIPN arriva, toutes sirènes hurlantes, dans des dizaines de véhicules quelques minutes après le début de la diffusion de la vidéo.

Quand les premiers policiers pénétrèrent dans l'immeuble où résidait le juge Henkel, ils trouvèrent les deux gardes du corps et les officiers chargés de la sécurité du juge saucissonnés dans la cage d'escalier. Ils portaient, fichée dans le corps, la désormais fameuse seringue hypodermique, signature des Clowns noirs. Un négociateur appela aussitôt le bureau du juge Henkel, qui sonna dans le vide.

Les forces de sécurité bloquèrent les accès à la rue au moment où les premières caméras arrivaient. D'autres flics surveillaient le toit, les escaliers et les caves.

Les rideaux des fenêtres du bureau du juge Henkel étaient tirés, mais on voyait la lumière filtrer à travers. Une noria de gyrophares éclairait la rue en contrebas et l'ensemble du quartier comme un sapin de Noël. Les visages des policiers étaient graves. Toutes les télévisions et les sites web d'information d'Europe venaient d'interrompre leur programme et diffusaient les images filmées par les chaînes d'information continue.

Breaking news.

Des snipers se placèrent sur les toits des immeubles, ce qui leur permettait de mettre en joue le domicile du juge, mais ils confirmèrent qu'ils n'avaient aucun visuel exploitable sur le bureau éclairé. Le contrôleur général de la police Guinard en personne s'approcha des journalistes pour leur expliquer qu'il ne pouvait rien leur dire pour le moment, vu qu'il manquait d'informations et que toute information devait être gardée confidentielle afin qu'elle n'arrive pas aux oreilles du terroriste.

On lui demanda si l'interruption de l'émission de Cèsar Diaz avait été demandée. Il répondit négativement. Ce n'était pas la priorité. Les autorités n'avaient rien à craindre des élucubrations d'un terroriste.

Le cercle. *11.05. p.m.*

Tandis que Johann Wier et ses complices les poussaient sur le dock, sous la menace de leurs armes, Sixie entendit un coup de sifflet. Les projecteurs s'allumèrent, illuminant l'esplanade de gravier.

Elle vit que les ravisseurs avaient placé Justine au centre de la scène éclairée, à genoux sur la veste de treillis, dans ce débardeur noir pareil à celui qu'elle portait dans son cauchemar, avec ce tatouage pareil au sien. Johann Wier se tenait à la limite du cercle de lumière que formaient les cinq projecteurs. Johann dit :

— Bien, je pense inutile de vous expliquer ce que nous faisons ici. Votre présence montre que vous êtes au courant, et nous n'avons plus trop de temps à perdre. Les flics sont sur les dents, ce soir…

Il décrocha un sourire à Sixie.

— À cause de tes nouveaux amis, les Clowns noirs, Sixie-Witchy. Mais nous pouvons les remercier de détourner l'attention, et surtout de t'avoir épargnée. Nous te croyions morte. Nous t'avons beaucoup pleurée, je t'assure.

Il ne plaisantait pas. Il avait le même ton doucereux et dingue que plusieurs mois auparavant, quand il avait tenté de lui expliquer pourquoi il avait posté des photos ignobles sur la page SixTEEN, son premier pseudo DKB. Des photos de viscères. Des photos de cadavres. Sixie vit que deux des silhouettes postées à côté des déflecteurs de lumière avaient sorti des caméras équipées de projecteurs.

Ils commençaient à filmer.

— Ne vous en faites pas, prévint Johann, nous ne vous imposerons aucun rituel laborieux, ni costume ni tralala. Nous ne célébrerons aucune messe noire. Non. Nous nous contenterons de suivre tes rêves, Sixie-Witchy. Mais puisque ce soir, vous êtes deux victimes…

Il grimaça cruellement, et se mit à crier pour que tout le monde l'entende :

— Fanelli, à toi de choisir, puisque c'est toi qui nous as amené la Sorcière. Laquelle veux-tu que nous épargnions ? Laquelle faut-il faire mourir ? Laquelle était dans le rêve ?

Les yeux grand fermés. *11.08 p.m.*

Justine n'avait pas levé les yeux depuis qu'ils l'avaient sortie de la voiture, entravée dans le dos. Elle n'avait pas émis une seule protestation quand ils l'avaient emmenée sur le dock, puis quand ils avaient allumé les projecteurs et qu'elle s'était retrouvée au centre de leur étoile de lumière. Tête baissée, elle avait reconnu le sol de gravier du rêve qu'ils lui avaient lu un peu plus tôt.

Mais quand elle entendit qu'on criait le nom de son père, elle redressa la tête.

Elle le vit, là, à l'orée du cercle, dans son vieux costume devenu trop large, le visage maigre et rongé par l'angoisse, ou par cette maladie qu'elle soupçonnait, dont il n'avait pas osé lui parler. Elle sentit le calme l'envahir enfin, la paix qu'elle avait tant espéré ressentir.

« Pauvre petit papa, je te cause du souci », pensa-t-elle.

Elle l'avait attendu si longtemps. Et maintenant qu'il arrivait, maintenant qu'il était sous la menace de plusieurs armes, il ne pourrait rien faire pour elle. Il ne devait pas la voir pleurer. Elle voulait le protéger.

— Choisis, Fanelli ! lança encore le type qui se comportait en chef.

Justine distingua une jeune fille aux cheveux courts, à deux pas derrière son père, une manche arrachée, un tatouage sur la peau du bras gauche.

Elle comprit. Elle vit que les bourreaux entraient dans le cercle dont elle-même était le centre, lentement, très lentement. Les tueurs. Les fous. Ils tenaient des machettes longues comme le bras. Justine ferma les yeux, puis les rouvrit. Elle cria, sa voix ne dérailla pas :

— On les emmerde, Fanelli ! Tu n'as pas à choisir entre elle et moi ! On les emmerde !

Elle se sentait brave, elle se sentait forte pour deux, pour eux tous s'il le fallait. Elle vit que son père hésitait au bord du cercle, faisait un pas à l'intérieur, puis s'arrêtait. Oh, mon Dieu, comme elle aurait aimé voir son père courir vers elle, la choisir. Elle sentit deux larmes, douloureuses, rouler sur ses joues. Elle cria de nouveau :

— Ne choisis pas, Fanelli, s'il te plaît !

Elle se mit à sangloter.

— On les emmerde, papa !

À ce moment, elle vit son père esquisser une manchette pour frapper le type qui commandait la bande.

Il parvint à le surprendre. L'arme du salopard tomba. Son père se pencha pour la ramasser. L'autre salopard qui tenait en joue les nouveaux venus braqua son flingue sur la nuque de Fanelli et tira, deux fois.

LiveChaud (2). *11.09 p.m.*

Posté sur le DKB/Sommaire des Jours,
le 12 juin, 11.05 p.m.
Armée des Clowns noirs

Cèsar Diaz vise la caméra, fait mine de tirer, deux fois. Sa bouche imite le bruit des détonations, puis il souffle sur le canon une fumée imaginaire. Il enlève son tee-shirt, en découvrant un autre, réajuste sa couronne sur sa tête.
Sur le nouveau tee-shirt, il est écrit en caractères assez petits : « Suite à une protestation émanant de plusieurs associations de protection des animaux, aucune bestiole n'a été numérotée dans ce LiveChaud. Pour ma part, je le regrette. »
Puis il enlève ce tee-shirt. Le suivant porte l'inscription : « Nous sommes NADA. » C'est apparemment le dernier. SAAS prend l'air sérieux mais l'instant d'après, il danse, seul, comme un homme ivre dans un bal populaire finissant, lorsqu'il ne reste plus personne sur la piste.

La ligne de mire. *11.09 p.m.*

Les policiers firent encore reculer la presse et les curieux derrière un périmètre élargi. Des hommes du groupe d'intervention de la police nationale positionnés sur le toit de l'immeuble du juge Henkel allaient entamer une descente en rappel sur la façade. En face, les snipers étaient prêts à tirer au moindre signal.

D'autres hommes du GIPN remontaient lentement dans la cage d'escalier, sécurisant chaque étage, évacuant les habitants au fur et à mesure. À 23 h 09, soit vingt minutes après son arrivée, le capitaine Belin annonça au commissaire Guinard que l'assaut était prêt.

Guinard demanda :

— On peut couper la diffusion de la vidéo, maintenant ?

Le capitaine Belin secoua la tête et dit :

— C'est la meilleure information que nous avons sur ce qui se passe à l'intérieur. On coupera au dernier moment.

Guinard suait sang et eau. Le ministre de l'Intérieur était furieux.

« **Elle ou toi.** » *11.09 p.m.*

— Ce vieux con m'a pété le poignet, grogna Johann Wier.

Sixie n'en revenait pas. Le commissaire Fanelli était tombé juste à ses pieds, face contre terre. C'était donc si rapide, si simple, la mort d'un homme ? Justine, là-bas, au centre de la lumière, avait hurlé. Elle s'était recroquevillée sur elle-même, à genoux, tout son corps secoué de pleurs. L'odeur âcre des coups de feu s'évanouissait dans le vent. Celui qui avait abattu Fanelli braquait maintenant son arme sur elles, toutes les trois, Kowacks, Mathilde et elle.

— Bon, maintenant, qu'on en finisse, murmura Johann.

Puis il reprit à voix très haute pour que ses complices l'entendent :

— Puisque ce flic n'a pas voulu choisir, Sorcière, c'est à toi de le faire ! Ce sera même plus juste !

Johann Wier la regardait avec une sorte d'adoration mielleuse. Il susurra :

— Tu te souviens, Sixie-Witchy ? Dans ton rêve, c'est toi-même qui allais vers la mort. Vers nos armes.

Il cria de nouveau :

— C'est elle ou toi, maintenant ! Elle ou toi !

Sixie vit que les six silhouettes à machettes recommençaient leur progression vers Justine. Elle entra dans le cercle de lumière. Derrière elle, Mathilde l'appela. Mais c'était à elle de souffrir. C'étaient ses rêves, c'étaient ses nuits. Ses démons.

Une ombre. *11.09 p.m.*

Leur chef venait de perdre l'usage de son poignet, mais ils étaient encore neuf en état de nuire. Combien d'armes à feu y avait-il ? Neuf ? Possible. Ne rien négliger. Ne rien sous-estimer, disait Vitto.

Tant qu'ils étaient dispersés sur le quai, Theo n'avait pas une chance, à neuf contre un. Non. Il fallait attendre, attendre encore, les laisser se regrouper pour qu'ils ne forment plus qu'une seule cible à six têtes, comme dans le cauchemar où ils formaient une haie de machettes. Video-Monk se souvenait.

Quand ils seraient rassemblés, Theo pourrait agir. Il viserait l'hydre à six têtes d'abord, puis l'homme au flingue qui, à ce moment, serait assez loin de Sixie. Et enfin, les deux caméramans. Neuf cibles en moins de trente secondes, neuf impacts.

Oui, il aurait besoin de trente secondes de chance et de maladresse de leur part. C'était raisonnable, si on comptait sur l'effet de surprise. Theo quitta l'abri de la grue. Lentement, silencieusement, il avançait sur les docks d'Anvers.

LiveChaud (3). *11.12 p.m.*

Vidéo postée sur le DKB/MDP/Sommaire des Rêves,
le 12 juin, 11.12 p.m.
guérilla urbaine – animaux domestiques

César Diaz se penche sur le juge Henkel, l'agace du canon de son revolver. On voit la peur sur le visage de ce dernier. Cèsar Diaz recule un peu, s'approche de la caméra, se colle presque à elle.
Il se met à scander à toute vitesse :
— Je m'excuse auprès de monsieur le juge pour mes manières cavalières, mais il a sous-entendu que rien ne prouvait la mort d'Antonio Giuli dans le bois du val Polcevera. Mon ami a pourtant été assassiné par les forces de police placées par bêtise sous les ordres du lâche préfet Scarpone, le 13 juin peu après minuit. Eh bien, je me permets de demander à monsieur le juge : que lui faut-il pour y croire ? Que lui faut-il ? Un corps ? Le corps d'Antonio Giuli ? Le corps de feu mon meilleur ami ex aequo avec Vittorio ?
— Merci, dit une voix off.
— Tiens, ouais, bonne idée ! rugit Cèsar Diaz. Vittorio, dis bonjour à la caméra !
Vittorio De Lorenzo apparaît. Il a l'air de s'amuser. Il dit :
— Bonjour, caméra. Francesca, ti amo, cara anima[1].

1. « Francesca, je t'aime, chère âme », en italien.

— Vous voyez que Vittorio n'est pas mort, dit Cèsar. Tout est bien qui finit bien. No cregueu el que vegeu[1].

L'ordre. *11.13 p.m.*

— Ils sont deux ! gueula le commandant du GIPN dans sa radio. Deux cibles !

Au même instant, le ministre rappelait Guinard, pour la huitième fois. Il ordonna l'assaut immédiat. Le commissaire divisionnaire Guinard se fit répéter l'ordre, précisa :

— Nous n'avons aucune garantie pour la vie du juge Henkel.

Le ministre dit :

— Je m'en balance de Henkel. De toute façon, Diaz et l'autre, là, son copain, se suicident en direct. Ça a déjà fait assez de dégâts politiques, nous ne sommes plus à un mort près. Je ne veux pas que Nada#1 continue de foutre le bordel en direct. Vous lui fermez sa grande gueule, maintenant. MAINTENANT !

Guinard songea qu'il n'avait encore jamais entendu autant de grossièretés dans la bouche du ministre. Il se tourna vers le commandant du GIPN et dit :

— On y va.

— Dès que Diaz est à plus de cinq mètres du juge, je donne l'ordre de tirer, répondit le capitaine Paul Belin.

---

1. « Ne croyez pas ce que vous voyez », en catalan.

Braquée. *11.13 p.m.*

Alice observait le jeune homme qui les menaçait de son arme, et qui avait tué Fanelli quelques instants auparavant.

Il ne les surveillait plus aussi attentivement. Il voulait profiter du spectacle, lui aussi. Il était venu pour ça, pour jouir d'un spectacle cruel. Il se décala d'un pas, parce que son chef lui bouchait la vue. Ses yeux ne cillaient plus, sous l'effet de l'excitation, de la convoitise. Alice ne devait pas commettre une seule erreur. Elle avait été folle d'accepter que les deux sœurs les accompagnent. Quatre, avec une seule arme… Un pas, encore un pas, une seconde. L'homme qui braquait son arme sur elles voulait voir Sixie mourir. Il allait forcément faire encore un pas vers elle.

Le sacrifice. *11.13 p.m.*

Sixie s'avançait vers eux dans la lumière, lentement. Comme pour une cérémonie. Ils reculaient. Ils se regroupaient. Ils formaient la haie de son cauchemar. Ils l'attendaient. Elle voyait la mer derrière eux, si proche, brillante sous la lune. La mer comme un salut. Elle sentait le gravier crisser sous chacun de ses pas. Ses bras pendaient le long de son corps. Elle sentait l'air frais sur sa peau tatouée, sa manche déchirée qui pendait.

Elle passa à côté de Justine. Elle entendit ses sanglots. L'épargneraient-ils ? Peut-être. Ils étaient fous. Elle ne la regarda pas. Elle regardait leurs visages à eux, les bourreaux. Elle reconnut Peter dans la haie qui s'était formée.

Dans son dos, Mathilde devait la regarder. Alice Kowacks aussi.

Elle allait mourir sous leurs yeux à tous, comme dans un rêve en pleine lumière, filmée par deux caméras numériques. Elle allait mourir découpée par leurs machettes parce qu'elle n'atteindrait pas la mer. La mer était son seul salut. Ils avaient cessé de reculer. Ils formaient une haie immobile, hérissée de deux rangées de machettes, comme les mâchoires d'une bête entre lesquelles elle allait passer. Elle savait la douleur que ferait le premier coup. Elle l'avait éprouvée dans son rêve.

Ensuite, elle ne se réveillerait pas.

Elle ferma les yeux, tout en continuant à marcher vers la mer.

LiveChaud (4). *11.13 p.m.*

Vidéo postée sur le DKB/MDP/Sommaire des Rêves, le 12 juin, 11.13 p.m.
rêve lucide – guérilla urbaine – rapt – piraterie

Cèsar Diaz retire son tee-shirt, il est torse nu, incroyablement velu. Il marche comme un fauve en cage autour du juge Henkel sur sa chaise. Il fouille la bibliothèque, en sort un livre, semble hésiter à en commencer la lecture. Finalement, il secoue la tête, range l'ouvrage.

Cèsar va ensuite se pencher à la fenêtre. On voit des gyrophares passer, on entend des sirènes de police. Il mime des coups de revolver, en direction de la rue, puis de sa tempe.

La voix d'Édith Piaf s'élève tout à coup, étrange, intemporelle, aigrelette. Elle chante : « Je revois la ville en fête et en délire. Suffocant sous le soleil et sous la joie... »

Cèsar Diaz esquisse une valse, un corps invisible entre les bras, il piétine et tourne sur place. Puis il se plante devant la caméra.

Il dit :

— Croyez ce que vous ferez.

Un sous-titre apparaît, en anglais, en catalan, en italien, en galicien, en russe.

Cèsar sort du champ. On entend ses pas.

« Emportés par la foule qui nous traîne, nous entraîne, écrasés l'un contre l'autre, nous ne formons qu'un seul corps... »

Assaut. *11.14 p.m.*

— Il s'est éloigné ! hurla Guinard, les yeux exorbités.

Le capitaine Belin hocha la tête et donna le top. La porte du juge Henkel explosa à la même seconde. Des grenades paralysantes roulèrent dans l'appartement. Cinq hommes munis de masques, de lunettes infrarouges et de fusils d'assaut se ruèrent à l'intérieur. Trois hommes descendus en rappel traversèrent les fenêtres du bureau du juge Henkel dans une explosion de verre.

Un assassin. *11.14 p.m.*

Le jeune homme qui braquait son arme sur elles fit le pas qu'Alice attendait. Elle le saisit par l'épaule droite, le tira vers elle, réussit à plier son genou indemne. Elle entendit l'humérus du type craquer quand elle lui brisa le coude sur son genou.

Il lâcha son arme, comme Alice l'avait prévu. Dans le même élan, elle poussa celui dont Fanelli avait cassé le poignet, ramassa l'automatique que son gardien venait de lâcher, se releva, tira deux fois dans le dos du « chef ». Puis elle balança un grand coup de flingue sur la tête de celui dont elle venait de briser le coude.

Alice vacilla sur sa jambe invalide, faillit tomber mais se retint à l'épaule de Mathilde. Les deux hommes étaient à terre, devant elle.

À cet instant, une fusillade retentit. Alice braqua le canon de son arme sur la zone éclairée.

Une silhouette en capuche noire venait de rentrer dans la lumière. Le Clown noir tira six fois en direction de la haie humaine. Alice vit les adeptes de la Sorcière tomber, l'un après l'autre, comme des quilles, les cinq garçons et la jeune femme qui voulait ressembler à Sixtine. Le Clown noir ne s'était pas arrêté. Il se tourna vers elles, jaugea la situation en position de tir impeccable, pivota encore, tira en direction d'un des caméramans qui tomba en arrière. Le Clown noir courut alors vers l'autre caméraman, sauta au passage par-dessus Justine, toujours prostrée, en braquant son calibre .45.

Le caméraman avait levé les mains et les agitait comme une sorte de poulet affolé. Il n'avait pas d'arme. Le Clown noir baissa la sienne et tira deux fois, une balle pour chaque rotule. Le garçon s'effondra.

Alice le suivait de son arme. Dans le cercle de lumière, Sixie n'avait pas bougé. Justine releva lentement la tête.

Le Clown noir était à moins de vingt mètres. Il vint vers elle. Alice reconnut le visage sous la capuche. Theo Chaplin avait des yeux clairs et froids. Alice le vit s'arrêter une seconde près de Mathilde. Il dit d'une voix bouleversée :

— Je te l'avais promis.

Puis il se tourna vers elle, et ajouta :

— Je m'appelle Teodor Diaz. Et désormais, je suis un assassin.

Il pleurait. Il disparut dans la nuit. Alice Kowacks le laissa partir.

Jingle de fin. *11.15 p.m.*

Vidéo postée sur le site de la Black Clowns Army, rubrique « LiveChaud »,
le 12 juin, 11.15 p.m.

Nada#1 apparaît à l'écran, la couronne sur la tête, vêtu d'un tee-shirt noir, où il est écrit, en lettres blanches : « *Je ne suis PAS* en live. »
Il se marre. Il a un nez de clown, noir. On entend le rire potache de Vittorio De Lorenzo qui dit :
— Et moi non plus.

Un rendez-vous. *11.15 p.m.*

Quand la fumée des grenades se dissipa, les huit hommes comprirent que seul le juge Henkel, ligoté sur une chaise et qui roulait des yeux fous, se trouvait dans la pièce. On libéra le flot de sa parole.

Toujours saucissonné, il éructa que Diaz et De Lorenzo avaient tourné leur film dans ce bureau des heures auparavant. On ne releva la présence d'aucun animal numéroté dans l'appartement, conformément aux propos de Nada#1. Sur l'un des murs, Diaz avait en revanche écrit au marqueur noir : « Rendez-vous là où tout commence, *cavallers. Rome Total Civil War II*, niveau 3. Cette nuit. » Et en dessous, en plus petit : « (Note au personnel de maison : par souci de correction, le feutre utilisé pour écrire sur ce mur est lavable. Prière d'utiliser du savon noir.) »

ÉPILOGUE

SONGE D'UNE NUIT D'ÉTÉ

57

LA CLAIRIÈRE DE CÈSAR DIAZ
NUIT 96, APRÈS MINUIT

Guerre punique. *12.25 a.m.*

Le capitaine Gaspero Moratti, officier du *Gruppo di intervento speciale*, unité d'élite des carabiniers italiens, rassembla son escouade pour donner ses derniers ordres. Puis il entraîna ses sous-officiers dans le bois. Le capitaine Moratti ne comprenait pas exactement les tenants et aboutissants de cette opération. Il suivait les ordres, comme les meilleurs soldats. Ses supérieurs lui avaient expliqué que, dans le deuxième volet d'un jeu vidéo reproduisant la deuxième guerre punique, au niveau 3, les *gamers* devaient combattre les troupes d'Hannibal à cet endroit, dans ce petit bois du val Polcevera, à quelques kilomètres de Gênes.

Les hommes de son escouade ressemblaient sans doute un peu à des guerriers antiques avec leurs gilets, leurs casques et leurs boucliers blindés. Ils évoquaient plutôt des hoplites postmodernes que des légionnaires romains, mais ce n'était pas le problème principal de Moratti. Les supérieurs de Moratti l'avaient adjuré de se méfier des surprises, des coups bas, des bavures et surtout, surtout, des caméras.

Il leva la main. Les légionnaires cagoulés de son escouade se figèrent. Dans son oreillette, on lui confirma que leur cible était toujours immobile dans la clairière éclairée qui se trouvait à une cinquantaine de mètres d'eux. Des drones la survolaient et on l'informait en temps réel. Deux doigts repliés, Moratti indiqua à ses hommes de se déployer en tirailleurs pour investir la clairière.

Sous le brodequin militaire de l'un d'eux, une branche craqua. Moratti n'avait pas encore la cible en visuel, mais, dans son oreillette, son supérieur l'informa que le terroriste venait de lever la tête.

In memoriam. *12.00 a.m.*

Vidéo postée sur YouTube USA, par Anonymous, le 13 juin, 00.30 p.m.

Nada#1 est assis au milieu d'une clairière, en appui sur une sorte de siège de randonnée en bois. Il est éclairé par deux ballons lumineux. Il a la capuche noire des Nadas, sa couronne. Sur son visage, il porte un masque de clown blanc ou de Pierrot, exagérément triste. Une larme est peinte sur sa joue de latex.

Nada#1 ne bouge pas.

On entend un cri. À l'arrière-plan, des hommes casqués, armés de boucliers, vêtus de noir et cagoulés, apparaissent. Certains braquent sur le Clown noir et blanc des fusils semi-automatiques.

D'autres voix s'élèvent. Nada#1 ne bouge toujours pas. Il écarte lentement les mains. Il semble indiquer qu'il se rend.

Des carabiniers apparaissent au premier plan. Ils tiennent Nada#1 en joue avec leurs fusils d'assaut.

D'autres s'approchent, forment un cercle dont il est le centre. Ils sont une soixantaine.
Avec des mouvements infiniment lents, Nada#1 enlève sa couronne, la jette au sol, puis retire très lentement son masque tragique. Cèsar Diaz apparaît. Il porte un nez de clown. Rouge. Il repousse sa capuche, puis se lève, les bras toujours écartés du corps, dans une attitude de reddition sans ambiguïté. Les policiers l'emmènent hors champ. La clairière se vide progressivement. On voit alors le siège de bois sur lequel Nada#1 s'était installé en gros plan. Il s'agit d'une croix, de celles qu'on plante à la tête des tombes. Un espace est désherbé à l'endroit où se tenait Nada#1, un rectangle de terre nue, comme dans les cimetières.
Sur le cœur de la croix, à l'intersection des deux branches, on voit l'inscription grossièrement gravée, sans doute au canif :
« Antonio Giuli.
Beloved Brother.
Killed by cops / Mort un 13 juin »
Un homme du GIS pointe alors le doigt vers la caméra qui filme en plongée. Quelques secondes plus tard, la vidéo s'interrompt.

58

NUITS 98 ET 104

Nada. *Nuit 98. 12.00 a.m.*

De : vitto@blackop.org
À : board@blackop.org
Objet : Intérim
Nada#2 prend provisoirement les rênes, ce jour, à 12.01, en duo avec votre serviteur. Il fait beau à Rio. Play It For Real. Vitto.

Heure d'été (1). *Nuit 104. 09.30 p.m.*

Page DKB de SixieQUIMERES[1] / tchat privé avec Nadas-MONK, 09.30 p.m.

SixieQUIMERES : « Herbes de l'été / Des valeureux guerriers / La trace d'un songe. » Matsuo Basho.
SixieQUIMERES : Cette fois, tu as changé l'or en plomb, l'Alchimiste.
SixieQUIMERES : Merci de t'être mêlé de ma vie, une fois de plus…

12.30 a.m.

SixieQUIMERES : De t'être mêlé de mes f***** ?

---

1. « Chimères », en catalan.

01.30 a.m.

SixieQUIMERES : Tu as rougi. Je sais que tu me lis. Je le sais.
SixieQUIMERES : Tu boudes ? Tu m'en veux ?

03.30 a.m.

SixieQUIMERES : Tu m'en veux.

CRÉDITS
ET REMERCIEMENTS

Crédits

La playlist idéale de ce roman comporterait notamment des chansons ou des œuvres d'Anton Dvóřak, Fool's Garden, Jimi Hendrix, Gustav Mahler, Metallica, Ministry, Nirvana, the Mamas & the Papas, Marilyn Manson, Édith Piaf, The Pixies, Propellerheads, Radiohead, Rob D, Nancy Sinatra, Amy Winehouse.

Que ces artistes soient remerciés pour leur contribution.

Par ailleurs, le tome 1 de *Réseau(x)* a été écrit sous influence. La chanson « Jeunesse lève-toi » de Damien Saez a accompagné sa création ; la réécriture intégrale du roman a été effectuée dans les volutes et les cordes (électriques/ symphoniques) du triple album *Messina* du même Damien Saez. Ces deux œuvres, ainsi que le « 911 » de Gorillaz et le bien nommé « #1 Crush » de Garbage, ont constitué la bande-son de mon écriture, et offriront un excellent arrière-plan musical à la lecture.

Parmi les références citées dans le roman, on reconnaîtra des films et *trailers* de David Fincher (*Fight Club* et *The Social Network*), ainsi que des ouvrages, recueils ou vers de Matsuo Basho, Lewis Carroll, Jean-Baptiste Clément, Jean-Patrick Manchette, Alan Moore, Chuck Palahniuk, Edgar A. Poe, Arthur Rimbaud, William Shakespeare, Mary Shelley, Robert L. Stevenson, Paul Verlaine, que je remercie pour leur haute contribution. Puissent leurs âmes, fantômes ou poltergeists considérer ces références comme le respectueux hommage que je leur destine.

Fernando Pessoa a offert avec son tombeau le cadre d'*Hashashin*.

Je tiens enfin à citer, parmi mes sources, l'inestimable encyclopédie libre Wikipédia pour ses informations innombrables, son principe coopératif et ses erreurs stimulantes.

Remerciements

Je tiens à exprimer ma gratitude à tous ceux sans qui *Réseau(x)* n'existerait pas.

Mes éditrices Céline Charvet, Eva Grynszpan et Florence Budon ont accompagné ce tome 1 avec ténacité et confiance jusqu'à son terme. Ce long « accouchement » leur doit beaucoup, en attendant d'autres événements plus heureux encore.

Franck Henry a apporté lors de la relecture finale sa science des détails et de la concision. Le remarquable travail de Nicolas Vesin sur la maquette et la couverture fait de ce livre ce qu'il est, ainsi que l'illustration de Roland Caron.

Sarah Malherbe m'a permis une fois de plus de ne pas me perdre en chemin. Son amitié littéraire est une boussole.

Pendant plus d'un an, les miens ont su se tenir à la juste distance de *Réseau(x)* et de son auteur – bienveillante et aimante, enthousiaste et respectueuse.

Juliette m'accompagne par son humour, sa foi et sa patience. Chacun de ses jours est un cadeau.

Théophile et Madeleine, malgré leur envol respectif, ont lu (parfois dans l'urgence) les différentes versions de ce récit avec justesse, pertinence, humour et horreur. Ces multiples lectures ont donné lieu à de (très) nombreux échanges électroniques (très) nocturnes (ce qui a sans doute entraîné des troubles du sommeil dont je tiens à m'excuser platement auprès d'eux). Leurs regards et leurs avis sur les différents personnages et le Réseau m'ont permis de créer Cèsar, Sixie et Theo. *Nada likes that.*

Sarah a découvert mes romans précédents pendant l'écriture de celui-ci. *Réseau(x)* sera pour elle, bientôt, un nouveau voyage (*one trip, one noise*).

Louanne, quant à elle, apprend désormais à déchiffrer notamment dans certains albums dont je fus l'auteur naguère, et prétend que son père est un « bon écrivain ». Ce qui, on en conviendra, est un beau compliment.

Ouvrage composé par
PCA – 44400 Rezé

Imprimé en Espagne
par Liberdúplex
S32451/01

MIXTE
Papier issu de
sources responsables
FSC® C003309

L'éditeur de cet ouvrage s'engage dans une démarche
de certification FSC® qui contribue à la préservation
des forêts pour les générations futures.

Pour en savoir plus :
www.editis.com/engagement-rse/

www.pocketjeunesse.fr
PKJ • POCKET JEUNESSE

92, avenue de France – 75013 Paris